爱情刀

津味小说

肖克凡 ⊙ 著

天津出版传媒集团

百花文艺出版社

图书在版编目（ＣＩＰ）数据

爱情刀 / 肖克凡著. -- 天津：百花文艺出版社，
2013.5
ISBN 978-7-5306-6297-7

Ⅰ.①爱… Ⅱ.①肖… Ⅲ.①中篇小说–小说集–中
国–当代②短篇小说–小说集–中国–当代 Ⅳ.
①I247.7

中国版本图书馆 CIP 数据核字(2013)第 104752 号

选题策划:高　为　　装帧设计:刁子勇
责任编辑:高　为　　责任校对:邱向红

出版人:李华敏
出版发行:百花文艺出版社
地址:天津市和平区西康路 35 号　　邮编:300051
电话传真：+86–22–23332651（发行部）
　　　　　　+86–22–23332656（总编室）
　　　　　　+86–22–23332478（邮购部）
主页:http://www.bhpubl.com.cn
印刷:唐山天意印刷有限责任公司
开本:787×1092 毫米　　1/16
字数:253 千字　　插页:2
印张:21.75
版次:2013 年 5 月第 1 版
印次:2013 年 5 月第 1 次印刷
定价:36.00 元

目录

爱情刀

1

公元一九四八年初夏，丧父之后的虞则平继承家业只有二十八天，那场官司便败了。法院判决虞则平搬家腾房，从此虞家大院改称郭家大院。郭震元成为这里的新主人，号称郭大少爷。

这座大院坐落在天津南城大费家胡同，规模不小，两进式，前出廊，后出厦，冬暖夏凉。风水先生说这座宅院阴阳平和气象吉祥，郭大少爷更高兴了，特意栽了四株石榴。他是一粗人，对阴阳之学十分信赖。他跟虞则平打官司往法院递状子，也选了黄道吉日。官司果然赢了。郭震元深有体会地说，我姓郭是一口锅，他姓虞是一条鱼，我请的大律师姓霍，他姓虞的跟我姓郭的斗，被我一把火熬成一锅鱼汤，哈哈。

鱼成了鱼汤，被人家给喝了。锅还是锅，铁打万年牢。郭震元胜了，摇身一变从穷小子变成了郭大少爷。

临近五月节，一天上午伙计小臭儿跑进书房禀报，说虞则平来了。郭震元不在书房里读书写字,反而养了两只绿毛龟。此时他正要给这两只宠物喂食,没理会。小臭儿又禀报一遍。郭震元寻思着说,我从虞则平手里收回这座大宅院,钱物已然两清了,他还有什么事啊?

大管家老查走上前来说,郭大少爷您怎么忘啦,您说让虞则平来这里做半年伙计。您还说君子一言,驷马难追。

噢,你不说我还忘啦。郭震元终于想起这件事儿,踱出书房朝着大门口走去。

事情是这样的。虞则平的父亲生前经商多年,他贪心不足,趁机侵吞了郭氏产业,有糕点厂和烧酒坊,还有这座大宅院。自幼生活在社会底层的郭氏之子郭震元长大成人,八方奔走取得证据,延请律师打官司讨还公道,终于索回郭氏全部产业。江山易主,去旧图新,郭震元摘掉了糕点厂"正昌老号"牌匾,更换了新牌匾。摘下的"正昌老号"牌匾则扔在门外没人理睬,好像一块破烂木柴。它的旧主虞则平闻讯赶来,扛起这块老匾就走。可巧被郭震元一眼看见,就拿这位败家子寻开心。虞则平一介书生,辩解说这块老匾扔在这里风吹日晒没有用场,还是让我拿回去留作纪念吧。

一听说留作纪念,郭震元乐了。他平时为人刻薄,做事不留余地。既然虞则平如此看重这块破匾,他便提出苛刻条件,说这块老匾他不当不卖不租不赁,谁要想得到它必须到郭家大院充当半年伙计。

虞则平毫无办法,只得当场答应,表示君子一言驷马难追,扛着"正昌老号"的牌匾,走了。虞则平这一毫无血性的举动,被市人传为笑柄,天津方言谓之"尿货"。

如今,尿货虞则平没有食言,来了。他身穿一件灰布大褂儿,手里拎着一只旧牛皮箱,背着一只帆布缝制的行囊,站在郭家大院门外。

郭震元踱出大门轻蔑地说,虞大少爷您有何贵干啊?

君子一言,驷马难追,我扛走正昌老号牌匾,你要我来郭家大院当半年伙计。今天我来啦。虞则平不卑不亢说。

郭震元故作恍然醒悟说,哎哟,你看我还把这事儿给忘啦!虞大少爷你真是说话算话啊。当初要是令尊大人言而有信,恐怕也就不会吞吃我郭家的产业啦!

郭大少爷,虞家跟郭家那是老一辈人的恩恩怨怨,自有公断。今天我是来当伙计的,您莫提往事吧。

大管家老查嘿嘿笑着说,虞则平你家破人亡还敢跟郭大少爷叫板啊?好吧,我现在就领你到后院儿干活儿去。

虞则平表情平静,拎着皮箱背起行囊朝着郭震元点头示意,跟随着老查走进这座大宅院。这里的一切对虞则平来说实在太熟悉了。他自幼在这里长大,春天爬到树上摘香椿,夏天钻进后院儿逮蛐蛐,秋天搬来梯子采石榴,冬天猫在屋里听戏匣子。一花一草一砖一瓦都记载着虞家历史。然而虞家大院变成了郭家大院。内心似火,表情似水,他不紧不慢跟着大管家老查朝大院深处走去。

走到影壁前面,老查将虞则平交给小臭儿,说这是新来的伙计小虞子,然后跟小臭儿耳语几句。之后虞则平跟随着小臭儿,继续沿着游廊走向后院。前面就是他当年的书房了。触景生情心头猛然一酸,不由得放缓脚步。冬去春来似流水,多少日日夜夜他坐在书房苦读,一连三年考试全校第一名。父亲守旧,非要子承父业不可,否则他已经考入北洋大学土木工程系念书去了。虞则平的志向是做建筑工程师,亲手设计一幢幢摩天大楼。如今,这一切美好的期待都成了泡影。

虞则平跟随着小臭儿从当年的书房门前走过。房门敞开着,一只红色毛线团蹦蹦跳跳从房间里滚了出来。他没有思想准备——这只红色毛线团便缠绕在他的左脚上。他情不自禁沿着红色毛线团的线路将目光投向屋里。

一位眉清目秀的年轻女子坐在屋里,一身朴素装束,手里握着红色毛线团的另一端——很显然她正在编织一件红色毛衣。她的目光与他短暂对视,便腾地一下红了脸颊,低头不语。

虞则平也腾地一下满脸通红,急忙放下行囊蹲下身子伸手择着缠绕在自己左脚上的红色毛线团。这正是天津出产的著名的"抵羊牌"毛线。虞则平低头拆解着,这时一册书籍从他的帆布行囊里滑出掉在地上。那女子起身目光投向这册书籍。

你懂洋文?那女子脱口问道。他连忙点头,伸手将这册滑落而出的《高级英文教程》放回帆布行囊里,表情很窘。

小臭儿已经走出十几步，回头看见虞则平被一团红色毛线纠缠，转身跑回来，站在房门外叫了一声大小姐。

大小姐？虞则平听到这称呼不由一愣，他将缠绕在自己左脚上的红色毛线团择开，伸手将它递给她。虞则平心里揣测，这位大小姐应当就是郭震元的妹妹郭羽洁。

郭羽洁起身伸手欲接，却又缩了回去，表情略带几分警惕地说，您是哪位啊？

小臭儿一旁说，大小姐，他是新来的伙计小虞子。

小虞子，你是新来的伙计？郭羽洁眨着一双大眼睛注视气质文雅的虞则平，表情很是疑惑。小臭儿，你打算让他干什么活儿啊？

大管家老查让我安排小虞子在后院儿里拾掇煤堆。还说今儿要是拾掇不完就不给他饭吃。小臭儿如实回答。

郭羽洁的使女胖姐儿气喘吁吁跑来，她指着虞则平问道，你就是甘心情愿来郭家大院当伙计的虞大少爷吧？

郭羽洁极其惊讶地叫了一声。哎呀，你是虞则平啊！你在南开中学读过书吧？

虞则平点头称是，跟随着小臭儿朝后院走去。胖姐儿发现郭羽洁神色异常。大小姐，您这是怎么啦？郭羽洁心不在焉地嗯了一声。

大小姐，您以前认识虞则平啊？胖姐儿问道。

望着虞则平走向后院的背影，郭羽洁的内心感慨不已。人生路上变幻无常，从大少爷到小伙计，这位虞大少爷真是从天堂到了地狱。如今，以身赎匾走进郭家大院当伙计，这跟典身为奴有什么区别呀。心里这样寻思着，郭羽洁手里拿着红色毛线团，心事重重坐在桌前。整整一个下午她就这样坐着，并不知道这就叫一见钟情。

厨师矮冯来了，问郭羽洁晚饭想吃什么。这是郭震元吩咐的，一日三餐必须请问大小姐。郭羽洁知道哥哥爆竹脾气沾火星儿就着，但身为兄长对妹妹还是颇为关爱的。

郭羽洁告诉厨师矮冯，她想吃香椿炒鸡蛋。矮冯做事认真，举凡大小姐的食谱，那是一日三餐一丝不苟写在墙上的，就好像唱戏的水牌子。大管家老查做事更是滴水不漏，厨房重地，经常光顾，他认为人世间疾病十有八九是吃出来的，马虎不得。

矮冯将大小姐晚饭要吃香椿炒鸡蛋的消息报告老查。老查立即扛着梯子立在香椿树下。伙计小臭儿抓住梯子往上攀。老查一肚子坏水儿往外冒，嘿嘿笑了。他派小臭儿去后院把虞则平叫来。

虞则平正在后院拾掇煤堆，他两手黢黑地跟随小臭儿来到香椿树下。老查扬手指着树梢说，大小姐要吃香椿炒鸡蛋，你登梯子上树给我摘几把香椿芽子，不够一斤你别下来。

大小姐？虞则平看了老查一眼，说要洗一洗手。老查也觉得虞则平一双黑手上树摘香椿不卫生，就同意了。

胖姐儿端着一盆清水，朝着虞则平走来。虞则平并不认为这盆清水跟自己有关，愣愣地看着这位郭大小姐的使女。

你傻啦？伸手洗呀。胖姐儿嘴巴厉害，当头斥打着虞则平。

虞则平慌忙伸手。胖姐儿将一盆清水缓缓浇下，一股清流冲洗着虞则平黢黑的双手。洗净了，虞则平甩着水珠儿轻轻说了声谢谢。

胖姐儿送水给虞则平洗手，老查很不高兴，便急声急语催促"小虞子"赶紧上树。虞则平登上梯子去摘枝头的香椿嫩叶儿，目光却投向远处游廊的郭羽洁房间。

果然，郭羽洁站在房间门外，远远注视着采摘香椿的场面。

老查朝着小臭儿使了一个眼色，俩人合力一撒梯子——虞则平从高处落下，咕咚一声摔了一个"屁股蹲儿"。站在远处观望的郭羽洁吓得啊了一声。老查和小臭儿却哈哈大笑，很是开心。

黄昏时分，厨师矮冯依照菜谱准备晚饭。郭大少爷一荤一素，荤是熘肝尖儿，素是炒小白菜儿，主食是大馒头。郭大小姐的饭菜也很简单，一盘香椿炒鸡蛋配着一张小饼，一碗清汤。郭震元坐在桌前抄起筷子就吃，使劲儿嚼着馒头腮帮子鼓出一个大疙瘩，好像饿死鬼投生似的。郭羽洁的香椿炒鸡蛋摆在桌上，散发出诱人的香气。郭震元很快吃下两个大馒头，然后伸出筷子问厨师大小姐怎么还不来吃晚饭。矮冯搓着双手表示遗憾，认为香椿炒鸡蛋这道菜，凉了就没吃头了。

郭震元是个粗人,伸出筷子从妹妹的碟子里夹了一块儿香椿炒鸡蛋放进自己嘴里,嚼了两口连连叫好。这么可口的饭菜,妹妹居然不来用餐。郭震元吩咐矮冯去闺房请大小姐。这时候胖姐儿跑来报告了。大小姐说不饿,大小姐说晚饭不吃了。

矮冯感到委屈,说香椿炒鸡蛋是大小姐亲自点的时令菜,怎么说不吃就不吃呢。郭震元心里非常疼爱自己的妹妹,他二话不说端起饭菜就朝妹妹房间走去。胖姐儿阻拦不得,扭儿扭儿跑去报信儿了。

郭羽洁听说哥哥来了,起身迎出房间。郭震元端着香椿炒鸡蛋站在闺房门外,问她是不是身体不舒服。郭羽洁连忙解释说身体没事儿,就是不饿。

妹妹你是不是有什么心事?郭震元突然发问。郭羽洁连声掩饰说没有什么心事,然后指着胖姐儿说,今天她一连跑了几家广货铺都没有买到花边儿,我心里起急。

郭震元将一碟子香椿炒鸡蛋递给妹妹,说吃饭吧,明天我派一辆胶皮,送你去估衣街走一走,那里好几十家商号什么样儿的花边儿都有。胖姐儿壮了壮胆子说,大少爷呀,平时您对大小姐管教那么严,大门不让出二门不让迈。今儿怎么太阳从西边出来啦?

郭震元也不解释,只是笑着催促妹妹去吃晚饭。

听说明天去逛估衣街,郭羽洁情绪好转,她主动从哥哥手里接过那一盘香椿炒鸡蛋端到鼻前嗅了嗅,说了声真香。

看着哥哥走了,郭羽洁立即侧身将这盘香椿炒鸡蛋放在桌上,轻轻叹了一口气。胖姐儿一旁察言观色,发现大小姐真的有了心事。

大小姐,这盘儿香椿炒鸡蛋可是您亲自点的,您怎么不吃呢?

郭羽洁叹了一口气说,我哪里吃得下去啊。

大少爷不是已经说啦,明天给您派一辆车,我陪着您出去散散心,咱们逛逛估衣街。我听说外头这几天可热闹呢,还有庙会呢。胖姐儿主动换了话题,为了改变郭羽洁委靡不振的情绪。

郭羽洁若有所思地点了点头。然而那盘香椿炒鸡蛋她到底也没有吃。它静静摆在屋里桌上——仿佛成为一份颇具含义的供品。

2

北京称呼人力车"洋车",天津称呼人力车"胶皮"。这种胶皮充气轮胎的人力车比起铁箍木轱辘车子,已然先进了许多。

第二天一大早儿,郭羽洁还是不声不响坐在镜台前面,梳洗打扮起来。正是夏初,郭羽洁特意穿了一件毛蓝布大褂,这样子显得很朴素。她知道自己并非出身世家,只是哥哥夺回家产从而成为富户。郭羽洁性格内向,为人处世比较低调。

胖姐儿知道这种毛蓝布大褂是女学生的装束,也知道外出读书是大小姐的心愿。受到大小姐的影响,胖姐儿穿了一件素花大袄,看上去也很普通。

吃了早饭,胖姐儿跑去告诉老查马上派车,大小姐动身上街。郭羽洁收拾停当拿着手帕款款走到前院,一眼看见虞则平身穿一件月白色坎肩,赤着胳膊拉着一辆胶皮车,候着呢。郭羽洁极其惊诧地问胖姐儿,虞则平怎么成了车夫啊?

老查嘿嘿笑着走上前来说,大小姐,既然在郭家大院当伙计,无论挑水扫地还是拉车烧火,都得干。您要是不让虞则平拉车,我就得派他去洗刷厕所。

虞则平一介书生,他拉得动胶皮吗?老查你不要站着说话不腰疼。郭羽洁不满地说。

老查辩解说,大小姐您不要小看虞则平,他一身干巴劲儿能抵一头驴呢。

郭羽洁气得一时说不出话来。虞则平拉着胶皮突然大声说,请大小姐上车吧。

郭羽洁轻轻叹了一口气,脸色绯红。胖姐儿搀着她上车,说了声咱们走吧。虞则平攥着车把拉动了胶皮,不紧不慢驶出郭家大院。

郭震元从上房里走出,望着胶皮驶出郭家大院,乐了。好啊好啊,我让虞则平拉了胶皮,这才叫败家子现眼呢!

出了大费家胡同,胖姐儿从大街上叫了一辆胶皮,紧紧跟在郭羽洁后面,朝着鼓楼去了。虞则平拉着胶皮问郭羽洁去哪里,郭羽洁慌不择言说,你拉我去哪里我就去哪里。这时两个学生装束的小伙子横过马路,抬头看见拉胶皮的虞则平,极其惊讶地叫喊起来。

虞则平同学,你怎么成了车夫啊?你怎么成了车夫啦!

胶皮停住了。郭羽洁拿出手帕遮住面孔,蜷着身子坐在车里。她听见虞则平说话。

啊,我现在在一宅院里当伙计,今天拉车上街。这声音不卑不亢,郭羽洁一下被感动了。

虞则平同学,你不是报考北洋大学吗,怎么给人家当了伙计,你家出了什么事情吧?

是啊,家里出了事情,我父亲因病去世,我不考北洋大学了。再见!虞则平说罢,弓身用力拉起胶皮车,向东拐去。他一路疾跑,似乎是在发泄着内心郁闷。

郭羽洁坐在车里小声劝说着。虞则平你不要难过,其实你还是可以继续报考北洋大学的。车夫虞则平狂奔不止,一路冲向海河方向。

这拉胶皮的疯了。大街上人们议论着。胖姐儿乘坐的胶皮被远远甩在后面,追赶不上。郭羽洁坐在车里继续大声劝说着。虞则平,你千万不要自暴自弃,你将来一定会考进北洋大学的!

郭羽洁说着心里一酸,嘤嘤哭了起来。

听到郭羽洁的哭声虞则平放缓了脚步,胶皮终于停了下来。

郭羽洁抽泣着说,虞则平,你为嘛非到郭家大院来当伙计呢?你这是自找苦吃啊。

胖姐儿乘坐的胶皮终于追赶上来。她气急败坏地跳下车子跑到虞则平面前大声指责说,你疯啦!又不是大骡子大马,你怎么还惊车呢?

虞则平低头不语。郭羽洁擦去眼泪对胖姐儿说,你别闹哄了,这是我让他快跑的。前边有茶摊就让虞则平喝一碗茶水吧。

虞则平摇头表示不渴,扭头问大小姐现在去什么地方。郭羽洁叹了一口气说,今儿是没事儿闲逛,你愿意去哪儿就去哪儿吧。

听了郭羽洁的话,他弓身用力拉起胶皮,沿着海河右岸向着日租界方向跑去。擦着日租界边缘前行,郭羽洁远远望见南市牌坊。

南市这地方毗邻日租界,吃喝玩乐很是方便,人称"三不管"。大流氓袁文会把持这里,无恶不作。天津的良家子弟是不敢涉足其间的,避而远之。虞则平拉着胶皮进了南市,道路很是生疏。

这时一报童迎面跑来,大声叫卖着:看报看报看《九河时报》,郭家从虞家讨回祖传产业,虞则平成了天津卫第一败家子啊!这败家子没羞没臊去郭家大院当了伙计,遭到各界耻笑啊!

低头拉着胶皮沿着东兴大街跑过平安戏院,虞则平大汗淋漓跑上南马路。这时又一报童迎面吆喝着:看报啦看《九河时报》啦,败家子虞则平为了一块破匾进了郭家大院当伙计,没羞没臊天津卫头一份啊!

郭羽洁立即大喊停车。虞则平放慢脚步停在路旁。这时胖姐儿乘坐的胶皮赶了上来。胖姐儿,你坐着胶皮围着四面城转悠吧,凡是遇见卖《九河时报》的你全包了,一份也不许落下。我的话你听明白了吗?说着,郭羽洁将钱荷包扔给胖姐儿。胖姐儿当然明白大小姐的心思,接过钱荷包说了声走,坐着胶皮奔东南城角去了。

虞则平拉着胶皮问郭羽洁去哪里。郭羽洁说回家。一路上,无论拉车的还是坐车的都无言无语。

进了一条小街,虞则平看见几个妇女站在一起聊天儿,就说了一声"稍回身,劳您大驾啦"。这几个妇女一眼认出车夫是从前的虞大少爷,立即议论起来。郭羽洁手帕遮脸坐在车里听着人们对虞则平的贬斥,心头一阵阵刺痛。她实在忍受不住了,一挺身从车里跳了下去。虞则平停住脚步,双手驾辕回头看着她。

还没到家你怎么下车啦?虞则平书呆子似的问道。郭羽洁气得落下眼泪。虞则平,这一路上难道你听不清看不见啊?人们都在笑话你。你为了一块破匾跑到郭家大院当伙计,这是何苦呢?

虞则平苦笑着说,郭大小姐你上车吧,这事儿我三言两语跟你说不清楚。

不行,你必须跟我说清楚,你不说清楚今儿我就不上你车!性格绵软的郭羽洁突然急躁起来,一双丹凤眼眨动着晶莹的泪光。

你上车吧,你坐在车里我一定告诉你原因,好吗?虞则平似乎是在恳求她。郭羽洁一下心软了,赌气似的坐到车里。

虞则平拉起胶皮一边走一边说,我保存正昌老号牌匾,其实只想留一个纪念。可你哥哥刁难我,非要我给他当半年伙计。我为了得到那块老匾,就进了郭家大院。这就是事情的经过。

郭羽洁突然问道，这么多人贬斥你，说你败家子说你没羞没臊没骨气，你听着心里就不难受啊？

拉着胶皮来到郭家大院门外，虞则平没做声。郭羽洁知道这种对话机会难得，便继续催问。他回头看着她说，无论人们怎样辱骂我，我只当没听见就是了。我没听见，别人不就白说了吗？

郭羽洁反而无话可说了。

虞则平径直将胶皮拉进郭家大院。大管家老查迎上前来。郭羽洁当头就说，查大管家，从今往后不许派虞则平外出拉车。老查连忙询问，虞则平偷懒耍滑不出力吧。郭羽洁不睬老查，径直朝闺房走去。游廊里遇到郭震元。他问妹妹出去玩得高兴吗。郭羽洁还是那句话，说从今往后不许你派虞则平外出拉车。

郭震元笑着问，这小子不是东西吧？我派他给你拉胶皮就是想羞辱羞辱他。让人们都知道虞大少爷变成下三烂儿啦。

郭羽洁急了，哥哥，反正从今往后不许派虞则平外出拉车啦！

3

虞则平将胶皮车停放在车棚里，掏出手巾擦拭着满脸汗珠儿。他以前哪里拉得动胶皮啊，不知何故今天浑身是劲儿，迸发出极大的力量。

老查憋着一肚子坏水儿走过来说，虞大少爷，这一趟胶皮你拉得不错啊，大小姐对你很满意。虞则平不动声色地说，你有事儿就吩咐吧。

我还能有什么事儿？让你干活儿呗！你看见跨院墙角那堆煤块了吧？你通通给我砸成小核桃块儿。你今儿不把这堆煤块儿砸完，别吃饭！

吃晚饭的时候，郭震元发了脾气。厨师矮冯手艺其实不错，可今天的"焦熘里脊"一下惹恼了郭大少爷，一挥手将盘子从窗户扔出去，拂袖而去。矮冯慌了，蹲在小餐厅门口唉声叹气。

郭羽洁在胖姐儿陪同下来吃晚饭了。她一进门就向矮冯打听哥哥扔碟子摔筷子的原因。矮冯如实说了。郭羽洁安慰了矮冯几句，说哥哥这几天上焦火大,你给他弄几样儿败火的青菜就对了。

坐下吃饭,外面却传来叮叮当当的声响,影响食欲。郭羽洁为人宽容,极力忍耐着,草草吃了晚饭起身离去。她小声嘱咐胖姐儿去跨院看看,究竟什么响动。

郭羽洁回到自己房间,看到胖姐儿买回来的一沓子《九河时报》,心里略感几分安慰。这报童们满大街叫嚷虞则平是没羞没臊的败家子,他今后还怎么做人啊。

胖姐儿回来了,表情挺气愤的。大小姐啊,那叮叮当当的响声敢情是老查吩咐虞则平蹲在厨房后面砸煤,那一堆大煤块儿必须通通砸成核桃块儿,不许大,也不许小,什么时候砸完了什么时候吃晚饭。

什么?虞则平上午外出拉胶皮,下午砸煤,这不是折腾人吗?老查心眼儿也太坏啦。郭羽洁听罢,气得嘴唇颤抖脸色泛白。

胖姐儿又说,我不是买了一沓子《九河时报》回来吗,老查一个劲儿追问买报纸干嘛。我看他贼眉鼠眼的不是好玩意儿!您就说那一堆大煤块儿吧,虞则平就是砸到半夜也砸不完呀。

郭羽洁说,胖姐儿,你现在就把那个老查给我叫来!胖姐儿得令,跑去叫了。老查很快就来了,站在门外叫了一声大小姐,说这么晚了您还有什么吩咐啊。

是啊,这么晚了还叮叮当当砸煤,吵得我没法儿休息。郭羽洁站在屋里说,老查你马上给我停了。

大小姐,砸煤这活儿是大少爷亲自安排的,我可不敢说停啊。

郭羽洁大步走出闺房,气咻咻来到哥哥房门外大声说,哥!你不要让虞则平砸煤了,叮叮当当吵得我头疼!

你先回去吧,一会儿我告诉老查让他停下来就是啦。郭震元搪塞着。郭羽洁急了,不行,你现在就得让他停下来。

郭震元走出房间笑着说,妹妹你不要管这么多闲事好不好?你还想在郭家大院待一辈子啊!

老查躲在黑灯影儿里观望着,满脸坏笑。他已经看出郭羽洁对虞则平怀有好感,因此悄悄盯梢。

回到闺房，郭羽洁寻思着哥哥说的话，一时不知就里。你还想在郭家大院待一辈子啊？哥哥说这话到底是什么意思，莫非他不愿意我住在这里。我当然愿意外出上学，去读女子师范学校，那多好啊。可哥哥从来不同意我外出念书，说什么有父从父无父从兄。

这样想着，郭羽洁叹了一口气。从跨院里又传来一声声锤响，仿佛一下下敲击在她心头。

这锤声怎么还没停下来？不行，我得去跨院看一看。郭羽洁起身出了房门独自走向跨院。正是月圆之夜，月光满地倾泻，给人间镀了一层银色。老查迎面走来，叫了一声大小姐。郭羽洁极其气愤地说，老查，不要以为你是我哥哥面前的大红人儿，你就在这儿欺负人！

老查哭丧着脸说，大小姐您真是冤枉好人，我去告诉虞则平不要砸煤了，可他根本就不听，不哼不哈一个劲儿砸，没完没了。遇上这种人您说让我怎么办啊？

哦。郭羽洁心情一下平缓了。好吧，既然如此，这事儿你不要管啦。

老查巴不得解脱，转身走了。

郭羽洁走进跨院，月光下她看到煤堆前蹲着一个人，手持锤子叮叮当当正在砸煤。郭羽洁心头一颤，快步走上前去。

虞则平，老查不是说停工嘛，你歇一歇吧。

虞则平毫不停顿，继续举起锤子砸煤。郭羽洁一把抓住他的胳膊。虞则平！你天生愿意吃苦就任凭老查欺负你啊？你真没出息！

谢谢你的好意。既然他老查说必须把这一堆煤块儿砸完了才给我饭吃，这活儿我是一定要干到底的。虞则平说着挥动锤子继续砸了起来。

面对外表平和如水内心倔强如铁的虞则平，郭羽洁心底居然泛起一股敬佩之情。是啊，男子汉就要这样，既然吃苦就要吃出几分名堂来。不达目的，绝不罢休。这样想着，她将一条白手帕扔给虞则平，悄然起身走了。

叮叮当当的锤声，就这样响彻郭家大院的夜空。子夜时分。郭震元披着衣裳来到跨院，大声斥责着。虞则平！这大半夜的你叮叮当当的还让不让别人睡觉？老查不是告诉你了，让你停工别干啦！

虞则平缓缓站起，手持锤子注视着对方说，郭大少爷，你不是说不干完活儿不让我吃饭吗？

郭震元急了，虞则平我告诉你，我改主意啦！你他妈的马上给我停下来，洗手吃饭去。

郭大少爷，我这儿还有最后两块儿煤。一个人做事儿总要善始善终嘛。说着虞则平蹲下身去猛地举起锤子，狠狠砸了下去。嘭的一声，煤末四溅，随即染上一股子血色。虞则平的双手已经磨出一层血泡。那锤柄，也已经染成红色。

郭震元惊了，转身快步离去。回到自己房间，他一连吸了三棵烟卷儿，心情波澜难平。在此之前他认为虞则平不过是一个公子哥儿，肩不能挑担，手不能提篮。今天看到虞则平蹲在跨院里砸煤，那可不是公子哥儿的劲头儿。我让虞则平来这里当伙计，这究竟是高招儿还是臭招儿？他妈的，既然如此，那就走一步看两步吧，我就不信姓虞的能够咸鱼翻身！

跨院里，虞则平砸碎了最后一块儿煤。嘿嘿。他冷笑着站起身来，那腰腿已经完全丧失了知觉。摇摇晃晃走出跨院，他抬头看了看天上月亮，脸上挂着几分残忍的笑容。是啊，只要你还活着，天上就有月亮。只要天上有月亮，地上就有月光。只要地上有月光，就有你的人影儿。他喃喃自语，好像是在背诵一首小诗。他在南开学校读书的时候，写了很多自由诗。

他几乎站不住了，伸手扶了扶游廊的柱子，咬紧牙关走进厨房。厨房里，胖姐儿端着一只托盘走上前来说，虞则平我告诉你，这可是我家大小姐亲手给你做的三鲜面汤。

伸出满是血泡的双手，虞则平颤抖着接过盛满三鲜面汤的大碗。

谢谢大小姐。

远处的黑影儿里站着心潮澎湃的郭羽洁。莫非我真的爱上了虞则平？夜色里郭羽洁审问着自己，却一时没有答案。这一夜，郭羽洁失眠了。

4

郭羽洁把自己关在屋里，没有一点儿动静。矮冯跑来几趟问大小姐想吃什么，回答都说不饿。其实这是怀春。姑娘怀春那是饿不死的。怀春是因为有爱，只要有爱，就不会感到饥饿。爱这东西有时候胜过五斗粮食。

黄昏时分，厨师矮冯好生一通煎炒烹炸，小餐桌摆了八个好菜。郭震元胃口不错，坐下就吃，好似恶狼扒心。吃饱了，他终于想起妹妹，说了声快叫羽洁来吃饭吧，起身走了。

郭震元一走，老查就朝矮冯开了炮。你这大厨师手艺不错，可大小姐怎么就不吃你做的饭呢？今儿她一天水米没沾牙，矮冯你一定要安排夜宵！你做的夜宵假若大小姐还是不吃，明天一早儿你另谋高就吧！

矮冯连忙朝着老查作揖说，大小姐身子不得劲儿，那得赶紧看大夫啊，不能全怪我手艺不济吧？

天色黑了，矮冯寻思着究竟给大小姐做什么夜宵。这时虞则平挑着两桶泔水走过去。矮冯心头一惊。这位衣来伸手饭来张口的虞大少爷竟然挑得起一担泔水，真有两下子。

晚间八点半，矮冯做出一桌子吃食。他精心安排弄出了六样儿夜宵。一、珍珠饼配小馄饨。二、四碟小菜儿配银丝汤面。三、炸麻团配小豆粥。四、小笼烧卖配甩果儿汤。五、果子羹配荷叶饼。六、全素点心配茶汤。

一桌子夜宵摆在小餐厅里有山有水有风景。矮冯自言自语说，兵法上说以少少许胜多多许，那叫本事。我没能耐，只能以多多许胜少少许。这六样儿夜宵里有一样儿博得大小姐喜爱，就行。

拎出紫竹提盒，矮冯开始往大小姐屋里送夜宵了。他满怀信心将珍珠饼配小馄饨送到大小姐门外。胖姐儿面无表情地接过提盒，说了声冯师傅辛苦了。矮冯沿着游廊返回厨房。他前脚进门，胖姐儿后脚就到了。

胖姐儿将紫竹提盒往桌上一搁，说大小姐不吃。矮冯急忙拉住胖姐儿，说我马上给大小姐换一样儿。说着，他小心翼翼将四碟小菜儿和一碗银丝汤面放进紫竹提盒里，催促着胖姐儿送去。

胖姐儿苦笑着说，大小姐什么都不想吃。矮冯你就做出满汉全席那也是白搭。

一袋烟工夫，胖姐儿拧着紫竹提盒扭儿扭儿回来，说大小姐还是不吃。矮冯叹了一口气说，大小姐她不吃，我这饭碗可就要砸啦。

老查装着一肚子坏水儿，嘿嘿笑着走进伙房。矮冯啊，我看明儿一早儿你就扛着铺盖卷儿回家吧。

矮冯知道老查这人一贯落井下石，便哭丧着脸辩解着。查大管家，大小姐不吃饭，那是她不开胃。她不开胃，也不是我的罪过呀。再者说郭大少爷大仁大义还能真的辞了我啊？

老查脸色一沉说，矮冯！这么说是我假传圣旨啦？我告诉你，今儿你做不出大小姐爱吃的夜宵，从我这儿先辞了你！

阎王好躲，小鬼儿难搪啊。矮冯不敢顶撞老查，忍了。夜色沉重，矮冯心情更是沉重。这时他听到有人叽里咕噜说话，一句也听不懂。寻声走近，看见香椿树底下站着虞则平。矮冯使劲咳了一声。虞则平停止叽里咕噜，转过身来看着矮冯。

你这是修道成仙啊还是顺气消食呢？矮冯问道。虞则平如实回答说，我背诵课文呢。

矮冯跟虞则平诉苦，说明天就卷铺盖回家了。

矮冯，你不要着急，我想办法帮你一把。大小姐不吃饭，那是胃火太盛。后院墙根儿有一棵杏儿树，杏儿树上还有几颗熟透的杏儿没摘，你去把它摘了吧。

矮冯去了。虞则平走进厨房，掀起缸盖儿抓了两把稻米。这稻米是正宗小站稻。拿一只大碗盛满清水，泡上稻米。这时矮冯捧着几颗烂杏儿回来了。虞则平告诉他把杏核儿砸开，取出杏仁再把杏仁捣烂，对水之后澄出汁子，拿一块儿纱布滤去渣子，光留杏仁汁儿就行。

矮冯中规中矩，一会儿就弄出一盅杏仁汁儿。虞则平将泡在大碗里的稻米捞出在热锅里炒去了水分。泡得发胀的稻米粒儿摊在案板上。他拿起一根擀面杖咯吱咯吱擀了起来。很快稻米粒都被擀碎了，变成一堆大米面儿。他让矮冯用细眼儿铜丝罗将这一堆大米面儿罗了罗，变成一小堆儿精细的米粉。

虞则平端来一只小砂锅将米粉对水调成糊状，开始熬粥。这不就是大米面儿粥吗？矮冯大惑不解。

矮冯，粥跟粥可是大不相同啊。你现在闻见大米的香味了吗？虞则平似乎沉浸在独自享乐的世界里。矮冯听罢朝着那只砂锅投去一瞥，偷偷撇了撇嘴，表示并不信服。虞则平将一小盅杏仁汁儿倒入沸腾的砂锅里。一股清香味道雾时弥散开来,充满了厨房。

矮冯惊诧极了。老天爷,这是你做的杏仁粥?

它应当叫杏仁茶。虞则平一板一眼说道,将热气飘香的杏仁茶盛在一只青花碗里。矮冯大喜过望,跑去叫来胖姐儿。胖姐儿睡眼惺忪嘟哝着,对矮冯半夜搅扰很是不满。说着她突然嗅到一股杏仁香味,我的妈呀,这么清香是什么东西啊?

这是虞则平给大小姐做的杏仁茶。天津卫独一份。矮冯介绍说。

杏仁茶?虞则平还有这手艺啊。胖姐儿伸手端起大碗,跑着给大小姐送去了。

第二天一早儿,老查不声不响走进厨房,突然咳嗽了一声。矮冯急忙捧起那只青花大碗大声表白着,查大管家,大小姐她吃了夜宵啦!老查板着面孔说,那就算你小子躲过了一劫!

上午临近九点钟的时候,郭震元一步三摇走进小餐厅吃早点来了。郭震元自幼生活在社会底层,饮食并不讲究。他坐在桌前抄起一只油酥烧饼就吃。哎哟,里面还夹着牛肉馅呢! 郭震元大口咀嚼着,问大小姐怎么没来吃早点。矮冯说早点送到大小姐屋里去了。话音未落,胖姐儿挎着紫竹提盒走进来。郭震元看出妹妹没吃早点,沉着脸子问道,胖姐儿,大小姐怎么不吃早点啊?

胖姐儿笑了笑,伸手指着窗台上那只青花大碗说,大小姐说了,从今往后她只吃这一个人做的饭。

郭震元看着那只青花大碗,不解其意。老查走进来凑到郭震元耳畔,低声说了几句。

郭震元恍然大悟说,那碗杏仁茶敢情是虞则平的手艺?依你这么说他还会做饭啊?×,这不成了文武全才啦。

胖姐儿接过话茬儿说,当然是文武全才。大小姐说那碗杏仁茶做得特别有味道。

郭震元不假思索大声说道,既然如此那就让虞则平做饭当厨子吧。

矮冯慌了,郭大少爷我从十岁就在饭馆学徒,今儿怎么让一外行给顶啦?你说你四岁在饭馆学徒也没用啊,我妹妹就是不认你怎么办呢?

矮冯被郭震元贬得一文不值,既急不得也恼不得,一个劲儿跺脚。老查打着折扣说，虞则平毕竟属于半路出家，恐怕难以主灶。从今儿开始让他给矮冯打下手。他究竟是骡子是马，牵出来遛一遛再说。

好吧，今儿中午就让虞则平炒俩菜让我尝尝！郭震元大大咧咧地说。

胖姐儿心中大喜。好啊，这样大小姐的胃口就好啦，一天八顿饭也吃不够！她一溜烟跑向大小姐的闺房，报信儿去了。

郭羽洁却伤感地叹了一口气。虞则平堂堂正正一位书生，竟然沦为厨子。这真是斯文扫地啊。

5

老查生性歹毒心理阴暗，人生最大爱好就是看见别人倒霉。他看出郭羽洁对虞则平产生爱慕之意，便煞有介事找到郭震元，说大事不好了。

郭震元为人粗鲁，就说有屁快放。老查只得尴尬地笑着说，古语云，当断不断，必受其乱。我看您应当拿大主意啦。

郭震元不耐烦了。你有话就说，我就腻味你这没说话先卖关子的臭毛病。

老查缓了缓情绪说，一碗杏仁茶谁不会做啊？可大小姐就是喜欢吃虞则平做的饭，这叫好感。人世间的男女之情那是棒打不开的。尤其虞则平这样的小白脸，更迷人。日久生情，指不定闹出什么乱子呢。

老查这一番话却没有激怒郭震元。他一时难以摸透对方心思，心里算计着。

郭震元终于叹了一口气，欲言又止。老查谄笑着说，您有话就说，只要您一声吩咐，我马上就办。

唉，我叫虞则平来当伙计，这是引狼入室啊。我后悔不迭，有苦说不出。我想找一个机会突然下手，神不知鬼不觉把虞则平给办了，老查你明白我的意思吗？

我明白！我明白！老查频频点头，恨不得马上动手似的。

我跟羽洁从小相依为命，过了好多年苦日子啊。如今妹妹长大了，我必须找个好人家把她嫁出去。郭震元思忖着说，只要我妹妹有了婆家，我这一块石头落了地。那时候我什么都不怕了。

既然如此，那就赶紧找几个媒婆子给大小姐提亲吧。老查焦急地说着。大小姐品貌双全，不愁嫁啊。

第二天中午，矮冯就靠边儿站了，成了配角。初试身手的"家厨"虞则平在郭家大院的伙房里烧了一桌"全素席"。这桌全素席，分为四凉八热一汤，美其名曰"烧老鸭"啊"炒雏鸡"啊"煎肥牛"什么的，却没有丝毫荤腥，全部以豆腐丝啊豆腐皮充当原料，素席荤吃，荤面素底，令人大快朵颐。

郭震元城府不深，一边吃一边叫好，满头大汗很是满意。郭羽洁吃相斯文，她不吃"烧老鸭"和"四喜丸子"，却对一盘名叫"金银丝"的素菜颇有兴趣。其实这盘菜就是将绿豆芽和黄豆芽合炒，取名"金银丝"罢了。

喝汤的时候，郭震元满脸兴奋的表情。他让老查把虞则平从厨房叫来，说是有话要问。

虞则平解下围裙拿在手里，气喘吁吁来到了小餐厅。郭羽洁抬头看了看这位家庭厨师，腾地红了脸。

郭震元看了看满面绯红的妹妹，感到有些莫名其妙，然后指着满桌的碟子碗儿说，虞则平你的手艺真不错啊。

虞则平笑了笑说，其实这是寺院里的斋菜。

我听说从前你在南开学校念书，你这公子哥儿怎么学会了烹饪手艺啊？屈才啦。

虞则平表情有几分茫然，说郭大少爷对我的履历很感兴趣啊。我在南开念书的时候，经常自愿到学校伙房里帮厨，厨师老广是中餐西餐的多面手，他教给我几手烧菜的绝活儿，我就这样学会了烹饪。

原来如此。郭震元得意地笑了。你说的那位厨师老广，我愿意出大价钱请他到郭家大院来给我当家厨，一会儿就派查大管家去南开学校找他。

虞则平苦笑了。郭大少爷，那位老广是不会来给你当家厨的。他早年在保定讲武学堂毕业，然后去日本早稻田大学留学。世事沧桑看破红尘，他后来在南开学校当厨师，其实是归隐。

龟隐？还蛇瘾呢！郭震元大大咧咧地说着，低头喝汤了。

哥！你不要说了，这驴唇不对马嘴的，多丢人啊。郭羽洁感到颜面尽失，呼地站起身快步走出小餐厅。

走出小餐厅门口，郭羽洁停住脚步大声说，虞则平真是对不起，请你不要跟我哥哥一般见识。

郭羽洁走了。郭震元看妹妹走远了，立即扭脸变换话题，说这几天打算在家里摆一桌酒席，请满大姑吃饭，虞则平要烧一桌子好菜。

那位满大姑是什么口味啊？虞则平颇为认真地问道。

嗳！一媒婆呗，什么口味不口味的，只要解馋就行啦。郭震元寻思着说，你就做天津卫的八大碗吧，反正媒婆子也不喝酒。

虞则平说，你定准了日子告诉我，因为做八大碗的材料必须提前预备的。

一连几天没有听到郭震元宴请满大姑的消息，虞则平一日三餐充当厨师，很是平稳。矮冯担心虞则平抢了他的饭碗，一有机会便旁敲侧击，说虞则平是干大事业的大人物，三年不飞，一飞冲天，三年不鸣，一鸣惊人。还说虞则平如今只是浅水困蛟龙，将来必然发达。虞则平听罢只是淡淡一笑，既不应承也不反驳，就跟没事儿一样。

一天早午，虞则平坐在厨房里手捧着书本哇啦哇啦念着。他念书气力很足，厨房里的锅碗瓢盆都跟着发出嗡嗡的回响。郭羽洁夹着一沓子《九河时报》悄悄走进来，注视着他的背影。她看到他手捧一册厚厚的洋文书籍，就轻轻咳嗽了一声。

虞则平捧着《高等英文教程》回头看见郭羽洁，啊了一声站起来却不知说什么好。郭羽洁脸色绯红，低头不说话。两人就这样站着，仿佛两尊泥塑。

你会说英国话啊？郭羽洁问道。

虞则平低调地说，这是英语课文，我好久不念已然生疏了。你念过英语啊？

我只念过三年小学。郭羽洁好像颇为自卑，口气里含着几分伤感。然而她转换话题问起哥哥即将宴请媒婆儿的事情。虞则平告诉她宴请媒婆儿的日子并没有确定，光吩咐他准备天津卫的八大碗。

我不愿意让媒婆儿说亲。郭羽洁鼓起勇气说着，似乎等待着虞则平的评判。虞则平抬头看着她，目光里充满同情。这种目光似乎给了郭羽洁很大温暖。虞则平，我看过很多林琴南翻译的西洋小说，中国的包办婚姻真是太封建啦，父母之命，媒妁之言，咱们新青年是不应当接受的。

那就要看你的勇气啦。虞则平意味深长说出这句话,看着郭羽洁。

郭羽洁伸手将一沓子《九河时报》塞到他怀里,扭身跑了。

虞则平将这一沓子报纸扔进灶火里,烧了。

6

天气渐渐热了,然而比天气更热的是郭羽洁的心。她来到厨房的主要目的是观测虞则平的衣裳尺寸。一个女子若爱上一个男子,往往乐于为他做任何事情。单身汉没人料理。她很想给虞则平做一身衣裳,天热了也好换洗换洗。

郭羽洁红着脸吩咐胖姐儿去小布铺扯两丈青洋布。青就是黑。俗话说,七尺裤子八尺袄。这两丈青洋布给虞则平做一身衣裳,足够了。余下五尺青洋布,郭羽洁打算给虞则平做两双布袜子。胖姐儿说人家都是白布做袜子。郭羽洁说,青布就青布吧,千万不要让我哥哥知道了。

她在闺房里将两丈青洋布泡在一只木盆里,缩一缩水。第二天一大早儿,她不敢将这两丈布料晾出去,怕露馅儿。她和胖姐儿一起动手在屋里拉了一根绳子,大半天儿就晾干了。郭羽洁将这两丈青布叠起来,心情突然激动起来。我今生今世除了给哥哥做过两件汗衫和四双袜子,这是头一次给别的男人做衣裳啊。

夜间,郭羽洁估计着虞则平的衣裳尺寸画出样子,手持剪刀裁了一条青洋布裤子。胖姐儿一旁夸赞她心灵手巧。郭羽洁幸福地笑了。

一连几天,郭羽洁闭门不出悄悄给虞则平缝制着衣裳。她专心致志,完全忘却了时间,更不知道自己的行动已经受到老查的监视。

老查跑去向郭震元报告,说大小姐给虞则平缝制衣裳。郭震元一听就急了。老查立即献计说,捉贼捉赃,您等到大小姐把那身青洋布衣裳做成了,你等到虞则平把那身青洋布衣裳穿上,就铁证如山啦。

郭震元思忖着,眉头拧成一个疙瘩,突然伸手指着老查鼻子说,我告诉你,我妹妹将来还要嫁人呢,我不能坏了她的名声。无论我妹妹跟虞则平走到哪一步,你胆敢走漏半点儿风声,我就把你骗了让你去当太监!

　　第二天黄昏时分，郭震元在后院遇见虞则平，这位厨子穿了一身青洋布衣裳，一看就是新做的。克制着内心怒火，郭震元嘿嘿冷笑着说，虞则平，你小子本事挺大哇。

　　当天晚上，郭震元坐在客厅里喝茶，脸色铁青。老查火上浇油说，虞则平已然穿上了大小姐给他做的青洋布衣裳，如今应当是铁证如山了吧？

　　郭震元又狠又恨地说，明天就请媒婆儿吃饭，赶紧给我妹妹找一婆家。哼，我妹妹不是给虞则平做了一身青洋布的衣裳嘛，那就让他穿着这身黑色寿衣去死吧。

　　第二天，媒婆儿满大姑赴宴来了。这位天津卫著名媒婆儿，手里端着一支大烟袋，坐在桌前吧嗒吧嗒抽着，青烟缭绕。这烟袋一尺多长，乌木杆，白玉烟嘴儿，黄铜烟锅儿。

　　抽足了一袋烟，满大姑撩起眼皮看着郭震元说，我一看就知道您是见过世面的人物，我一看您这一身英雄气概，就知道您妹妹也是百里挑一的尖子。越是尖子的婚姻，越不好说合。这好比上等绸缎必须配上等丝绵，那才能做出来上等小棉袄。

　　听罢满大姑这一番话，郭震元哈哈大笑说，我妹妹的婚事必须是上等绸缎配上等丝绵。一边是上等绸缎一边是上等丝绵，中间还有您这个上等成衣铺呢。

　　虞则平主灶烧制天津名菜"八大碗"，矮冯充当助手。吃饭的时候满大姑压低声音问郭震元，您急急忙忙要把妹妹嫁出去，有什么难言之隐吧？

　　郭震元笑了。我就想快快把这盆水泼出去。满大姑你放心，我不会让你白跑路的。

　　几天之后，满大姑跑来说英租界洋行李家的李大少爷跟郭大小姐年岁相当，属相匹配，八字相合，真是天生一对地设一双。郭震元一听大名鼎鼎洋行李家，当然乐意。就这样，满大姑一手托两家，说是选择黄道吉日，举行订婚仪式。

　　郭羽洁听到这个消息，一头冲进哥哥房间哇地大哭起来。哥哥，你偷偷订了我的终身大事，我不愿意！

　　郭震元解释说，天津卫英租界洋行李家大名鼎鼎。李大少爷一表人才。那是求之不得的。这么好的亲事过几天就订婚,你为什么不愿意呢。

郭羽洁哭着说,无论多好的人家也不愿意出嫁,她要婚姻自由。

婚姻自由?郭震元变了脸色说,有父从父,无父从兄。你的婚姻我说了算。我是你一奶同胞亲哥哥,还能往火坑里推你吗?然而郭震元哪里知道妹妹深受西洋小说影响,已经成为爱情至上主义者。

郭羽洁起身跑出哥哥房间,不声不响回到闺房里。她让胖姐儿去睡了。

你真的爱虞则平吗?郭羽洁坐在梳妆台前问镜子里的自己。

前几天她鼓起勇气给虞则平送去亲手缝制的衣裳。厨房里没人,他深情地注视着她,说了声谢谢。她低头不语,心儿咚咚跳着。他给她端了一碗水,说愿意教她英语。她感到幸福极了,转身就走。他追了几步说,我还愿意为你烧菜呢。

郭羽洁跑回闺房,一头扑在床上哭泣起来。她是因幸福而哭泣的。在此之前她只知道自己爱着虞则平,却不知道对方心思。今天虞则平说愿意教她英语,还说愿意给她烧菜。这说明他接受了她的感情。这是多么值得庆贺啊。

就这样郭羽洁陷入幻想世界:有情人终成眷属,他伏案写文章,她一旁研墨伺候。花前月下,出双入对,亲昵耳语,恩爱一生。然而,天有不测风云,哥哥竟然请来媒婆儿说亲,而且一言九鼎,什么英租界洋行李家的大少爷,选择黄道吉日订婚。这对郭羽洁的打击实在太大了。

我就是不同意跟李家大少爷订婚。郭羽洁一连三天躺在闺房里,称病不出。她以为这样就能够阻止哥哥的包办婚姻。果然,一连几天没有动静,每逢夜晚胖姐儿便悄悄溜进厨房,虞则平已然为郭羽洁制作了香甜可口的饭菜。白天装病不出,夜晚吃着心中爱人亲手制作的美食,郭羽洁完全忘却了危险渐渐袭来。

郭震元毕竟不是等闲人物,他不声不响确定了订婚日期,在天合玉大饭庄预约了八桌酒席。无论妹妹愿意还是不愿意,这桩婚事他做主了。只有郭羽洁被蒙在鼓里,沉浸在恋爱的巨大喜悦里。

她从虞则平天天变换的饭菜花样儿里看出他的爱心。她喜欢酸甜口感的菜肴,他就由熘鱼片变成菠萝肉羹,由桂花汤变成橘饼儿。反正她能够感到他的细腻和温情。

这一天下午，郭震元乐呵呵站在妹妹闺房门口，叫了一声羽洁。正在读书的郭羽洁立即伪装成有气无力的语气，哥哥有什么事情。

明天中午天合玉大饭庄是你的订婚酒宴，到时候穿什么衣服你就自己安排吧。说完这番话，郭震元走了。

仿佛晴天霹雳，郭羽洁一下瘫倒在床前。胖姐儿吓坏了，连声召唤着大小姐。郭羽洁哇地大哭，终于从昏迷中苏醒了。

苏醒了，她必须面对冷酷的现实，那就是明天的订婚仪式。她万万没有想到哥哥竟然如此霸道，说订婚就订婚了。

夜晚，依照惯例胖姐儿应当去厨房取美食了。郭羽洁眼含热泪坐在桌前，研墨提笔写出"非你不嫁"四个大字放在紫竹提盒里。她从小临摹欧体"九宫成"帖子，字体圆润，笔意丰满。

胖姐儿也是泪水涟涟的样子，拎着紫竹提盒悄悄去了后院厨房。

她等待着。胖姐儿终于回来了，表情显出几分紧张。她亲手打开紫竹提盒看到里面摆着一盘糯米甜糕，竟然做成两颗心儿的形状。她立即哭了，伸手端起这一盘糯米甜糕，看到提盒里摆着一张宣纸上面写四个大字"非你不娶"。

郭羽洁放声大哭起来。

第二天，郭羽洁将自己反锁在屋里，拒绝出席设在天合玉大饭庄的订婚仪式。郭震元并不气馁，说即使妹妹不参加照样为她订婚。这就是郭震元的性格。

下午，天合玉大饭庄的宴席散了。郭震元回来了，他走到妹妹房前大声说，羽洁啊，我已经给你订了婚，今年十月初一就是你大喜的日子啦。

郭羽洁听到哥哥站在门外说的这番话，悲痛欲绝。哥哥这真是逼我走上绝路啊！她坐在梳妆台前铺纸提笔写下"遗书"二字。

性格内向的郭羽洁自从发出非虞则平不嫁的誓言，便懂得了什么叫做幸福。尤其她收到虞则平写来的"非你不娶"的纸条，愈发坚信自己选择的正确。尽管她与他一见钟情，但她认定自己没有爱错。面对哥哥如此霸道，她决定以死相拼。

凌晨时分，郭家大院处于深度睡眠之中。郭羽洁怀里揣着遗书轻轻推开房门。夜色浓重,天地仿佛一块无形的大墨,染得人间没了颜色。她沿着游廊朝着大院深处走去。虞则平就住在后院厨房隔的房间里。

夜色愈发浓重。她感觉自己被漆黑的夜色融化了,变成一团黏稠的黑色。她呼吸急促,步履不稳,懵懵懂懂来到虞则平的门前。天热,敞开的窗户里传出了虞则平轻微的鼾声。她静静站在窗外,忘情地听着。门外放着一只凳子。这显然是虞则平晚间乘凉遗留在门外的。郭羽洁激动起来,坐在这只凳子上享受着人生的最后快乐。

则平,我是来跟你告别的。我非你不嫁,你非我不娶,可是我哥哥却强迫我嫁给别人,我只能以死明志了。我先走了,我一定要在极乐世界等待你的到来。我知道,我们迟早要在那里相见的。你一定要记住我们的誓言,我非你不嫁,你非我不娶……

郭羽洁喃喃着,倾诉着内心炽热的情感。

是的,我非你不娶,你非我不嫁……突然传来虞则平深情的话语。郭羽洁认为这是幻觉,缓缓站起身来。

天啊,虞则平就站在她的身后。她不相信这是真的,伸手揉着眼睛。虞则平伸开双臂紧紧抱住她的腰身,说了一句羽洁你不能死。

啊!这不是幻觉。她双腿一软就倒在虞则平怀里。他则将她抱起,大步走进屋里去了。

虞则平抱着她走进房间,然后轻轻将她放在床上。他热烈地吻着她。她听见他说,羽洁无论如何我们都要活下去,有情人终成眷属。她紧紧搂住他的脖子说,那么我就不去死啦,我好好活着,我一定要等到有情人终成眷属的那一天。

7

凌晨时分,郭羽洁悄悄回到闺房。她不知道,自己的遗书丢失在游廊里。她将贞操给了虞则平,品尝了爱情滋味,令人激动不已。他与她没有山盟海誓,也没有甜言蜜语,却充满了真情。此时她深知所谓有情人终成眷属,那是美好信念。同时她还坚信只要活着就有奇迹发生。因此她放弃了轻生念头,决定顽强地活下去。

于是，她安心地睡了。

一大早儿，小臭儿在游廊里捡到大小姐的遗书，马上跑去交给郭震元。这位大少爷还没起床，看到"遗书"二字，惊了。

立即叫来胖姐儿，审问究竟。胖姐儿表示根本不知道遗书这码事，当场就吓哭了，说大小姐在屋里睡觉，没死啊。郭震元挥手放走胖姐儿，叫来大管家老查。

郭震元脸色铁青，在房间里踱步。羽洁写了遗书，并没有去死。然而他还是从妹妹丢失的遗书里看出巨大危险：妹妹为了抗婚竟然决定上吊自杀。

这时候老查来了。郭震元有了谋士。俩人立即分析起来。老查果然是狗头军师，他认为女子自寻短见，往往是殉情。这封遗书说明大小姐跟虞则平的情感有了深入进展。

郭震元说，既然如此，我把虞则平轰走不就结了吗？

老查劝说道，您先不要着急，我看还是观察几天再做决定不迟。您已然引狼入室了，一定不要放虎归山啊。

嗯。你说得很有道理。郭震元决定采纳老查的建议，以静制动。

郭震元压低声音说，老查，大小姐写遗书这事儿，只有天知地知你知我知，尤其不能让英租界的洋行李家知道！这事儿要是传出去，我妹妹就嫁不出去啦。

郭震元脸色缓和下来，抽着烟卷儿说，你说邪行不邪行。我妹妹一不呆二不傻三不缺心眼儿，她怎么就一眼看上了虞则平呢？人家洋行李家住在英租界，开着大公司，小轿车家里就停着两辆。他虞则平算什么东西，没家没业败家子，就是一条丧家狗！

老查笑着解释说，男女之间一见钟情，往往不讲究贵贱贫富，那王宝钏等待薛平贵，寒窑一住就是十八年。她万万想不到自己有大登殿那一天啊！

郭震元低头寻思着。依你这么说，这件事情的毛病全都出在我妹妹身上啦？好吧，我暂且不动虞则平一根毫毛，等我妹妹订了婚，我再做主张。

老查谦卑地笑了。我说大少爷啊，其实我倒有一个万全之策。

万全之策？你有屁快就放吧。郭震元毫不客气地说。

老查压低声音说，俗话说，快刀切乱麻，斩草要除根。我看这件事情您不要犹豫了，干脆把虞则平办啦！

郭震元寻思着说，你是说一不做，二不休，除了虞则平？

对！你不要忘了，您从虞则平手里拿回了产业，他是您的仇家啊。老查大声说。

你说得好。郭震元连连点头。虞则平这小子可杀不可留！

过午时分，小臭儿来报信儿，说大小姐起来了。郭震元急不可耐，起身前往妹妹房间去了。

郭羽洁坐在梳妆台前，脸色惨白。她已经知道自己丢失了遗书，这是胖姐儿告诉她的。同时胖姐儿还将可巧偷听到的郭震元要谋害虞则平的阴谋告诉了她。

郭震元走进房间叫了一声妹妹，急不可耐地询问"遗书"的事儿。

郭羽洁表情镇定，慢条斯理说，哥，我才不愿意死呢，那遗书是我写着玩儿呢。我要是真想死，早就死啦。

羽洁啊，你不要钻牛角尖儿啦。你要真的有个三长两短，我怎么对得起咱们死去的父母呢？你一朵鲜花还没盛开，好日子在后头呢。不要动不动就往绝处走。你好好调养吧，过几天你身子骨硬朗了，心里有什么话就一股脑儿说出来。郭震元劝说着，转身要走。

哥哥，你先别走。我有几句要紧的话跟你说。郭羽洁站起身来，目光冰冷地注视着郭震元。

妹妹，你有什么就说吧。郭震元点燃一支烟卷儿说。

我不许你动虞则平一根毫毛。郭羽洁斩钉截铁说出这句话。

什么？郭震元颇感意外，抬眼看着妹妹。羽洁你这是什么意思？我根本没想伤害虞则平呀！

你骗我。哥哥我告诉你，不许你动虞则平一根毫毛。从今往后只要虞则平有个三长两短，无论是你亲手干的还是你派别人干的，我马上就去死！哥哥，我说话是算话的。

羽洁，依你这么说虞则平一下就成了无价之宝啦。摸不得碰不得，那要是别人伤了他呢？你也怨我呀！郭震元气呼呼说。

对,无论是谁伤了虞则平,我都说是你伤的。从今往后不但你不能伤他,还得保护着他。郭羽洁大声说着,表情很是激动。哥哥,除非你愿意让我去死!

唉。郭震元叹了一口气,无可奈何地走出妹妹房间。

郭羽洁紧锁眉头思索着说,胖姐儿,我哥哥这人一就是一,二就是二,有勇无谋。老查城府可就深了,咱们光看皮儿见不着瓤子。你一定暗暗盯着老查,千万不能让他害了虞则平。

您放心吧大小姐。我一双眼睛就跟猫似的,半夜都能看见东西。胖姐儿极为自信地说。

回到自己房间,郭震元立即叫来老查,询问他怎么走漏的风声。我妹妹分明知道了咱们谋害虞则平的计划,你到底跟谁说啦?

老查连连表白,说只有天知地知,不会泄露半点儿风声。

这到底是怎么回事儿呢?我妹妹警告我,说不得伤害虞则平一根毫毛。郭震元百思不得其解。

老查询问说,您的意思就这样饶了虞则平啦?

嘿嘿。我既然引狼入室了就不能放虎归山。你说得对,我跟他是仇家,我是不会放过虞则平的。

日子,一天天就这样过去了。虞则平继续担当郭家大院的厨师。郭羽洁满怀期待地活着,尽管她知道她的期待很是遥远。郭震元筹办着十月初一妹妹出嫁的嫁妆。老查不动声色准备着"绝杀局"。

郭羽洁与虞则平的爱情,也像一株小树似的生长着。郭羽洁天天吃着虞则平亲手制作的饭菜,愈发觉得自己一时一刻也离不开这个男人了。

8

离十月初一郭羽洁出嫁还有一段时光,虞则平在郭家大院充当半年伙计的时限却临近了。郭羽洁心里很矛盾,一方面她不愿意让虞则平离开这里,一方面又觉得虞则平一介书生在这里充当厨师真是斯文扫地。这时,郭震元提出在家里摆宴请客,说是当初打官司欠了人情,一定要酬谢各界朋友。

郭羽洁觉得这里有蹊跷,便叮嘱胖姐儿一定要盯住老查。因为哥哥无论出什么坏招儿，都由老查实施。

明天就要宴请各界朋友了。胖姐儿向大小姐报告说老查行踪正常。黄昏时分，老查走出郭家大院，胖姐儿远远地跟着。

她看见老查进了万年堂药铺，便在马路边儿的一个小摊前落座，要了一杯梅汤慢慢喝着。这梅汤是天津卫夏天消暑的饮料。主要原料是乌梅啊杏干儿啊还有梨片儿什么的，对水煮成浓浓的紫色放入冰糖然后沿街出售。胖姐儿暗暗寻思着，老查走进万年堂药铺兴许是买毒药吧？心里一惊，这梅汤愈喝愈不是滋味。这时老查空着双手走出万年堂药铺。胖姐儿放下梅汤，给了他一个背影。老查做梦也不会想到有人跟踪，一路脚步轻盈。胖姐儿不远不近跟随着老查的背影，迎着夕阳回到了郭家大院。

已经是临近晚饭的时候了，这时候院子里干活儿的伙计们散了，显得很清静。空气里飘来一阵阵炒菜的香味，引诱着人们饥饿的胃口。老查也饿了，沿着游廊大步走向后跨院儿的伙房，一路上竟然没有遇见一个人。胖姐儿目不转睛盯着这位大管家的背影。

老查轻轻走到院子的拐角处，停住了脚步。他看了看墙角上的砖缝儿，表情有些犹豫。他原本打算吃罢晚饭天黑之后，把从万年堂药铺买来的这包耗子药藏在这里，此时四处竟然没有一个人影儿，不觉正是天赐良机。于是老查从怀里掏出蜡纸包装的耗子药，伸手拨动那块墙角的活砖儿，顺手塞进了墙角里。之后轻轻将活砖儿复原，老查一步三摇哼哼着小曲儿洗手去了。

胖姐儿看得清清楚楚：原来墙角的那块砖是活的。胖姐儿转身跑回万年堂药铺，向柜台里小伙计询问老查买了什么药。她仿佛得胜还朝的大将军，跑进郭羽洁闺房禀报去了。

哥哥明天宴请各界朋友，郭羽洁原本不想参加。转念一想为了保护虞则平的安全，她还是在场为好。因此，此时郭羽洁顾不得吃晚饭，忙着试衣服。女人就是这样，无论什么场合，还是十分在意自己形象。

郭羽洁果然好身段，两条大长腿，小细腰儿，不胖不瘦皮肤白皙。胖姐儿几乎看呆了，啧啧称赞着大小姐是大美人儿，就跟戏台上的崔莺莺似的。

郭羽洁听罢夸赞便不好意思地笑了，言不由衷地说自己长得丑。胖姐儿急了，说大小姐您要是长得丑，我还有活路吗？

郭羽洁颇有几分自得地笑了笑，说长得俊又有什么用呢，嫁鸡随鸡嫁狗随狗，女人还不是天生命苦。

看郭羽洁试衣服累得出了一身汗，胖姐儿劝她吃了晚饭再说。郭羽洁也觉得应当歇一歇了，停下来喝了一口水。胖姐儿啊，我看出来了你有好事儿还没告诉我。

胖姐儿便沾沾自喜地将跟踪老查的经过说了一遍。郭羽洁大惊失色，说老查买耗子药这一定是要谋害虞则平啊。胖姐儿也拍着大腿说，对呀，老查一定是想往虞则平的饭菜里投放耗子药啊。

兵来将挡，水来土掩。郭羽洁思索着说，既然老查露了马脚，咱们就不怕了。胖姐儿你去找一包滑石粉偷偷替下那一包耗子药，这不就万事大吉啦？

大小姐您真是太聪明啦！胖姐儿拍手笑着说。

应该去吃晚饭了。胖姐儿前面一蹦一跳引路，沿着游廊往后院小餐厅走去。走到拐角处，胖姐儿朝着那块活砖儿努了努嘴儿。郭羽洁瞪大眼睛看着老查暗暗留下的机关，会心一笑。

谁也不能伤了我的虞则平。郭羽洁心里大声说。

9

果然，宴请各界朋友的酒席郭震元指定虞则平主灶。第二天正午，各界朋友陆续到了，有警察有法官，还有律师和青帮小头目以及华界商会会长。由此可见郭震元当初为了夺回失去的家业，曾经得到多少人帮助。

郭羽洁一袭粉红色衣裙光彩照人，款款走进客厅。她向诸位来宾问好，落落大方。郭震元见妹妹如此配合，深感意外。这时候媒婆儿满大姑到了，瞅着郭羽洁连声夸赞大小姐俊美无比。郭羽洁对满大姑并无好感，心里有多大怨气场面还是要做的。这就是天津人性格。郭羽洁给来宾们斟酒，场面气氛渐渐热烈起来。

老查成了宴会主管，吩咐伙计们上菜。

沿着游廊从伙房一路跑来的伙计很快就端上来四碟甜品和四碟凉菜。人们开始喝酒了。

热炒来了。一个伙计吆喝报上菜名，说是"全神下界"！

又一个伙计托着一块热铁板来了，报出菜名，说是"红红火火"。

老查来到厨房督阵。虞则平站在灶前正在给一只仔猪过油。老查不酸不凉地说，大厨师辛苦啦？

虞则平专心炒菜，猛然一抖炒勺，炒勺里一团火光嘭地亮起，又一个热菜出锅了。

老查大步走出厨房走到游廊拐角处，趁着四周没人伸手抠出了那一小包"耗子药"顺势掖在怀里。胖姐儿远远看在眼里。

厨房里，虞则平手持漏勺将一条大鲤鱼从油锅里捞出，摆在一只椭圆形盘子里。他转身走到灶前，一抖热勺开始炒汁儿。这时候从窗外伸进一只手将一撮子白色药粉撒在大鲤鱼上。这白色药粉立即就溶化了。

虞则平炒出汁儿将它浇在大鲤鱼上。这是天津卫家常菜红烧鲤鱼。端起红烧鲤鱼伙计沿着游廊一路跑来，吆喝着红烧鲤鱼来啦。

听到"红烧鲤鱼"郭震元等于听到了暗号，立即集中精神盯着桌面。红烧鲤鱼上了桌子，人们互相谦让着。

老查朝着郭震元使了一个眼色。郭震元笑了。

华界商会会长伸出筷子。郭震元突然大声说，且慢且慢，我怎么闻着这红烧鲤鱼味道不对呢？

华界商会会长毫无疑心地说，这菜是你家厨师做的，没事儿吧。

老查立即插言说，这道红烧鲤鱼按说不会有毛病。可不怕一万就怕万一啊，既然郭大少爷闻着有味儿，那就把那只大花猫抱来吧！

显然是事先有所准备。老查话音刚落，小臭儿便抱着一只大花猫走了进来。

郭羽洁终于明白了哥哥的阴谋。她注视着大花猫，脸色惨白。客人们面面相觑。

郭震元伸出筷子从那条"红烧鲤鱼"身上夹了一块鱼肉，放进一只小碟儿里，递给老查。老查将这只小碟子摆在地上。那只大花猫嗅到荤腥味道，扑上来就吃。

郭震元提醒大家说，这红烧鲤要是有毒，大花猫当场翻倒！

大花猫眨眼之间将一碟子里的东西吃得一干二净，然后长长地伸了一个懒腰。

全场哗然。没毒没毒，要是有毒大花猫现在就应该翻倒啦。

大花猫喵地叫了一声，跑了。郭震元满脸愠恼之色，目光如锥盯了老查一眼。老查满头大汗，耷拉了脑袋。

青帮小头目说，虚惊一场，虚惊一场。

老查立即解释说，这是误会这是误会。我家大少爷唯恐大家吃不好，这才多加小心的。请大家多多原谅请大家多多原谅啊！

郭羽洁抑制不住内心的喜悦，笑了。

然而，经过大花猫验证的那盘"红烧鲤鱼"却摆在桌子无人问津，败坏着宴会气氛。

郭震元为了摆脱尴尬，问后面还有什么菜。这时，站在外面伙计们齐声吆喝起来。

诸位贵宾，大师傅上汤来啦！

郭羽洁内心激动起来，抬头注视着门口儿。

虞则平双手端着一只托盘，托盘里摆着一只汤钵，大步走进来。

郭羽洁心里说，则平啊，今天你躲过了一劫啊。

虞则平双手将托盘放在桌上，然后从托盘上端起汤钵，故意摆在郭羽洁面前。

虞先生，这是什么汤啊？郭羽洁问道。

"龙凤呈祥"汤。虞则平毫无表情地回答。

郭羽洁问道，什么是龙，什么是凤啊？

银鱼为龙，红雀为凤。

明明是银鱼，怎么说是龙呢？

虞则平苦笑了。如今这种世道，泥沙俱下，鱼龙混杂，小鱼儿也成了大龙啦。

老查立即催促着说，上了汤，厨子赶紧下去吧。

谢谢你。郭羽洁深情地注视着虞则平说。

10

虞则平离开郭家大院的时候，不多不少恰恰在这里当了半年伙计。他的皮箱里装满郭羽洁给他缝制的衣裳、手帕以及日常生活用品，这很像妻子给出门远行的丈夫打点行装。

郭羽洁没哭，因为她心里有了一个美好期待，那就是有情人终成眷属。尽管出嫁日期愈来愈近，她仍然镇定自若。女人，就是依靠爱情活着的。

郭震元从妹妹身上看到了爱情的力量，终于放弃了买凶毒打虞则平的企图，眼巴巴看着这位虞大少爷拎着皮箱挎着行囊走出郭家大院。老查无精打采，为自己未能得逞的阴谋而深深感到遗憾。他只能认为那一包耗子药的毒性已经过期。

虞则平就这样走了。

临近出嫁日期，秋风送爽。郭羽洁开始准备嫁妆，心境很是平和。胖姐儿告诉她，虞则平离开郭家大院之后住在南市一座小院里，很是安全。郭羽洁笑了，她相信他很安全，因此她在哥哥面前以生命做了抵押。

一天，外出购物的胖姐儿捎回来一封信。郭羽洁一看笔体就知道是虞则平写来的。她好不容易熬到夜晚，急不可待地打开信封，阅读知心爱人的来信。

当天夜里，她坐在床边将床单一条条撕开，搓成一条绳子。凌晨时分，郭羽洁走出房门来到香椿树下，将自己搓制的绳子搭在树杈上从这里走向死亡。

她上吊自杀了。闺房里残存着一小堆灰烬——她临死之前烧毁了虞则平的来信。

只留下这样一堆灰烬，便没人知道郭羽洁自杀的原因了，就连使女胖姐儿也不知底细。郭震元听说妹妹自尽身亡，受到极大打击，几天之间白了头发，仿佛衰老了十几岁。他从小与妹妹相依为命，如今羽洁自寻短见早早踏上黄泉之路，他日夜不宁，良心受到强烈谴责。

大管家老查不服输，一连几天坐在香椿树下思索着。他叫来胖姐儿审问。胖姐儿承认有人在大街上塞给她一封信，说交给大小姐。当夜大小姐就自杀了。

这封信一定是虞则平写来的,对吧？老查问道。

胖姐儿寻思着说,是啊,我也觉得那封信是虞则平写来的。除了他还能有谁这么惦记着大小姐呢。

然而,那封信已成灰烬,无证可查了。老查毕竟是老查,他认定郭羽洁死于虞则平之手,便模拟了虞则平写给郭羽洁的那封信。

羽洁:

　　我离开郭家大院之后,心情很好。我认为我必须告诉你真相。因为我不愿意继续欺骗你这样一个无辜的女子。我知道你爱我,可我要告诉你,我从来没有爱过你,我一分一秒也没有爱过你。我走进郭家大院担当伙计并且与你相识,这只能说是命运的残酷。除此之外我还能说什么呢？我肩负着恢复祖业的使命,心无他想。如果我伤害了你,你不能抱怨我,只能抱怨命运。最后,我只能奉劝你嫁给李大少爷并且一心一意跟人家过日子吧。相夫教子,这是你的最好归宿。忘了我吧,就像我忘了你一样。永别了。

老查聪明过人,模仿得惟妙惟肖,尤其最后一句"永别了",起到了诱导郭羽洁自杀的作用。老查拿着这封模仿的书信读给郭震元听。郭震元虽然是一粗人,听罢连连点头,承认自己的失算。

之后,失去胞妹的郭震元放声大哭。虞则平一介书生,手中没有杀人刀,可他最后还是杀死了我妹妹,这小子杀死了我妹妹就等于是杀死了我呀！我败了,我败在虞则平手里啦！

郭震元一边哭一边说,好似杜鹃啼血,动了一生真情。

老查认为郭震元说得很对。那虞则平一介书生手中没有杀人刀,可是他一旦找到武器那便是一把利刃,锋利无比,寒光闪闪,杀人不眨眼。

英租界洋行李家的大少爷最终没能娶到郭羽洁小姐,深感遗憾。媒婆儿满大姑听说郭大小姐上吊自杀,更是惊诧不已。外人们当然不知道这里的主要人物名叫虞则平——这是一位手中没有杀人刀却利用爱情杀人的白面书生。

第二年,天津解放了。郭震元成了资本家,然后就是公私合营。

据说,虞则平离开天津去了外地。新中国成立之后他回来,申请营业执照在三条石大街上开了一间铁器铺子,专卖各种刀具。杀猪刀、宰牛刀、菜刀、裁纸刀还有大瓦刀……各式各样,应有尽有,可谓"刀世界"。

他一生未婚,终年六十二岁。那时候中国已经进入改革开放的大好时代了。

目击者说,临终的虞则平骨瘦如柴地躺在床上。有人撩起床单看了看,那床板正是刻着"正昌老号"四个金字的牌匾,还有一张《九河时报》。

弥留之际他说了几句心里话,其言亦善。

我一心只想恢复祖业,甘受胯下之辱。我心里没有爱,我心里只有恨。我有时心头萌生一丝爱意,也很快转化为盛开仇恨之花的肥料。只有恨没有爱,我就这样自己过了一辈子。

咽气之前他用尽全部力气说出最后一句话:人是磨刀石,爱情是一把杀人不见血的刀……

天津杂事

赌 九

海河流经天津市区,河曲而多弯道。李鸿章大人出任直隶总督期间,曾经加大投资力度将河道改弯裁直。后来袁世凯督直,也曾这样治河。天津最为繁华的三岔河口也称小直沽,地势就是这样形成的。关于赌九的故事,发生在民国年间天津的三岔河口上游,一个名叫老北开的地方。"开"字在天津方言里本为开阔之义。南开,就是指城南之外的开阔地带。南开大学坐落在这个语义的位置上,就是明证。天津有"西开、南开、北开"的地名,唯独没有"东开"。出了东门二百二十步就是海河,因此城东之外没有开阔地带。我要讲的赌九的故事发生在北开。也就是城北之外的开阔地带。故事为什么发生在北开呢?因为这里属于临近城外的偏僻地区。俗话说天高皇帝远。俗话又说野外好放火。因此北开地区实为胆大妄为者聚众赌博的理想场合。赌九也是这样。

赌九到底是怎么一回事呢?俗话说:一九二九不出手,三九四九冰上走,五九六九沿河看柳,七九河开,八九雁来,九九加一九,耕牛遍地走。赌九就是在"二九不出手"和"七九河开"的节气里，众人河边设赌。为嘛选择"二九"和"七九"呢？此时适逢冷暖相交，冰层不薄不厚，充满悬念，撩人赌兴大发。于是，好事之徒从大街上找来一个傻子，告诉他对河儿有一锅热气腾腾的猪肉包子，白吃。傻子饿得难受，听说肉包子白吃不要钱，立即涉冰过河奔向对岸。赌徒们押宝，有押"死"的也有押"生"的，赌金不限，押一赔二。然而无论"二九"还是"七九"，众目睽睽，傻子涉冰过河，生死之间，命若悬弦。因此，"赌九"极其刺激，远非等闲之辈所能承受。这是人命关天的赌局，赌徒无论押"生"押"死"，输与赢同样残酷。这就是"赌九"的巨大魔力。

赌儿的最初发起者是北开人力车行的经理，名叫阎二敢。此公四十郎当岁，性情阴狠而嗜赌。海河岸边有他的停车场，因此他时常光顾此地，望着滔滔东去的河水，不禁感慨良多。一天，坐在茶馆里的阎二敢从《天津卫报》的"本埠新闻"栏目里看到一件新鲜事儿，觉得很有意思，嘿嘿笑了起来。

其实这也不是什么新闻，谁都知道南市唱落子的女艺人金小翠当年被逼无奈嫁给褚督军当了四姨太。其实金小翠在戏班子里有个相好的青年琴师，人称高弦儿。高弦儿与金小翠心心相印暗订终身，发誓海枯石烂心不变。不料天有不测风云，褚督军这个老不正经的军阀横里插了一腿，硬是把金小翠卡了过去。金小翠终日以泪洗面，生不如死。高弦儿疯了，整天在大街上乱跑，嘴里不停地喊着金小翠名字。路人无不同情。

其实引起阎二敢发笑的是褚督军。直系下野奉系进关主政，褚督军避入英租界定居，瘫痪不起，亲信四散，他起居全凭金小翠照料。这位四姨太出于报复心理，每天都用毛笔给老头子打脸儿，笑嘻嘻说这是一天唱一出戏。昨天司马懿，今天赵高，明天高登……反正没有好人。褚督军急不得恼不得怒不得——四肢根本动不得，于是只得乖乖接受四姨太的折腾。堂堂一员武将落入小女子手里，一点儿辙也没有。

阎二敢读罢《天津卫报》，觉得金小翠很有一股子艮劲儿。毕竟戏子出身，节骨眼儿上颇有胆量，天天拿褚督军找乐儿。阎二敢最佩服敢作敢为的人。金小翠颇得阎二敢赏识。

阎二敢也是一个敢作敢为的男人。天气乍冷那天，黄昏时分他喝了半瓶老白干儿，不觉赌性发作，东摇西晃过了摆渡，竟然前往河北堤头，赌大钱去了。谁都知道，一条海河分出两岸，堤头在河北，北开在河南，光绪年间两岸土著结了疙瘩，酿成世仇，几辈不绝。素常河南河北隔着一条大河叉腰对骂，就连春节期间也互相投掷石块儿，算是拜年。因此，多年以来两岸冤家从无正常交往。今天阎二敢竟然过河耍钱，恐怕不会有好果子吃。

堤头摆渡的东家，人称"螃蟹李"，他是堤头一带的著名赌棍。阎二敢前来耍钱，好比天降大任，螃蟹李自然挺身迎战。他叫摆渡的船家收工，就近在河边的小木屋里摆开赌场。这是一场毫无技巧的暴赌。破桌子上摆着一只大海碗，配以两只大骰子。参赌双方轮流坐庄，骰子掷入大海碗，谁的点儿大，谁赢。就这样你来我往，从傍晚赌到子夜，又从子夜赌到凌晨。阎二敢身上的钞票输得精光，最后欠了螃蟹李二十块钱。螃蟹李要求阎二敢当场立下字据，作为欠账凭证。阎二敢维护尊严坚决不写，说马上过河回家取来现银结账。螃蟹李哈哈大笑，告诉他摆渡已然封闭，夜里河上结冰，有船难行。

阎二敢瞪着充满血丝的眼睛说，老子就是从冰上滚过去，也要回家取来现银跟你结账。

正值"一九二九不出手"的节气，河上冰层薄如瓜皮，壮汉岂能行走。螃蟹李伸手却拦不住阎二敢，心里知道今日要出人命官司。

阎二敢无所畏惧，大步流星踏着冰河朝着对岸疾走而去。螃蟹李身为常见鲜血的混混儿，站在凌晨的河边上也禁不住大惊失色。阎二敢这家伙真是玩儿命啊。螃蟹李在晨曦的朦胧里，瞪大眼睛依稀看到阎二敢的身影渐渐抵达对岸，不由透了一口气。二九的薄冰竟然托着赌徒大步走过海河。真是天不灭阎啊。天色渐渐明亮起来。又过了一袋烟的工夫，螃蟹李远远看到阎二敢的身影重新出现在对岸河边。妈的，这小子给我送钱来啦。螃蟹李的心理战场一瞬之间就被赌命汉子摧毁了。

阎二敢赢了。他叼着烟卷儿大摇大摆涉过冰河，一步步走到螃蟹李面前，哗哗啦啦递上来二十块银洋。螃蟹李面无血色，伸手去接。阎二敢突然缩手回去，咬牙切齿看着螃蟹李，一板一眼说，咱们赌一赌这冰河吧。你要是胆敢迈腿过河跑到对岸，我输你大洋八百块。面对挑衅，摆船多年的螃蟹李深知二九冰河的脾气，不敢应战。阎二敢得势不饶人，声称单人匹马还敢再跑上两趟。

螃蟹李彻底惶了，抱拳行礼说，阎老板今天晚上我在聚合楼摆酒赔罪，这一页咱们就算掀过去啦。

阎二敢见对方尿了，无声地笑了。

就这样，阎二敢开了赌九的先河。赌九的据点从此设在北开附近的码头上。正是因为赌九的残酷与刺激，很快就兴盛起来，参与者日众一日，成为冬日河边一景。由于每年只有"二九"和"七九"最为适合赌九，于是人们就像过年一样盼望着节气的来临。

冬天的大街上，用于"赌九"的傻子越来越少了。这种滥砍滥伐滥捕滥杀，傻子成为濒临灭绝的物种。市场上傻子愈发成为紧俏的货物。"赌九"的总舵主阎二敢明码标价，说无论是谁只要弄来一个合格的傻子，就一手交款一手交货，五块钱收购。于是，满世界寻找傻子又成为一门新兴产业。

民国二十四年农历"七九"，虽然到了开河的节气，但是天津有"七九河开，河不开；八九雁来，雁不来"的民间谚语，因此正是"赌九"大好时节。码头上已经设立了赌局，可惜找不到傻子。没有傻子，就等于没有赌博的码子，好比瞎子点灯白费蜡。阎二敢急了，派出几拨人马，四处寻找合格的傻子。所谓合格的傻子必须没家没业没亲属，死于冰河也没人前往官府喊冤告状。

第二天临近中午，终于找来一个合格的傻子。阎二敢亲自验货，发现这不是个傻子。送货的小混混儿立即解释，说这是个文疯子。疯子分成文武两种。文疯子不打人，你说什么他听什么，特别老实。所以文疯子这就等于是傻子。武疯子则不同，武疯子动不动就打人。

看来傻子真的是已被斩尽杀绝了，只能以文疯子顶替。

朱砂没有，红土为贵。阎二敢只得认可这个面色苍白头发蓬乱的文疯子，给了小混混儿五块钱。小混混儿转身到落马湖逛窑子去了。

终于有了赌博的码子。赌徒们闻讯纷纷赶来，欢欢喜喜像过年。一时间设在码头上的赌局忙碌起来。大喊小叫长呼短喝，开始押注。有押"生"的，也有押"死"的，生生死死场面煞是热闹。

阎二敢看了看"七九"的河面，表情很是阴沉。天暖，冰发糠。他操纵赌局多年，对这种游戏的悬念，已经失去兴趣。全中国他只认识一个人——银圆上的袁世凯。

大步走到台子上，阎二敢扯开嗓子问道：我说老少爷们儿，全都押上码子啦?

赌徒们模仿着旗人面圣的样子,异口同声众口一词:喳——!

是时候了。阎二敢命令手下的两个小伙计将目光呆滞的文疯子领到河畔。文疯子果然听话。这时他心里想,其实文疯子跟傻子一样,使用起来挺方便的。他突然挥手高喊:送活物儿上路啦!

河畔的小伙计遵命,立即大声对文疯子说:对河儿有锅热包子,白吃不要钱! 你快去啊你快去啊!

文疯子无动于衷。

另一个小伙计也大声喊道:热气腾腾的猪肉包子,你快到对河儿去吃吧! 去吃吧!

文疯子仍然无动于衷。赌徒们骚动起来。这种包子失效的场面实在少见。阎二敢急了眼,快步蹿到文疯子面前。你不饿啊?对河儿有热气腾腾的猪肉包子,你他妈的到底吃不吃啊? ×!

文疯子纹丝不动,仿佛变成一个石头人儿。阎二敢伸拳要打,又止住了。他知道,这家伙既然不吃包子,更不吃拳头。

赌徒们等得不耐烦了,乱嚷乱叫着,要砸赌闹事儿。

螃蟹李领着一伙喽啰站在海河对岸,看乐儿。

阎二敢从来没遇到这种不为猪肉包子所动的货色,面对空前盛大的赌局他一时不知所措。

这时候,一个身穿棉袍的中年男人气喘吁吁跑到河畔。赌徒们呼啦一声拥上前去,有人认出他是小报记者姚壮阳。

阎二敢大声询问姚壮阳有没有办法搬动这个文疯子。姚壮阳点了点头,似乎很有把握。押注已久的赌徒们顿时兴奋起来。

姚壮阳走近文疯子,先是嘿嘿笑着,突然大声喊道:金小翠在对河儿等着你呢,你快去找金小翠吧! 有情人终成眷属啊……

文疯子听到金小翠的名字,怔了怔,突然变成一支离弦利箭,嗖地射了出去——踏着薄冰朝着对岸的心上人,狂奔而去。

冰河上嘎啦发出一声脆响。

死者正是琴师高弦儿。

赌红门

家住天津城里石桥胡同的郝姥姥，是个远近闻名的接生婆，眼尖手巧，经验丰富，成活率高。在三姑六婆的行当里，接生婆被称为“稳婆”。稳婆门前聚赌，可谓有条不紊。蒋介石总司令的北伐军开进天津城是一九二七年，当时并不强调移风易俗，然而毕竟民国了。天津当局也曾在整饬纲纪端正风气方面做出种种努力。禁赌就在其中。其实赌是很难禁止的，除非人类不再吃饭。闻名天津的“赌红门”活动的根据地，就在接生婆郝姥姥家的大门口，十几年来一成不变。

说起郝姥姥的大门口，那是个热闹地方。每天早上十点钟开始，赌徒们渐渐多了起来。尤其是冬日，穷家豁业的汉子们沿着墙根儿蹲下，长长的一溜儿，懒洋洋地晒着太阳，使人产生错觉认为这里是牲口市场。说起这一群赌徒，工农商学兵也是各有来历，其共同之处就是一个“懒”字。除了吃香的喝辣的，他们远离社会主流，什么事情都懒得去做，最大的心愿就是聚集在郝姥姥大门口，随时准备押赌。他们对赌局的期待，远远胜过对大同社会的向往。人类存在的意义，面对一个“赌”字通通遭到消解，弄得片甲不留。

朱三韭这个人只是赌徒阵营里的普通赌徒。从前他是一家纸局的店员，属于良家子弟。自从沾染赌瘾，人就变了。朱三韭是红门聚赌的忠实参与者，可谓持之以恒，妻子哭求，他痴心不悔。相比之下，杨白楹的赌博生涯就显得一曝十寒。而立之年的杨白楹从父亲手里继承了一间广货铺，为了照料生意他难以全心全意投身于赌博事业，属于业余性质。朱三韭则是专业赌徒。他既不嗜烟酒，也不近娼寮，一心一意钻研赌博，毫无杂念。倘若不去赌博他的生活将毫无内容而言，宛若秋割之后的田野，空空如也。可以想象如果朱三韭不为赌徒，他该是一个多么清静洁白的男人啊。

既然红门聚赌，那么什么是红门呢？孕妇临盆生产，俗话称为红门大开。这话虽然不雅，但极其形象。天津的词语就是这样，有失大雅的同时又显得生动活泼。不过关于红门聚赌也有不同版本的解释，说郝姥姥住的院子是两扇红色大门，邻居称之为“大红门”，赌红门因此而得名。无论有多少版本，反正红门聚赌都与郝姥姥有关。没有郝姥姥就没有红门聚赌。说起红门聚赌的赌金，也是非常平民化的，一年三百六十五天风雨不变，输赢都是二斤面粉的价钱。赌金的平民化，也是红门聚赌的参与者与日俱增的主要原因。

郝姥姥是天津城里的著名接生婆，活儿挺多。不但活儿多，请她老人家接生的也往往是大户人家。因此，郝姥姥的院子门前总是人来车往的，并不亚于今日的股票交易大厅。最为独特的景观就是郝姥姥院子门口摆放着两只竹筐，一左一右。大门左边的竹筐里装着一大堆竹牌儿，每个竹牌儿上都烙着一个字：男。大门右边的竹筐里也装着一大堆竹牌儿，每个竹牌儿上也都烙着一个字：女。这两筐竹牌儿究竟是干什么用的呢？很显然这是聚赌的码子。

话说冬至这天，破落子弟朱三韭蹲在墙根儿，一边晒太阳一边注视着远处的街口。此时说他守株待兔并不确切，因为郝姥姥的大门口从来就是人来车往的地方。果然，不出一袋烟的工夫，一辆马拉轿车急速拐进街口，转眼之间驶近郝姥姥的大门口。委靡不振的赌徒们立即还阳，呼啦一声站起身来，赛过一支训练有素的军队。

马拉轿车停稳，撩开门帘车里溜出一个仆人模样的中年妇女，气喘吁吁表情焦急。朱三韭看出这是老妈子，立即迎上前去大声问道，你家大少奶奶怀孕的时候，是想吃酸的还是想吃辣的啊？

老妈子根本不睬朱三韭，满头大汗径直跑进了郝姥姥的院子。看来产妇临盆在即，已成燃眉之势。

为什么朱三韭关心产妇爱吃酸还是爱吃辣呢？天津民间俗语有"酸儿辣女"之说。孕妇妊娠反应，凡想吃酸的，多生男孩儿；凡想吃辣的，多生女孩儿。其实这只是民间说法而已，并非屡试不爽。朱三韭向老妈子打听吃酸吃辣，无非是想摸一摸产妇的底细，以便押赌。

朱三韭这几天很缺钱花，全家营养不良。他非常需要赢得一场胜利来鼓舞自己日见低落的士气，因此，他格外看重今天的赌局。只能成功，不能失败。

那么究竟是押男还是押女呢？朱三韭心里思忖着，踟蹰不前。这时候郝姥姥雄赳赳走出大门。虽然人称郝姥姥，其实只有四十多岁。她大声问老妈子去什么地方。老妈子连声说南关老街宁家大院。郝姥姥被老妈子搀扶着上了马拉轿车。赌徒们拥到大门口，有的猫腰去拿左边筐里的"男"字竹牌儿，有的弓身去拿右边筐里的"女"字竹牌儿。这种押注,毫无技巧而方,凭着手气撞大运,玩的就是瞎猫碰着死耗子的游戏。赌徒们手里拿着竹牌儿,紧紧跟在郝姥姥车子后边,一路小跑儿,前往南关老街的宁家大院。一路上,朱三韭气喘吁吁问并肩奔跑的杨白榀,手里拿的是什么竹牌儿,杨白榀说了一声男。朱三韭自信地笑了笑,认为杨白榀必败无疑。

朱三韭手里拿的是"女"字竹牌儿。不知道为什么,他认为宁家的大少奶奶今天生的必然是女孩儿,自己定将获胜。

宁家大院高台阶,两座石狮把门,说明宁氏祖上曾经获得功名。

郝姥姥下了轿车进了宁家人院,慌忙之中却把傻姐儿留在大门之外。这个傻姐儿是郝姥姥的贴身丫头,或出或入如影随形。孕妇生产,出来向赌徒们报信儿的也是她。这时傻姐儿急了,咚咚叩着宁家大门。赌徒们纷纷趁机叮嘱着她,说只要产妇生了,就赶紧出来报告男女。傻姐儿并不应声,一个劲儿叩门。

傻姐儿虽然被称为傻姐儿,从未误过大事。每当婴儿呱呱坠地,她必然跑出来报告,或生男或生女,红唇白齿准确无误。值得称道的是聚赌红门从无滚赌恶习,多年秩序井然。只要傻姐儿报出结局,输者立即掏钱,赢者欣然受之。

傻姐儿终于进去了。朱三韭站在寒风里等待着傻姐儿的复出。赌徒们对傻姐儿的期待,远远胜过阴天盼太阳。久而久之傻姐儿的脸蛋也就成了众人心目之中的景致。

朱三韭身材瘦高,衣服也显单薄,冬天里就露出几分可怜相。然而他并不认为自己可怜。有钱不赌的男人才是真正的可怜虫呢。这时候他突然问身边的杨白榀,你开着一间广货铺子,有吃有穿的还跑出来押哪家子赌啊。杨白榀还是笑了笑,说赌徒是不论穷与富的,只图一个痛快淋漓。朱三韭听了,觉得杨白榀说得挺好,并不是守财奴。

大院深处似乎传出一阵婴孩儿的啼哭。朱三韭警觉起来。他认为这是女婴发出的声音,心中祈祷着自己获胜。

傻姐儿终于露面了,赌徒们拥上前去,宁家大院门前倏地寂静下来。傻姐儿眨了眨眼睛说:男孩儿。

朱三韭眼前一黑。妈的,家里的老婆孩子已经三天没吃粮食了,肚子里都是野菜。

赌徒们当场会账。手里攥着"女"字竹牌儿的输了，交钱走人。赢者呢则乐乐和和走在街上，挺美的。杨白楹就是这样，手里悠悠托着二斤面条儿，回家炸酱去了。这炸酱捞面在当时天津穷人家里，已然是神仙的日子了。

朱三韭输了。他在回家的路上进了当铺，把贴身的小棉袄换成了当票和钱。然后他走进一家小酒馆，喝着闷酒。

红门聚赌的日子，真是有哭有笑有苦有甜有分有合啊。朱三韭一饮而尽。他希望自己明天能够成为赢家。

冬去春来。入夏之后天津闹了大水。九河洪水奔入天津，大街上漂着浮尸，惨不忍睹。郝姥姥有钱，带着傻姐儿租船逃走了。一个多月之后大水退了，朱三韭的媳妇和怀里吃奶的孩子一起染上瘟病，死了。朱三韭身边剩下两个孩子。

他又来到郝姥姥家的大红门前。赌徒们明显见稀，据说大水冲走不少。朱三韭劫后重逢杨白楹，双方默默无语。大水之后，杨白楹的广货铺泡汤蚀本，几乎沦为两手空空的穷人。郝姥姥满面红光班师回朝，继续接生。傻姐儿继续充当随身丫头。女人们继续生孩子，男人们继续赌博。朱三韭继续蹲在墙根儿下等待时机。一切都随着滔滔洪水而逝去，偌大天津城仿佛什么事情也没发生。只是赌风更炽。尤其是英租界的赛马场和意大利租界的回力球场，金山银山堪称豪赌。朱三韭这样的平头百姓，当然与豪赌无缘，他只能红门聚赌，赌金还是物美价廉的二斤面粉。不过面粉的价格已经暴涨。

大水退去之后，红门聚赌也出现了变化。一个外号"饭汤"的青年赌徒挺身站了出来，宣称红门聚赌章程必须改良。赌徒们不知底细就让饭汤说个清楚。饭汤认为，其一呢，郝姥姥大门口的两筐竹牌儿应当立即取消，这样警察抓赌时也利于逃脱；其二呢，每位赌徒必须自备两个竹牌儿，一"男"一"女"，竹牌儿上必须刻有赌徒的姓名，红门聚赌之时现场分别投牌押注，谁也无法作假；其三呢，民宅门口聚赌时，傻姐儿报出男女之后，中人根据竹牌儿上的赌徒姓名分出谁输谁赢，当场清账，心明眼亮。

面对这位改良家的改良方案，赌徒们十分佩服，一致同意。没承想一场大水造就出来这么一位赌场改良家。天降大任于斯人。外号"饭汤"的小伙子因此而成名。

当天下午,赌徒们又随着郝姥姥的车子跑到北大关的竹竿巷。产妇是山东皮货商的二房太太,难产。经过漫长的嘶叫,婴孩儿终于落草儿。傻姐儿走出宅门,赌徒们目不转睛注视着这张圆圆的小脸儿,迅速押注。押注后傻姐儿报出"女"字,朱三韭知道自己旗开得胜。这时他猛然发现傻姐儿的模样长得并不难看。同时他还认为饭汤的改良方案非常合理,既方便了赌徒们,也使得赌博方式简单易行。他心里认为饭汤是一个出色改良家,譬如康有为或者谭嗣同。

此后,在短短不到半个月的时间里朱三韭连遭败绩。尽管如此,他仍然举两手拥护饭汤的改良方案,口中从无怨言。他认为该改良的就得改良。不过朱三韭的连遭败绩似乎引起了傻姐儿的同情,这是他从她的目光里渐渐发现的。如此看来傻姐儿并不太傻。尤其是那天上午丁家大院门前,他与傻姐儿的目光蓦然对视,一瞬之间朱三韭颇有醍醐灌顶之感。他发现傻姐儿有着一双明亮的眼睛。因此他再次押了"女",果然获胜。

此后,朱三韭时来运转,居然连战连胜,财神高照。饭汤暗暗统计,朱三韭十战九胜之中的唯一败绩还是由于精神涣散所致。吉人自有天相,这骄人的战绩使得朱三韭斗志旺盛,仿佛一个杀红双眼的兵士,疯狂投入红门聚赌的战争之中。

朱三韭胖了,脸上渐渐有了血色。红门聚赌他虽然胜率很高,但是由于赌金甚低,发财不易,只是平日家里多吃几顿炸酱面而已。

此后,饭汤发现朱三韭心事重重的样子,押注的时候甚至神色怅然。真正的赌徒押注的时候,目光炯炯如临大敌。

这种种迹象令赌场改良家饭汤百思不得其解。同时,赌徒们也对朱三韭的胜率提出怀疑,总觉得这里有事儿。

对此朱三韭保持沉默。

立冬那天天津风俗吃饺子。朱三韭出人意料地跟傻姐儿结了婚。朱三韭年长傻姐儿十二岁。谁也没有料到人间存在这门婚事。令人欣慰的是朱三韭前妻遗下那两个可怜的孩子,终于有了人照管。

朱三韭旋即金盆洗手,彻底退出赌场,重新成为本分男人。饭汤认为朱三韭戒赌绝对是个奇迹。因为在此之前,红门聚赌的人群里,尚无洗手成功的先例。赌徒们发出哄堂大笑,对朱三韭的退出拭目以待。

杨白楹更是惑然不解,不断跑来追问朱三韭为何财运亨通之时突然退出赌场。朱三韭无奈,只得将自己退出赌场的实情和盘托出。

朱三韭说他再也不愿意通过傻姐儿来赢钱了。尤其是当他决定娶傻姐儿为妻的时候,更加坚定了退出赌场的决心。

杨白楹打破砂锅问到底:你怎么就能从傻姐儿的眼神里看出是押男还是押女呢?其实杨白楹的本意是追问朱三韭,傻姐儿究竟是怎样向他传递押男或押女的暗号。譬如说挤眉弄眼撅嘴皱眉什么的。

朱三韭摇了摇头,说完全依靠自己的感觉。杨白楹大声问道,那我怎么从傻姐儿的目光里就找不着这种感觉呢?

朱三韭郑重说道,这就是缘啊。所以只有我娶了傻姐儿。而你才不娶她呢。听了朱三韭的肺腑之言,杨白楹无话可说了。

朱三韭毕竟成为红门戒赌成功第一人。傻姐儿呢再接再厉给他生了两个孩子,一男一女。临盆之前夫妻之间玩了是"男"是"女"的押宝游戏,赌金仍是二斤面条儿。看来无论社会如何动乱,货币如何贬值,夫妻之间的赌金价位还是极其稳定的。

傻姐儿很会操持家务,朱三韭的生活渐渐走上正轨。傻姐儿认为朱三韭根本就不是真正的赌徒。一个真正的赌徒是永远不会离开赌场的。

科学昌明,天津出现了新式产科诊所。红门聚赌随着郝姥姥的年迈力衰而门庭冷落,渐渐消散。赌徒们纷纷离去,投向更为激烈的赌博场所。这时候,朱三韭在街头摆了一个鲜货摊,已经惯于吆喝了。赌友杨白楹是日本投降那年死的,病因不详。饭汤呢为了戒掉可怕的赌瘾据说投奔解放区谋求新生,一直下落不明。真是可惜。

朱三韭六十六岁那年瘫痪在床,吃喝拉撒正经受了几年罪。据说弥留之际他手里紧紧攥着两个竹牌儿,一个"男",一个"女"。傻姐儿笑着送他上路,说你去跟阎王爷赌吧。朱三韭享年七十三。作为平民百姓也算善终了。因为他跟孔子同样年岁。

小白楼的鞋

关于山姆大叔的脾气,天津的老少爷儿们心里总是没谱儿。就说公元一八六○年吧,英法联军攻陷北京火烧圆明园,继《天津条约》之后又逼着清朝政府续签了《北京条约》。这样,天津开埠了,沿着海河建起了英法租界。英吉利法兰西的炮舰政策获得成功,美利坚也趁机捞了一把,攫取一块中国领土,这就是天津的美租界。天津的美租界东临海河码头,西至海大道,南边是后来的德租界,英租界则位于其北。这里称得上是一块旺地。然而大大咧咧的美国佬一点儿正经没有,手里攥着掠夺而来的风水宝地却不思治理,往脖子后边一搁就是二十年。二十年之后的一天,美国的总领事找到天津海关道,说是要把天津的美租界退还中国。爷!天底下的染坊哪儿有往回退白布的?道台大人以为美国佬喝高了,没敢接这个话茬儿。事情一拖再拖,就到了公元一九○○年。

庚子事变。六月里大沽炮台硝烟再起,强盗成性的八国联军攻破天津城。义和团死伤无数。八国联军杀人如麻。说起这八国联军,顶数美国军队行动迟缓,慢慢吞吞抵达天津港的时候战火早已熄灭。下船登岸,美国大兵们手里拎着香槟,嘴里嚼着橡胶糖,集体吊儿郎当。大热的天气里他们端着洋枪扛着洋炮来到美租界迤西,指使中国苦力建起美国营盘。然后士兵们集中精力喝酒泡妞儿,成为战场之外一支最为繁忙的队伍。

八国联军是来了,屁股后边还紧跟着一群洋人冒险家。这群冒险家绝大多数是双手空空的穷鬼,不远万里来到中国就是为了发家致富。无人管理的美租界自然成了这群冒险家心中的乐园,他们立即"插队落户"驻扎下来,动手"淘金"。酒吧、餐馆、赌场、舞厅、妓院……洋人的娱乐场所宛若雨后春笋破土而出,也好生造就了几个暴发户。不出几年光景这里就变成洋楼林立道路纵横充满欧洲风情的"不夜城"。犹太人布朗夫曼开办的莎维饭店西侧有一个波兰人经营的酒吧,是一座二层白色小楼,远远望去非常醒目。久而久之,人们就将这块灯红酒绿纸醉金迷的地方统称"小白楼"。

一九○二年,美英两国私相授受,天津的美租界划归英租界工部局托管。面对列强之间的肮脏交易,直隶总督兼北洋大臣袁世凯只能表示同意。

这就是天津小白楼地区的来历。

小白楼地区并入英租界之后愈发成为洋人的天下。首先是英国的先农公司垄断了房地产开发。餐饮业成了俄国人的天下，尤其是被称为"托考斯基"的俄式小吃，风靡一时。经营烟草业的是希腊人安斯利，外号"小胡子"，他用土耳其烟叶生产"王美人"和"海马"这两个品牌的烟卷儿，在华北地区拥有市场。法国人安娜开办女士商店成为"乳罩大亨"，丹麦人哈森则在建筑业称雄，四处承包公程。印度人巴厘兴建了放映默片的电影院。就连大街上卖艺的流浪汉也是茨冈人。

然而发财之心人皆有之，精明能干的中国人也悄悄伸进一只脚来。小白楼一带除了那一帮吃"营盘饭的"卫嘴子，就要数华商了。虽说华人善于经商，但在洋人的社会里寻找立足之地也不是容易的。俗话说人为财死，鸟为食亡。民国二十四年农历二月初二，天津风俗"龙抬头"，坐落在英租界克森士道上的"老仁华鞋店"终于挂匾开张。

"老仁华"是小白楼一带首家华人经营的鞋店——仿佛是千顷地一棵苗，因此引起社会各界的关注。

"老仁华"的经理沈仁发，看模样不到三十岁。他细皮白肉瘦高身材，宛若一根洁净的竹竿儿。遇人说话，开口先笑，操持一口纯正的天津话，同时也能讲几句英语，使人觉得颇有几分来历。

沈仁发果然颇有几分来历。

他原先住在华界老城厢二道街，十四岁进入南门里的大华鞋铺学徒，身体发育时期严重营养不良，形如鸡灯。但他天资聪颖，十七岁即成为远近闻名的鞋匠，人称"金手"。金手沈仁发的"惊人之作"是十八岁那年为天津东门里大街的首富金府内眷制作新春绣鞋。话说金府的桂大管家送来鞋样儿那天已经是腊月二十七了，金口玉言说是大年初一金府太太们必须穿上新鞋，乘车进京给内务部总长的老娘亲拜年。沈仁发知道事关重大，接过鞋样儿一看就冒了汗。金府一妻四妾，哪一只"金莲"也不好伺候。尤其那位极具权威的正室关玉芳，旗人天足。最令鞋匠头疼的就是贵妇的大脚。站着不动吧显得蠹天蠹地，行走起来呢好似落叶满地，即使是能工巧匠也难以遮丑。

虽说是艺高人胆大，可沈仁发还是慌了。他拿着鞋样儿急急忙忙乘船赶到海河下游的军粮城，求见师傅翟大锥子。翟大锥子技艺精湛，当年侯家后一带高等妓院里的花鞋，无不出自这位制鞋大师之手。沈仁发节骨眼儿上向师傅求援。告老还乡的翟大锥子听说是金府的绣鞋，接过鞋样儿眨着烂红果儿一样的眼睛看了看，嘿嘿乐了。他告诉沈仁发，鞋匠做鞋不光要懂得人的脚，还要懂得人的心。"脚心脚心"其实说的就是这个道理。

心明如镜的翟大锥子，如此这般对爱徒面授机宜。沈仁发听罢如同醍醐灌顶，连连磕头谢恩。

回到天津沈仁发一头扎进作坊里，独自一人干了起来。他三天三夜不曾合眼，依照师傅的指教，一气呵成做出五双绣鞋。腊月三十的清早儿，大功告成。他心中有数，喝了一碗面茶倒头便睡。呼呼睡到晌午，金府的桂大管家大步迈进作坊，伸手捏着沈仁发的耳朵，硬是把他从梦乡里拎了回来。

沈仁发揉着双眼说梦里正在金府给大奶奶试鞋呢。桂大管家沉着面孔说金府何止大奶奶，还有四位小奶奶哪。

小小鞋匠不敢怠慢，起身抱起盒子，跟随着桂大管家前往金府送鞋。沈仁发心里清楚，这座深宅大院里权力最大的就是那位风韵犹存的大太太关玉芳，而最受宠爱的则是五太太，人送外号"小红人儿"。

到了大年初一凌晨，东门里大街金府大门隆隆敞开，小轿车一辆接一辆开了出来。金府的五位太太以关玉芳为首倾巢而出，身穿新衣新鞋前往北京拜年。

沈仁发心怀忐忑，从初一到初三纹丝不动待在家里听候北京方面传来的音讯。到了正月初五，天津风俗是"剁小人"包饺子的日子。金府的桂大管家手里托着一个木盘子，满面春风跑进门来，连声恭喜。沈仁发故作镇定，心中暗暗称赞师傅翟大锥子料事如神。桂大管家伸手撩起盖在木盘子上面的红绸儿，说大太太对绣鞋极其赞赏，赐银元五十；五太太对绣鞋非常满意，也赐银元五十。

沈仁发接过木盘子，看了看银光闪闪的百块大洋，鞠躬谢赏。身高体胖的桂大管家哼了一声，似乎言犹未尽。沈仁发鼓起勇气问桂大管家，其余那三房太太的绣鞋不知有何吩咐？桂大管家立即沉下脸色，说小小鞋匠你胆敢打听金府内宅的事情，放肆。

桂大管家走了。沈仁发扑到桌前把那盛满银元的木盘子紧紧搂在怀里，激动得热泪滚滚。有钱真好啊。他从小到大也没见过这么多现洋。师傅的锦囊妙计果真令徒弟旗开得胜。

其实翟大锥子的锦囊妙计并非多么玄妙高深，只是世事通明人情练达罢了。那天为徒弟面授机宜他反复叮嘱沈仁发，金府既然是正室当家，小妾受宠，那么大太太和五太太的绣鞋，尺寸一定要"紧"，四舍五不入，毫厘不息。这样的新鞋只为逢场作戏，穿在脚上要严严实实，走起路来要利利索索。其余那三位太太的绣鞋，尺寸一定要"松"。采用"紧锥子慢线"的手法。这种"外紧内松"的新鞋，乍穿在脚上觉得服服帖帖，没走几步便筋绵骨软，拖拖跶跶迈不开步子，必然落入窘境。

果然不出师傅所料。大年初一金府的五位太太穿戴整齐进京拜年。紧赶慢赶到达内务部总长官邸门前下车，天色刚刚发亮。五位太太仿佛孔雀开屏，拉开了争奇斗妍的序幕。走进大院更是争先恐后，人人都想率先跪到内务部长的老娘面前，头一个儿拜年。关玉芳是正室，当然不甘人后。她沿着游廊朝前走去。脚底下的新鞋就是争气，又快又轻。就这样大太太关玉芳率先走到正堂门前，甜甜叫了一声老娘亲。这时，五太太"小红人儿"居然也步履轻盈紧紧跟了上来，恰如其分地搀住正室关玉芳。两人扭儿扭儿走上前去，扑通一声双双跪在"老娘亲"面前，叩首拜年。

老娘亲呵呵笑着，说大年初一拜年你们拔了尊，远道而来是头一拨。这么一说，关玉芳和小红人儿更是身价倍增了。

等到那三位有苦难言的姨太太跶拉着松弛的绣鞋赶上前来，黄花菜都凉了。她们只得灰头土脸地站在旁边，成了尴尬的陪衬。

关玉芳和"小红人儿"进京拜年双双拔了头筹，讨得"老娘亲"的欢心。内务部总长喜笑颜开又给天津金家派了一项"官差"，这笔买卖坐地不动即可渔利三分。金府女眷此番进京拜年收获极大，关玉芳和"小红人儿"自然成了头号功臣。二人深知此番成功全凭脚底生风新鞋给劲，就同时决定重赏沈仁发。而那三位倒霉的姨太太，兵败北京虽然满腹怨气，可面对重权在握的正室以及备受老爷宠爱的"小红人儿"，也只落得一个敢怒不敢言而已。

翟大锥子的神机妙算令沈仁发佩服得五体投地。

接受百元的赏金之后，意气风发的沈仁发开了一次洋荤——趁机进了一趟英租界，堂而皇之把那散发着美好气息的百元银洋存入英国汇丰银行。沈仁发行走在英租界大街上，流连忘返。

英租界果真名不虚传，处处显出豪华的气派：花园洋房、长桥大厦、自来水、救火栓、小汽车、电话亭……甚至就连摆放在马路边上的洋垃圾箱也令年轻鞋匠感到惊奇万分。他终于眼界大开，方知山外有山，天外有天。他暗暗发誓这辈子一定要进入英租界做一个绅士，也就不枉此生了。

光阴不负有心人。年近而立的沈仁发终于迈步走进英租界小白楼地区，小心翼翼挂起老仁华鞋店的招牌。老仁华的体制是"前店后厂"。前边的门面由沈维华率领小伙计应承，后边的作坊里养着两盘机器和四位招之即来挥之即去的鞋匠。既然是在洋人的社会里做生意，沈仁发自然有备而来。他的鞋店既有西式皮靴，也有华式便鞋。尤其是中式布鞋，更是男女老少种类齐全。沈仁发心里明镜儿似的，英租界虽然是洋人天下，同时也是中国藏龙卧虎的地方：前清的军机大臣、北洋的海军总长、北京迁来的王府、湖广卸任的巡抚、大太监小格格、督军司令镇守使……这一个个来历不凡的人住在一座座豪华无比的洋楼里充当寓公，颐养天年。既然是中国人，总要着华服穿便鞋。沈仁发押的就是这个宝。选了一个黄道吉日开张营业，可沈仁发还是担忧门庭冷落，心中祈盼开市大吉。

一位五短身材的中年男子进了鞋店，身后紧跟着两个保镖。来者表情威严，目光炯炯，相中了一双黑呢子骆驼鞍式棉靴头儿。沈仁发满脸堆笑说开市大吉全凭贵人相助，打八折。

之后是风度雅致的两位女士。她们似乎是外出散步路经此处，走进店堂操着纯粹的北京话询问能不能定做满洲鞋。沈仁发知道旗人女鞋，天津俗称"云子"，就连忙回答能做。两位女士交了订金款款离去，给鞋店留下经久不衰的高级香水味道。老仁华鞋店的小伙计聪明伶俐，长得很像《封神榜》里的土行孙，就得了这么一个外号。土行孙从保镖嘴里探来情报，说刚才买黑呢子骆驼鞍式棉靴头儿那位先生就是当年大名鼎鼎的浙闽苏皖赣五省联军总司令孙传芳将军，如今下野在家，吃斋念佛。

沈仁发心头一惊。小白楼这地方真是"生旦净末丑"的人生大舞台。乱哄哄你方唱罢我登场。昨日里过五关斩六将，今天就走了麦城。此时虽南山归隐悠然采菊，彼时则重入廊庙主持朝纲。开市大吉之日沈仁发感慨颇多，这些王侯贵族，封疆大吏，吃了一辈子米饭也不知道锅里该搁多少水，今天进了我这草民小店，也得学着掏钱买东西啊。这就叫三十年河东三十年河西。当天晚上沈仁发住在店里，亲手制作旗人定做的"云子"。他环视着满屋子鞋楦子，心情很是复杂。

老仁华开业的第三天，一大早儿就来了两个白俄男子，操着一口流利的中国话，略带东北口音。一个身材粗壮，像熊。一个身材细高，像鹰。小伙计土行孙口齿伶俐起身相迎，点头哈腰满脸堆笑。中国人做生意，讲究和气生财。店堂里摆着一张硬木桌子，两把椅子。客人进门先坐下喝茶，从从容容颇有宾至如归之感。这两个大老俄进门落座，一人举着一棵大雪茄，死抽。没一会儿工夫店堂里就成了仙境。

沈仁发笑着问洋大人有何吩咐。熊哼了一声，满脸不屑的表情。鹰站起身来浏览着货架里各式各样的鞋子，目光之中流露出浓浓的敌意。熊与鹰并不理会沈仁发，彼此之间小声用俄语交谈着。小伙计土行孙低声告诉经理，这两个白俄八成是不怀好意。

沈仁发以前听人说过，这群居住在英租界小白楼一带的白俄，十有八九是被赤党红军从俄国驱赶出来的。有的白俄男子富得流油，也有的白俄女人穷得依靠出卖皮肉度日。然而无论富老俄还是穷老俄，心里都瞧不起中国人。好像白俄再穷也是洋人，国人再富也是东亚病夫。白俄的傲慢令沈仁发感到愤怒。愤怒归愤怒，做生意最终讲究和气生财。因此，沈仁发面对傲慢无礼的走兽和飞禽，仍然笑脸相赔。

鹰说定做一双高靿皮靴。熊拿出一张白纸画了一个样子，还标明了尺码。土行孙似乎看出此事凶多吉少，求援似的看着自己的经理。沈仁发接过鞋样儿看了看，说先交十块银洋的订金。熊眯着眼睛笑了，伸手掏出一张美元拍在柜台上。沈仁发骑虎难下，说十五天才能交活儿。鹰说第十六天一大早儿就来领取皮靴。

俄国走兽俄国飞禽相视一笑，转身扬长而去。

土行孙神情慌张，呆呆望着经理。沈仁发呷了一口香茶，说原来本想拿大价钱把大老俄砍跑了,没承想他们不怕宰大头。既然接了人家的订金,就做吧。土行孙说大老俄八成没憋着好尿。

沈仁发不以为然。洋人也好土人也好,不就是一双高勒皮靴吗?半个月给他们做出来就是了。这也不失为一笔好买卖。

制作高勒皮靴的期间,沈仁发在英租界的狄更斯道上租了一间楼房,也算是有了住家的地方。他住在一楼的后院,一楼的前院里有两棵法国梧桐树,看着就让人觉得舒服。小白楼一带颇具异国情调,沈仁发认为与广栽梧桐不无关系。也就是在这个时候,白俄的高勒皮靴做好了。土行孙抱在怀里数了数,说这双靴子就是一部《水浒传》,总共结了一百零八个绳扣儿。

沈仁发对自己作坊里的师傅制作的这双高勒皮靴感到满意。这时候旗人定做的那两双"云子"也完活儿了。主家留下的地址是英租界怡丰道28号。沈仁发断定这是高台阶大宅院,就叮嘱土行孙送货的时候千万不要大意。

这期间老仁华鞋店的生意并不十分火暴。沈仁发只能在心底期待着。

俄国鹰端着肩膀取货来了,仔细看了看那双高勒皮靴,挑不出丝毫的毛病,只得不言不语走了。土行孙一蹦一跳跑了回来,手里举着赏金大声说醇王府醇王府。敢情英租界怡丰道28号是醇王府,而那两位定做"云子"的女士是醇王府里的内宅总管。沈仁发惊了,告诉土行孙醇王府就是醇亲王载沣在天津英租界的别墅。土行孙问载沣是谁。沈仁发拱手说载沣就是清朝末代皇帝溥仪的父亲。土行孙吓得伸了伸舌头,叫了一声老天爷。沈仁发搓着双手说我一介草民能为前清皇族做鞋,真是洪福齐天了。他暗暗告诫自己,我今年只有二十七岁,无论吃多少苦受多少罪也一定要在小白楼站稳脚跟,谋求更大的发展。

正是在这样的一个早晨,天津的大小报纸同时登出孙传芳在居士林讲经堂遇刺身亡的消息。开枪打死这位下野军阀的正是替父报仇的侠女施剑翘。沈仁发是从《卫报》上看到血案报道的。十年前孙传芳在蚌埠火车站处决了奉系师长施从滨,今朝却倒在施女枪下。看来人生就是一个定数。放下报纸,沈仁发仿佛觉得自己的一个熟人死了。他一下子变得心事重重的。

孙公馆的大管家来了,说馨远将军入殓之时将身着长袍马褂,这样就必须脚穿中式便鞋。将军生前对老仁华鞋店印象不错,因此恭请沈经理亲手为将军西行制作寿履。沈仁发连声承应，说愿效犬马之劳。

孙传芳的寿履鞋面儿是黑色礼服呢，黄缎衬里，鞋底儿上由精麻纳出"寿"字，做工精细，用料考究。沈仁发认为人死脚涨，寿履宽大为好。他一丝不苟连夜赶制，凌晨时分宣告竣工。他喝着酽茶，端详着这双即将载着五省联军总司令亡灵走向冥界的寿鞋，竟然爱不释手。他猛然发觉这双鞋自己做得实在是太好了，可圈可点堪称精品。他极其迷恋地将这双冥鞋穿在自己脚上，笑眯眯欣赏着，脸上的表情活像过年的孩子。不知过了多久他渐渐清醒过来，心头倏地泛起一阵惊恐。孙传芳的寿履穿在我脚上居然这样合适——不肥不瘦不大不小，分明就是我为自己定做的。这样想着他心里张皇起来，连忙脱掉鞋子坐到榻上，似乎是在躲避着遍地荆棘。就这个样子，他心乱如麻坐到天色大亮。

孙公馆距离小白楼不远。一大早儿沈仁发就起身前去送鞋。北洋的遗老遗少们纷纷送了花圈，治丧场面显出无比的浩大。鞋店经理总算是开了眼界，手里拿着孙公馆的赏金回到鞋店。小伙计土行孙迎上前来，说沈经理满脸浊气，八成是要生病。果然当天下午沈仁发就病了，高烧不止。

沈仁发嘴唇干裂躺在床上，心里胡思乱想。我的脚丫子怎么会跟五省联军总司令一模一样呢？他活着的时候穿的那双黑呢子骆驼鞍式棉靴头儿是我做的，死了又穿着我做的寿履孤魂西行，也真是缘分不浅啊。沈仁发成为著名鞋匠以来，亲手制鞋不计其数，不知为什么孙传芳的这双"寿鞋"竟然鬼使神差地占据了他的心灵。

天地之间，矗着一只大鞋。

沈仁发的高烧一退，亚力山德拉鞋帽店就开张了。这家白俄股份的商店与老仁华鞋店一街之隔，对脸儿。开张纳客，进进出出的全是白种人，生意不错。土行孙人小鬼大，一眼就看出白俄是来唱对台戏的。他撒腿跑进亚力山德拉鞋帽店刺探军情，不一会儿工夫就被俄国人轰了出来。

土行孙气喘吁吁告诉沈经理，俄国人把咱们那双高鞡皮靴挂在柜台上展览。沈仁发心里纳闷，俄国人这是耍的什么花招啊。他当即换上西服革履，横过马路前去探营。

走进一街之隔的亚力山德拉鞋帽店，充满欧洲风情的各式各样的鞋帽琳琅满目,非常洋气。沈仁发自叹弗如,一下就自卑起来。他抬头看见迎面柜台上挂着的被土行孙称为"水浒牌"的高勒皮靴,心中大吃一惊。这双结了一百零八个绳扣儿的高勒皮靴已经面目全非,仿佛一具僵尸。它原本乌黑锃亮的靴筒上泛起斑驳的白碱,显然经过碱液的浸泡;靴底咧开大嘴傻笑着,洋溢着糟腐的气息……这时沈仁发又看到皮靴旁边贴着一张纸条,上面写着一行英文。

俄国鹰嘿嘿笑着问他懂不懂纸条上英文是什么意思。他只能看懂"leather boots"这个单词是皮靴,就摇了摇头。

俄国熊走上前来,伸手指着纸条大声用中国话念道:"女士们先生们,这就是华商老仁华鞋店制作的水边强盗牌高勒皮靴。只穿了七天就成了这个样子。因此我们敬请您选购亚力山德拉鞋帽店的商品,尤其是精制皮鞋。"

俄国熊念罢哈哈大笑说,你们中国男人根本就不会制作皮鞋,你们中国男人只会留着一根长辫子,梳来梳去的活像个娘儿们。

沈仁发是个明白人,知道此时必须花钱收尸才成,就指着惨遭蹂躏的高勒皮靴问多少银元。俄国飞禽与俄国走兽相视一笑,异口同声开价银元二百。这是一个杀人的价格。

沈仁发笑了笑,转身走出亚力山德拉鞋帽店。

在小白楼地区,华商确实处于劣势。白种人似乎天生就瞧不起黄种人。尤其是彼德斯担任英租界工部局董事长之后,俄国人就翻了身。穷老俄怎么翻了身呢? 因为彼德斯先生娶了俄国太太。于是,一夜之间白俄汉子们都成了"国舅",小白楼呢似乎也成了圣彼得堡。

沈仁发只得吃这个哑巴亏。小伙计土行孙心里也挺着急,一时又想不出什么高招儿。沈仁发回到作坊里对几位做鞋的师傅说,不吃馒头争口气,无论如何老仁华鞋店也要在小白楼站住脚跟。

几位做鞋的师傅伸锥子引线,不言不语做着手里的营生。

第三天上午,英租界狄更斯道上响起一阵"吱吱呀呀"声。这并不悦耳却也新鲜的声响立即引起人们的关注。只见沈仁发推着一辆木制轮椅车,不紧不慢走了过来。这辆突然出现的木制轮椅车本身也很奇特:一张太师椅安了两个大轱辘而已。远远望去,使人想起《三国演义》里诸葛亮六出祁山乘坐的木轮车。走近细看,这辆木轮车上坐的不是诸葛孔明,而是一位手持团扇的银发老太。这位银发老太身穿葛丝大褂显得一尘不染,脸上永远挂着欣慰的笑容。她手持的团扇上绘着"松鹤图"。木轮车上花花绿绿写满"老仁华鞋店"的字样,煞是醒目。沈仁发推着木轮车拐入达文波道,从华商开办的"格恩永"门前经过。商店经理于恩听见吱吱呀呀的声响十分惊奇,大步迎将出来操着纯正的天津口音询问鞋店经理这是唱的哪一出戏。沈仁发笑了笑说,天气很好推着老娘散散心。于恩恍然大悟,连声称赞沈经理是大孝子。这时,坐在木轮车上的银发老太,颔首微笑,喃喃自语:我儿子是老仁华鞋店的经理啊,我儿子是小白楼第一大孝子啊。

沈仁发推着木轮车行走在董事道上,从犹太俱乐部前门经过。吱吱呀呀的声响同样引得沿途一座座小洋楼里的寓公们发出好奇的目光。他过了围墙道,朝着都柏林道的方向走去。沈仁发的归途是沿着海大道,一路向着小白楼方向吱呀而回。他行走一圈儿的路程不短,几乎走遍了大半个英租界。

没几天,人们就发现了这个规律。沈仁发一早儿一晚儿,每天两次推着坐在木轮车上的老娘,外出兜风。路线呢则是一成不变,环绕大半个英租界。就这样,无论清晨还是黄昏,母子二人以及吱吱呀呀的声音已经成为英租界大街上一道移动的风景。这颇具广而告之的效应。久而久之,尤其是落户英租界的中国居民,几乎无人不知老仁华鞋店的字号了。

不出半年时光,大孝子的鞋店就声名远播。也正是在这个时候,沈仁发决定从此不与亚力山德拉鞋店抗衡,而是实施战略重点转移,独占华人市场。无论是老太太的"粽子小脚儿",小姐们的软底儿绣花拖鞋,还是老太爷们穿的"大舌头",先生们休闲的"千层底儿"……总而言之,只要是中国人穿的各式布鞋,老仁华应有尽有。中国人赚中国人的钱,太容易啦。一花引来万花开,老仁华的名声逸出小白楼地区,成为英法租界里的著名商店。纷纷登门而来的顾客,也不单单是中国人。

冬景天儿,庆亲王的大福晋暴病归天。坐落在天津英租界的庆王府大办丧事。白事总管是魏小辫儿。深更半夜他砸开老仁华鞋店的大门,大声说庆王府的大福晋殁啦。沈仁发急忙披衣迎出,依照天津卫的规矩连声说烦恼烦恼。魏小辫儿递上单子,说孝鞋总共三百零八双,男式一百九十二,女式一百一十六。详细尺码都在单子上头写着呢。天亮之前一定送到庆王府。沈仁发知道这是个肥活儿，就低头给魏小辫儿鞠了一躬。这位白事总管眯起一双小眼睛告诉沈仁发，你天天推着老娘出来散心，已然成了英租界里无人不知的大孝子。今朝庆王府大办白事，指名点姓一定要穿老仁华制作的孝鞋。真是功夫不负有心人啊。

沈仁发听罢，只是傻傻地一笑。

第三年春天，沈仁发在法租界的梨栈附近，开设了老仁华分号，生意不错。秋天，沈仁发结婚，娶了个白俄太太。她的名字叫莎拉，隆乳丰臀的，看着活像一匹大洋马。这样一来，无论是俄国熊还是俄国鹰，广义上都成了沈仁发的小舅子。沈仁发笑了，认为自己是大赢家。

沈仁发推着那辆吱呀作响的木轮车，居然推出一代江山。

黄种男人终于娶了白种女人，效果不错。故事到此完全应当告一段落。然而"老仁华"的生意实在太火暴，难以戛然而止。这就使得沈仁发先生满面红光地进入了一九四九年。这年秋天他发明了一种神奇的童鞋。学步幼儿穿上这种神奇童鞋，虽然走得摇摇晃晃，但鞋底气囊却发出声声脆响："爸！爸！"为父者乐不可支，大声应承，尽享天伦。人们称之为"乖乖鞋"，可望风靡津城。可是天儿一冷解放军攻城的大炮就响了。兵荒马乱的沈仁发只能把"乖乖鞋"搁在一边。这玩意儿生不逢时，一搁也就馊了。新中国成立初期的鞋店经理沈仁发，已经成了一个胖子。这形象其实很不好。不法资本家里绝大多数是肥贼，没有"里脊"。好在"老天津卫"尤其是小脚老太太们，只认老仁华这块金字招牌。这或多或少令沈仁发感到欣慰。一个鞋匠出身的人能够混到这种份儿上，足矣。

公私合营那年，萨拉病故。沈仁发心如死灰，亲手为妻子制作寿履。他已然脱产多年，手艺生疏，只得独自叹气。中国人死了，前往鬼城丰都。萨拉是俄国人，她的灵魂前往何处呢？肯定不会前往苏联的莫斯科红场吧。

尽管命运多舛，公私合营之后的老仁华鞋店在小白楼乃至天津城仍然是一块响当当的招牌。据说天津市长的夫人出席中苏友好协会举办的大型舞会，脚上穿的就是老仁华出品的高跟皮鞋。

无产阶级文化大革命终于爆发了。是年沈仁发五十七岁。造反派开着大汽车抄家来了。沈仁发的罪名是"几十年如一日为小白楼地区的牛鬼蛇神做鞋，是彻头彻尾的封资修的孝子贤孙"。针对沈仁发的内查外调开始了。

很快，就从沈仁发身上发现一件怪事。从新中国成立以后沈仁发历次填写的履历表上看，他是一个孤儿。可是当年他却天天推着木轮车陪老娘上街散心，这就矛盾了。造反派立即连夜批斗反动资本家沈仁发。鞋店经理如实招了。

原来，所谓的"老娘"其实是他从谦德庄窝棚区租来的穷老婆子。每日租金一毛。管吃。穷老婆子"临时转会"，一块肥皂咯吱咯吱洗个干净，换上一身儿体面衣裳往木轮车上一坐，摇身一变成为鞋店经理的母亲。这种独出心裁的广告战略，出奇制胜以"孝"字为先，老仁华鞋店终于赢得商业声誉，一下就打开了局面。

蒙蔽革命群众多年，真相终于大白。造反派们愤怒了，决定游街示众。造反派总司令发令，为惩罚反动资本家沈仁发，他必须连夜为自己赶制一双木鞋，穿着它游街以示历史罪恶。

沈仁华不敢怠慢，连夜为自己赶制木鞋。年近六旬的沈仁发从未做过什么木鞋，全然不得要领。他告诫自己稍安勿躁，人间事物往往万变不离其宗。渐渐，他心气平和起来，开始着手绘制鞋样儿。

世界上怕就怕"认真"二字。沈仁发正是一个认认真真的鞋匠。他为了尺寸的精确，鞋样儿三易其稿。动手制作了，他便深深沉浸在劳动的喜悦之中，不能自拔。天色大亮，一双空前绝后的木鞋横空出世，摆在案上。

沈仁发围着案子转悠，忘情地欣赏着，极其陶醉的样子。试穿的时候，他完全忘记这双尺寸精确的木鞋乃是自己今生沉重的枷锁，却自言自语说此鞋甚好此鞋甚好。

第二天上午，沈仁发穿着木鞋前去游街了。一开始他的注意力便完全落在脚上，极力欣赏着自己的精品杰作，既忘了时代背景，更没看出这次游街走的正是当年他推着木轮车吱吱呀呀的那条路线。他甚至没有听到沿途革命群众高呼口号：

不许租用劳动人民冒充老娘！

宁要革命群众的大脚！不穿反动资本家的黑鞋！

沈仁发不投降，就叫他灭亡！

渐渐,他感到头晕眼花,举步维艰。脚越走越涨,木鞋就越显得小。木鞋越显得小,脚上血泡就越显得大。咎由自取的沈仁发暗暗叫苦,我一辈子做鞋讲究精益求精,这就是自作自受的报应啊。

晚上回到家里,沉重的木鞋果然与血肉紧紧粘连,仿佛成了他身体的附件儿,不可拆卸。沈仁发深深叹了一口气,蓦然想起三十年前亲手为孙传芳将军制作的寿履。此时不走,更待何时啊。半夜里,他穿着木鞋悄悄来到后院,将一根绳子挂在那棵法国梧桐树上。

天津小白楼一带的老人们至今还都记得那两只悬挂在半空中的精制的木鞋。

那手艺真好啊。

三不管的糖

天津这地方拥有很多古怪的地名,有的特别难听,暴露了天津文化底蕴的不雅。就说"三不管"吧,生在新社会长在红旗下的人们总要追问它的来历,仿佛这里藏着什么值钱的宝贝。从何说起呢?这二十年的改革开放,天津处变不惊显得异常稳重,步子慢了点儿。其实慢也慢不了多少。可是本埠拥现出一大批恨铁不成钢的热血人士,猛怀旧,集中精力追忆这座城市昔日的辉煌,以此激励后进。譬如天津是中国北方金融中心啊,天津是中国最早设立电报局的城市啊,天津的小站练兵创建了近代中国第一支新军啊,天津的北洋大学堂是中国第一所大学啊,天津是京都门户水陆要冲国际港口啊,还有天津是京剧大码头什么的,不一而足,企图呼唤天津重现当年雄风。殊不知,人家京山铁路早就改线从丰润那边绕了过去,直奔东北根本就不走你天津卫啦。

朱砂没有,红土为贵。论起昔日辉煌,天津"三不管"当年在华界也堪称风云一时吧。尽管其中不乏青皮混混儿们的业绩,譬如说倒卖华工的青帮头子袁文会。

那就说一说天津"三不管"的来历吧。

一九〇〇年农历六月十八,八国联军侵入天津,其中日本军队最为凶猛,率先攻破南关瓮城,拔了血流成河的头筹。杀人有理,侵略有功。弹丸之国日本政府得寸进尺,擅自扩展天津租界,公然将"城南洼"划入日租界新界。其时城南洼一派积水,荒芜不堪。到了一九〇三年,清政府派员与日本方面谈判,正式划定天津日租界。这次谈判的结果是日方将芦庄子至闸口的四百亩土地扩展为日租界新界,而将污水漫溢杂草丛生的城南洼退还中国。与此同时,法国总领事也大言不惭地宣布扩展租界,但是法国扩展租界新界的目标是天津的老西开地区,无意城南洼。

就这样,天津的城南洼变得暧昧起来。

一九一二年杨以德出任天津警察厅厅长。杨厅长外号"杨梆子",著名的杨三姐告状,就是他下令枪毙奸夫高占英的,因此又得了一个"杨青天"的绰号。面对城南洼这块明明属于华界的土地,杨以德可就不是杨青天了。他唯恐招惹日本人,不敢过问;日本人虽然声称城南洼属于"预备居留地",但也佯称不予管理;法国佬虽然浪漫但对城南洼更是不加理会。中国不管日本不管法国也不管,于是城南洼成为一块"三不管"的地方。久而久之,"三不管"也就替代"城南洼"而成了地名。

由于毗邻日租界,"三不管"的地价渐渐热了起来,居然升值成为旺地。身在南京的江苏督军李纯是天津人,他的东兴房地产公司捷足先登,排水填坑,大量建房,首先形成东兴大街。宣统皇帝的老丈人荣源与盐业银行董事长岳乾斋合资注册荣业房地产公司,手握批文,廉价购买地皮,建成了荣业大街。还有日本建物株式会社投资开发的建物大街。历朝历代都是一个毛病,地价越涨,人们就越追高儿。进入二十年代初期,"三不管"四平方公里的土地上已经出现了二十五条大街。大街两旁楼房林立:饭庄旅馆、澡堂戏院、茶园书场、当铺烟馆、娼寮赌场、锅伙会所、报馆书局、粥厂车行……一派繁华浮靡景象。说起天津"三不管"的开发速度,堪称华界第一。

既然成了旺地热点,天津卫的三教九流、五行八作也就蜂拥而至,为了谋生纷纷抢占立锥之地。就说东兴大街上卖药糖的邱傻子吧,便是这样一个人物。

所谓药糖,其实就是加了食色和调料熬制而成的糖块儿而已。为嘛说是药糖呢?是药就能治病,所以药糖好卖。天津卫的药糖,还是颇有名气的。三不管邱傻子的药糖,那就更是极品。有邱傻子当街的吆喝为证:

卖药糖,哪位吃药糖,山楂薄荷通两气,清痰镇咳的烟台梨,爽神祛火的蜜柑橘,还有枸杞红枣麦冬菊花百病去……我邱傻子的药糖啊,最出奇!

身材高大的邱傻子当过几年大兵,是奉军。他单身一人过日子。他的成名当然与药糖有关。邱傻子的药糖在三不管一带,据说救过"金嗓儿"的场,也救过"铁腿"的命,传为一时佳话。

永和茶园唱京韵大鼓的小黑姑娘,绰号金嗓儿。她苦熬五年渐渐走红,新近又有金店大少爷齐鹤轩迷上了她,眼看就有了出头之日。端午节那天,小黑姑娘在家吃了两个粽子,然后来到永和茶园赶场。齐大少爷为了捧场,早早就坐在台前等候。这时,小黑姑娘的嗓子突然哑了,急得哭了起来。这可如何是好啊。拉弦儿的韩师傅急中生智,大声说邱傻子药糖。小黑姑娘想不出别的办法,只得推开永和茶园二楼的窗户朝着东兴大街上的邱傻子糖摊大喊起来。她的声音沙哑,楼下根本听不见。她急了,脱下一只花鞋扔了下去。大街上的人们以为这是抛彩球招女婿呢,纷纷驻足观看。膀大腰圆的邱傻子抬头看见二楼的小黑姑娘,咧开大嘴乐了。

邱傻子的肩膀上落着一只"辣子",这是一只训练有素的好鸟儿,据说价值一袋风车牌面粉。邱傻子嘿嘿笑着,拿起一块"凉薄荷"药糖递给好鸟儿辣子,辣子衔着药糖振翅高飞,落到永和茶园二楼窗户上。小黑姑娘接过凉薄荷放在嘴里含着。这时候唱奉天大鼓的小翠环正在谢场,该她的京韵大鼓了。

凉薄荷在京韵大鼓的嘴里渐渐融化了,蓦地打通七窍,眉宇之间一派清凉。小黑姑娘试探着放开嗓子,声音果然有了脆响。她大着胆子使劲儿一唱,嗓子居然恢复啦!这时候台下的齐鹤轩带头鼓起掌来,欢迎金嗓儿上场。这就叫捧角儿的碰头彩。小黑姑娘满怀信心走上台来,深深鞠了一躬。她唱的是拿手的段子《关黄对刀》,嗓音清脆声色优美,一句一个好儿。

适逢黄道吉日,齐鹤轩派人送来彩礼,金屋藏娇迎娶小黑姑娘为妻。就这样,邱傻子的药糖拯救了一个唱大鼓的女艺人。自幼坐科的金嗓儿终于苦尽甘来,修成正果告别梨园。蜜月里,已经成为齐大少奶奶的小黑姑娘派人给邱傻子送来一块大匾，上面是金光闪闪四个大字：润我金嗓。

邱傻子的药糖成为三不管的"不二法门"。不过事后也有人持不同见解，认为不是邱傻子的药糖而是小鸟儿救了小黑姑娘的嗓子。邱傻子的药糖屁事儿不管，但是他的药糖上沾了小鸟儿嘴里的涎水。谁都知道小鸟儿的涎水也称"天液"。分明是"天液"滋润了京韵大鼓的金嗓儿。

邱傻子也不争辩，嘿嘿嘿一个劲儿傻笑。

至于邱傻子的药糖在摔跤场上救了三不管"铁腿"一命的事迹，就更是家喻户晓了。"铁腿"是人们送给朱洪胜的美誉。这个朱洪胜年轻的时候在镖局里充当趟子手，喊起镖来嗓音洪亮。人届中年他来到三不管打场子撂跤，竟然报出天津跤王的字号。二百里地之外的保定跤王听到这个消息，不干了，当即启程赶往天津卫拜会三不管的铁腿跤王。

据目击者说比赛气氛很不友好，双方都伸了黑腿。最后一跤，保定客人使出最为常见的"大别子"，横身腾空居然将天津跤王重重砸在身下。只听嘭的一声落地，势大力沉。保定跤王大获全胜。可是三不管的铁腿先生却躺在地上一动也不动，仿佛死人一般。观众们大惊失色，惊呼不止，以为出了人命。这时候邱傻子蹿入场子，嘿嘿笑着将一块黑色药糖塞进人事不知的铁腿的嘴里，说是通窍醒脑丹。之后邱傻子狠狠掐着天津跤王的"人中"穴，高喊朱洪胜醒来。果然，跤场落败的铁腿翻身坐起，朝着观众们抱拳行礼，然后满面羞惭大步离去。

保定跤王走上前来，大声说愿出重金购买邱傻子的通窍醒脑丹的配方。邱傻子连忙声明说祖传配方如同受之父母的肤发，金山银山也不卖。

这事儿轰动了三不管。后来就连南开中学的体育教习也前来问询通窍醒脑丹的详细情况。

事后仍有不同观点，说天津铁腿根本就没被对方摔晕，他惨遭败绩无颜见江东父老，只得躺在地上装死。邱傻子送来的药糖恰恰给败军之将下了台阶。于是"铁腿"就被"药糖"给救活了。

邱傻子也不争辩，还是嘿嘿嘿一个劲儿傻笑。

邱傻子的药糖，当然就成了三不管的国货精品。

正当邱傻子药糖如日中天之时，瘦小枯干的杜傻子从菲律宾回来了，还带了一个黑地梨儿似的热带媳妇。

杜傻子者何人?姓杜的傻子是也。三不管这地方怎么人人皆称傻子呢?以傻自谓,似乎是出于自我爱护意识。个中狡诈,则不得而知。反正杜傻子领着小媳妇从菲律宾回来了。

人们清楚地记得,杜傻子是在北伐军开进天津那年跟着师傅去了马尼拉。杜傻子走的时候,是个耍猴儿的。这个耍猴儿的艺人留给人们的深刻印象就是嬉皮笑脸,没正文儿。八年一晃过去了,杜傻子回到故乡三不管,似乎变了一个人。他满脸严肃的表情,逢人说话有板有眼一丝不苟,颇有狗熊穿大褂儿的感觉。人们看到他道貌岸然的样子,回想当年的猴样儿,禁不住偷偷地发笑。

杜傻子一定是在南洋喝了换魂丹,就连说话他也沾了几分南国口音,好似鸟语。

农历七月十五是盂兰节,天津俗称"鬼节"。这天是民间百姓祭祀亡灵焚烧纸钱的日子。谁也不会想到,这种日子里杜傻子的糖摊居然开市大吉,打出"正宗南洋药糖"的招牌。这可是新生事物,立即有人掏钱买了两块放在嘴里尝了尝,味道果然特别,非同一般。

消息随即传开了。杜傻子从南洋回来了。杜傻子不耍猴儿了。杜傻子改卖药糖了。更加出人意料的是杜傻子的摊位与邱傻子的摊位相对而立,只有一街之隔。这情形使人想起英租界小白楼地区的华商老仁华鞋店与俄商亚力山德拉鞋帽店的当街对擂。不可同日而语的是邱傻子与杜傻子同为中国人,竞争的也只不过是小本生意罢了。

小本生意也是生意。

邱傻子没有想到杜傻子的糖摊从天而降,因此显得毫无思想准备。两个傻子隔街相望,立即引起人们的围观。

天津人最爱看热闹。围观者耐心等待着事态的扩大。

杜傻子朝着邱傻子傻傻地一笑,不言不语。

邱傻子想了想,也朝着杜傻子傻傻地一笑,不言不语。

不知是谁把巡警叫来了。麻脸巡警看了看身材高大的邱傻子,伸手从他摊上拿了一包药糖。转身又看了看瘦小枯干的杜傻子,又伸手从他摊上拿了一包药糖。

巡警嘻嘻笑着将两包药糖揣在怀里，骑着自行车走了。

烟不起，火不着。一天的大好时光懵懵懂懂过去了。人们全神贯注地期待着邱傻子与杜傻子"掐架"，也就忘记了花钱消费。邱傻子一天没卖出几块药糖，杜傻子一天也没卖出几块药糖。

药糖市场出人意料地疲软了。

第二天，东兴大街上不见药糖踪影：邱傻子没出摊儿，杜傻子也没出摊儿。

到了第三天正午时分，三不管大恶霸袁文会手下的小地痞梗着脖子沿街勒索，挨门挨户收缴"保护费"。邱傻子和杜傻子面面相觑，既不敢怒也不敢言，只得乖乖掏钱。临近黄昏时分，尽管生意清淡两家糖摊依然风平浪静。这时庸俗小报《半夜报》著名记者姚壮阳满肚子坏水儿匆匆赶来。他阴阳怪气地围着两家糖摊转悠了一圈儿，摇头晃脑说，我大笔一横，天下太平；我大笔一竖，天翻地覆。

邱傻子与杜傻子听罢这番咒语不知所云，隔街相觑。

姚壮阳继续大声说，这东兴大街明明就是楚河汉界，大敌当前两军阵前怎么不见刀光剑影啊。古语云，狭路相逢，勇者胜。今语云，同行是冤家。大伙眼巴巴等了两天，你们堂堂两个大老爷们儿为了争夺一只饭碗，也得赶紧掐架呀！

邱傻子终于被小报记者姚壮阳给煽动起来。他目光紧盯着一街之隔的对手，突然咧开大嘴说，你姓杜的就是狗肚子里的蛔虫——没有多大分量！

杜傻子也有了脾气，猛然抬起头来与大街对面儿的冤家对视着，说你姓邱呢就是晚秋里的蚂蚱——没有几天蹦跶啦！

姚壮阳奸笑着掏出自来水笔飞快地往小本子上写着：三不管同室操戈，卖药糖相煎何急。

围观的人们终于嗅到战争硝烟的味道，顿时兴奋起来。

天色一下子就黑了。三不管大街上的小商小贩纷纷收摊回家。邱与杜的擂台赛也落下了帷幕。

坐落在三不管地界的低级庸俗的小报，足有二三十家，共同之处就是唯恐天下不乱。双日出版的《半夜报》也是如此，翌日它在登载"豫产妓女"广告的第三版右上角刊出"三不管风云"。姚壮阳的生花妙笔大肆渲染邱傻子与杜傻子的当街竞争,称为"药糖擂台"。文章借齐鹤轩太太(小黑姑娘)之口极力夸赞邱傻子药糖具备滋阴润肺通气开胃之功效,同时也认为杜傻子的药糖清瘟解毒散热驱湿,拥有令人振奋的南洋风味。很显然,《半夜报》这种貌似公允的态度是在挑动群众斗群众。

《半夜报》是一张少儿不宜的报纸,主要读者是妓院嫖客和浴池"塘腻"。可不知为什么这期报纸突然加大印数。走在三不管大街上,高声叫卖《半夜报》的小报童处处可见。据说邱杜双方早已摩拳擦掌。随着《半夜报》舆论导向的诱引,一街之隔的两座糖摊之间的战争终于正式爆发。

然而三不管这地方的主要交战方式不是大打出手。遇事大打出手那是粗人。天津卫男子汉的榜样不是项羽,而是张子房,本埠爷儿们追求"一句话攻破一座城,一颗唾沫星子淹死一个人"的境界。用一句歇后语来形容,那就是"夜壶口镶金边儿——能耐都搁在嘴上啦"。

有道是君子动口不动手。这两座糖摊的当街对垒,正在实践着这句千古名言。邱傻子与杜傻子之间的战争,不是大打出手而是大骂出口。动口比动手可文明多啦。最为疲劳的不是两只胳膊,而是一条舌头。

只有亲临现场洗耳恭听邱杜之间此起彼伏的对骂,才能真正懂得区区"国骂"乃是堂堂"国语"之中野火烧不尽的重要组成。汉语的修辞,居然在三不管的声声国骂之中被发挥得淋漓尽致:排比啊对偶啊顶真啊回环啊……绝对抵达了语不惊人死不休的境地。杜工部倘若在世,一定会被他们活活气死。

两座糖摊之间是宽敞的东兴大街,前来观阵的人们挤挤嚷嚷形成了庙会的规模。尤其是外埠来津的短打扮游客,走进三不管怀着强烈的好奇心理,兴味盎然地倾听着邱杜之间对仗工稳的"国骂"绝学,流连忘返。聚在这里的人多了,热气就高,掏钱买药糖者遽然增加。人们品味着药糖,欣赏着国骂,觉得心里特别舒坦。人来人往的,邱与杜的药糖市场也一下子坚挺起来。

《半夜报》继续炒作,居然开辟采风专栏,将邱杜对骂的精彩段落加以选载,称之为"三不管佳句"。

有以内容低级下流见长的污秽型的句子:

> 邱傻子：姓杜的你是裤裆里的胡萝卜——愣充大棒槌！
> 杜傻子：姓邱的你是穿着大棉裤守寡——愣充热屁股！

也有以抢占辈分而取胜的智慧型的句子：

> 邱傻子：姓杜的，我是你表姐的姨父！（暗喻邱是杜的父亲）
> 杜傻子：姓邱的，我是你外甥的姥爷！（暗喻杜是邱的父亲）

更多的是肮脏不堪的灭绝性辱骂，朗朗上口，杀伤力极强。

天津卫的老爷儿们骂街，一绝。邱傻子药糖与杜傻子药糖正是在这样的环境里，活了。

临近八月十五中秋节的一天，艳阳高照金风送爽，一辆黑色小轿车顺着东兴大街由北向南缓缓开了过来。天津卫的明眼人只要看到TG333的牌照，就知道小汽车里坐着哪位爷。

邱傻子与杜傻子一街之隔却同时出摊，手里举着鸡毛掸子吆吆喝喝挂上自家的招牌。邱傻子端起茶缸子润润嗓子，使劲儿咳了一声，拉开今日对骂的序幕。

邱傻子的"骂风"平实无华，往往直陈其事。他哈哈大笑率先发难：姓杜的，这一大早儿我看你就是狗熊包饺子——不是人揍的！

杜傻子立即反唇相讥，他的骂风飘逸洒脱，骨子里透着机巧：我看你是半夜里打哆嗦——浑身浪得难受啊！

挂着TG333牌照的黑色小轿车吱的一声停在大街中央。一阵尘土飞扬，淹没了双方的骂声。

三不管的大恶霸袁文会，人称袁三爷。他身穿靠纱的褂子一步三摇从小轿车里钻了出来。

一鸟入林，百鸟哑音。东兴大街上蓦然寂静下来。

袁文会嘿嘿笑着，走到邱傻子摊前，看了看玻璃盒子里五光十色的药糖，问有没有治疗杨梅大疮的药糖。邱傻子连连摆手，说袁三爷我是小本生意不敢随便吹牛。

袁文会扭身来到杜傻子摊前,说你怎么放着猴儿不要改卖药糖啦。杜傻子说耍猴儿填不饱肚子。袁文会问他有没有治疗女人不孕的药糖。杜傻子摇了摇头,说袁三爷没有。

袁文会沉下脸色,猛地一挥手。手下的小地痞蜂拥而上,掀翻了邱傻子和杜傻子的糖摊。邱傻子犯了大兵脾气,低头看着撒在地上的药糖大声说,袁三爷袁三爷我可没惹您生气啊。

杜傻子闯南洋也属于见过世面的人,嘿嘿笑着从地上捡起一块黄芒果药糖随手扔进嘴里,然后给袁文会深深鞠了一躬,说袁三爷您就是打孩子也得让孩子心里落个明白吧。

袁文会极其阴险地笑了。你们跟我说卖药糖的是小本生意? ×! 小本生意就敢天天站在马路上骂街呀? 三不管是你们的天下还是我的天下? 你们这俩傻×一定是吃了豹子胆啦。来啊,一人赏他二十个嘴巴子! 看他们明天还敢不敢接茬儿骂街。这下你们明白了吧?

东兴大街上,邱傻子与杜傻子平分秋色,各挨了二十个清脆的耳光。这两位傻子增加了营养,脸当时就胖了。

翌日,一高一矮的两位傻子各自在家养伤,谁也没出摊儿。姚壮阳匆匆赶来采访"三不管佳句"。一打听才知道是袁文会发了火,姚壮阳撩起大褂,立即溜号儿。

三不管的人们耳朵里没了邱与杜的叫骂声,一时很不适应,总是东张西望的,仿佛等待着神仙下凡。看来邱与杜的声声叫骂已经成为天津华界一道不可缺少的景致。

一连好几天,这两位傻子还是没有出摊儿。袁三爷在三不管是一只大猫,别人都是小鼠儿。说着,中秋节到了。

八月十五这天,天儿不错。一大早儿人们走出家门一看,邱傻子和杜傻子的糖摊赫然出现在东兴大街上。令人感到惊喜的是双方经过短暂的休整,照骂不误,一派精力充沛的景象。

人们不禁为这两位傻子担忧:三不管这地方是袁三爷的天下,这俩卖药糖的莫非吃了豹子胆,居然敢于重新开骂。

就这样,邱傻子与杜傻子日复一日出摊儿,日复一日当街对骂而且佳句迭出,日复一日引来围观者的阵阵喝彩,日复一日活得有滋有味……

真是不知什么原因,邱与杜的"敢冒袁三爷之大不韪",竟然迟迟不见袁文会派人前来干预。有人说,袁文会整天忙着往日本倒卖华工,根本没工夫过问这两个卖药糖的滥事儿。三不管邱杜两姓的药糖,也就这样卖了下去。

话说天津华界的《新报》,多年以宣扬科学文明为己任,主笔名叫卢隐公,为人清正刚直。一天下午他陪同北京客人来到三不管听鼓曲,路过东兴大街看到两条汉子极具表演性质的对骂场面,不禁气得浑身发抖。回到报馆立即命笔,一篇题为"请明白人站出来说句明白话"的社论翌日见报,卢隐公痛心疾首指出,国民的文明素质之低劣,已然达到令人震惊的地步。光天化日之下,国民不以"国骂"为耻反以"国骂"为荣,围观者日众一日,居然喜闻乐见。这种低劣恶俗的文化景观,讨得无聊观众的声声喝彩,实为天津之奇耻大辱。卢隐公大声疾呼"文明之光早日照亮天津的四面八方,无论男女老少皆应去旧图新,争做体格健康心理文明之全新国民"。

《新报》在天津华界是一张颇具影响的报纸。卢隐公的激情文字,自然引来强烈反响。西门里的中营小学为严范孙先生创办,具有走向社会的光荣传统。当晚该校的八十名小学生,人人手持写有"寻找明白人"五字的灯笼,上街宣传《新报》社论,高喊"讲文明,不骂街"的口号,呼吁"明白人站出来说句明白话"。

《半夜报》随即著文反击,姚壮阳认为卢隐公少见多怪小题大做,并挖苦《新报》主笔为"一介迂腐书生"。

日文报纸《天津读卖新闻》发表"野蛮的支那人"文章,对发生在华界三不管的两个商贩之间的日复一日的引起众人围观的"国骂大战",持冷嘲热讽的态度,认为在"礼仪之邦"发生这种斯文扫地的事情并不令人感到意外。

《新报》社论与小学生打着灯笼上街,使得形势紧张起来。邱傻子与杜傻子聪明绝顶,立即宣告歇业。三天之后,原本销声匿迹的两位傻子突然同时出现,将两座糖摊摆在上天仙戏园门前,一左一右,对台戏接着唱。邱傻子与杜傻子,还是一来一往对骂着,但显得慢条斯理,平添几分文气。

恶风难抑。消息传到《新报》报馆,卢隐公气得当场口吐鲜血,被送进天和医院,从此一病不起。继任主笔罗笨夫含泪著文,声称如果"鲜血依然不足以唤醒国人,则孔孟不存矣"。

为了抑制恶劣风气,参议员史唯正先生率领社会贤达十二人组成劝诫团,徒步来到三不管宣扬文明,唤起民众共同抵御粗鄙恶俗之风。报载,邱贩杜贩虚心聆听社会贤达们的谆谆教诲,如鸡啄碎米点头称是。劝诫团离去之后,东兴大街依然故我,叫骂再起,声声不绝。史唯正参议员惊呼:果然孔孟不存矣。

孔孟不存,邱杜还活着,一日三餐。活着的邱与杜一边乐呵呵卖着药糖,一边乐呵呵互相辱骂着。日子就这样过下去,东兴大街上似乎形成了一个"大药糖共荣圈"。

既然如此,华界三不管当局也采取现实主义态度。既然你们非要隔街对骂,那就骂吧。税务所收税的时候就剐肥——找邱与杜多收一份"骂街税",警察局缴捐的时候就刮骨——找邱与杜多缴一份"骂街捐"。邱傻子与杜傻子从不反抗,每每欣然缴纳。既然缴了捐纳了税,他俩的当街叫骂也就成了合法的声音。挺好。

"七七事变"之后,大恶霸袁文会成立"袁部队",公然投靠日本人当了汉奸。根据三不管的老人们回忆,日伪时期的东兴大街上,有时仍然听见邱傻子与杜傻子的精彩对骂。两个摊子的药糖呢就在这骂声之中不紧不慢销售着,从未断流儿。

小报记者姚壮阳呢,则将"三不管佳句"汇编成册,总计六万字(虽然没有书号儿),公然在三不管大街上出售。这种低俗无聊的读物竟然真有人买。天下之大,看来处处都是财路。

天津解放以后,掀起镇压反革命的高潮。大汉奸大流氓袁文会罪大恶极,当属在劫难逃之列。他在狱中交代罪行时避重就轻避大就小,招认的尽是鸡毛蒜皮的小事儿。

袁文会在自供状里写道:当年三不管有两位卖药糖的小贩儿,一个姓邱,一个姓杜。邱高杜矮,天天对骂不止。记得是民国二十四年秋天,一天我乘车路经东兴大街,就派保镖砸了他们的两个摊子,并且警告他们从今往后不许一边骂街一边做生意。邱和杜,都点头认错。第二天晚上我躺在妓院里抽鸦片烟,没想到姓邱的姓杜的两个小贩突然进门跪在地上,邱怀里抱着个瓷瓶,杜怀里抱着轴儿字画,连声说请袁三爷笑纳。我不睬,他俩就长跪不起不停地央告:"我俩都是臭嘴,一天不骂街舌头难受,两天不骂街喉头难受,三天不骂街心头难受。四天不骂街就能憋出毛病来。您老人家就饶了我们吧。"

袁文会在自供状里继续写道:我知道这里有事儿,就大声说:"你们这两个卖药糖的心里有什么鬼招儿,就跟三爷我实话实说。我要是听着在理,就放你们一马!"他俩跪在地上嘀咕了几句,就跟我实话实说了。原来邱与杜订了密约,以同行是冤家为幌子,一街之隔,摆摊设阵,天天大声对骂,招徕顾客,扩大药糖销量。所以,邱与杜请求我允许他俩在东兴大街上继续骂街赚钱。我问他俩,骂街到底能赚多少钱啊?姓邱的小贩说,不骂街的时候,一天两个摊子总共只能卖出八九十块药糖。姓杜的小贩补充说,两边一骂街看热闹的就多了,一天两个摊子至少也能卖出四五百块药糖。我俩对骂越精彩,药糖卖的就越多。这样下去不出几年就能发财致富。我听罢他们的诡计觉得非常可乐,就答应了。俗话说猫有猫道鼠有鼠道,没想到后来邱贩与杜贩果然依靠骂街卖糖,真的发了家。

袁文会的供罪材料,保密。也不知通过什么渠道,这段"骂街发财"的故事竟然从卷宗里流出,由当时的《天津新晚报》披露报端,一时成为读者笑谈。卧病在床的报人卢隐公看到这则使他大白真相的消息,反应极其强烈,连连高呼"人间悲剧"。当夜卢隐公吐血旧疾复发,死在送往医院的路上。卢隐公先生是这个故事里的唯一死者。

邱傻子和杜傻子这两个"人精",新中国成立之后下落不明。这哥儿俩志同道合一块儿骂了大半辈子街,也不知道跑到什么地方发财去了。八成又是菲律宾。不过邱氏药糖的配方与杜氏药糖的配方,均在天津流传下来。如今在南市食品街一带经常见到游走的小贩高声叫卖"天津药糖",据说用的就是邱氏与杜氏的混合配方。

这药糖的味道怪怪的。

膏药失灵

水旱码头天津卫,九河下梢乃是五方杂处的地方,民风独特。口音呢也与周边毫不搭界,仿佛从天而降,因此被语言学家称为"天津方言岛"。既然是水旱码头,就有脚行,所谓脚行,其实就是搬运业的旧称。脚行里的头目,往往占据地盘独霸一方,人称"混混儿"。混混儿是天津土语,也称"混星子",与上海滩的青皮属于同类动物。沪上有黄金荣、杜月笙,津门则等而下之,有袁文会、刘广海之流。若以青帮论,沪上的青皮与津门的混混儿,出自同一家门,有辈分排列:大字辈儿的,通字辈儿的,悟字辈儿的,颇有同祖同宗的门风。

当年天津卫的混混儿争夺码头,聚众斗殴本是寻常之举。双方混战,舞棒弄刀,总是要伤人的,于是骨科应运而生,一时间天津涌现出不少名医。名医丛生,其中要属粟先生的名声最为响亮。粟氏的正骨,兼治五劳七伤,津门一绝。混混儿斗殴负伤,折胳膊断腿,躺在一只大笸箩里退下火线。人们抬着大笸箩找到粟先生诊所,三捏五捋,大膏药一糊。回家养着去吧,保好。

粟氏医术,首创光绪末年。到了宣统年间名声已经很大了。当时天津卫西头的永丰屯出了一位大混混李金鳌。这位爷上海滩闹事断腿,沪医受贿,接骨时存心留了个碴口儿。李金鳌回到天津,走路总是一瘸一拐的,很是减了几分威风。这位爷来到粟先生诊所。粟先生看了看那条伤腿,心里明镜儿似的,就问李金鳌怕不怕疼。李金鳌笑了笑,将伤腿搭在桌沿上,一掌就将腿骨击断。粟先生叫了一声好汉,就动手为他重新接腿。李金鳌伤愈,给粟先生送匾致谢。匾上刻着四个金字:佑我手足。

有了这块金匾,粟先生似乎就有了功名。光阴荏苒,粟氏医术已然传了五代。民国以来,提倡科学,引进西洋医学,治病的手段愈来愈多。粟氏的膏药也渐渐失去独领风骚的光彩。说话之间,中国已然进入改革开放的大好年代,真可谓日新月异。正是在这种时候,就在天津红桥那边,又冒出一个"膏药王"。

关于膏药王的来历,其说不一。有人说他乃是粟先生的外孙女婿,属于异姓偷艺,并非真传。也有人说"膏药王"源自祖传秘方,根儿在北京旗人。尽管其说不一,但凡见过膏药王的人,都说此公相貌不凡,绝非等闲人物。

膏药王的诊所,坐落在新河北大街,过了旱桥就是。他的诊所与众不同,每个礼拜只有一天应诊,平时大门紧闭,很像当年我党地下工作者秘密接头的地方。如今朗朗乾坤,早就没了混混儿,拳打脚踢、刀劈斧砍的硬伤,自然少了许多。求医问药者,多为富贵病:站着就想坐着,坐着就想躺着,躺着就想睡觉，睡觉又睡不着。整天价腰酸腿疼脖子发紧，一大批豪华型东亚病夫悄然出现在这座并不豪华的城市里。时势造英雄，膏药王脱颖而出，成为患者的救星。无论你什么地方难受，大膏药一贴，全好。总经理阳痿，隐姓埋名前来求医；少妇多年不孕，满面愁云跑来问药；纵欲过度的，未老先衰的，植物精神紊乱的，代谢功能失常的；淋病，尿频，产后没奶，食欲不振……这里的膏药，包治。一时间膏药王的名字传遍天津，人人都说他的膏药非神力所能比拟。天津人说话最爱夸张，说膏药王称得上是广大患者的重生父母再造爹娘。于是有人拍着胸脯打赌，说倘若让膏药王制成一张巨大的膏药"叭"的一声贴在市政府大门上，天津市立即经济复苏，文化繁荣，金融发达，交通顺畅，眨眼之间百病全消成为数一数二的国际大都市。

只可惜没有这么大的膏药。

膏药王成名之后，并没有被胜利冲昏头脑。他深居简出，谢绝电视台记者采访，面对荣誉依然保持着一颗平常之心。据说他生活极其节俭，每顿早餐只吃两根油条，连豆浆都舍不得喝。一天清早膏药王刚刚吃罢两根油条，四个民工模样的小伙子抬着一副担架气喘吁吁赶到诊所。听说今天不是应诊的日子，放下担架四个小伙子一起跪在门前，苦苦哀求。原来躺在担架上的是他们大哥，扭腰半月动弹不得，遍访津门名医，效果甚微。这四个小伙子都是初来乍到的打工仔，万事全凭大哥关顾。大哥动弹不得，他们的饭碗也就不保了。此情此景，膏药王无奈，只得破例给予治疗。那位扭腰的大哥，躺着来的，走的时候竟然将担架扛在肩上，五个人是欢声笑语一路去了。于是群众呼声愈发强烈，膏药王才答应将应诊时间由每周一天扩为每周三天。

就在这种大好形势之下，事情出了故故扭儿。

天津卫的鼓楼西，有个闻家大院。人堆儿里头访一访，谁都知道闻家当年是天津卫著名大盐商，富甲一方。说起盐这东西，可不是一件小事情。从汉朝桑弘羊盐铁辩论起，历朝历代都是"官盐专卖"，禁绝私盐交易。天津卫的大盐商经营盐业，手里都有朝廷恩准的"龙票"。就好比当今手里握有"批文"的"官倒"，赚钱太容易了。因此，天津卫的大盐商，深宅大院亚赛王府，都是金山银山的家当。我们所说的闻家大院，也是如此。

这闻家大院地广房多，南门与北门之间，一趟走下来，谁都累得气喘吁吁，不下半里地。只可惜闻家衰败得太快，民国初年就露了穷相。子孙后辈一边往外租赁，一边拍卖房产。院子太大，绝不是一家一户能够买得起的。于是主家就化整为零，吃瓦片儿。没出几年，闻家大院就搬进来百八十户人家。三教九流，五行八作，干嘛营生的都有。新来的居民，废园伐树毁池填井，弄得鸡鸣狗吠。一时间堂堂闻家大院仿佛变成一座乡镇集市。悲乎，昔日大户豪门风采，荡然无存。任人凭吊的只有临街的那道大墙，长半里，高丈二，形象依然巍峨。

人们走在街上，就管它叫"闻家大墙"。

天津卫的年轻人跟全中国的年轻人一样，吃汉堡包抽万宝路喝百事听摇滚，根本不知道闻家大墙是怎么一回事。然而万事总有一变，开春那几天，闻家大墙一下又成了天津卫无人不知无人不晓的地方——知名度仅次于海河。大街上你随便叫住一辆的士，说去闻家大墙，司机二话不说就找你要三十块钱。为什么呢？您去朝拜"神墙"，就得认头花钱。这真是一个令人欢欣鼓舞的消息。沉寂多年的闻家大墙居然被称为"神墙"，这真是天津卫的造化。

打从出现"神墙"，往日门庭若市的膏药王诊所竟然日趋冷清。起初膏药王大惑不解，一打听才知道，敢情城里鼓楼西的闻家大墙成了"神墙"。说起这神墙那是真神，包治百病。尤其是腰酸腿疼的富贵病，你献上香火，三叩九拜之后双手摸墙，默默念上几句颂辞，当时就觉得精神爽快浑身舒坦。老太太一连去几天，年轻时坐月子落下的毛病，竟然去了根儿。老爷子一连去几天，拐棍儿也扔啦。无论男女老少，神墙的最大功德就是包治人间百病。尤其是伤筋动骨，只要拜了"神墙"，立马儿疼痛大减。真可谓神仙一把抓。

膏药王对功名利禄看得淡似天上白云，但"神墙"的出现使他的医术受到冷落，不免快快然。夜来风雨声，花落知多少。郁郁不欢的膏药王走出诊所，伸手叫住一辆的士，说是去闻家大墙。司机摇了摇头说不认识路。膏药王无奈，只得说去"神墙"，司机就认识了。

过了二道街，就塞了车。大街上拥满赶往"神墙"的人流，四只轱辘的铁屋只能给双脚行走的动物让路。膏药王推开车门叹了一口气。这时人们看到一位面容清瘦精神矍铄的老者下了的士，落入街上人流之中，朝着"神墙"走去。

天津卫已经多年没有如此火暴的去处了。同行的人们议论纷纷，说即将成立"神墙管理委员会"，建立门票收费处，组建一支精干队伍以维护此地的旅游环境。

膏药王无心细听，仄身快步朝前走去。

远远看见闻家大墙，人流却稠成一锅粥。香烟缭绕之中，他好不容易挤上前去，定定地看着面前的景象。

沿着墙根儿一眼望去——数也数不清的人们，一个挨着一个，身体紧紧贴在墙上，双目微闭默不作声，静静接受着"神墙"的灵气。

渐渐，贴在大墙上的人们吐纳有序，面孔泛红，已是汗津津地清爽。这时只听一声木鱼，接罢灵气的人们同时睁开眼睛，转身面对大墙，伏地再行大礼。

等待朝拜的人流裹着膏药王涌上前去。他伸手抚摸"神墙"。竟然透着一股热力，暖入心脾。说是神墙，果然不虚。

膏药王随着人潮涌上前去，又随着人潮退了下来。他信步朝前走去，却不知身居何处。走出几百步远，他才明白此时正朝着闻家大院南门走去。南门无存，他还是能够依稀辨出方位。昔日的院落，疏可走马。如今面目全非，满眼密密麻麻的窝棚，亚似蜂窝。他毫无目的地走着，知道自己已经走进当年的闻家大院。

他蓦地想到，举凡人间大墙，皆有墙内墙外之分。人们跪拜墙外，我为何不在墙内朝圣呢？这样想着，膏药王兴奋起来，奔大墙方向疾走。

又是一派烟雾缭绕的景象。莫非墙内也聚满了朝拜的人群？他穿过屋与屋之间的缝隙，寻找着大墙。终于走到大墙近前，他不禁一怔。只见沿着墙根儿，一长溜儿垒着十几只大灶。每只灶上都烧着一只滚开的油锅，每只油锅前都站着一个手持铁筷子的肮脏民工，正在炸制天津卫有名的"十八街大麻花"。那一只只大灶蹿出的火苗儿，尽情地舔着大墙——烤得砖瓦淌汗。

一个脏头脏脑的男子走上前来，叫了一声王大夫。膏药王定睛细看，正是那位躺在担架上被同伴抬着前去求医的民工大哥。这位民工大哥龇着一口白牙说："王大夫您千万别吃我们的麻花，这都是脏油炸的冒牌货！"

膏药王突然笑了："这墙，真热啊！"

傻子绝迹

旧时天津的景物，只能用旧时天津的词语形容。旧时的天津词语，如今多有亡轶;依然留存人们口头的,物去人非也不是原汁原味了。譬如说"傻子",就是一例。

天津词语中的"傻子",通常是智力低下者的统称。然而旧时天津词语里的"傻子"无论是所指还是能指,都别有一番意境。

天津包子颇有名气。其实包子这东西,在当时是属于粗食的。举凡包子铺都不是什么大门面,盛包子用的也不过是挂着一层黑色釉子的粗瓷大碗,蹲在凳子上吃包子的,绝大多数是穷苦百姓。凡是广大群众拥护的,就能成名,天津包子的历史恰恰说明了这个道理。那时节,除了大名鼎鼎的狗不理包子铺,素负盛名的还有一条龙包子铺和陈傻子包子铺。

陈傻子包子铺坐落在南市三不管附近,老辈人如今回忆起来,还都记得当年包子铺那红火的生意。陈傻子包子铺的掌柜,姓陈。傻子是他的外号。关于这个外号的由来,其中就有几分讲究了。

陈记包子铺开张的时候,只有半间门面。掌柜的让自己的俩儿子当伙计,干活儿。大儿子叫大顺,二儿子叫二顺。大顺和面,调馅。二顺呢捏包子,上屉。爷儿仨整天忙得脚手不拾闲。陈掌柜五大三粗,见人不爱说话,只是嘿嘿傻笑,算是跟人打了招呼。来了吃包子的,陈掌柜还是嘿嘿笑着,满脸傻相。于是,就有人认为这位掌柜的缺了个心眼儿。临近晌午,饭座儿渐多。陈掌柜高高大大站在蒸锅前,脑袋扎到笼屉里,瞪大眼睛亲手数着包子。嘴里喊着:"一五,一十! 十五,二十! "

他这铜钟大嗓,喊彻半条街,亚赛驴鸣。天津人说话嘴损,聚在一起总要挖苦陈掌柜:"他这不是数肉包子,他这是数金元宝呢! "

陈掌柜嘿嘿一乐,脑袋照样儿扎在笼屉里,一五一十给吃主儿数着包子。

即使如此,他还是显得非常愚钝。人家买十二个包子,他高一声低一声数着,却给了十三个。住在胡同里的小闺女三丫举着一只大碗说买八个包子,可端回家一数,九个。三丫的瞎眼奶奶大发感慨:"卖包子的不识数,他这辈子就盯着赔钱吧! 三丫,明天还到那包子铺买包子吃,多吃一个就赚他一个! "

陈记包子铺的大顺是一个颇有心机的小伙子,一边干活儿一边偷眼瞄着傻了巴叽的爸爸。一个晌午过去了,陈掌柜总共多给出去十二个包子。

下晚儿,大顺子悄悄对陈掌柜说:"爸,今儿一天您白白送出二十多个包子啊！"

掌柜的听罢，揉了揉眼睛，满脸傻笑："嘛玩意儿？今儿一天我白白送出二十多个包子去？哈哈……"

大顺子见掌柜的如此傻相，心中暗暗说道："您真是蒸不熟，煮不烂，橡胶脑袋不过电啊！"

卖包子的不识数。没出几天，陈傻子的外号就传开了。凡是在这里占过便宜的人们，都说陈掌柜是傻子，同时也都成了陈傻子包子铺的回头客。陈傻子包子铺的生意，一下子火暴起来。一时间，天津南市三不管的老少爷们儿争先恐后都赶到陈傻子包子铺来吃包子。这不是起哄，也不是架秧子。这情形分明是说，谁要是不来吃陈傻子的包子，谁就是傻子。举凡人世间的聪明人，都愿意跟傻子打交道。红花还要绿叶衬。身边有一个傻子，你总觉得自己是一个旷世奇才。

就这样，陈掌柜嘿嘿一笑就成了陈傻子。陈傻子包子铺的生意，越做越大。成了包子行业的精英。后来，大顺成家立业接了父亲的班，把陈傻子包子铺给发扬光大了。扩大门面，由半间发展成为三间。大顺从父亲那里既继承了产业又继承了智慧，也学会了嘿嘿憨笑，而且傻得更上一层楼。陈傻子包子铺生意兴隆，大顺竟然在城里费宫人胡同置了一座宅院，娶进一房水水灵灵的小媳妇。新中国成立之后大搞公私合营，陈傻子包子铺已然传到第三代。

除了陈傻子包子铺，天津的南市一带，在"傻"字上练功夫的人并不少见。东兴大街上有白傻子布铺，闸口街西头有王傻子铁工厂；三不管卖艺场上有砸石头的李傻子，沿街叫卖药糖的有邱傻子；此外，杂货铺的傻德子，理发所的傻恩子，开水铺的傻诚子，开酒馆的傻久子……南市的傻子数不胜数。一时间这地方好像聚集了全天津卫的傻子。冒傻气，放傻屁，说傻话，办傻事，也就成了一门学问。正因如此，旧时天津的词语里"傻子"的含义也颇有分量了。"文革"期间陈大顺曾经对自己的儿子说："精明，是小道，傻，是大道啊。"

可是不知为什么，后来南市这地方外号傻子的人，好像野生动物一样越来越少。改革开放，天津人民文化素质大为提高，都成了精。就连马路上卖牛奶的姑娘也拥有硕士学位。于是"傻子"这个词语，真正成为智力低下者的俗称。说话之间，天津的革命群众也同全国人民一道，走进了九十年代的大好春天。

九十年代的天津人，天天都在心里盼望早日过上豪华日子。心里有了这种念想，就更没人愿意当傻子啦。物以稀为贵。话说一九九六年秋天，坐落在南市三不管迤西的齿轮维修厂里竟然拥现出一位划时代的傻子。这位傻子名叫陈九河。全厂五百多名职工里提起陈九河，不过普通一兵而已。

国有企业不景气，齿轮维修厂也不例外。三年前就已经落入谷底，绝大多数职工只得走上社会谋生。厂里剩下一百多人，坚持小作坊生产，每月只能领到百分之六十的工资。陈九河就是其中一员。他今年三十九岁，长得又小又瘦，看他的背影很像一个营养不良的孩子。此公在热处理小组当工人。都说组长是鹰头，他是鸟儿屁。

陈九河对工厂所面临的困境很是着急。他几次找到厂长，询问工厂何时能够出现转机走出困境。厂长姓叶。叶厂长觉得陈九河很傻，可又不好意思打击他的积极性，就告诉他，不出半年时间工厂就能渐渐走出谷底，见到光明前景。

陈九河大喜，下班回家，自费买了一瓶孔府宴酒，佐以小葱拌豆腐，以此庆贺工厂的灿烂前景。陈九河的妻子停薪留职，在街上摆了一个烟摊儿。她见丈夫如此冥顽不化，就骂他傻×："叶厂长说话还不如放屁有味儿呢。他说半年之后工厂能够走出谷底？那是他妈的撒吆挣说梦话！"

形容枯槁的陈九河遭到妻子一顿臭骂，并不气馁。他自言自语说："我一定竭尽全力帮助叶厂长把厂子救活。俗话说国家兴亡匹夫有责嘛。"

这一天叶厂长正坐在办公室里发愁，陈九河悄无声响走了进来。

陈九河当头就说："叶厂长，我想让咱厂走出困境！"

叶厂长心里想："不是说傻子早就绝迹啦，怎么又冒出一个陈九河呢？"这样想着，他朝面前这位从天而降的傻子说，"是啊，咱厂也应当走出困境啦！你有什么法子吗？"

陈九河说："我能揽来一批任务，就是不知道咱齿轮维修厂的工人干得了干不了？"

叶厂长说："别是装配原子弹吧？"

陈九河摇了摇头："前几天有人问我能不能制造不锈钢的骨灰盒儿，我没应声。这一次我揽来了一批电子活儿。你知道二极管吧？就是把二极管的正负极往两个眼儿里一插，一焊。就行了。全年的任务，二百万只……"

叶厂长一听陈九河说得这么具体，就来了精气神儿："你不是跟我说评书吧？"

陈九河说明天就可以派一辆大卡车把样品拉来。人家甲方是新加坡的外商，制作名牌旅游鞋，这二极管是安装在鞋跟上的灯泡，走起路来一踩一亮，全部销往海外。新加坡外商只有一个要求，说是先看一看组装完成的样品，合格了就订合同。订半年的全年的合同，都行。但必须首先考核工人组装二极管的质量。

叶厂长提出跟新加坡外商见一见面。陈九河不高兴了："你要是不相信我，就拉倒吧。我劝你先让全厂职工试一试，组装一批样品，新加坡老板检验合格，你跟他见面也不晚啊！"

叶厂长觉得陈九河说得有理，就问："一个工人一天应当组装多少只二极管？"

陈九河想了想："听我表哥说，人家制鞋厂的工人干熟了，一天能组装七八百呢！"

叶厂长突然心生一计。他在心里算了一笔账，然后对陈九河说："你先跟对方联系一下，三天以后咱厂派大卡车去拉二极管，十万只！"

陈九河笑了："十万只？太多啦……"

叶厂长说不多。陈九河领了任务，走了。

原来这叶厂长是一个聪明绝顶的人物。他想借此机会"顺水推舟"，解决厂里多年无法解决的老大难问题。目前厂里共有三百多人自谋生路。第一批停薪留职的，每人每月还能在厂里领到六十元工资；第二批停薪留职的，厂里不发一分钱，但每月的发薪日必须到厂里报到；第三批停薪留职的，每月则必须交给厂里六十元管理费。所以每月八号这一天，厂里就成了集日。最让叶厂长心里不满的就是每月能从厂里领到六十元钱的那一批停薪留职职工，其中许多人竟然开着红色夏利、黄色大发来到厂里，一个个吃得脑满肠肥的，享受着社会主义的大好阳光。叶厂长这次决定顺水推舟，将这一群吃社会主义的工人彻底除名。

　　陈九河前脚走,叶厂长后脚就将一张"紧急通知"贴在工厂门口。在随后召开的全厂骨干动员会上,叶厂长发表了紧急讲话。大意是说:厂里经过几年沉寂终于迎来充足的生产任务,就是组装二极管。兹定于本月十三号上午八点钟在工厂三车间举办复工考核。合格者,上岗;不合格者,彻底解聘;无故不参加考核的,一律除名。

　　消息传出,齿轮维修厂的工人们惊了。尽管改革开放处处都能捡到金元宝,但人们还是不愿亲手砸了多年沿袭下来的铁饭碗。

　　十三号那天,闻讯赶来参加考核的工人们一大早就拥进工厂大门,领罢准考证,叶厂长统计总共来了三百二十七人,他当场宣布,考核的定额是八小时之内完成三百二十只二极管的安装。工人们一听这个数字,汗就下来了。

　　尽管安装二极管是简单劳动,但毕竟属于熟练工。工人们面对生疏的工作,根本无法完成考核的定额。于是纷纷大骂叶厂长,之后又纷纷大骂揽来这项任务的陈九河。

　　就这样在工人们阵阵叫骂声中,度过了八个小时。由党员骨干组成的检验小组是在当天晚上十点钟将统计结果送交叶厂长的。经过严格考核,一百九十八名工人合格。其余一百二十九名工人,名落孙山。

　　见顺水推舟之计终于得逞,叶厂长窃喜。从第二天开始,落榜的工人们便开始登门求见,苦苦哀求叶厂长高抬贵手不要将自己除名。叶厂长稳坐办公室的皮椅子上,无动于衷。就这样,工人们一拨接一拨苦苦哀求了三天。

　　这三天里,只有陈九河一个人在干活儿。他一丝不苟将工人们安装合格的六万三千三百六十只二极管码齐装箱,然后用手推车往返十四趟送到外商厂里的器件仓库,拿到一张收条,然后到财务科领取加工费七千六百零三元二角。他嘿嘿傻笑着,回到厂里。一旁看热闹的工人们都骂陈九河是个大型傻×。陈九河并不抬头,继续干活儿。

　　他又将那一箱箱尚未安装的二极管运到外商厂里,交回原料仓库。仓库保管员是一个漂亮的姑娘。她认为陈九河凭着安装二极管挣钱,一定非常辛苦,就怜悯地看着他。

　　他嘿嘿傻笑着,接受了姑娘的怜悯。他径直回到厂里,走进浴室洗了一个热水澡。走出厂门的时候他遇到叶厂长。叶厂长当头问他那批二极管的安装质量究竟怎样。陈九河叹了一口气说："×！新加坡老板很恼火……"

叶厂长一天八小时都在接待前来求情的职工，自尊心得到莫大的满足。由于心情很好，叶厂长就拍了拍陈九河的肩膀，说了一句不要灰心，然后骑上车子回家了。

陈九河也骑上车子回家了。走进屋里他就将七千六百零三元二角人民币如数交给妻子。妻子笑了笑说："全厂好几百号工人，就你贼人傻相！"

陈九河说："这钱别乱花呀，留着用它参加扶贫运动。"说罢又嘿嘿傻笑着。

凡是当年见过陈傻子包子铺的老辈人，都说陈九河的傻笑跟他那死去的爷爷一模一样。

永恒店堂

天津南市玉清池澡堂对过儿，有一家非常著名的小饭馆，名叫五合楼。说是楼，其实没楼，平房而已。用如今时髦的话语来说，五合楼是一家充满平民意识的饭馆。它的饭菜应时利节面向大众，给人以不骄不狂的亲切印象。夏天的烧茄子大米饭，香而不腻；开春时节香椿炒鸡蛋卷大饼，吃的是鲜儿；秋天的熬鲫鱼，味道肥美；隆冬里辣豆儿就酒，接着喝一碗热气腾腾的羊肉丸子汤，暖暖和和好像穿了件皮袄。五合楼在老一辈天津人记忆里，地位很是特殊。进大饭庄提倡宾至如归，进五合楼，好比是回到姥姥家。

五合楼还有几个独家经营的菜品，如今早已绝迹。天津出产一种肉眼难以辨别的小虾，名叫"麻线儿"。炒麻线儿是五合楼的拿手好菜。

如今麻线儿这个物种灭绝了，爱吃麻线儿的天津人却一代代繁殖着。五合楼依然存在，虽然没了传统风味，为人民服务的方向还是要坚持的。

五合楼取消正餐专卖早点：豆浆、云吞、稀饭、豆腐脑；包子、油条、烧饼、豆包儿……人们只能从这品种齐全的早餐里，品咂着昔日五合楼的余韵。

忽一日，这里响起开业志喜的爆竹声。人们惊异地看到，黑地金字的"五合楼"牌匾没了踪影。鞭炮声中，一面鲜亮的招牌挂了出来：粤风餐厅。

土生土长的大柱子摇身一变成了粤风餐厅的经理，他操着一口广东人也听不懂的广东话对大家说道："从今天开死吾们哲里改成广东早茶啦！请都都关照哇……"

大家都觉得大柱子的口条儿出了毛病。

粤风餐厅好亮丽,召唤着天津人的生活。人们也就记住了这里的广东早茶。

三天之后,这里又响起一阵鞭炮声。前来品尝广东早茶的人们被这里骤起的硝烟呛得好生难受。抬头细看,一张崭新的招牌横空出世:金世界家用装饰材料商店。

一个大胖子乐乐呵呵剪彩。一个瘦子代表社会各界讲话,祝贺开业大吉。土生土长的二柱子摇身一变成了经理,大声宣布:本商店售出商品一律实行三包。

看热闹的人群里一位老太太小声说道:"二柱子他爹呀,当年最爱吃炒麻线儿呢! "

麻线儿没了,二柱子他爹也死了。但二柱子还在,朝气蓬勃好像早上八九点钟的太阳。

前来品尝广东早茶的人们,只得快快离去。

这时来了一位白发苍苍的老太太,操着纯正的天津口音说是要买烧饼馃子。

金世界家用装饰材料商店的礼仪小姐表情茫然,似乎无法理解老太太的来意。

春风浩荡的季节里,人们又听到一阵鞭炮。金世界家用装饰材料商店蓦然消逝。蓦然闪亮的是五光十色的霓虹灯:娜娜发廊。经理居然是土生土长的三柱子。这里立即成了女人的天下。香波的味道弥散开来,给人以莫名其妙的刺激。男人们的情绪波动起来。天津卫男人的最大本事就是处变不惊。这时候,仍然有人来到这里,询问粤风餐厅到底坐落在什么地方。

娜娜发廊又像蒸汽一样消失了。继而出现的是红魔卡拉ＯＫ厅。经理是土生土长的四柱子。这时候的四柱子,讲一口极其标准的京片子,很是动听。

这情形好似走马灯。世界一下旋转起来。

很快,这里就改成弹子房。之后又挂出婚姻介绍所的牌子。秋雨不绝的日子里,这里成为房地产交易中心。本市最大的填土工程项目竟然在此处成交,双方在合同书上签字的时候,甲方的卢总经理蓦然想起童年时代的"炒麻线儿"。这只是一瞬之间,他就忘了那久违的美味,跑到东兴市场去看那块地皮。

没人知道，卢总的乳名叫五柱子。

后来，房地产交易中心又改头换面，变为五洲证券交易所。

乳名五柱子的卢总颇具财力，很快就在东兴市场的地皮上盖起一座美食城。开业那天，几乎成了这里的一个节日。游人之中有一个寡妇。她猛然想起，自从娜娜发廊关闭之后，她再也没有烫发。

美食城生意兴隆。于是人们发现附近缺少一座公共厕所。于是五洲证券交易所被征用，将其改造成一座收费厕所。于是施工队进入现场施工，施工队长从房屋的格局上看出这里最早曾经是一家饭馆。于是他擅自做主，将当初的厅堂改造为男厕，将当初炒菜的伙房改造为女厕。收费处设在男厕与女厕之间。没人知道，这里正是当年五合楼饭馆存放冰镇麻线儿的地方。饭馆与厕所，在这里走向同一。

我是收费厕所落成之后的第一批受惠者，一泡尿耗资五角。我走进的当然是男厕。我也觉得这里的格局依然残存着饭馆的痕迹。走出收费厕所，我问一个小男孩："你知道这里是什么地方吗？"

小男孩回答说，从前这里是小天使电子游艺厅。

我又问一位过路的老翁。他老人家稍加思索说："很久以前，这儿是一个锔锅的地方。如今人们使用微波炉和电饭煲，根本用不着锔锅了。"

我猜想，五合楼饭馆的前身极有可能是锔锅的地方。

天津卫的老少爷们儿走了一大圈儿，似乎又回到原来的地方。兴许这就叫做永恒吧。

最近又传来消息，说玉清池澡堂子改成了永恒医院，专治各种疑难病症。永恒医院很大。可惜身患疑难病症的患者不多。人们来到这里都是想洗澡的。听说澡堂子改成医院，他们就过了大街走进那家收费公厕。

门票五毛。

有人小声说："×！不虚此行。"

水铺龙二

夜市大街的老人儿们如今回忆起来，还都记得当年龙二他爸给龙二起名字的时候,吭哧憋肚的样子。他老人家一连三天捧着那本《康熙字典》,又嗑牙花子又吧嗒嘴,差一点儿没要了亲命。第四天头上,老人家迷瞪了一觉,梦见一派无边无际的大水。醒来,龙二终于得到了一个大富大贵的名字:龙得水。

龙二有了龙得水这个大号,谁听了都说这是一个千金难求的好名字。单说那龙,本来就大福大贵了,龙又得了水,这辈子可就洪福齐天了。龙得水这名字,就好比麻将桌上的会儿调,摸吗和吗。

龙二他爸给龙二起了这么一个好名字,没出年儿,嘎嘣儿一声就死了。人们有了议论,说给儿子起了这么一个亚赛真命天子的名字,还能不折寿数?一介草民,敢叫龙得水这样的名字,降不住啊。

于是龙二从小就成了一个颇有来历的人物。

好在天津卫这地界有个毛病,喜欢数目字儿。背地里称呼别人,都是张大李二赵三刘四的,通常不叫大号。于是龙二依然是龙二。他那大福大贵的名字龙得水,就给搁在一边了。

有龙二就得有龙大。龙大不是别人,正是蹲在他家被阁子上的那位娃娃大哥。打从娘娘宫拴娃娃回来,一年一洗,没出三年就招来了龙二。龙二是腊月里来的。接生的婆子说,龙大龙二这哥俩,一看就知道是一个模子里刻出来的,都是那路五短的身材,矬子。

这么多年,龙大不言不语蹲在家里被阁子上,透着天津卫爷们少有的厚道。年年洗娃娃,龙大脸上自然有了胡子,渐老。光阴似箭,龙二也就随着娃娃大哥长成一条汉子。只可惜他还是那种天生的矬身坏子紫脸膛,走在南市地面上,远看就好比从地上滚过来一只大个儿旱萝卜。天津卫这地方认旱萝卜,是因为它能跟大马哈鱼熬在一个锅里。于是龙二的这路体形,总让人们想起腥伙儿。天津人嘴馋,在中国那是没比。

十九岁那年,龙二心里有了事情。他知道,天津卫这地界最养闲人,你就是天每天没事由儿,也能混个一身囫囵。龙二不乐意过那种活一天算一天的日子,糗了底子。他打算让自己的生活有个头绪。该往东了,绝不往西。该追狗了,绝不去撵鸡。年轻时候干出一个头绪来,到老了也能稳稳当当图个泠静。

龙二是个过日子的本分人。

龙二打算开一个水铺。卖凉水卖热水,也卖麻秆儿和苇子。地点他在头年伏心儿里已然看在眼里了,就是傍着杂货铺的那间闲房。临街,里间还能有个退身步儿,搭上个暗楼能睡一家人。龙二是个蔫土匪,无论什么事情,他都先隐含在肚子里寻思着,不露。于是那水铺在他梦里,早就开了张。只是早起一睁眼,就光剩下自己一个人了。龙二知道不能再渗下去了,得赶紧。于是他就到吉祥胡同去找大用子。大用子是个拉水车的小伙子,是一头两条腿走路的牛。

拥有旱萝卜体形的龙二走进吉祥胡同,远远就看见大用子正蹲在院子门口套炉子呢。龙二来找他,是想问问这开水铺的门道。

大用子往青灰里擂着麻刀说,你想开水铺啊,开那玩意儿干嘛? 别开!

龙二呵呵乐着说,开水铺多哏儿啊! 水里捞财的买卖,烧一把柴火就赚钱。这水铺,我开定了。

大用子是个没主意的人。你往他脑袋上撒一把糖,他就是甜蒜;你把他搁到盐篓里,他就是咸蒜。大用子听龙二说开水铺好,也就跟着改了主意,说开水铺是个好买卖,整天人来人往,热热闹闹就赛拉洋片的。

龙二心里有了底牌。大用子说,你要想拿下那间闲房来,可不是一件容易的事情。龙二心里有数。在天津卫这地方,有能耐的,能上天揪星摘月,没能耐的,兴许就得让一泡尿给活活憋死。

他没把找杂货铺掌柜的赁房,看成多么为难的事情。

杂货铺掌柜的姓吉,火暴脾气碎嘴子,人称急四爷。急四爷杨柳青口音,爱吃醋熘白菜。

龙二拎着二斤小八件儿,走进急四爷的杂货铺。

急四爷果然不是一般人物。他看着那二斤小八件儿,眉头拧成一个肉瘩疙说,天津卫这地界,真正讲究的主儿,从来不吃带馅的东西。你知道槽子糕多少钱一斤吗? 东西不在贵贱。馅是嘛玩意儿? 那都是点心渣子做的,嘛东西都有,杂八凑!

龙二说,那我去玉生香给您换二斤江米条? 那东西没馅。

别介,点心你先搁一边儿,到底有嘛事你就说吧? 急四爷稳住了心气儿,问着龙二。

龙二说出想赁房开水铺的事儿。急四爷没料到龙二说的是正文儿,一时不知该如何回答这二斤小八件儿。

龙二缓了缓说,要不您先跟家里人合计合计,我三天以后听您老的信儿。行吧?

急四爷答应三天以后准给回信儿。龙二撂下点心就走了。急四爷果然是急四爷,打开包儿就先尝了一块甜咸儿。他吧嗒着嘴心里说,根本就不是香油做的,跟祥德斋的比可差大发啦。

接着,急四爷就又吃了一块枣泥儿的。

没等到三天头儿上,急四爷上赶着找龙二来了。龙大蹲在被阁子上看着急四爷,不言不语的。龙二呢没起,正在回笼觉里做美梦呢。急四爷伸出烟袋敲了敲炕沿,龙二就从外国回来了。

他吆吆挣挣看着急四爷。您没闹肚子吧那二斤小八件儿?

急四爷脸色一沉说,快起吧有正事儿跟你说呢。

龙二穿上衣裳先奔了茅房。急四爷急性子,只得跟着他进了茅房,俩人蹲着说话。

急四爷说,你赁我的闲房开水铺,烟熏火燎的,我那房子不出两月还不就得成了拔火罐儿?

龙二说,没事儿!我在外边压出一个厦子,安锅垒灶,只拿您那间屋子当退身步儿。

急四爷说,你要想赁我的房,得娶了媳妇才行。没家没室的男人不稳当。我不赁!

开水铺还得先娶媳妇?这是哪对哪啊!龙二看着急四爷的瘦脸,大惑不解地说。

急四爷大义凛然说,要不把我外甥女说给你吧。你知道独流吗?

龙二知道那地方出老白干和陈醋,还有黄锅巴。

想赁房开水铺,没承想撞上一个提亲的。龙二觉着这世道是有些邪行。你想往东,却奔了西;你想追狗,却撵了鸡。

急四爷告诉龙二,这几天听信儿。

龙二一下子又成了一个大闲人。他到杨六的院子里去练举石锁。他的这种旱萝卜体形,跟石锁凑到一块儿,就齐了。无论有没有人喝彩,龙二都练得十分认真。要到出神入化之时,人们也就分不出谁是石锁谁是旱萝卜了。杨六说,龙二!待到正月里出会,高跷队里你得去那个傻公子吧?

龙二心里说,我眼下是一门心思要开水铺,嘛傻公子呀!回见吧您哪。石锁应声落在地上。

闲着没事儿遛穷腿。东兴市场西边的一条马路上,龙二被一个瞎子给叫住了。他不知道这位瞎眼儿先生是在喊谁,就随口应了一声。对方朗声说,有缘分!真是有缘分!喊的就是您,您就应了声。请借一步说话吧。

龙二跟着这位瞎眼儿先生到了一边儿。抽根签儿吧,我可是不找您要钱。龙二听了这话,跟手就从筒子里抽了一根竹签。

瞎眼儿先生接在手里立即大声说,大吉大利啊!

龙二说,听您这嗓门儿我还以为是到了牲口市场呢。

瞎眼儿先生说,你要交桃花运啦。你要是已经有了媳妇,那不出三个月就得纳一房妾。你要是还没结婚,三个月之内你就得洞房花烛夜。你等着就瞧好吧!有道是牡丹花下死,做鬼也风流啊。

龙二心里说,要依着这位瞎眼儿先生的意思,急四爷的外甥女是非我莫嫁啦。这就是说评书的经常讲到的天意?要说我也是老大不小了,娶个媳妇也是应该应分的事情。

第二天,急四爷跑来了,说是坐火车坐船都行,这几天就往独流相亲去。龙二看着急四爷,总觉得这事儿有些蹊跷。水铺还没头绪,先来了一门亲事。好没影儿的就从天上掉下一个大馅饼来。

便宜没好货,好货不便宜。急四爷的这位外甥女指不定嘛奶奶模样呢!也兴许神头鬼脸的,看一眼能把活人吓死。看两眼能把死人吓活了。

急四爷诈唬着说,过了这个村,可就没这个店啦!

这么说您那外甥女是急着出门子啊?龙二一咬牙,就应了下来。

转天他随急四爷出门去相亲。穿过南市往西,路过菜桥子,只见从锅伙里走出来一群"来人儿的"的混星子。龙二低头随着急四爷,属黄花鱼的,溜边儿走。急四爷小声说,你知道这地界又新起来一个大混混名叫嘎头吗?

龙二知道,嘎头是菜桥子码头上的霸王。从静海独流一带来的菜船,都得打他这码头上过关,才能上岸。没有人敢惹嘎头。

他跟着急四爷到了碱河边上的独流镇。进门刚刚落座,就见一个大闺女送上一壶茶来。龙二瞄了一眼这闺女,模样倒还周正。之后他就认真喝茶,幻想着将来水铺开张的情形。

吃晚饭的时候,急四爷捋了捋胡子问龙二说,你嘛心气儿?

龙二说得先问问人家女方嘛心气儿。急四爷说,现时全听你龙二的一句话啦!

是一进门就给咱们端茶倒水的那个闺女吗? 龙二问。

没错! 龙二你好眼力呀。缘分,真是缘分! 这两下都有心气儿,齐啦! 急四爷乐得满脸都是褶子。

于是天上掉下来的这个馅饼,吧唧一声就落在龙二嘴里了。

回到天津卫家里,龙二躺在炕上对蹲在被阁子上的娃娃大哥说,我这就快娶媳妇了,人家一不要彩礼,二不要摆局,好体面一个大馅饼就掉到咱家炕上啦! 就跟做梦似的。结了婚,我也就能从急四爷手里赁出那间闲房,开个水铺。您说这是不是飞来凤?

娃娃大哥看着龙二,好像是有一肚子话,又土唇土嘴地说不出来。龙二穿上鞋出门去找大用子,想吆喝上几个闲人帮着拾掇拾掇新房。大用子听说龙二要娶媳妇了,还以为龙二没睡醒,跑出来撒吵挣。龙二说,我真的要娶媳妇了,谁糊弄你谁是那个。说着就伸出手指,做了一个王八的手势。

大用子一听,就紧锁起了眉头。龙二哥,这事儿我听着怎么就赛陈士和说的聊斋呢?弄不好这里头准得有故故扭儿。长虫兔子大眼贼儿嘛的,说不准哪一样就成了精。

没有你说得这么邪乎吧?这是明媒正娶啊,又不是从窑子里往外赎人。龙二若有所思说道。

大用子又十分大度地说,好歹有个媳妇,就比打一辈子光棍强! 像我似的。发昏也挡不了死,娶吧娶吧,既然天上掉下来的馅饼,你还非得问它是不是三鲜馅的? 胡吃海塞吧。

龙二觉得大用子这几句话说得实在。

选了一个黄道吉日,吃了一顿喜面,龙二就把新娘子娶进家了。他指着被阁子上的娃娃大哥对新媳妇说，咱家三亲六故全没有，就这么一位大哥，算是亲的热的。

新娘子在娘家当闺女的时候，名叫秀靡。嫁到龙家，急四爷对外甥女还是不改嘴，一口一个秀靡叫着。人们也就随着急四爷，叫她秀靡。龙二觉得秀靡这个名字叫着倒还受听。

于是秀靡就依然还是秀靡。

秀靡是个麻利人，上炕一把剪子，下地一把铲子。里里外外一把好手。龙二美了。出了蜜月，急四爷同意赁房，龙二的水铺稳稳当当开了张。

人们都说，龙二这一回是鞋帮子改成帽檐儿——那叫一步登天啦。龙二也觉着自己这阵子长了精。

水铺的生意不错。时下无论是卖菜还是卖水，都吆喝是御河水的。御河水好，南通钱塘，北流京师，又干净又甜。龙二的水铺开张，大用子的水车就入了伙。除了水车，他还献上一计。买一小包儿日本人做的名叫糖精的东西，撒在大锅里几粒，人们就都闹着说龙二水铺的水比别处的甜。这下子龙二没动地界就响了名。龙二想起自己的名字叫龙得水，知道逢水就行大运这个道理。于是龙二开着水铺就好比开着酒坊，心里早就醉透了。

龙二天生降不住事情。心里一高兴，就五脊六兽的不知怎么消受。只要一有闲工夫，他就到杨六院子里去，跟那几个吃饱了没事干的老爷们儿在一块练走高跷。人逢得意精力旺，龙二扮的傻公子，在城南这一带的老会里那是没比了。龙二名气渐大。

美中总有不足。每当龙二脱下高跷走在当街上的时候，紫脸膛矮身子，就又成了一只滚来滚去的旱萝卜。他心里明镜儿似的，自己天生就是这种形儿，没辙。

日子一长，龙二也就有了偷手。赶上锅里的水不太开，人们又都拎着茶壶急着沏茶。龙二早般儿就在锅里扣上一只大海碗，咕嘟咕嘟那水就好像真的开了。人们就忙着沏茶。

那天一早龙二正蹲在灶前生火，秀靡凑到近前小声对他说，告诉你一件事儿，我有啦。

龙二的心里一下子就开了锅。他擦了一把汗水，目光定定注视着媳妇，跟傻子似的。秀糜被他看得心里发毛，以为他小时候得过大脑炎，落下了毛病。

日子一下子就像浸在蜜里了，龙二美得都不知道走路该先迈哪条腿了。急四爷将着胡子笑呵呵对他说，这人要是走了运啊，买一包儿锅巴鱼都是活的。这个媳妇你娶对了吧？我看这辈子你没别的灾病，到老了得美死。

天有不测风云，大用子一瘸一拐回来了。旁边跟着一群闲人，七嘴八舌朝龙二报告着消息。敢情大用子让嘎头手下的小混混给打了。水车也给踹散了架，碎木头板子扔得当街四处都是。

龙二气得双手攥拳跳到门口，定定站着，两眼好像往外蹿火苗子。那一群闲人觉得龙二这架势活像台上叫板的花脸，就都静下心来，等待着龙二的下文儿。

龙二自己跟自己较了一阵子劲，扭身进了水铺。人们以为他进屋去拿家伙，都屏住呼吸等待好戏上演。过了半个时辰还是不见龙二出来，人们才大失所望围在水铺门口嚷嚷起来。

天津卫这地界，论到起哄架秧子，能得巴拿马博览会的金奖。

龙二，你怎么尿啦？出来，找他们玩命去！

你爸白给你起了龙得水这么个好名字啦！让别人骑到脖子上拉屎？龙二你是不是个站着撒尿的老爷们儿？拿着斧子找人去呀！

屋里，秀糜给挨了一顿臭打的大用子往伤口上敷着祖传的药面儿。又过了半个时辰，龙二好像嘛事没有一样从水铺走了出来。

他沿着大街，一块儿一块儿捡起散落四处的水车木板。捡得多了，就捆在一起，扛在肩上。那群闲人跟在身后，骂他是个尿货。

龙二硬是将那一辆被人家踹散了的水车，从大街上一块儿一块儿捡了回来。急四爷看在眼里，惊了。他万万没能想到，龙二这个身形好似旱萝卜的小伙子，竟然能有这么深广的城府。

嘎头领着他的一群徒弟昂首挺胸从龙二的水铺门前走了过去。这嘎头，毛六尺的个头儿，一身又黑又硬的疙瘩肉，远看亚赛一座铁塔。龙二蹲在门口一门心思修理着那辆散了架的水车。

秀糜走出水铺，看到嘎头的背影，怔了怔。可巧那嘎头回身张望，就一眼打上了秀糜。

秀糜急忙转身走进屋去。一个早晌,也没见秀糜出来。龙二心里猜测,这就是鼠避猫吧。

流水一般的日子过去了。龙二终于修好了那辆水车。大用子的身子也慢慢缓起来了。龙二的水铺悄没声儿开张卖水,就好像嘛事也没发生过一样。只是秀糜的肚子,已然出了怀。龙二根本不懂老娘儿们的事情,也就弄不清楚秀糜到底几个月了。

一大早说是去拉水,可是大用子却赤手空拳回来了。龙二连忙迎上去问道,咱那水车呢?

大用子哭丧着脸说,咱那水车让嘎头手下的人给弄走了。我去找嘎头,嘎头说得让你亲自跑一趟。他还说早就想见一见你这个开水铺的地丁。

急四爷闻讯赶来,只是一个劲儿叹气。龙二说,您老见多识广,能不能告诉我,这位嘎头大爷他干嘛总跟我过不去啊?

急四爷慌忙摇着双手说,我可不知道这到底是怎么一档子事儿。

龙二没辙,硬着头皮往德美后,去拜见那位嘎头大爷了。

德美后在南市,乃是娼寮集中的地方。禁不住鼻子底下有嘴,龙二一步一打听,终于找到了嘎头常年包租的房子。

一个小混混进去通禀了一声。龙二等了一会儿,获准走了进去。

倒是一个十分讲究的地方。龙二长这么大,头一回走进这种地界,心中不免打鼓。又一个小混混迎上来小声说,你他妈的来求嘎头大爷办事,怎么拎着十个手指头就进来啦?小时候得过大脑炎吧?

龙二这才想起自己是空着手走进来的。已就已就吧,他硬着头皮进了一间屋子。

烟榻上躺着一个男子,活像一截子放倒了的大树。龙二知道这位爷就是嘎头了。

你就是开水铺的龙二吧?你有大号吗?嘎头一动不动躺在榻上,审着他。

我大号龙得水。

水?你知道水里有一种东西,名字叫王八吗?

龙二不知道嘎头说这句话是什么意思,就没应声。这时候,嘎头突然哈哈大笑起来。龙二,你媳妇是叫秀糜吧?

我媳妇是叫秀縻。嘎头大爷,您老把那辆水车还给我吧。我全指着它养家糊口过日子呢。龙二一板一眼说着。

嘎头从榻上坐了起来。这时龙二看见嘎头脸上有一道疤痕。这疤痕,从嘴角一直爬上额头,看上去活像一条地蚕。

你把水车还给我吧。龙二壮起胆子,却不敢与嘎头对视。

水车还你其实不难。我天每天都从你那水铺门口经过,无论嘛时候,只要你这个地丁有胆子跟我走个碰头,擦肩而过敢瞟我嘎头一眼,那水车我立马儿归还。听明白了吗?

龙二知道那辆水车很快就要变成一堆柴火了。

回到水铺,一个婆子将龙二挡在门外。她抖着一脸褶子说,二十年前就是我给你接的生!今儿又来帮你媳妇较劲儿。你说我能不老吗?这一茬又一茬的人啊,比韭菜都长得快!

龙二听说自己媳妇要养活孩子,这才在心里算计起来。猫三狗四猪五羊六驴七马八……人呢?人是九个月还是十个月?反正不能是八个月吧,跟马一样。

屋里哇哇哭了起来。婆子端着一盆红水出来倒在地沟里,大声对龙二说,添啦!是个大胖小子。

龙二听了这话,径直走进杂货铺。他看见急四爷满脸煞白站在柜台里。急四爷,秀縻她刚添了一个大胖小子。您老是不是有嘛事情,也得跟我说一说啦?嘿嘿……

听了这话,急四爷脸上的汗就下来了。龙二龙二,这事儿其实我也是新近才听说的。我跟你说,别的我不敢保,这秀縻我可敢保!无论怎么说,她都是个刚烈女子,要不她也不能用剪子去划人家的脸啊……你说是不是?

龙二转身走出杂货铺。急四爷不知如何是好。

大用子说,龙二哥,咱那水车得嘛时候才能要回来呀?

龙二说,不急,累巴巴的,你正好歇两天。

接生的婆子从屋里尖号着冲了出来。天呀!那么一个大胖小子,生生让秀縻给掐死啦!这产妇八成是疯啦,你们快进去看一看吧!她口口声声说这孩子是个坏种。莫非这孩子另有来历?

龙二听了这一通尖号,脸色铁青。他蹲在地上足有半个时辰,突然抬手狠狠抽了自己两个嘴巴子。之后,他起身走到门口,冲屋里大声说,秀糜,你真是铁石心肠啊!女人天生爱犯糊涂!

急四爷躲在杂货铺里,放声大哭起来。他老人家活了这么大岁数,在天津卫还是头一回见到这种事情。

虽说孩子没了,可是还得当成月子来坐,要不就得落下毛病。秀糜闷在屋里,不言不语。水铺没了水车,龙二见天坐在门口,发呆。嘎头天天都到老城里走一趟,必然从龙二的水铺门前经过。

龙二从不抬头,好像这个世界上除了他再也没有第二个人了。

秀糜在屋里召唤龙二。在这个世界上,只有秀糜叫他的大号:得水。听着自己的媳妇一声一声叫着"得水",龙二心头一热。他抬腿进了屋子。秀糜说,得水,咱这水铺还开不开呀?要不你就赶紧把我给休啦!总这样下去,算是怎么一档子事儿呢?

龙二大声说,这水铺我开定啦!水铺是我的命根子你知道吗?

秀糜不动声色看着自己的爷们儿。

第二天,临近吃晌午饭的时候,嘎头领着几个随从,从龙二水铺门口经过。这些天嘎头有几笔大进项,忙着收账,水车的事情他早就忘在脖子后头了。

只见一个大汉迎面走来。这大汉好身量,高出嘎头足有半尺。嘎头在南市地面上从没见过这路人物,抬头细看,原来是龙二穿着木跷大步走了上来。嘎头刚要哈哈大笑,只觉得脸上发僵,硬是笑不出来。龙二迎面走了上来,目光朝嘎头直直地投了过来,毫不示弱。

嘎头不由一惊。这时候,高出一头的龙二已然与这个大混混擦肩而过。嘎头停下脚步回头望去,只见龙二也停下身子回头朝他望来。那目光,很是冷硬。

嘎头觉得这事儿挺没味的,就转身匆匆走了。

下晚儿,大用子就把那辆水车从菜桥子那边拉回来了。

龙二的水铺照样开张。只是那一双木跷,龙二打磨干净收了起来。从此他也不去踩高跷赶会了。人们都为高跷老会少了一个傻公子而感到缺了滋味。

后来，龙二的生意做大了，添了牲口。那是两头滚肥泛亮的黑驴。水铺添了驴，门口就得有拴驴的桩子。龙二想了想，就将那两条早已收山的木跷拿出来，砸进地里去了。

两条木跷拴两头驴，挺合适的。也没人去考证这两根拴驴桩子的来历。只有龙二知道，那是自己的两条腿。

第二年秋上，嘎头的死尸从御河里漂了上来。他手下的小混混们，树倒猢狲散了。于是嘎头的死也就成了一桩无头案。

龙二还是那种旱萝卜体形。他照常卖水，照常吃喝御河水的。

其实那时候人们已然不喝御河水了。

日本降服那年，龙二水铺门口那两根拴驴的桩子依然健在。秀縻已经给龙得水生了六个孩子，四男二女。跑来跑去活像养了一群小猫儿小狗儿。

只有那尊娃娃大哥依然蹲在被阁子上，不言不语显得特别厚道。

一条大河

　　赵沽里是河南彰德人,跟赵匡胤没有任何关系。清朝末年河南出了袁世凯,也跟赵沽里没有任何关系。袁宫保曾经归隐河南彰德,说是水旁垂钓,其实伺机而动,后来此公果然东山再起重返京师,还当了八十三天的洪宪皇帝。可惜命不久便一命呜呼,他在天津留下几座公馆,葬在了河南安阳。赵沽里只是一名穷苦水手,他跟袁世凯共饮一河之水,却是一龙一虫。光绪年间操着一口乡音的赵沽里跟随商贾船队抵达九河下梢的天津卫,立即被称为"河南侉子"。

　　那时候的天津卫云集九河,有着很多的水。正是由于有着很多的水,河南船队浩浩荡荡驶入天津才不是什么新奇事情。如今,在《中国地图》上肯定寻找不到那条大河的踪迹了。人间不过百年,一条千帆竞发百舸争流的大河竟然蒸发得无影无踪,这里还包括丁玲女士的桑干河以及朱老忠同志拎着铡刀跟冯兰池拼命的千里堤畔滹沱河。没水了,码头成了河流的弃妇。没水了,河床成了河流的僵尸。没水了,人都跟傻子似的,干瘪而木讷。

　　不光天津,那时北方中国都有很多的水,水手赵沽里跟随船队出豫过鲁入直隶，连日行驶在白浪滔滔的南运河上。有时困乏了，他就眨着一双小眼睛观看着两岸风光。由于官方出资疏浚，无论被称为卫河的南运河还是被称为潞河的北运河，天津方言里通通称为"御河"。多年之后没了皇家，御河也被称为"大运河"了，却没了水。

很显然，"御河"是皇家的河。皇家的河里行驶着挂有大清龙旗的船队，民间称之为"龙船"。被天津人称为"侉子"的河南水手赵沽里沿着鲁运河进入"御河"，抵达九河下梢天津卫。九河下梢，吃尽穿绝，花花世界。赵沽里肚子里有主意，他没有返回老家河南，而是留在出产老醋的独流镇。光绪二十二年这位河南侉子娶独流镇"锅巴杜"的二闺女彩凤为妻，落户运河古镇。

杜记锅巴铺在独流镇颇有几分名声。娶了媳妇的赵沽里很知足，人也胖了几斤。他有时候还跑船，但不是长途，最远山东临清一带，西门庆家乡附近。

那一年他泊在临清。其时山东东昌府的朱红灯已经起事，率领一帮人专门跟朝廷对着干。河面上因此空气紧张，总有官船四处搜寻，绝不是逮鱼。赵沽里从来不掺和这种闲事儿，况且他已经成家立业。他认为朱红灯起事那是闲得没事儿心里痒痒。后来山东冠县又冒出一个穷人赵三多，先在威县梨园屯一带传授梅花拳，后来演变成为义和拳。义和拳子弟不少，还经常"亮拳"，以扩大规模。

卸了船，赵沽里坐在临清码头茶馆里喝茶，向邻座一水手打听义和拳的事情。可巧这水手没钱喝茶，找赵沽里借了二十文，沏了一壶香片。都是河里走船的水手，彼此却不熟悉。这好比大河里的两条小鱼儿，一辈子不见面，最后却在一锅鱼汤里相会了。这也算是缘分。

那水手喝着热得烫嘴的香片，告诉赵沽里他的名字叫张德成，家住直隶白沟。这二十文钱，他日后是一定奉还的。赵沽里听罢笑了笑说，好借好还，再借不难。

张德成告诉赵沽里说，"义和"二字，就是义气和合的意思。义和拳从梅花拳里化出，梅花拳一代宗师是张和纯。张和纯的徒弟赵三多从梅花拳里化出义和拳，成了大气候。

赵沽里听得入神，好像是在倾听一出热热闹闹的大戏。张德成喝了茶，起身抱拳告辞了。

从此,赵沽里在运河上再没有见到直隶白沟的水手张德成。他借出的二十文钱成了"呆账"。多年之后中国改革开放实行社会主义市场经济,白沟名噪一时成为中国北方的小商品批发市场,真货假货争奇斗艳,一派改革开放大好形势。可是没人知道张德成。

赵沽里落户独流镇属于外埠移民,他的河南乡音,很难改变。为了融入当地主流社会生活,他努力学习本地口音,但收效甚微,只是嘴里增添了几个词语而已,譬如"二哥吃菜瓜"或者"羊肉氽丸子"什么的。赵沽里乡音难改,媳妇彩凤反而受他影响,说话有了河南方言,将"骂街"说成"卷街",将"你干嘛"说成"你干啥",而且爱喝"胡辣汤"。这真是嫁鸡随鸡嫁狗随狗了。

独流镇坐落在南运河畔,两条水道从镇中穿过,水势大,财路通达,消息更灵通。光绪二十六年即庚子年,一开春人们就觉得跟往年大不一样,运河上船来船往,煞是热闹。说是山东那边闹起了义和拳。山东巡抚袁世凯对义和拳态度暧昧,一会儿强硬一会儿宽松,阴阳不定。于是山东义和拳纷纷拥入直隶,不知什么时候义和拳改称义和团。不出几日,义和团的揭帖便传了过来:

神助拳,义和团,只因鬼子闹中原。劝奉教,自信天,不信神,忘祖先。天无雨,地焦干,全是教堂止住天。神发怒,仙发怒,一同下山把道传。

赵沽里不识字,这琅琅上口的乩语他还是听得懂的。外国洋人触怒了中国神仙,中国神仙下山传道,弟子就是义和团。义和团起事就是替天行道。没几天,直鲁两省好似热锅沸腾,终于把一场闲事闹成了一场正事。

果然,直隶境内也兴起义和团。静海人氏曹福田揭竿而起,一夜之间成了义和团乾字营的大师兄。赵沽里以前见过曹福田,只记得这人烟瘾极大,无论什么时候手里都端着一杆青烟袅袅的大烟袋,吧嗒吧嗒抽着。起事之后,曹福田大师兄放下烟袋改抽纸烟。他的玻璃烟嘴儿足有半尺多长。

义和团乾字营从静海开往天津去了,说是攻打外国租界。乾字营前脚走,后脚来了坎字营。义和团坎字营的大师兄身穿一件黄色道袍在独流镇当街坐坛,势力日增一日。那几天赵沽里偶染风寒躺在家里,媳妇彩凤从街上抓药回来告诉他独流镇来了义和团的坎字营,大师兄名叫张德成。

听到张德成的名字，赵沽里首先想到那二十文茶钱。立即起身穿鞋下了炕，说是讨债去。彩凤一把拉住他，说喝了药讨债不迟。说罢她就扭着屁股煎药去了。

这药方是坐堂先生刘一丹开的，果然很有药效。他喝了一碗汤汁子便觉得高烧退去胃口大开，催促彩凤炒了一盘"黄锅巴"，恶狼似的吃光了。

彩凤笑了，说看你这饭量要是加入义和团，一定刀枪不入呢。

说起义和团，赵沽里又想起张德成。他一步迈出家门两步蹿上大街，一路打听着坎字营。迎面走来一群红裤红袄的小女子，说是红灯照。走在前面的正是大师姐林黑儿，人称黄莲圣母。赵沽里站在大街边呆呆看着这一群红色女子呼啸而去，觉得林黑儿身段匀称模样俊俏，只是满脸煞气咄咄逼人，显得不太厚道。

男的参加义和团，女的参加红灯照。开炒锅的丁四儿告诉赵沽里，加入红灯照必须是没出阁的大姑娘，媳妇一个不要。丁四儿还告诉他说，义和团坎字营已然去了后街。赵沽里听罢朝着后街跑去。丁四儿以为赵沽里急急忙忙去后街参加义和团，就把这消息传开了。

彩凤听说丈夫参加义和团去了，一跺脚就急了。她哭号着从家里冲出来，孟姜女寻夫似的奔向独流镇后街码头。

赵沽里到了后街，只见码头上没船没人，只有一河水。一打听才知道义和团坎字营已然登船开拔，就连坐堂先生刘一丹也跟着走了，说是去天津攻打老龙头火车站。赵沽里听人说过，火车可不是好东西，两条铁轨一下压住了千年龙脉，弄得外国人不远万里跑来欺负中国人。

这坎字营大师兄是不是欠我二十文钱的白沟水手呢？赵沽里去问码头拴船的腊八儿。腊八儿是腊月初八生的，三伏天看上去也是冻手冻脚的模样。他问腊八儿张德成是白沟口音吗。腊八儿寻思着说，反正不是天津卫口音。

没错。这御河行船的水手里能有几个张德成啊。赵沽里认准了，想起那二十文钱借出去好几年了，利滚利也应当变成四十文了。既然人家做了义和团大师兄，利息就免了吧。

彩凤哭喊着跑来了。赵沽里一看媳妇哭成这样子，以为岳父死了，连忙离开码头往家里跑。他跑出十几步才知道岳父还活着，媳妇哭成泪人儿是怕他跟义和团走了。

他被彩凤感动了。两口子抱头痛哭，大街上就跟生离死别似的。人们围着看热闹，夸赞这是恩爱夫妻。丁四儿跑来了，以为赵沽里当了义和团，就撺掇彩凤参加蓝灯照。

蓝灯照？人们不懂。丁四儿连忙解释说，红灯照只收大闺女。因此媳妇们成立蓝灯照，昨天是光让寡妇参加，今天无论寡妇不寡妇都收了。独流镇布铺里除了红布就是蓝布，没了别的颜色。

彩凤听了，态度竟然出现转变。她小声跟赵沽里说，你要是参加义和团，我就去参加蓝灯照，咱俩坐船去天津卫逛一逛。

赵沽里慌了，拉着彩凤回了家。他小声告诉媳妇说，只要御河里有水，一南一北咱们哪里都不去。

后来，义和团果然攻打天津英法租界，还在老龙头火车站跟俄国兵交了火，打得昏天黑地。朝廷好像暗暗赞赏义和团，还派兵协助他们。赵沽里动了心，不言不语从后街上船去了天津卫。

天津卫好热闹。赵沽里在北门外的南运河畔看到红灯照大师姐林黑儿的大船上挂着"黄莲圣母"的长幅子，上连天，下接地。一打听，说林黑儿去天后宫进香了。有人说西北城角之外的吕祖堂有坎字营大师兄坐坛，赵沽里就赶去了。果然不假，他远远看见坎字营大师兄正是当年欠他二十文茶钱的白沟水手。人太多，赵沽里难以靠前。他真想告诉张德成，那二十文钱他是不会收取利息的。

张德成开坛作法了，火烧三道黄符，高呼刀枪不入。赵沽里心里挺佩服张德成的。一个白沟水手，几年不见长了这么大能耐。

日子好比御河里流水，哗啦哗啦过去了。

庚子年六月十八，天津城陷落。日本敢死队抱着炸药包冲到南城墙根儿，炸开了瓮城。八国联军冲进天津城去，烧杀抢掠。沿途义和团和官兵的尸体，堆积如山。京师随即不保，西太后和光绪皇上，一道往陕西跑了。

死的死，逃的逃，义和团四散了。张德成下落不明。有人说他战死了，也人说他逃跑了，还有人说他得道成仙了。

天津陷落之后，赵沽里倒是见了曹福田一面。正是由于这次见面，赵沽里多年之后被写进《静海县志》，不明不白成了反面人物。

那天曹福田从天津溃退下来，仍然披着黑色斗篷骑着高头大马叼着玻璃烟嘴儿，沿着御河大堤一路狂奔而来。赵沽里背着鱼篓儿站在大堤上。曹福田勒住缰绳问他这里有没有官兵和乡丁。赵沽里说有，曹福田立即调转马头。这时赵沽里大声向他打听坎字营大师兄的下落，说张德成还欠着二十文钱没还。

曹福田放松缰绳哈哈大笑说，国破家亡百姓遭殃，你二十文钱算得什么？亏你还是走南闯北的行船水手呢！

二十文钱无论哪朝哪代都是二十文钱啊！赵沽里不同意曹福田的说法，据理力争。就这样，赵沽里无意之间拖住了曹福田。

丁四儿领着官兵们包抄上来。曹福田骑着大马发现处境不妙，已经晚了。他知道唯一生路就是跳进御河逃走。赵沽里好像一个木头人儿，还扯着脖子跟曹福田争论呢。

曹福田挥手给他一鞭子说，你假装讨债拖住我，真是无耻小人！说罢纵身下马，朝着河滩跑去了。

赵沽里低头抱怨着说，张德成欠我二十文钱不还，我倒成了无耻小人。我假装讨债拖住你，我拖住你干啥，你又不会替张德成还那二十文钱。他嘟嘟哝哝地走下御河大堤，背着鱼篓径直朝家里走去。

这时候，十几个官兵带领一群乡丁悄悄登上御河大堤，一窝蜂冲进河滩。赵沽里似乎听到身后传来一声惨叫，可他还是匆匆回家喝胡辣汤去了。

光阴似水，御河里没了龙船龙旗的踪影，大清国亡了。赵沽里操着河南口音仍然称它为"御河"，颇有几分天津保皇党的味道。

天津发生壬子兵变是公元一九一二年。袁世凯指使张怀芝率领北洋军队制造兵乱，以此借口拒绝南下就任大总统。北京闹的乱子挺大，天津更热闹。天津商业区估衣街，店铺林立，金店啊银号啊绸缎庄啊鞋帽店啊，一夜之间即被北洋乱兵哄抢一光。他们不光抢东西，还放火，高呼"宫保不能走"，说阻止袁氏南下，也趁机抢掠一番。

说来也巧，壬子兵变这天正赶上赵沽里进天津城给鲜货铺子送蒲包儿。那年头包装水果，使用蒲包儿。赵沽里农闲时节编织蒲包儿，也算是半个手艺人。这一天他夜宿鸡毛小店只听见外面枪响,跑出去看见远处估衣街成了一片火海,一队队北洋乱兵沿街放枪。他登时受到惊吓。大冷天儿他光着膀子赤着双脚跑回老家独流镇,半年不敢出屋——吓出了一身毛病。

秋天了,惊吓成疾的赵沽里渐渐还阳了,即使黑天也敢到院子里去撒尿了。为了庆贺丈夫敢于到院子里撒尿,他媳妇决定全家吃捞面,以示吉祥。

这天正是农历四月二十八,药王爷诞辰。一大早儿赵沽里出了家门走在御河大堤上。此时他有了两个男孩儿,大的九岁,小的三岁。站在河堤上他一声声咳嗽着,使劲儿清理着喉咙。

这御河就是著名的大运河,船来桅往,橹去帆来。他突然看见河里一条大船上有两个中年男人扭打起来,一个圆脸胖墩墩的,一个瘦脸细高个儿。只听见扑通一声那细高个儿男人将那胖墩墩男人推进河里。胖子落水之后拼命挣扎着,看样子不会凫水。

之后,那只满载货物的大船顺流而下,远远驶去了。赵沽里站在御河岸边大喊救人,没想到这一声呼喊诱发了剧烈咳嗽,他几乎喘不过气来。滔滔河水裹挟着那位不知姓名的落水亡魂奔腾而去——流向百里之外天津大码头。

苍天在上。赵沽里无意之间成为这次神秘落水事件的目击者。他当然不知其中隐情,于是解开裤子站在河滩上撒了一泡尿,说了一句"死生有命"转身回家了。

他解开裤子撒尿的地方,正是义和团乾字营大师兄曹福田遇难处。当时曹福田弃马而逃,跑进河滩便被官兵们追上,一刀砍倒了。一路举刀追杀而来的乡丁们(其中就有腊八儿)冲上前来,一刀刀竟然活活将他剁成一摊肉泥。冷眼看去仿佛是谁家丢失的一大团过年包饺子的肉馅儿。

水手出身的赵沽里竟然对发生在咫尺之间的如此重大的历史事件浑然不觉。恰恰这种浑然不觉,使得赵沽里生存下来。后来民国了。

民国了,大河里仍然有水。有水即能行船,人也鲜亮。秋天里,赵沽里离开独流镇,举家迁往天津卫。他在天津北门外的盛兴商行谋了一份差事,站门房儿。这份差事足以养家过日子,赵沽里挺珍惜的。

一天,盛兴商行大门外来了一群人,为首者身穿春绸大褂儿,自称姓郑,一副大少爷派头。这位郑大少爷身后跟随一群打手,声称讨还一笔陈年血债。

听到"血债"二字,赵沽里心里一惊,猜测一定有人命官司。他转身跑进账房向经理禀报说,有人自称郑大少爷前来寻事。盛兴商行的经理听罢大步来到商行大门外。他表情镇定,额头却沁出一层汗珠儿。

郑大少爷伸手指着盛兴商行经理,其声朗朗说,你是盛兴商行经理吧?十八年前也就是一九一二年四月二十八日的早晨,一艘商船行驶到静海县独流镇,你一把将我父亲推进御河里,活活给淹死啦!今天我是来跟你讨还这笔血债的。

盛兴商行的经理五十多岁,身材瘦高,脸色苍白,身穿蓝布长衫一派儒雅气质。他遭到郑大少爷的激烈指责,竟然毫无恼怒地说,这位先生,此事人命关天,你可不要诬赖好人啊。

双方争吵起来。赵沽里站在一旁注视着这场一触即发的大战序幕,心情倏地紧张起来。一九一二年的四月二十八日?那天是药王爷诞辰啊。没错!他蓦然想起十八年前发生在御河上的落水死亡事件,记忆轰的一声复苏了。御河的哗哗流水灌溉着赵沽里的心田,令他的记忆世界里的麦苗儿返青了。他挺身而出大声说,对,我亲眼看见那胖子落水啦!

现场鸦雀无声。盛兴商行的经理愣住了,无奈地朝赵沽里投来一瞥。赵沽里精神抖擞仿佛变成另外一个人。他大步走到郑大少爷面前,满怀正义高声说道,那年四月二十八日一大早儿,我亲眼看见那胖子被那瘦子推到河里去啦!

郑大少爷突然古怪地笑了,伸手指着赵沽里鼻子说,你到底是干嘛的?我爸爸根本就不是胖子!你给我哪儿凉快哪儿待着去吧。

盛兴商行的经理环视着左右,似乎寻找着什么秘密机关。围观的人们一个个捂着嘴巴,就是不敢笑出声来。郑大少爷一时不知所措。

轰的一声犹如大河决堤,现场终于爆出一阵难以抑制的大笑——人们前仰后合,还有人伸手捂着肚子。

赵沽里嘴唇干裂,莫名其妙地注视着爆笑现场,以为人们吃错了药。

两个职员模样的小伙子将赵沽里拉到一旁。其中一小伙子强忍着笑声说,你快走吧你快走吧,这儿没你事儿啦!

第二天,赵沽里被盛兴商行除名。他糊里糊涂失去这份养家活命的好差事,很是惆怅。这位河南侉子坐在家里一碗一碗喝水,还是觉得干渴。他弄不明白自己为什么遭受如此厄运。明明没到河边去，却湿了两只鞋。

彩凤给赵沽里生了第三个儿子。他干脆给这小儿子取了乳名叫"明白"。他三个儿子的乳名依次叫：大水、欠着、明白。他就是想把这个世界弄个明白。

赵沽里晚年卧床不起。长子"大水"和次子"欠着"均在外埠工作。只有小儿子"明白"日夜陪伴，端水喂饭，擦屎倒尿，毫无怨言。这时已经中华人民共和国了。

盛世修志。静海修订新版县志，大量增加近代史内容。义和团运动是静海县志的光辉一页，设有曹福田条目。关于曹福田死因是这样记录的："义和团运动失败，曹福田只身潜回静海以图再起。行至独流大堤遇船工赵某，赵某故意与曹福田争论，以拖延时间。官兵与乡丁形成合围之势，曹福田突围不成，于河滩处遇害。

被写入县志的船工赵某，无疑就是河南侉子赵沽里。为县志提供这段史实的，是腊八儿。

赵沽里不识字，他根本不知道县志里究竟写了什么，而且自己还成了赵某。

您知道当年为什么被盛兴商行除名吗？"明白"伏身床前问父亲。儿子的呼吸湿润了老人家耳畔，挺舒服的。于是他摇摇头，连声说不知道。

"明白"告诉爸爸说，当年天津北门外商界有一个开心找乐的民间组织，叫"上一当"。这个组织不定期开展活动，就是突然制造各式各样的恶作剧，让人上当受骗，得逞后大家哈哈一笑，上当者请大家吃一顿饭，开心解闷儿而已。

听到这里赵沽里苦笑着说，我明白了，敢情那位郑大少爷是假装的，我上了当，怪不得他们都憋不住就哄堂大笑呢。全场就我没笑，跟大傻子似的。

"明白"继续说，盛兴商行经理起初没想开除您，半夜睡不着觉他终于明白了，这虽然是开心解闷儿闹着玩儿，可一旦成真您就是第一个陷害他的人啊。这种内奸不能留，第二天您就被他除名了。

唉，我一辈子跟水打交道总是乌乌涂涂的，没承想就透亮了那么一回，还赶上人家开心解闷儿闹着玩儿，我上了大当。命苦啊。

赵沽里七十四岁去世，比孟夫子还多活了一岁。弥留之际他念念不忘"义和团大师兄张德成还欠我二十文钱呢"。

没人认为这是一笔应当写进中国近代史的著名债务。于是耿耿于怀的"船工赵某"撒手西去了。

清朝中叶,沟通南北五大水系的大运河即在鲁南地区淤死。从此大运河分为南北两段,各行各的船,谁也不理谁了。黄河以北的大运河段,尚可通航。北方大运河彻底废航则是在公元一九七〇年。干涸了。沿岸有的城市甚至没水可喝了。

那时候,赵沽里早就死了。然而"船工赵某"却长久留在县志里,万劫不复了。

赌 者

1

说起天津的来历,最初只是宋辽对峙的地界。海河两岸,河北属于极善骑射的契丹人,河南是弱宋。有人在河边种了两畦水萝卜,至今也没成为化石。河水悠悠改朝换代,到了大明,始称直沽寨。一群操着安徽凤阳口音的将士驻扎此地,开创"军民共建"之先河。洪武皇帝驾崩,燕王朱棣渡过三岔河口挥师南下,攻陷南京硬从侄子惠帝屁股底下抢得皇位,成为一代天子。天子既然在此渡河,就赐名"天津",以示皇恩浩荡。明成祖迁都北京,天津就成了北京的传达室。

开埠以来,"庚子之乱"天津又被八国联军的"督统衙门"逼着拆了城墙,越发成为一个华洋杂处的地方。庚子事变其实八国联军也攻下北京,然而京师王气犹存,依然京师。咫尺之间,天津则大不相同——不中不西不土不洋不伦不类,杂八凑儿。城市枕河而建,随弯儿就弯儿,压根儿就没个正形。五黄六月遥望津门一派泽国,仿佛万物全都漂在水上。于是天津人成了水畔一族,最为忌讳的一词当属"王八"。

天津人没正形，主要是受河的影响。天津的海河七扭八歪，好像王母娘娘扔在人间的一条裹脚布。你看，海河在东浮桥一带，两岸还被称为河南河北，眨眼之间流到大直沽，就变成河东河西了。天津这块码头，毫无规矩而言。路不分南北，道不辨西东，总让人觉得万事万物都没个准稿子。南来北往，九河归一，天津大码头只落得一个"杂"字。人杂，物杂，口音杂，祖宗也就杂了。有人说天津人的老祖乃是《西游记》里哪吒的父亲——陈塘关总兵李靖；也有人说天津的开发者本是一船来自福建的伙居道士；还有人说天津最早的人烟乃是引海水熬卤煮盐的灶户……说法种种，不足为训。总之，天津人很难找到祖宗，天津城也就堪称一锅大杂烩。南甜北咸东辣西酸，味道俱全。

李鸿章督直的时候，总往这锅大杂烩里添汤。说是改良。今儿在紫竹林办一所海军驾驶学校，明儿在海光寺建一座机器制造局。李大人是好意。可这汤添来添去的，往往事与愿违——弄得锅里的味道越来越杂。就好比相声里说的"珍珠翡翠白玉汤"。

这种情形之下，天津也就成了近代中国版图上最为各色的一座城市。

各色是什么意思？

各色也作格涩，实为市井口语，不登大雅。天津的市井口语，多有出处。譬如一个人死了，就说"格尔屁"了。近人考据这本是一句蒙语，死亡的意思。同时，天津市井口语之中还混杂着许多外来语。譬如说汽油，老一辈天津人就叫它"革司林"。其实是英语。而"各色"一词见诸文字，不多。只在曹禺先生的剧本《日出》里读到几处。那是妓院老鸨子训斥"小东西"，说她拒不接客是个各色的丫头。关于各色的含义，大概是指与众不同的人物或与众不同的行为。这与时下北京方言里的"各"颇有几分相似之处。

说起民国年间天津人的"各色"，有别于京城之处首先在于争狠斗勇的强悍民风。当年火烧洋人的望海楼教堂，杀七个宰八个，真刀真枪毫不含糊，便是民风强悍的明证。然而烽火连天的战事毕竟不是"拉洋片"——想看就看。寻常日子里天津卫的老少爷们儿无以滋事，憋得难受，只能到药铺买个清瘟解毒丸吃吃，败一败心火。其实天津强悍的民风之中，很早就讲究一个"赌"字。无论天塌地陷的大事，还是鸡毛蒜皮的小情，天津赌徒都能将其归入赌场。譬如直鲁联军跟川陕联军开了战,本埠百姓远离战场,即使斗胆前往,也掏不起那份盘缠。于是闲杂人等聚集街头摆局,设赌押宝——主题是预测孰胜孰败战事结局。颇有"天下兴亡,匹夫有责"的境界。其实呢,天津人只是过一过赌瘾罢了。

大有大赌,小有小赌。津门赌风日炽一日,早已成为民间一大风景。说到大赌,乃是名流雅事,平民百姓那是难以问津的。天津的暴发户多为盐商,当年科举未废,大比之年便设局押宝,一注千金,专赌前三甲的姓氏。俗话说张王李赵遍地刘,然而前来应试的秀才却是"百家姓"。因此愈发显出悬念无穷的魅力,令人绞尽脑汁。投入这种赌局,胜者赢一座金山,输者赔一座金山,堪称豪赌。咸丰末年天津富商王民三嗜赌,适逢大比之年,此公倾其全部家私投注,押前三甲者洪姓。一时间哗然,引得天津老少三代赌棍纷纷参战。洪乃冷僻姓氏,多南人。北国天津更是鲜见,况举子乎。王民三必输无疑。然而张榜之时,荣登榜首者果然姓洪名水初,祖籍湖南。王民三大获全胜,赢了全城赌资。富上加富。三年之后,真相大白,公众方知这是一起重金贿考案。赌民们吵吵嚷嚷登门索赔,王民三已然嗜赌发疯,家徒四壁。

大赌之下,是小赌。斗蛐蛐斗鹌鹑斗公鸡,自然不在话下。小赌之风,早已弥散于天津的四城八乡,无处不在。譬如说家住城里石桥胡同的郝姥姥,人人都知道这位著名的接生婆。郝姥姥门前,每天从早到晚总是聚集着一大帮穷家豁业的赌徒,人称"赌红门"。红门的赌金,极其平民化:三百六十五天一程不变,输赢都是二斤白面。红门聚赌的形式也很喜闻乐见:郝姥姥门外,摆着两只竹筐。东边竹筐里装着一堆竹牌子,竹牌子上写着"小子",西边竹筐里也装着一堆竹片,竹片上写着"闺女"。一旦有人来请接生婆,赌徒们便纷纷猫腰从筐里拿上一只竹片。有人拿"小子",也有人拿"闺女"。然后众人手握竹片,跟在郝姥姥的车子后边,一路小跑儿。郝姥姥进屋接生,赌徒们就不声不响候在大院门外。待到产妇红门大开,婴儿呱呱坠地,赌局也就有了结果。输者立即掏钱。赢者则悠悠然走在街上,手里托着二斤面条儿,回家炸酱去了。

小赌之风渗入骨髓,更是骇人听闻。譬如冬季里的"赌九"。农谚云:"一九二九不出手,三九四九冰上走,五九六九沿河看柳,七九河开,八九雁来,九九加一九,耕牛遍地走"。可是天津卫的赌徒们偏偏爱在"一九"和"七九"的节气里,河边设赌。好事之徒从大街上找来一个缺心眼儿的叫花子,告诉他对河儿有一锅热气腾腾的猪肉包子,白吃。叫花子听罢立即涉冰过河奔向彼岸。天暖凉薄,生死难卜,因此极其刺激。这种人命关天的赌局,无论押生押死,输赢同样残酷。往往引起官府干预。

小赌之下,便是滥赌了。赌风的泛滥,为天津民风注入几分百无聊赖的内容。夏天茶馆里飞过一只蚊子,喝茶的闲人们立即聚赌,押公儿押母儿虽然只是一壶茶资,然而赢家享受的却是满堂喝彩。就连大街上卖糖堆儿(北京叫糖葫芦儿)的也很各色,怀里抱着一筒竹签子,吆喝着"输一赢二"。你给他一大枚铜子然后抽签儿。抽中了,他给你两支糖堆儿,抽不中,你就赢一团口水咽到自己肚子里去,走人。

话说民国初年,天津卫又冒出一块各色的地方,这就是南市。此地原是一片开洼。庚子之后,因邻近法日两国的预备租界,逐渐形成无人管理的空白地带,竟然变为"开发区"。驴头马面秃神瞎鬼一拥而来,一夜之间这里就成了淘金之地。不到十年光景,火啦。南市的饭馆无数,菜谱上除了清蒸人肉,什么美味佳都有。南市的妓院遍地,推开一扇门硬往里走,保你遇不到良家妇女。南市也有报馆书局,报纸上登的皆为谣言,譬如说南市一家旅馆里住着一位三条腿的硬汉,走路犹如蜻蜓点水——其中一条粗腿乃是阳具。书局呢,印出的小册子尽是春宫与金枪不倒的药方,算是以副养文。戏园子演杂耍儿,女艺人上台头一件事儿就是亮出两只乳房,说是给观众"喂奶"。放眼南市:人市儿卖鬼,鬼市儿卖人,鸟市儿卖驴鞭,鱼市儿卖姨太太们用的"葛先生"。驴唇不对马嘴,这正是南市的各色之处。

然而真正各色的地方,乃是南市的华楼。投资兴建这座娱乐大厦的不是别人,正是大清宣统皇帝的舅父良揆。帝制瓦解溥仪逊位,各人找各人的饭辙。良揆大人虽为皇亲国戚也只得下海经商。因此,他成为近代"高干"开办"三产"的始作俑者。

说起华楼的各色之处,并不在于它的西餐厅(天津人管西餐厅叫洋饭店。虽说本地老少爷儿们肚子里都有一挂好下水,但是面对灯红酒绿的西餐厅,只见刀子叉子摆在桌上,还有女招待陪坐,天津爷们儿立即晕菜——不知道是先吃牛排还是先吃女人大腿），也不在于它的台球房（两位绅士一人手里举着一根杆子，乍看以为是旱地钓鱼，其实俩人轮换着去捅台子上那一堆花花绿绿的木球——天津爷们儿当场傻眼）。华楼真正的各色之处，在于雅茗茶社。雅茗茶社真正的各色之处，恐怕离不开那位"大耍儿"。

大耍儿者，嗜赌成性者也。

天津租界里的寓公，不乏皇亲国戚、王公大臣、督军司令、学士翰林……然而提起"大耍儿"曹四公子的大名，则是雅俗共赏，家喻户晓。

曹四公子还有两位形影不离的好友，那就是季二少爷与孙大官人。

曹四公子出身绝对名牌，他的族叔乃是"小站练兵"起家以贿选闻名的北洋大总统曹锟。季二少爷呢，也是望族。天津有民谣云："高台阶，亮大门，冰窖胡同季善人"。说的正是季氏宅第。至于孙大官人就更不是外人了。他的父亲本是"浙皖苏闽赣五省联军总司令"孙传芳将军。这三位家财万贯的公子哥儿，整天闲得难受，就到雅茗茶社聚齐，既不"齐家"也不"治国"更不"平天下"，而是凑到一块儿，抬杠拌嘴长学问。冷眼乍看，谁都以为这三位大贤人是为了批注《论语》而各抒己见。其实呢他们正为一件不咸不淡的事情，"掐"个不休。这三位少爷只有争论到红头涨脸的时候，才觉得清气上升，浊气下降，食归大肠，水归膀胱。然而争论往往难有结论，于是这三位少爷就只能采取打赌的方式，决出雌雄。久而久之，设局押宝便成了他们生活的主要内容。一日无赌，曹四公子活着没味；二日无赌，曹四公子活着没劲儿；三日无赌，曹四公子就动笔写遗书，准备自杀。

好在这三位少爷天天都能找到赌题。曹四公子的性命也就保住了。

2

雅茗茶社二楼的高级雅座，正是这三位少爷的常年包房。常年给这间高级雅座端茶倒水的，是一个名叫四喜的茶博士。四十郎当岁的四喜一双眯缝小眼儿，身形活像一只虾杆儿。此公长相不济，却颇有几分来历。帝制时代，四喜乃是紫禁城里司职茶炉的小太监，据说还见过老佛爷。雅茗茶社开张纳客之初，雅茗茶社经理贾立久不知深浅，花大价钱从杏花村请来唱玩意儿的小玉环，专门伺候雅间的三位少爷。没承想这招儿不灵，好比"裤腰带当围脖儿——系错了地方。"小玉环颇受冷落，第三天便哭哭啼啼辞工而去。

贾立久没辙，只得拎着铜壶亲自为这三位爷沏茶对水。

伺候了几天，贾立久恍然大悟。敢情这三位少爷天天聚到雅茗茶社，并不是为了粉头而是为了抬杠。一壶龙井还没喝完，兴许就为一个不中不着的题目争得面红耳赤，然后就设局打赌，一决雌雄。偶尔这三位少爷也有搜肠刮肚找不到题目的时候，他们就一块儿打蔫儿，呆呆坐着仿佛染了鸡瘟。贾立久摸准了仨人的脉搏，也就有了偏方。他决定恭请四喜出山。

四喜离开清宫来到大津，落户城里二道街，跟小说家刘云若住邻居。俗话说人过中年日过午，然而嗜赌的四喜依然不甘寂寞，总想找个热闹儿，掺和掺和。贾立久登门拜访，正中下怀。四喜忘了矜持，当即应了这份差事。尤其是听说曹四公子酷爱打赌的事迹，四喜更是兴奋不已，颇有英雄找到演兵场的喜悦。选了一个黄道吉日，四喜穿上茶博士的行头出场，当即得了一个"碰头彩"。首先是曹四公子大喜，他喝着四喜亲手沏出的香片，优哉游哉就驾了雾，好比进了紫禁城，恍恍惚惚自己就成了皇上的兄弟鬼子六儿。物以稀为贵，既然废除了帝制，曾为太监的四喜身价反而剧增。如今共和了，普天之下还有谁人能够喝到太监沏出的香茶呢？

我。曹四公子乐不可支，一声吆喝，仨人就在桌子上码了一百块银元，算是赏给四喜的见面礼。

四喜惊了，颇有重操旧业的感觉。他知道，这三位少爷就好比当今的太子党。皇上没了，太子党犹在，这就叫中国。于是，深谙此道的四喜小心伺候着，不久就成了雅茗茶社的"缺宝儿"——那三位少爷已经离不开他了。

话说到了西历一九三一年。进伏之后，天气异常，号称小扬州的天津居然连日干热而不见雨丝。天津人对老天爷极为不满，却又毫无办法。

这天的晌午，雅茗茶社经理贾立久嘴里喷着热气站在门口的凉厦下，看着马路上蒸腾而起的热浪，心里寻思着那三位大贤人怕是不会露面儿了。这样的热天儿，躲在深宅大院里消暑，比哪儿都强。身材肥胖的贾立久这样想着，从冰壶里拎出一瓶儿梅汤，一扬脖子——咕咚咕咚灌了下去。

大汗淋漓的狗滥儿气喘吁吁跑进雅茗茶社。贾立久立即放了一个响屁。

狗滥儿故意一惊一乍："哪儿打雷啦？八成是要下雨啊！"

狗滥儿本是名门之后，自从爹娘去世，他就成了没人管束的"无乐忧"，抽上了"白面儿"。此君整天东奔西逛，四处打游飞，没有正经事由。俗话说猫有猫道，鼠有鼠道。狗滥儿年纪轻轻，全凭自己的口舌腰脚混日子。你看他天天在南市大街上乱蹿，其实那是给自己找饭辙呢。

贾立久不搭理这个"白面儿"。狗滥儿并不介意，使劲儿嘬了一口烟屁股儿，一拍大腿说道："您知道我跟汤公雨打了一个大赌吗？七月二十三正午十二点，他说有雨，我说没雨。输赢可是五块大洋啊！"

贾立久定定注视着狗滥儿："汤公雨是谁啊？"

"七月二十三我跟汤公雨赌雨，这事儿敢情您没听说啊？"狗滥儿颇为失望地摇了摇枣核儿脑袋，"你要是连汤公雨的大名都不知道，咱俩就没话可说了。"

之后，狗滥儿坐在门前的荫凉里，合辙押韵唱起了天津的数来宝：

> 一有两钱儿，我就烧包儿，
> 八月的天气我穿皮袄，
> 我爱戴：金丝眼镜美国便帽，
> 逢人开口我先笑，嘿！
> 为的是：露出嘴里的两个金牙套！

这时候一辆黑色奥斯汀小轿车吱的一声停在华楼门前。狗滥儿好似一条闻见肉香的细狗，起身蹿出雅茗茶社，扑向前去。

狗滥儿点头哈腰拉开奥斯汀的车门，好似大饭店的伯役。

这时候从车里缓缓伸出两只锃亮的黄色皮凉鞋。贾立久认识这双金贵的皮鞋，连忙迎上来。

狗滥儿抢在前面："曹四公子，您哪看这大热的天儿。我这儿给您遮着太阳哪！您请您请……"

长得又细又长的曹四公子身穿一件丝绸长袍，走出轿车使劲儿跺了跺脚，然后定睛看着狗滥儿："你——谁呀？"

说罢,曹四公子由贾立久引路,快步走进雅茗茶社大门。狗溺儿迈步紧跟,被曹四公子身后的保镖伸手拦住。

呸! 保镖往狗溺儿脸上啐了一口唾沫星子。

"谢谢您哪,大热的天儿您喷我一脸冰片。"狗溺儿抹了抹嘴巴子对保镖说。

这时候, 一前一后又驶来两辆黑色小轿车——嘎吱一声停在雅茗茶社门前。

望着这阵势,狗溺儿乐了。这大热的天儿,曹四公子前脚进门儿,季二少爷和孙大官人后脚儿就到了。看起来今天必有一场恶赌。

季二少爷白白胖胖显得十分富态。孙大官人则是五短身材,脸上戴着一副黑色眼镜,不文不武的样子。狗溺儿迎上前去,大声问安。这两位少爷根本不睬,一步三摇走进雅茗茶社。

这时候,曹四公子坐在雅间里吼了起来:"四喜呢? 四喜跑到哪儿去啦? "

季二少爷阴阳怪气:"八成是张勋复辟成功, 四喜这小子又回到宫里去啦! "

孙大官人说:"今儿没有四喜当证人,咱们怎么打这个赌啊? 贾经理你立马儿把四喜找来! 我这儿急着押宝哪。"

贾立久满脸堆笑:"大热的天气,三位少爷万万不可着急。我现在就派人去找四喜。不知道三位少爷今天赌的是什么题目啊?"曹四公子快人快语:"我说唱落子的大白玉花屁股上长了一颗痦子……"

季二少爷和孙大官人异口同声:"没有! 大白玉花屁股上根本就没长痦子! "

贾立久问道:"依您二位的意思……"

季二少爷嘿嘿一笑:"依我的意思,大白玉花屁股上长了一颗瘊子! "

贾立久转身走出雅间,吩咐候在门外的狗溺儿:"今儿你算是有了饭辙,赶紧把四喜给我找来! "

狗溺儿乐了:"人卖嘴,我卖腿,您就瞧好儿吧! "

狗溺儿细狗一般蹿上大街,前去寻找四喜。

3

赌徒四喜嗜食蒯记凉果,已然成癖。尤其是进了热月,倘若一天不食,就好像犯了烟瘾,一派无精打采的样子。糯米凉果本是江南小吃,落户津门的蒯记凉果则极力迎合"卫嘴子"的馋猫儿习性,在"甜、粘、凉"三字上狠下工夫,渐成本埠一绝。人们私下议论,四喜嗜食凉果,就好比男人好色。四喜的裤裆里没了事由儿,浑身上下,只有一张男人嘴巴。凉果就成了他娘儿们。四喜也懂得这个道理,花钱找日本大夫镶了一口好牙,死吃。

睡醒了晌午觉,四喜一睁眼就想起了凉果。洗脸漱口,他一步三摇走进蒯记蒸食铺。小伙计立即迎上前来,给他打着扇子。

四喜虚睁着一双小眼睛,稳稳落座,然后摆摆手:"出汗吃凉果,越吃越败火。"

小伙计知趣,放下扇子,任凭四喜出汗。蒯记蒸食铺的掌柜蒯七,乐乐和和端来一盘什锦馅凉果:"四爷,今儿的凉果总共十八种馅儿,您老慢慢品着。"

小伙计站在门外扯着嗓子大声吆喝:"蒯记凉果,好吃败火! 这位爷,您里请! "

四喜喝了一口杏仁茶,食欲大振。他伸出筷子,搛起一个凉果。

吱呀凳子一响,桌子对面坐下一位食客。四喜并不抬头,缓缓将凉果放进嘴里,使劲儿一咬。一股爽口的清香立即在口中弥散开来。

四喜知道这个凉果是西瓜馅儿的。

味道很好。四喜运足一口气,又从盘子里搛起一个凉果。

"这个是枣泥儿馅的。"坐在桌子对面的食客手里端着一碗茶汤,轻声说道。

四喜仍不抬头,放在嘴里一嚼,果真是枣泥儿馅的。

"咦? "四喜抬头看了看对方。

这是一个眉清目秀的中年男子,胖胖达达的身穿月白色绸褂绸裤。

中年男子微微一笑,说第三个凉果是红果馅儿的。

四喜恼了:"这第三个凉果要不是红果馅儿的呢? "

对方避而不答，继续说道："第四个是豆沙馅儿的。第五个是桂花馅儿的。"

四喜不言不语，伸出筷子将第三个凉果撅开，摆在盘子里。

果然是红果馅儿的。

四喜站起身来，仿佛磨道上的驴——围着桌子转了一圈儿，又坐下了。

身穿绸褂绸裤的中年男子却起身离开桌子，朝着门外走去。

四喜弯着虾米腰追出两步："这位爷，请留步。"

"第六个是白糖芝麻馅儿的。"对方站稳脚跟，回头说道。

四喜嘿嘿一笑："这位爷，您说得要是不对呢？"

"即使说得不对，也不至于有枪毙的罪过吧？"

四喜稳稳当当坐在桌前，伸手指着盘子里的凉果："是啊，区区小事，犯不上动刀动枪的。今天算是你我有缘。咱俩打个赌吧！"说罢从怀里掏出一张官银号的银票，拍在桌上。

身穿绸褂绸裤的中年男子连连摆手："不敢不敢，这大热天儿的让我赢您的钱，真是不好意思啊！"

四喜的脸色腾地泛紫，一字一句说道："天津卫这地方，最腻味吹大梨的人。开局之前我倒想问一问，今儿您身上带了多少银元啊？""如今是国民政府啦，出门儿身上带着银元，忒沉。交通票儿跟银元一块兑一块，等值。"

四喜嘟嘟哝哝说银元是银的交通票儿是纸的，然后抬手招呼小伙计摆局。

小伙计连忙送上来一摞白瓷小碟儿。四喜伸出筷子，往一个小碟儿里摆了一个凉果。

总共摆了四个小碟儿。

四喜猛然抬头："这位爷，您画码子吧。"

身穿绸褂绸裤的中年男子伸出右手食指，蘸着茶水往桌上写字儿，给那四个小碟儿依次编了号码。

肆。伍。陆。柒。

四喜问怎么个赌法。

身穿绸褂绸裤的中年男子说："我若是说对了，赢您一块银元；我若是说错了,输您两张交通票儿。这就叫赢一输二。"

"你玩得太小啦。一块改成十块!"四喜的口吻很是轻蔑。

这时候,社址设在南市大红楼妓馆里的《国事报》记者骆小山大步走了进来。这是一个盼望天下大乱而且趁乱赚钱的人。他咧开大嘴哈哈笑着,立即张罗起来。

蒯记蒸食铺的掌柜蒯七,成了赌局的公证人。蒸食铺的小伙计最爱热闹,挤到桌前呼啦呼啦打着扇子。骆小山大声说,开局开局。身高腿长的蒯七坐在桌子当央,一派庄重。

蒯七说道:"四爷在南市无人不知。这位爷,我请教您哪尊姓大名?"

身穿绸褂绸裤的中年男子蘸着茶水在桌上写了一个"汤"字。

四喜奸奸一笑,讽刺道:"菜还没见呢,汤先上了桌子。"

骆小山一旁推波助澜:"开赌吧开赌吧! 我这儿等着采访赢家哪。"

"开啊。请汤爷押题。"蒯七伸手示意。

汤姓男子说:"我押题啊? 我押第四个凉果是豆沙馅儿的。"

蒯七伸出筷子使劲儿一夹,露出诱人的豆沙馅儿。四喜脸色一暗。

蒯七:"先过码子还是接着赌? "

四喜啪的一声拍在桌子上一张银票。

汤姓男子笑了笑,说第五个是桂花馅儿的,第六个是白糖芝麻馅儿的。

蒯七手中的筷子夹开第五个凉果,桂花馅儿的;夹开第六个凉果,白糖芝麻馅儿的。

四喜怔了怔,低头寻思着。

蒯七连连摇头:"神了神了。四喜爷,天不早了,您哪赶紧打道回府吧。"

四喜说:"不急。我这是一张一百块钱的银票。"说罢伸手指着桌上的小碟儿:"我想问问这位汤先生,这第七个凉果是嘛馅儿的? 你要是说对了,这张一百块的银票就全归你啦! 你要是说错了,就得撂下两百块大洋! "

汤姓男子脸上闪过一丝悲悯神色:"您这大半辈子宫里宫外的也不容易。我不愿意赢您钱。这张银票您哪赶紧收起来吧。今儿咱们只作笑谈啦。"

四喜小眼睛一瞪:"赌得起,就赌。赌不起,就明说。你用不着装成孔夫子手下的大贤人! 说吧,第七个凉果是嘛馅儿的? "

"您要是非把这张银票输给我，我可就受啦。"

四喜说："你闲话少叙，赶紧说这第七个凉果是嘛馅儿的！"

汤姓男子拱了拱手，说了一声得罪："我告诉您吧，这第七个凉果，没馅儿！"

四喜嘿嘿乐了："蒯记凉果没馅儿，姓汤的这回你是输定啦！"

蒯七伸出筷子，夹开摆在碟子里的第七个凉果。

果然真的没馅儿。

四喜气得一拍桌子："蒯七！你的凉果敢情都做成死疙瘩啦？你这不是存心糟践我的钱吗？"

蒯七连声喊冤："您是说我做了手彩儿啊？"

骆小山拍着大腿尖声叫道："神啦！今儿我算是遇到转世的诸葛啦！汤先生汤先生您留步，请问您是跟谁学的这套神算大法呀？"

汤姓男子微微一笑，然后喝了一口茶水，起身告辞。

太监出身的四喜脸色煞白，他摇摇晃晃站起身来，一头栽在桌前。

4

四喜中风不语的消息传到雅茗茶社，正是黄昏时分。

狗滥儿添油加醋将四喜兵败蒯记蒸食铺的故事讲得一波三折，仿佛来了天兵天将。曹四公子挥了挥手，问狗滥儿跟四喜打赌的那人究竟是谁。

狗滥儿大声说："汤公雨呀！"

汤公雨？没人知道这个名字。

孙大官人按捺不住，敲打着桌子说道："四喜居然被一个无名之辈弄得中风不语！莫非那个汤公雨有三头六臂啊？"

曹四公子端起茶盅，品咂着："大白玉花屁股上是痦子是瘊子还没弄明白，这又冒出一个汤公雨来……"

季二少爷站起身来，指着狗滥儿的鼻子说："你现在就把那汤公雨给我宣来！我非要见一见这个花脸狗熊到底什么模样！"

狗滥儿龇牙一乐："禀报三位爷，后天就是七月二十三，正午十二点钟我跟汤公雨当场赌雨！嘿嘿……"

曹四公子立即兴奋起来："赌天赌地,我还没赌过玉皇大帝放屁……"

这时,贾立久拎着铜壶走进雅间："三位爷,汤公雨来啦!此时正坐在楼下跟一群闲人煮茶论英雄哪。"

曹四公子听罢站起身来,哈哈大笑。

贾立久立即说,汤公雨虽然人称打赌大王,其实只是个名不见经传小人物。三位公子倘若跟这种角色打赌,恐怕有失身份。

孙大官人不以为然："当年袁大总统回到彰德府,还喝河南的胡辣汤呢!"说罢起身出了雅间,大步咚咚下楼去了。

季二少爷更是心急,紧跟着孙大官人跑下楼去。

曹四公子嘿嘿笑着,说大白玉花的屁股暂且不论,先看看楼下的那个打赌大王到底是什么货色。

就这样,三位公子哥儿为了一睹汤公雨真颜,屈尊走下楼来,心甘情愿从阳春白雪变为下里巴人。贾立久当然不敢怠慢,一串小碎步儿前面引路。

夕阳西下,雅茗茶社的大堂里渐渐有了六成茶座儿。只见大堂门口一张圆桌前聚了一群吆五喝六的闲人,已经喊破了嗓子。

"输一块,赢两块,谁愿意打赌就把钱押在桌上!"

一个胖胖达达的中年男子,被众人围坐中央,闭目养神。

贾立久挤上前去："押的是什么题目啊?"

一个瘦脸汉子伸手指了指茶馆门外的大街。

雅茗茶社对面,一街之隔正是广济堂大药铺。药铺门前一派荫凉,荫凉里站着一个尖嘴猴腮的报童,正在大声叫卖《北洋日报》。

天热,买报的人不多。报童喊得声嘶力竭:

"看报,看报,看《北洋日报》!今年大旱,九河见底,晒死了蛤蟆,晒干了王八!"

雅茗茶社大堂上,被人们围坐中央的那个白白胖胖的中年男子,正是打赌大王汤公雨。

一个满脸横肉的汉子,啪的一声将一块大洋摆在桌上,粗声大嗓押出题目:

"汤先生,我说下一位来买《北洋日报》的,是两条腿走路的老爷们儿! "

人们轰地笑了:"是啊,这年头哪有老娘儿们上街买报的! "

满脸横肉的汉子大声说:"跟呀! 你们这群废物,跟呀! "

人们都知道,满脸横肉的汉子押出的这个题目,胜率很高。于是,就纷纷跟随,一人一块大洋摆在桌上,满桌押的都是"两条腿走路的老爷们儿"。

"汤先生,我们十三个人都押两条腿走路的老爷们儿! 您也该亮一亮牌子啦? "

汤公雨这才睁开眼睛,伸出目光定定望着大街对面的那个声嘶力竭的报童,然后缓缓说道:"你们都押上码子啦? 依我看呀,下一位来买《北洋日报》的绝不是两条腿走路的老爷们儿。"

瘦脸汉子急声催道:"您押一个题目! 您押一个题目! "

汤公雨笑了:"你们一输再输,我真不好意思赢你们钱啦! "

满脸横肉的汉子一拍桌子:"汤先生,我这人说话口粗,您要是没逼啊,也用不着拿肚脐眼儿来糊弄我们! "

汤公雨只得苦笑:"好吧,那我押个题目吧,我押下一位来买报的,是一个脚不沾地的小男孩儿! "

脚不沾地的小男孩儿?这题目可真够各色的。人们颇为惊诧,立即将目光投向大街对面的报童。

报童继续叫卖着,却一时没人前来买报。

满脸横肉的汉子似乎看见了金光,大声喊道:"我加棒啦,押十块大洋! "

瘦脸汉子见状,也跟着高喊"十块大洋"。

汤公雨说:"俗话说,不见兔子不撒鹰。你俩怎么没见棺材就掉泪呀? "

话音刚落,只见大街上一辆胶皮由东向西慢慢悠悠驶了过来,稳稳当当停在报童近前。果然,胶皮上坐着一个绸裤绸褂的男孩儿,细皮嫩肉的样子,显然出自衣食无虞的富足人家。这男孩儿从车上探出身子,手里举着一枚硬币奶声奶气朝着报童喊道:"喂! 喂! 我买一份《北洋日报》。"

顿时,雅茗茶社大堂里一派沉寂,仿佛成了坟地。满脸横肉的汉子与瘦脸汉子,面面相觑。自从南市发祥,还从来没有见过小孩儿坐着包月车上街买报。今日仿佛童子下凡,暗助汤公雨一臂之力。

沉寂之后，输了钱的汉子们大声咒骂起来。

"真他妈的邪门儿！车上那私孩子是从哪儿冒出来的？"

"奶奶的，今儿的钱输得真是堵心！"

汤公雨不言不语，伸出胳膊将散在桌上的银元收拢起来，然后抬头朝着贾立久招了招手。

贾立久立即走上前来。

汤公雨微微一笑，告诉贾立久将几十块银元存在柜上，留做日后零用。说罢，汤公雨起身告辞。

"慢着！"曹四公子终于起身，大步走上前来。

贾立久心里暗暗叫道，今儿的大轴好戏，总算开了锣。

汤公雨停住脚步，笑眯眯看着曹四公子："这位大人，您有什么指教啊？"

曹四公子围着汤公雨转悠了一圈儿："听口音你不是此地人啊。老醯儿吧？"

胖胖达达的汤公雨笑眯眯答道："土生土长天津人。只是前几年走南闯北，口音杂啦。"

曹四公子听罢，神情疑惑起来。

这时季二少爷端着茶盅踱将过来，漫不经心说道："就是你跟四喜打赌，把他气得中风不语啊？本事不小！今儿天色还早，我看你也不用急着回家蒸饽饽，再出一个题目吧，咱们接着押赌！"

汤公雨摇了摇头："小人告辞啦。"

曹四公子怒了，啪地一拍桌子。

汤公雨不卑不亢，说茶馆里押赌本是一件趣事，必须是双方乐意才成；若不是双方乐意，就不成趣事了。

听到这里，孙大官人终于按捺不住，起身问道："这么说，你是不乐意跟我们押赌啦？"

汤公雨和颜悦色："俗话说贫富不共舟，贵贱不同席。小人贫贱，不敢跟三位大人坐而论道。"说罢拱手告辞，大步离开雅茗茶社。

茶馆轰的一声炸了锅。初遭败绩的赌徒们一致认为汤公雨这人又臭又硬，用天津卫的俏皮话来说，是狗肉包子——上不了宴席。

曹四公子指着汤公雨远去的背影说："贫富不共舟贵贱不同席？穷酸！咱就愿意跟这种又穷又酸的文人较劲儿。"

季二少爷很是愤怒："九河下梢天津卫，我还没见过这种不识抬举的玩意儿！"

孙大官人端着大少爷的架子说："嗨！不就是打赌吗？无论输赢我先押给他半个山东省！"

狗滥儿凑上来故意卖关子，说："您三位爷要是赏脸跟他打赌啊，那真是他前世的修行，今世的造化。可是这汤公雨啊，天生就是牵着不走打着倒退的脾气。您越是大人物，他越是不愿意跟您打赌。您要是赏我一双鞋钱，我现在就去找他！"

贾立久及时走上前来大声说道："三位少爷不就是想跟汤公雨打赌吗？小人愿意效劳。"

曹四公子放声说："我必有重赏！"

狗滥儿眼瞅着贾立久抢了自己饭碗，急忙说："七月二十三正午十二点……"

贾立久哈哈一笑："三位少爷，到时候您们就赌好吧！"

门外大街上，报童大声喊道："看报，看《北洋日报》！唱落子的大白玉花昨天服毒自尽啦！"

5

不费吹灰之力，贾立久就找到了汤公雨的住处。令这位茶馆经理感到意外的是汤公雨居然没家，他常年包房，住在正兴旅馆二楼的套间里。旅馆经理低声告诉贾立久说，汤公雨已经住了三个月，不知是尖盘还是腥盘。

江湖春典，"尖盘"是真，"腥盘"是假。贾立久佯装不懂黑话，径直走上二楼。

汤公雨双目微闭趺坐佛龛之前，似乎正在诵经。

天气干热。贾立久轻手轻脚走了进来，只觉得屋里一派清凉。汤公雨身穿一件灰布长袍，以静制动，竟然为自己营造了一个清清爽爽的小天地。

　　贾立久心中颇为惊奇，不知此公是佛是道。

　　汤公雨缓缓睁开眼睛，看到贾立久之后，微微一笑。

　　贾立久立即说明来意。

　　汤公雨听罢，朝着贾立久微微摇头，表示怀疑。

　　贾立久说："汤先生您以赌为生，我呢慕名而来，咱们定下一个题目，你我立据押注就是了。您为何拒之门外呢？"

　　汤公雨不置可否，闭目养神。

　　贾立久又说："七月二十三正午十二点钟您不是跟狗滥儿赌雨吗？我跟着加棒挂扉子就是啦。"

　　汤公雨睁开眼睛："加棒挂扉子？你身后有人吧！"

　　贾立久答："我身后有人没人，姑且不论。狗滥儿跟你赌雨，十块大洋吧？我加他的棒，挂他的扉子，跟上一千块银元。"

　　汤公雨抚掌说道："贾经理您加棒挂扉子，张口就是银元一千块，反客为主啊！我看你是谁的饭都敢吃，谁的钱都敢花啊。"

　　"汤先生，我看您干脆甩了狗滥儿，咱们一对一吧！"贾立久凑上前来，"我现在就去请中人，你我当场立了赌据，行吧？"

　　汤公雨微微颔首，似是应允了。

　　贾立久咧开大嘴，乐了。他出了正兴旅馆抬腿就跑，去请蒯七充当中人。

　　蒯七知道这场赌局的幕后人物乃是曹四公子，一路上连声推辞，说锅小煮不了大棒槌。贾立久说秃子当和尚——将就材料。蒯七无话可说，只得应命。

　　正兴旅馆。蒯七身为中人，操笔为双方立下赌据。赌期七月二十三正午十二点钟，赌金是银洋壹仟元。至于聚赌的地点，汤公雨提出设在东门里。贾立久笑了。今年是百载不遇的大旱之年，莫说东门里，就是西门外也照样天旱无雨。因此，贾立久对聚赌的地点毫无异议。这位茶馆的经理心中十分清楚，自己只不过是曹四公子的替身而已。打赌输了，输的也是曹四公子的银子；打赌赢了，曹四公子必有赏金。充当这种替身，旱涝保收。

　　赌据上白纸黑字写着汤公雨押宝的题目：七月二十三正午十二点钟，有雨。

贾立久押宝的题目则是：七月二十三正午十二点钟，无雨。

蒯七让双方在赌据上签字画押，然后哈哈大笑，说昨天四喜打赌中风不语，躺在床上扎着针灸还念念不忘七月二十三，说宁愿搭上老命也要挂扉子——赌。

汤公雨听罢，默然。

贾立久小心翼翼捧着墨迹未干的赌据，出了正兴旅馆。只听一声断喝，《国事报》记者骆小山拦住贾立久的去路，非要他说出事情的底细。贾立久东躲西闪还是摆脱不得，只好将汤公雨应战的消息，告诉了骆小山。

"这可是一条能卖大价钱的消息啊！"骆小山大喜。

贾立久叫了一辆挂着六国捐牌的胶皮，催促车夫一路小跑儿来到坐落在英租界巴克斯道上的曹公馆门前。

曹公馆是一座深宅大院，树木参天，绿水荡漾，规模宏大不亚于北京的恭王府。贾立久进了曹公馆，沿着长廊走得气喘吁吁，这才来到曹家花园。这时，曹四公子季二少爷孙大官人聚坐在凉亭里品着巴西咖啡，等候着贾立久的消息。

茶社经理的到来，不啻吹来一股清凉之风。

曹四公子看着墨迹方干的赌据，不禁大喜——随手就将那只白银咖啡杯摔在地上，高声说道："要说咱是公子王孙，他是一介草民，老鹰跟家雀儿压根儿就玩不到一个笼子里。可谁让他号称打赌大王呢？我就赏他一个面子，跟这小子赌上一局。"

"华北连年大旱，九河都见了底，哪儿有什么雨啊？"季二少爷更是得意，"赌雨呀我看这个打赌大王必然要输得提着裤子进当铺。"

孙大官人嘻嘻一笑："七月二十三正午十二点钟有瓢泼大雨？我看除非汤公雨是一只成了精的乌龟，能够兴风作浪，呼风唤雨。"

贾立久连声奉承："我能为三位少爷效力，真是三生有幸。七月二十三那天，三位爷一定是旗开得胜，马到成功啊！"

贾立久到账房领了跑道儿的赏钱，立即前往小白楼的"圣彼得堡"，逛俄国窑子去了。据说那位名叫维佳的"洋茶壶"乃是当年尼古拉沙皇的远门表弟。

曹四公子与汤公雨设擂打赌的消息,当天就传遍天津卫的大街小巷。《国事报》刊出骆小山大字标题文章:上赌天,下赌地,曹四公子赌雨创世纪。

坐落在海河以北的意大利租界著名赌场——回力球场,立即派出一个名叫帕努里奇的经纪人前往曹公馆,对这场越炒越热的赌局极为关注。帕努里奇操着半生不熟的中国话表示愿意"加棒,挂扉子",参与这场赌事。

曹四公子哈哈大笑,说这只是一场小打小闹,真正的大题目还在后头呢。

帕努里奇留下名片,过了海河回意大利租界去了。

就这样,天津卫的老少闲人们伸长脖子,作王八瞪蛋状——静待农历七月二十三日的到来。

立下赌据的第二天,一大早儿正兴旅馆的经理哕哕哕前来叩门,催促汤公雨交付拖欠的房钱。

汤公雨开门之后,板着面孔说:"莫说这月的房钱,到了七月二十三那天,我余外赏你一百块大洋……"

旅馆经理不信:"您别是大梨吧?"

"我要是大梨,您就是财迷。"

旅馆经理屈指一算,离七月二十三只有两天光景,就说静候佳音。

下晚时分,骆小山风风火火闯进正兴旅馆,大声嚷嚷着说大战之前要独家采访打赌大王汤公雨。

汤公雨喝了一口茶水说:"骆先生你先别闹哄,明天咱去英租界的维格多利,我请您喝威士忌。"

"您唱的这是哪一出啊?"骆小山眨着一双三角眼问道。

6

天津有民谣云:北城富,东城贵,南城贫,西城贱。所谓东城贵,是说这里衙门林立,什么府署啊运署啊盐署啊,河关啊海关啊道关啊,满街都是官帽翅儿。而东门里大街两侧,也多为高官显贵的宅子,气氛不同寻常。自从有了租界,东门里的豪门大户便纷纷迁居——仿佛只有住进英法德意的地盘,心里才踏实,肺里才舒坦。于是,东门里失血。

未出三年，东门里便瘦成一只鸡灯。不过，也有不愿挪窝儿的，守着祖宅，岿然不动，颇有与老城同归于尽的气节。其实，举凡这种宅门儿，往往家道中落，手足已僵，就是想动也动弹不得。

呼家大院正是如此。

十几年来，这座曾经名声显赫的深宅大院里，树木萧索，荷塘干涸，墙垣斑驳，门庭冷落，早就没了当年气派。俗话说瘦死的毛驴比狗肥。虽然家道中落，气脉却不曾尽消，一呼一吸，就这么凑合活着。

话说农历七月十五这天傍晚，一辆白色轿车不声不响驶进呼家大院的后门。

呼子流回来了。

入夜，熄灭多年的十八盏游廊灯笼悄然亮起，多年不见的佳肴美酒，摆满四张八仙桌子。葡萄架下，久违的家宴令呼家老少三代激动不已。津门呼氏遭人轻视多年，今日终于出现转机。

呼氏大长孙呼子流，年近五旬。他远走上海混迹沪上，多处从事投机生意。今年他交了好运，一口就吃了一个胖子。暴富之后呼子流不忘还乡显贵，携带巨款返回津门故里。全家夜宴，酒过三巡，菜过五味，呼老太爷面对满堂儿孙，唏嘘不已。

呼子流连饮三杯，当场发誓：一定要重铸呼氏辉煌，再振津门雄风。

呼老太爷今天七十有八。辛亥革命多年，他脑后仍然拖着一条辫子不剪，人称"呼大辫子"。这位呼大辫子自幼嗜赌成性，呼家祖业二十年前就败在此公手里，从此一蹶不振。今年七十有八的呼老太爷，听了自沪返津的大长孙呼子流的豪言壮语，好似见到重现辉煌的曙光，激动得不禁号啕大哭。呼氏家族的男女老少纷纷停箸陪哭，场面很是壮观。

呼老太爷泣道："子流，呼氏中兴，全凭你一人啦！"

之后，接连五天呼子流按兵不动。

七月二十一日，临近正午时分，一辆白色轿车从呼家大院驶出，直奔坐落在英租界上的维格多利大酒店。

金碧辉煌的维格多利大酒店，属于天津的上流社会。这里华洋杂处，什么鸟儿都有。轻歌曼舞之处，既有中国的达官显贵，也有俄国的流亡将军。灯红酒绿之中，一掷千金者往往是一文不名的骗子，少言寡语者兴许是来自北京的王爷。雅间角落里，放浪形骸的金融大亨，股票踏空顷刻之间就变得囊中羞涩。大厅散座中，手捧一杯红茶的精明掮客，谈笑风生眨眼光景就赚到一笔巨款。英人经营的维格多利，分明是一个真真假假虚虚实实的世界。即使如此鱼龙混杂，在天津人的心目之中，无论男女老少只要能够进入维格多利的大门，就说明你是个人物。

这便是维格多利的价值。

一辆白色轿车吱的一声停在维格多利门前。西服革履的呼子流，鼻梁上架着美国眼镜，脖子上勒着英国领带，手里拎着日本文明棍儿，一身列强味道。他风度翩翩走进维格多利大门。天气很热，大厅里却是一派凉爽。

呼子流面带笑容，目光之中却含着几分卷土重来的傲气。

侍者立即迎上前来，却不知这位先生来自何方。呼子流并无愠色，临窗落座之后只点了一杯清咖啡，细咂慢品。

大堂领班也看出呼子流面孔陌生，就满脸堆笑来到桌前。

"你不认识我啊？"呼子流突然发问。

大堂领班十分谦恭，鞠躬答道："抱歉。我在这里当了三年领班，太太们先生们都是说我有眼不识泰山……"

"五年前我是二楼雅间的常客啊。"呼子流大发感慨。

领班说今天二楼雅间全都客满。

呼子流问大厅里今天坐了多少客人。大堂领班放开目光数了数，禀报说六十几位。

呼子流笑了笑，告诉领班说这六十几位客人今天的开销通通记在自己账上。然后他起身放声对大厅里的顾客说道："太太们先生们，打扰你们了。敝人呼子流。七月二十三是我祖父呼老太爷七十八大寿，届时我在天津东门里呼家大院设宴七十八桌，敬请朋友们赏脸光临！"

维格多利大厅里一派安静。呼子流继续朗声说道："敬请诸位徒手赴宴，呼宅谢绝一切寿礼！望各界新朋旧友见谅。"

呼子流说出谢绝一切寿礼，大厅里立即响起一阵掌声。原来天津这地方有句俗语叫做"飞贴打网"。说的是官宦人家以操办红白大事为由，漫天撒网，滥发请帖,届时广泛收礼,以此手段聚敛钱财。今日呼子流振臂一呼,竟然发出"谢绝一切寿礼"的喊声,维格多利大厅里的顾客虽然三教九流,却也为之惊讶。

呼子流将一沓粉红色请帖交给大堂领班,令其当场散发。

此时,坐在大厅角落里喝着英国威士忌的汤公雨站起身来,低声对骆小山说:"今天我请你到这儿来,就是为了让你一睹呼子流先生的风采。"

这位小报记者十分不屑:"呼子流在上海做了几年投机生意,赚了几个糟钱儿,回到天津就烧得难受,造呗!"

汤公雨听罢不以为然,他率先大步走上前去,笑吟吟从大堂领班手里要了三张粉红色帖子,然后朝正欲离去的呼子流拱手说道:"呼公子,小人能够得到贵府的请帖,真是三生有幸!您谢绝一切寿礼,又令我们难以表达心意啊!"

呼子流笑了笑:"子流意在重振家门雄风。先生贵姓?届时您务必光临吧。"

汤公雨手里拿着三张粉红色请帖,款款走回大厅角落里的座位,对正在喝酒的骆小山说:"呼老太爷当年是天津有名的大盐商。赌场上一败涂地。这次呼子流从沪返津是想重振家业啊!"

骆小山似乎有所领悟:"哎,你怎么知道呼子流今儿上这儿来啊?"

汤公雨抚摸着那三张粉红色的帖子,爱不释手:"不虚此行,真是不虚此行啊。"骆小山思索着说:"你把赌雨的地点设在东门里,今天又接了呼家的请柬,八成你是要唱草船借箭吧?"

汤公雨正色道:"你愿意当鲁子敬?告诉你天机不可泄啊!"

于是,俩人举起酒杯会心一笑,扬起脖子——咕咚咕咚干了。之后,他们一口气又连灌三杯。

大堂领班走到桌前十分谦恭地告诉这二位先生,威士忌酒讲究细品慢咽,方能余香满口回味无穷。

骆小山举起瓶子喝了一口说:"今天是呼子流结账,老子爱怎么喝就怎么喝!"

大堂领班只得走开了。

骆小山喝得烂醉如泥。汤公雨叫了一辆挂着六国捐牌的胶皮,拉着这具活尸回了华界。

第二天,英文的《天津泰晤士报》在四版下角报道了华界绅士呼子流先生在英租界维格多利大酒店,散发祖父寿宴请柬的消息。可惜天津华界人士认识英文的毕竟属于少数。租界人士读了这条关于华界的新闻,又往往无动于衷。

这天中午时分,家住英租界寿德别墅的天津百通银行董事长卞丽莎女士,读到《天津泰晤士报》上关于呼子流的消息。这位自幼接受英式教育且家财万贯的少妇,走到阳台上自言自语说:"天津华界的男人真有意思,站在公共场合振臂一呼,竟然把一群素不相识的人请到家里参加祖父的Party。莫非这就是孔孟之道……"

初患厌食症且精通英文的卞丽莎,乃是已故银行家董查理的遗孀。盛年寡居,卞丽莎渐渐嗜赌。英租界的赛马,意租界的回力球,法租界的大转盘,华洋两界的六合彩……几乎占据了卞丽莎的全部生活。每天清晨睁开双眼,头一件事情就是阅读女佣送来的《晨报》。她先读二版上的"马经",再看四版上的"彩号"。赢了,她就号啕大哭,输了,她就放声大笑,仿佛一个神经错乱的女人。无论输赢,每天早餐之后卞丽莎便急不可待地拨通博彩公司的电话,精神亢奋地投入下一轮赌注。

去年,卞丽莎相中一匹名叫"警察"的英国赛马,频频下注,输多赢少。今天以来她又转向意租界的回力球场,将大宗赌注押在一位名叫保罗的球手身上。近来保罗竞技状态极不稳定,令人揪心。

卞丽莎又玩起了万国彩票。

此时卞丽莎并不知道,她的天津百通银行距离破产已经不太遥远了。

7

经过《国事报》连篇累牍的大肆渲染,七月二十三已经成为一个节日。天津城里的好事之徒,无不翘首以待。

七月二十三这天一大早儿,一大群远道赶来"加棒挂扁子"的赌徒,聚集在东门的古牌楼下，活像是一群千里赶考的举子。天津人好热闹全国有名，就说秋景天的斗蟋蟀吧，俗称"下圈"。一只泥盆儿里一楚一汉，双方刚刚投下赌注，加棒挂扁子的赌徒就里三层外三层，围得密不透风。有时竟然高达一二百人——颇有十面埋伏的气势。最终，自然有人随着沛公获胜而赢了银子，也有人殉了项羽，落得四面楚歌。

天津人，赌的就是这么一股子半生不熟的血性劲儿。

七月二十三这天的赌局，却不同以往。

汤公雨与贾立久会首的地方，设在东门脸儿的中立园菜馆。十一点钟，贾立久摇着芭蕉扇子就到了。东马路上炽气腾腾的，热得人疏车稀。中立园菜馆门面不大，坐西冲东。贾立久看了看一街之隔的惠利饭店。他知道三楼窗户朝西的房间从昨天晚上就被曹四公子全部包下。那三位少爷一心盼望今天正午十二点钟贾立久大获全胜。

私立的仁昌广播电台正在播送小蘑菇说的相声《龙凤呈祥》。大街上的人们听得哈哈大笑。一段相声过后，播音小姐预报天气，说晴。

聚集在古牌楼下荫凉地儿里的赌徒们，哼哼呀呀一阵欢呼。

狗滥儿打着一顶黑色阳伞，人群里游窜着。本来他是这场赌局的发起者，如今被贾立久撬了行市，反而成了加棒挂扁子的随众，当然很不甘心。狗滥儿站在中立园菜馆门前，嘴里骂骂咧咧，说大宋的江山原来本是柴荣的，赵匡胤陈桥兵变黄袍加身，抢了人家的皇位。

贾立久坐在中立园门口的凉椅上说："狗滥儿啊，我劝你别闹啦。今天的赌局乍看一方是他汤公雨，一方是我贾立久，其实大伙心里明镜儿似的，这是楚汉大战啊，我只不过是曹四公子的影子而已。你呀赶紧找个没苍蝇的地方忍着去吧！"

"今儿楚汉大战啊？那我就应当是韩信！"狗滥儿不听劝解，大声嚷嚷着。

贾立久指着自己的裤裆说："你要是韩信，就先从我这底下钻过去！"

十一点半钟的时候，蒯七乘坐一辆胶皮匆匆赶到。自从蒯七爷充当这场赌局的中人，名声大振，铺子里的凉果愈发成了俏货。

蒯七抬头看了看万里晴空："这天气，八成没雨吧？"

加棒挂扁子的赌徒们七嘴八舌，纷纷告诉蒯七，今天大家押的都是贾立久的题目:没雨。

蒯七哈哈大笑:"我祝老少爷儿们开局得胜,大发财源!"

这时候《国事报》骆小山大驾光临,身后跟着十几位小报记者,一个个都是神头鬼脸的样子。

全神下界,只差汤公雨一人。

一辆胶皮疾驶而来。人们以为汤公雨来了,便诈诈唬唬迎将上去。

车到近前,人们惊得呀了一声——原来坐在车里的竟是中风未愈的四喜。

这位前清的太监身上披了一条夹被,颤颤抖抖抬起右手,嘴里含混不清:"我加棒,押没雨,一百块袁大头儿……"

狗滥儿跑上前来,说四喜是要赌不要命。

四喜坐在胶皮车上颤颤抖抖交出一张银票,又从蒯七手里接过写着一个"无"字的百元扇子。今天的赌局又是输一赢二。倘若正午十二点钟仍然一派晴空不见雨点儿,那么押了"无雨"题目的四喜必将赢得二百银元。

万里晴空,艳阳高照。押"无雨"肯定是一笔好买卖。

中立园菜馆门前,蓦地一派静寂。贾立久闭目养神,心里寻思着即将到手的钞票。

人们高声欢呼起来。贾立久立即睁开眼睛。

汤公雨到了。

大热的天气里,胖胖达达的汤公雨居然没有坐车。他一步一撵,走着来到中立园菜馆门前,身上穿的丝绸大褂儿湿透了。

急不可耐的赌徒们终于盼到赌局主角的出场,群情振奋,居然齐声喊喝起来:

"老天爷,别下雨,赢了银子都给你!"

"老天爷,别下雨,赢了银子都给你!"

汤公雨依然一派福态,朝人们微微笑着。

贾立久迎上前来,摆出赌场老手的架势:"汤先生,时辰快到了,这局是您唱还是我唱啊?"

汤公雨掏出怀表,看了看:"贾经理,你吃了吗?咱们走吧。"

中人蒯七问道："汤先生，脚上没穿老虎鞋，你要往哪走啊？"

汤公雨揉了揉充满血丝的眼睛："往哪走？往吃饭的地方走啊。"

人们哄堂大笑。

汤公雨颇为不解："我又不是说相声的，你们笑嘛？"

贾立久似乎胜券在握："吃饭？我看您还是往下雨的地方走吧。"

狗滥儿凑上前来，对汤公雨说："下雨？这晴空万里的。您就是走出两脚血泡，恐怕是也见不到一个雨点儿吧？"

"根本就用不着走出两脚血泡。"汤公雨十分诚恳地说，"朝西走，几步儿就到。到了地方咱们一边吃饭，一边看雨……"汤公雨十分诚恳说道。

贾立久嘿嘿一笑："一边吃饭一边看雨？走！只要您不是水浒里的神行太保戴宗，我就能跟上您的腿脚。"

这场赌局的中人蒯七手里端着紫砂茶壶，饮了一口："时辰就要到了，说走就走吧！"

随着蒯七的一声吆喝，汤公雨和贾立久这两位冤家在众人的簇拥之下，朝着鼓楼方向走去。

坐在胶皮上的四喜，嘴里涎液直流，抬手指着远去的打赌大军："跟、跟、跟上啊……"

"您真是舍命不舍财，舍财不舍赌啊！"拉胶皮的小伙子回头说道。

四喜拼命喊着："我赢……我赢……"

真刀真枪，好戏就这样开场了。

东门里大街上，浩浩荡荡的打赌大军来到一座深宅大院的门前。

汤公雨停下脚步："到啦。"然后笑了笑说，"帖子有限，咱们只能进去仨人。"贾立久看了看门前站岗的警察，不禁愕然："这不是呼家大院吗？"

蒯七也是不解其意："是啊，这不是呼家大院吗？"

汤公雨说："没错，咱们来的就是呼家大院。"

眼前的呼家大院，旧貌换新颜。只见门前路旁停放着十几辆小汽车，无论黑色的白色的还是红色的，挂的都是租界牌照。平日紧闭的大门，今日是张灯结彩，一派热闹景象。一辆接一辆的胶皮车鱼贯而行，来到呼家大院门前。贾立久定睛细看，从车上走下来的客人，穿着打扮一看就都是有头有脸的人物。

蒯七与贾立久面面相觑。

骆小山走上前来大声说："你们仨这是中了孙猴儿的定身法啦？该往哪儿去就赶紧往哪儿去啊！现在都快十二点啦。"

汤公雨从怀里掏出三张粉红色的请柬，朝着站岗的警察晃了晃，说道："贾经理，咱们进去吧！"

贾立久毫无思想准备，望着深宅大院，朝后退了一步。

骆小山尖声说道："蒯七，你是中人！这位贾经理怎么没上赌场就先尿啦？"

贾立久立即解释："我没尿！我只是没有想到，赌雨怎么赌到呼家大院来啦！"

汤公雨淡淡一笑："贾经理，你没想到的事情，还在后头呢。"

蒯七嘿嘿一笑："既然如此，我蒯七也就成了蒯彻，今儿咱们就唱一出《淮河营》吧！"

说罢，蒯七左手拉住汤公雨，右手位住贾立久，仨人肩并肩走进了呼家大院。

赌徒们被站岗的警察隔在门外，愣愣望着仨人的背影，不知如何是好。

呼家大院的影壁上贴了一个大大的寿字。

这时候，人们才弄明白，敢情今天是"呼大辫子"呼老太爷七十八岁大寿。

为了稳定军心，骆小山大声宣布："有雨没雨，不出半个钟头就见分晓啦！"

狗滥儿说："这是文昭关啊还是定军山啊？"

人们七嘴八舌，议论纷纷。这时一辆黑马驾辕白马拉套的四轮大车缓缓来到呼家大院门前。人们看出，这可不是一辆寻常的马车。只见车上摆着案子，支着炉灶，一应炊具，无所不有。车上，一个肥胖的厨师站在灶前，正在精心掐算着蒸锅里"娘娘鱼"的火候。

厨车上的蒸锅里，散发出一阵令人迷醉的清香。赌徒们呼啦一声围住这辆厨车，伸长脖子使劲吸气，全力嗅着——人间似乎从来不曾拥有这种来自天堂的味道。

呼家大院里走出四条赤着臂膊的大汉，身上挂着雨珠儿。为首的黑脸大汉走到车前,满脸严肃的表情,朝着车上肥胖的厨师大声说:"大师傅,您这道清蒸娘娘鱼可是节骨眼儿上的大菜啊!"

肥胖的厨师哪敢怠慢,立即问道:"水榭里现在是什么气候?"

黑脸大汉说:"院里正下着小雨。等到正午十二点钟,就大雨瓢泼啦。"

肥胖的厨师说:"只要雷声一响,你们抬起笼屉直奔水榭。记住啦,进了水榭就把笼屉摆在石头桌子上。记住啦,响第三声雷的时候,才能掀开笼屉端出清蒸娘娘鱼。记住啦,可万万马虎不得啊!"

聚在呼家大院门前的赌徒们,怔怔听着肥胖厨师与黑脸大汉的对话,如闻天书。

东门里大街烈日当空,呼家大院里竟然下起了毛毛细雨。这真是闻所未闻的怪事。

狗滥儿走到车前问黑脸大汉:"院里现在正下小雨?您别是大白天撒吆挣吧!"

黑脸大汉擦了擦脸上水珠儿,十分鄙夷地说:"白面儿,你懂得个屁呀!"

骆小山手里捧着一个小本子,埋头记录着:"门外艳阳天气,院里一派小雨,诸葛巧借东风,莫非此言不虚?"

一支烟的工夫,从这座深宅大院里传出一阵响动。肥胖的厨师闭目静听,猛地挥手喊道:"雷响啦,上菜啊!"

四条大汉闻声抬起热气腾腾的笼屉,高声吆喝着跑进呼家大院:

"回避啦回避!清蒸娘娘鱼来啦!"

聚在大院门口的赌徒们:你瞧我,我瞅他,他瞪你,谁也弄不明白这究竟是怎么一档子事儿。

骆小山一连抽了三根烟卷儿,默默不语。

呼家大院门外的东门里大街上依然一派艳阳。呼家大院里面竟然雷雨交加?真是让人摸不着头脑。赌徒们的心目之中的呼家大院,分明成了评书《聊斋》里的狐宅。

临近一点钟,呼家大院里先后走出三只"落汤鸡":贾立久、蒯七、汤公雨。炽热的阳光下,浑身淋得精湿的贾立久出了院门就打了一个喷嚏,涕泪齐下显得十分狼狈。蒯七伸出双手抹着脸上的雨水,然后坐在路旁的青石上脱了湿透的鞋袜,身边立即渗出一摊水迹。

赌徒们仿佛变成一群木头人儿,呆呆看着这个神话般的场面。

骆小山蹲在路边问贾立久:"真有雨啊?"

贾立久无可奈何答道:"×!倾盆大雨。"

蒯七不忘自己中人的身份,他干脆脱去湿袄湿裤,只穿了一件裤衩大声宣布:"正午十二点钟,有雨!贾立久输啦。押贾立久题目的随众,也都输啦!过午两点钟大伙在中立园菜馆门前聚齐,输家给赢家——会账!"

四喜躺在胶皮上,无声无息好像睡着了。

一个挂了扉子的赌徒扑上前来:"汤公雨这是变得哪家子戏法啊?我不服!"

蒯七湿袄湿裤说:"这场雨,呼家大院里好几百号客人作证,没改啦!"

贾立久急着前往曹四公子的房间复命,左手拎着一双湿鞋,右手指着汤公雨说:"这场雨,你下得好啊!我认输啦……"

骆小山冲到汤公雨面前:"我的大赢家啊,我马上就写,明天见报!""蒯七爷啊!"汤公雨朗声叫道:"您是中人,现在您就给我会账吧,我带来了一条麻袋,放在中立园菜馆啦。"

蒯七应声说:"汤先生放心,谁赢的码子归谁,咱这儿没一个滚赌的。"

汤公雨笑了。

呼家大院门前,本来胜券在握的赌徒们懵懵懂懂就输了钱,纷纷大骂起来。

"汤公雨,你小子说下雨就下雨,是一只双盖儿大王八!"

8

顶着东门里大街的毒日头,浑身精湿的贾立久一口气跑过文庙,蹿到惠利饭店门前。饭店的伯役吓了一跳,以为他是水鬼儿,刚从河里爬上来。贾立久登上二楼,径直进了曹四公子的房间,气喘吁吁禀报着。

曹四公子听罢,大惑不解。

季二少爷一旁大声责问,偌大的天津城东西南北都是大太阳,怎么唯独呼家大院雷声不断大雨滂沱呢。

孙大官人嘲笑贾立久,说他分明掉进了东门里大街上的汤锅。

曹四公子终于火了,说了一声滚蛋,然后端起一杯热茶泼在这位败将身上。贾立久闻出这是碧罗春的味道,就点头哈腰退了出来。

精心策划的赌局,居然输得这样不明不白,曹四公子气得犯了胃病——午饭只喝了一小碗儿藕粉,然后坐上自己的奥斯汀小轿车,打道回府。

与此同时,骆小山风风火火赶回报馆,一屁股坐在桌前,埋头写了起来。这篇题为"汤贾之战,呼宅借雨"的文章,骆小山深知大人物冒犯不得,因此只字不提曹四公子。他只将这个令人难以置信的故事写得悬念迭起,高潮不断。文章写到中途,骆小山嘿嘿笑了,说偌大的天津卫只我一人知道真相啊。

赌雨获胜的汤公雨乘坐一辆胶皮回到正兴旅馆。他面带微笑走上二楼,车夫扛着一只鼓鼓囊囊的麻袋,气喘吁吁跟在身后。旅馆经理见状,也尾随着进了房间。汤公雨果然言而有信,当场交足拖欠的房钱,另外还赏了一百块钱。正兴旅馆开业三年从未见过如此"大手"的房客。经理心中顿生疑窦:"这小子八成是拆白党吧?"

汤公雨关上房门独自坐在屋里,打开麻袋——数钱。

过了一袋烟的工夫,旅馆经理说是给汤先生沏茶,前来叩门。

只听屋里汤公雨吼道:"滚蛋!谁也不许来搅扰我……"

旅馆经理讨了个没趣,只得拎着水壶退了下去。

第二天上午,汤公雨雇了两辆胶皮车,一辆拉着人,一辆拉着那只鼓鼓囊囊的麻袋,直奔盐业银行。这只麻袋里既有银元也有钞票。这钱反正全是赢的,他一股脑儿都存上了。为了防盗,他用自己的英文名字开户:"亚当斯"。坐在柜台里的银行练习生毛嫩儿,从未见过扛着麻袋前来存款而且用英文名字的客户,就呆呆注视着汤公雨。

汤公雨很是得意,用英语问练习生:"你知道我昨天赢了多少钱吗?"

练习生用结结巴巴的英语说:"先生祝您好运。"

出了银行大门,汤公雨安步当车,来到陆记成衣庄,选了一块上好的料子,定做了一套西服。

出了陆记成衣庄,他看到街上的人们纷纷抢购《国事报》,也伸手买了一份。

这是骆小山连夜印出的"号外",一开机就是六千份。骆小山发了一笔小财。

闻着《国事报》的墨香,站在街头的汤公雨笑了。这次赌雨赢了三千,数目不小。那天在维格多利喝酒的时候已然达成协议"九一分账":汤公雨九成,骆小山一成。皆大欢喜。

抬头看天,还是万里无云。汤公雨觉得饿了。这时候他恍然大悟:从昨天正午呼家大院赌雨,回到正兴旅馆就忙着数钱,数钱之后足足喝了半宿浓茶,肚子里居然没添一丁点儿粮食。

他扬手叫了一辆胶皮车,说是去天合玉饭庄。

天合玉饭庄三楼,汤公雨独自包了一间雅间,张口就点了十八个菜,然后脱了鞋蹲在椅子上,欣赏着桌上的山山水水。

跑堂的伙计问道:"这位爷,菜也齐啦汤也齐啦,您还等谁啊?"

汤公雨呆呆看着跑堂的伙计:"是啊,今天我有钱啦,你说我还等谁啊?"

"要不我去给您叫个姐儿来,让她陪着您吃。"

汤公雨连连摇头:"我才不花那份冤钱呢!"

说罢,他从怀里拿出《国事报》,埋头看了起来。骆小山的文章,文笔不错,开门见山就将呼家大院"晴天下雨"的悬念抛出,设下机关引人阅读。

原来呼家本是江南富豪,生活极其奢靡。打从呼子流的曾祖父形成惯例,每年七月二十三日,呼宅必设"消炎宴",以避暑邪之气。据说当年的"消炎宴"从来不请外厨,煎炒烹炸皆由厨娘素儿担当。素儿当时尚未收房,她的拿手好菜就是清蒸鲥鱼。呼家穷奢极欲,清蒸鲥鱼讲求奇鲜无比。于是每逢这道大菜,素儿必然率领锅灶亲临江边。船家捕得鲥鱼,出水上岸素儿随即动手拾掇。挑夫们挑着锅灶一路行走,抵达呼家庭院,清蒸鲥鱼恰到火候,鲜嫩异常。因此,素儿这道拿手好菜,又被人们称为"行走鲥鱼",当地传为美谈。呼府的消炎宴,十八道小吃,三十六道大菜,美味佳肴自不待言。消炎宴最为讲究的其实是清凉世界。镇江当地民谣这样唱道:"赴罢呼家消炎宴,万般酷暑顿时消。"

呼氏北迁天津,家风依然浮华奢靡。祖业传到"呼大辫子"手里,终因嗜赌成性,家境一落千丈。衣食住行不敢铺张,耗资巨大的消炎宴只得停办。

此番呼子流自沪归津,意欲重振家门雄风。机关算尽,呼子流终于发现祖传的"消炎宴"的日子与祖父寿辰竟然同为七月二十三。这真是上天赐美。于是呼子流决定大宴宾客，以此引起津门各界对呼氏刮目相看。

七十八寿宴，呼子流发誓青胜于蓝。天津海河不产鲥鱼，然而三伏炎天正是津门名产"娘娘鱼"上市的季节。这娘娘鱼通体银白，金睛，其美味足与鲥鱼媲美。于是呼子流依照祖制，沿袭当年厨娘素儿"行走鲥鱼"的做法，一改挑锅担灶为四轮厨车，河边等候。娘娘鱼出水，随即下锅清蒸。一路香飘四处，沿途行人驻足观看，无不交口称赞。厨车抵达东门里大街呼家大院，消息已然传遍四城。呼子流此举，终于达到了惊世骇俗的目的。

呼子流亲手安排七月二十三日的盛事。他审定菜谱，将祖父寿宴定为正席十八桌，设在水榭之内，来者皆为手持大红请柬的宾客。而手持粉红色请柬的宾客，则在院中棚下落座，吃天津"八大碗儿"，谓之"从席"。呼家大院之中，围绕着水榭搭起四座大棚。棚下热热闹闹摆着六十桌酒席，围绕着水榭的十八桌主席，呈众星捧月之势。

当年镇江呼氏祖宅的消炎宴，当天一早儿便在庭院四处堆垒冰块，造势生氛，溽热的夏季弄出一派冰天雪地。呼子流认为冰天雪地虽然顿生清爽，但营造的却是隆冬景象，有违天道。呼子流毕竟是呼子流。他决定消炎宴上"布雷造雨"，别出心裁营构一个酷夏之中的清凉世界。他暗暗请来天津四城的十二家水会，共计百余名水枪手，进入呼家大院。其中又以鼓楼西水会、二道街水会、西南城角水会、估衣街水会为四大主力，遍布水榭四周。与此同时，呼子流重金延请魔术界呼风唤雨的"李大王"以及擅长口技的张君和沈君。就这样，呼子流组成了呼风唤雨的强大阵容。

为了给现场宾客一个惊喜，呼子流秘而不宣，悄无声响筹办着消炎宴。七月二十三日正午，水会总办苗二爷指挥三十二名"细机子"枪手池中汲水，一声令下同时朝天发射，呼家大院顿时小雨飘落，拉开消炎宴的帷幕。

七月二十三日正午十二点钟，魔术师"李大王"抖动手中铁皮——造出消炎宴上的第一声惊雷。随之，张君与沈君的口技更是以假乱真，连连口出雷霆。一时间，十二家水会一百余台水机呱呱汲水，同时朝天喷射——呼家大院雨落雷鸣，蓦地凉意袭来。七十八桌宴席的客人，无不惊诧不已。尤其是寿星老儿"呼大辫子"老先生，面对如此清凉世界，又惊又喜竟然不知呼子流使用的什么手段。

汤公雨事先得知呼子流消炎宴上"布雷造雨"的计划,就将赌雨的地点设置在东门里大街,届时手持粉红色请柬堂而皇之进了呼家大院,大获全胜。

骆小山的文章最后将汤公雨写成当今小诸葛:"巧借呼家大雨,狂胜满城赌徒。"

身为这次事件的主谋,汤公雨读着《国事报》上骆小山的文章,虽无惊心动魄之感,却也备感亲切。他放下报纸叫着自己的英文名字说:"亚当斯啊亚当斯,你小子果然不是等闲之辈啊。"

跑堂的伙计走进雅间,说这位爷您满满腾腾要了一桌子菜,怎么一筷子也没动啊。

"我怎么又不觉得饿啦?"他自言自语。

跑堂的伙计心里说,我看你也是个烧包儿。

黄昏时分,汤公雨坐着胶皮回到正兴旅馆。门口,一胖一瘦两个警察坐在树荫儿底下喝茶。旅馆经理大步迎上前来,说大事不好啦。汤公雨坐在车上看见警察,心里就明白了。他干脆坐在车上,沉着面孔看着警察。胖警察走到车前问他是不是汤公雨。他点头承认。瘦警察也凑到胶皮前面,说既然你是案犯那就快下车吧。

汤公雨大声对车夫说:"送我去警察局!"

车夫应了一声,拉起胶皮就走。两个警察大声叫骂着,一路追了上去。

汤公雨又急又恼说:"咱天津人最没出息!输了钱就陷害人家……"

9

曹四公子一早儿躺在床上就给季二少爷打通电话,说咱们让汤公雨那小子的人工造雨给涮了。电话里季二少爷显得心不在焉,给人以死气沉沉的感觉。曹四公子困惑不解,立即打电话询问孙大官人。孙大官人说季二少爷赌雨失败,恶气难出,病了。孙大官人还说,如今天津卫到处都在谈论汤公雨,这家伙好像成了草船借箭的诸葛亮。赶明儿兴许就要自称山人啦。

曹四公子笑了笑:"甭说山人,就是海人我也照样把他送进局子!"

然后他告诉孙大官人,昨儿晚上就给警察局长王玉田打了电话。吩咐王局长查一查汤公雨究竟是个什么来历。

放下电话,曹四公子坐上自己的小轿车,一路来到雅茗茶社。

雅茗茶社一楼大堂里生意红火。但是贾立久仿佛一只斗败的鹌鹑,蔫头耷脑拎着一只铜壶,亲自为客人沏茶。曹四公子看见大堂中央坐着一位身穿长袍马褂脑后拖着一条辫子的白发老头儿。

大热的天儿,这老头儿也不怕捂出一身痱子啊?曹四公子颇为好奇,信步走上前去,仿佛是在欣赏一只罕见的老马猴儿。

贾立久迎上前来,凑到曹四公子耳边低声说四喜殁了,赌雨失败躺在胶皮车里当场咽气身亡。

曹四公子一惊,神色黯然:"那往后,谁给我沏茶啊?"

贾立久颇有同感:"是啊,民国了再找一个太监可不那么容易啦!"

曹四公子随便找了个位子,猫腰坐下。大堂里的茶客们都注视着曹四公子。曹四公子则注视着那位身穿长袍马褂的"老马猴儿"。贾立久告诉他,这位脑后拖着一条辫子的老头儿就是人称"呼大辫子"的呼老太爷。

曹四公子自言自语:"我听说,这个棺材瓤子当年可是个大赌棍啊。"

这时候,"呼大辫子"伸出拐杖敲打着地板,大声叨叨起来:"我孙子呼子流从上海回来,啊!全家为我祝寿举办消炎宴,又造雷啊又布雨的,那是多大的花销哇!好啊,他汤公雨跟大伙打赌,借我呼家的雨水赢钱,这不是占我呼家便宜吗?我听说他这局赢了满城的银子。不行,我一定要找他理论理论!"

老顽童的这番慷慨陈词,引得人们哄堂大笑。

曹四公子起身说道:"呼老爷子,我看你要是找到汤公雨也用不着理论,你也设个题目跟他赌一赌,不就结啦!"

呼大辫子老眼昏花看着曹四公子,咧开没牙的大嘴,乐了:"你怎么猜透了我的心思啊?嘿嘿,我今年七十八岁了,就是想跟汤公雨见个高低!哎,你到底是谁啊?"

贾立久立即说道:"这位就是大名鼎鼎的曹四公子呀!"

曹四公子哼了一声,悠悠上楼去了。

拎着铜壶,贾立久跑到二楼雅间去给曹四公子沏茶。

大人物走了,楼下大堂里的茶客们继续聊天儿。

满脸横肉的汉子说："呼老太爷,我告诉您汤公雨的来历吧。这小子在西北城角的铃铛阁中学教数学,还会说英国话呢！"

瘦脸汉子接茬儿说："您要是真想跟汤公雨赌一赌,就得赶紧办啊,说不定哪天这小子就被拶监入狱啦！"

呼大辫子怔了怔："是啊?那不行！汤公雨要是被拶监入狱,就是倾家荡产我也要把这小子保出来。今生今世我非要跟这个打赌大王决一雌雄！"

满脸横肉的汉子突然问道："您要是保不出汤公雨呢?"

呼大辫子急了,脱口说道："我宁可追到监狱里去,我也要跟他赌一赌！"

狗滥儿不知从哪儿蹿了出来,跑到呼大辫子面前说："呼老太爷,您要是非跟汤公雨打赌不可,我就给您联系联系！不过,道儿远哇,您得给双鞋钱……"

呼大辫子乐了："当年我耍大钱的时候,经常遇到你这路狗食玩意儿。只要你给我找到汤公雨,我赏你十块银元！"

狗滥儿乐了。

贾立久拎着铜壶从楼上走下来,表情神秘地凑呼大辫子耳前："二楼雅间里的曹四公子想跟您押宝打赌……"

"押什么宝?打什么赌啊?"呼老太爷赌兴大发,支撑着身子站了起来。

贾立久故意拖延着："曹四公子已然押了题目……"

"你有屁快放！"呼大辫子急了。

"曹四公子押了题目,说全世界的毛驴都剪了尾巴,您也不剪这条辫子。"

人们哄堂大笑。

呼大辫子啪地一拍桌子："你告诉曹四,他要真想赌我这条辫子,就把曹锟大总统的勋章押上！"

"您老人家息怒,这是笑谈。"贾立久连忙刹车。

呼大辫子不依不饶："放屁！曹四又不是三岁小孩子,他不懂得赌场无戏言哪?"

贾立久奸笑："呼老太爷我告诉您一个最新消息吧,汤公雨已然被警察逮到局子里去啦！"

"真事儿啊?"呼老太爷听罢,急得脸色煞白。

10

进了局子，汤公雨先吃了一顿"皮条炖肉"，躺在小黑屋里疼得一夜难眠。第二天一大早儿，进来一个小警察，说有人给他送饭来了。我孑然一身没亲没故，有谁给我送饭呢？八成是弄错了。

踉踉跄跄出了小黑屋，汤公雨被小警察押进一间亮堂的房间。狗滥儿胳膊上挎着一只提盒，叫了一声汤先生。见前来送饭的竟是这位"白面儿"，汤公雨感到意外。

狗滥儿拉过一条凳子，请汤公雨落座。然后打开提盒拿出一样儿又一样儿的吃食，摆在桌前。蒯记凉果、林胖子炸糕、增兴德蒸饺、牛眼豆包儿、永庆号素卷圈儿，还有一碗穆奶奶羊肉粥。

汤公雨咽下一团口水："狗爷，咱俩没有这份交情啊？"

狗滥儿说："你知道这些东西是谁让我送来的吗？呼老太爷！"

端起羊肉粥喝了一口，汤公雨呷着嘴说："呼老太爷？我跟他老人家就更没有这份交情啦。"

狗滥儿馋了，伸手捏了两个蒸饺放在嘴里，根本没嚼就咽了下去。汤公雨也不甘落后，吃了两个炸糕、三个豆包儿、四个素卷圈儿，末了又呼噜呼噜喝下去一碗羊肉粥。

狗滥儿说："看你这股子吃劲儿，在这儿蹲上三天五天的也不要紧。我寻思着呼老太爷花了那么多钱，兴许明儿后儿的就能保你出去。"

汤公雨说但愿如此，伸手又捏起一个蒸饺，扔在嘴里。

"你怎么也不问问我，人家呼老太爷为嘛保你呢？"

"我不问。人活着不能太明白啦。既然呼老太爷上赶着保我，必然有他老人家的用意。我就敬候佳音吧。晌午要是送饭，我要一个虾仁面筋，一个红烧鲫鱼，干饭。"

"稀的呢？再送一碗甩果儿汤吧。"

汤公雨摇头："报纸。一份华界的《小公报》，一份租界的《天津泰晤士报》。你记得住吧？"

狗滥儿站起身来羡慕地说："汤先生你真是个人物。曹四公子把你送进来，呼老太爷又把你保出去。这就叫吉人自有天相。往后你要是发迹了，一定不要忘记我狗滥儿啊。"

当天下午，骆小山花钱买通警察，前来探视。汤公雨颇费踌躇，终于告诉这位小报记者，出去之后决心远离赌场，回到学校继续教书。骆小山嘿嘿笑着说，人在赌场身不由己啊。

汤公雨不语。

第二天上午，汤公雨手里拿着那两份已经看了八遍的报纸，走出警察局大门。一辆胶皮车立即朝他驶来，说是呼家的包月。汤公雨毫不客气，抬腿就上了车。

车夫一路小跑儿，停在玉清池门前。这是天津卫最大的澡堂子。车夫抹着脸上汗水告诉汤公雨，二楼六号，单间儿。

汤公雨听从安排，找到二楼六号单间儿。进门就看见骆小山躺在木榻上，汤公雨备感意外。骆小山嘿嘿笑着，告诉他先洗澡后更衣，然后一起去鸿宾楼吃饭。汤公雨问谁的饭局。骆小山愈发得意，说到时候就知道了。

泡在浴盆里，汤公雨疲惫难当，睡着了。一觉醒来，骆小山已经穿戴整齐，坐在浴室门外的沙发上抽烟。汤公雨更衣的时候，骆小山看到他左胸的黑痣，大为惊讶，连声说这是一颗赌痣。

汤公雨笑了笑："你的意思是说我天生就是一个赌徒啊。"

正午时分，汤公雨随着骆小山走进鸿宾楼饭庄的雅间。鸿宾楼的经理闻讯赶来，哈哈大笑说欢迎打赌大王光临。汤公雨连忙声明自己只是个教书匠而已。鸿宾楼经理献上一瓶大直沽老白干儿，就告退了。

骆小山说："看见了吧？你在天津卫已经是大名人啦！"

汤公雨问骆小山，今天到底是谁的饭局。骆小山说今天是呼家饭局。汤公雨说怎么不见呼家来人呢。骆小山终于亮出身份："我就是呼老太爷的代理人啊。"

汤公雨知道骆小山又端上呼家的饭碗了。

一边吃饭一边说话。骆小山告诉汤公雨，曹四公子势力太大，没人敢撼。呼老太爷唯恐打赌大王瘐死监所，命令呼子流拿着钞票层层疏通处处打点，这才勉强交保释放。说着，骆小山打开皮包拿出一式两份合同，要求汤公雨当场签字。

汤公雨从头到尾看了一遍，然后喝了一口老白干儿："天底下哪有这种合同啊？呼老太爷硬逼着我跟他设题打赌！"

"汤先生，你可不要不懂好歹啊。人家呼老太爷跟你非亲非故，费尽九牛二虎之力保你一条活命，他为的什么呀？为的就是有生之年跟你这个打赌大王短兵相接——赌一赌！我看，即使惺惺惜惺惺，你也不能不领情吧？"

汤公雨想了想，问道："我即使应了，也不知道什么题目啊？"

骆小山举起酒盅："呼老太爷说了，给你十天期限，赌题由你确定。不过老人家吩咐了，不许小打小闹。要赌就赌大题目。你知道什么是大题目吗？"

汤公雨喝了一口鱼汤："石破天惊。"

骆小山递过自来水笔，要求汤公雨立即签字。

汤公雨撅了一筷子清炖牛鞭，放在嘴里嚼着，然后接过派克金笔，在一式两份的合同上签了字。

骆小山接过合同，脸色郑重起来："汤先生，上次赌雨你大获全胜，跟我九一分账，内情你知我知。这次你跟呼老太爷的赌局，我身为中人，可就不能偏向你啦。你好自为之吧。"

"请你转告呼老太爷，多谢知遇之恩。十日之内一旦我确定了大题目，一定登门禀报！"

"好汉子！"骆小山再度举起酒盅。

汤公雨脸色一变："上次九一分账，我知道你嫌少，记恨在心。你想把我当成你的摇钱树哇？那可不成。这次你又安排我跟呼老太爷打赌，从中渔利。告诉你骆小山，我跟呼大辫子打赌的事情，对外你只字不许泄露！记住了吗？你要敢四处乱喷，一定有人塞上你的肛门……"

骆小山一惊——眼前的汤公雨猛然变得陌生起来。

11

回到正兴旅馆，汤公雨不言不语。旅馆经理说他瘦了，他就说瘦比胖好。

然后他坐在床前掰着手指头计算着日子:"十天期限,十天期限啊!"

旅馆经理趁机试探:"这十天期限里你要干什么啊?"

汤公雨答道:"石破天惊啊。"

旅馆经理将信将疑:"我怎么总觉着你是跟我说评书呢?"

第二天上午,汤公雨趁着凉快出了正兴旅馆,他一步三摇来到陆记成衣庄,试样子。这套片子裁剪得体,他表示满意。出了陆记成衣庄,一个十四五岁的男孩子走到他面前,鞠躬行礼,叫了一声汤先生。他怔了怔,随即认出这是铃铛阁中学的学生,心头倏地一热,激动起来。他想起这个学生的名字,就说陈国章你一定要好好念书,既要学好国文,也要学好英文,更要学好数理化,学有所成才能报效国家。

陈国章频频点头,聆听先生教诲。汤公雨说得动情,两眼含着泪光:"陈国章你一定要立大志,长出息,千万不要跟我一样,枉为人师啊!"

汤公雨说罢,掩面而去。

骆小山从路旁一家理发所里出来,望着汤公雨远去的背影,摇头冷笑。

"汤公雨你既然沦为赌徒,就别念三字经啦。这十天的期限你拿不出一个大题目,人家饶得了你吗?呼老太爷怎样保你出来,就怎样送你进去!"

汤公雨不紧不慢走了一程,拐过府署西街,走进一座青砖小院。这座小院里住着他的恩师吴有为先生。吴有为早年留学日本早稻田大学政法系,获硕士学位。学成回国竟然当了厨子,令人哭笑不得。吴有为的拿手好菜是九转大肠。当年他在澄瀛楼挂牌,饭庄门前十一个大字引人注目:留学归来吴有为硕士主灶。

君子远庖厨。吴有为竟然以留日政法学硕士身份转入勤行。津门学人无不惊呼斯文扫地。

汤公雨自幼私淑吴有为先生,曾经斗胆询问乃师。吴有为微笑答道:"政法政法,我国无政无法,岂不饿死政法硕士?古语说,民以食为天。烹饪实乃天下排行第一。我转行为厨,何耻之有?"

尽管吴有为的回答亦庄亦谐,汤公雨深知恩师一腔孤愤,无以排遣。

中年丧妻的吴有为,与女儿吴晓玉相依为命。如今吴晓玉二十六岁,不曾婚嫁。父女二人朴素人生,并不觉得潦倒。汤公雨暗恋晓玉,一往情深不为人知。他身为吴门弟子难以表达心愿,多年相思并无成果。

心事重重的汤公雨走进吴家小院,来到正房门前垂手肃立,叫了一声先生。

吴晓玉撩开竹帘,迎上前来:"师兄,你怎么又来啦?"

自从汤公雨离开铃铛阁中学沦为赌徒,吴有为先生便大为光火,称之"朽木不可雕也"。汤公雨不忘师恩,几次前来问安,吴有为都避而不见。

汤公雨见晓玉迎上前来,立即变得缩手缩脚:"先生他老人家身体可好啊?"

吴晓玉说父亲喝了汤药刚刚睡下。汤公雨从怀里掏出一张存单递给吴晓玉,说这是两千块钱存在盐业银行,随用随取。吴晓玉连连摆手,不接。汤公雨急了,说这是专给恩师治病用的。晓玉怔了怔,不知如何是好。这时,屋里传出吴有为的咳嗽,之后这位拥有法学硕士学位的老人撩开帘子满面病容走出屋来。

汤公雨深深鞠了一躬,叫了一声先生。

身高体弱的吴有为先生突然用英语问道:"汤公雨你若是重返课堂教书,这两千块钱我就收下啦。"

汤公雨低头用英语答道:"先生,人在赌场身不由己。学生一块白布已入染缸,恐怕难以返回课堂执教啦。"

"你英语讲得依然流利,为什么就不能重返正路呢?王阳明说得好——破山中狼易,破心中狼难。你赌性太恶,怕是积重难返啊!"

汤公雨低头说道:"上贼船容易,下贼船难!"

吴有为怒了,一挥手说:"去吧去吧,你永远勿来见我!"

汤公雨遭到恩师驱逐不敢久留,立即退下。吴晓玉送师兄走出院门,将盐业银行的存单递还给他,说了声保重。

汤公雨潸然泪下。他告诉晓玉,自己赌雨获胜赢银三千,翌日即遭曹四公子报复身陷囹圄。他又告诉晓玉,自己交保获释之日即被迫与呼大辫子签订赌约,十日之内吉凶难料生死未卜。

晓玉听罢泣不成声:"师兄,就让我陪你度过这十天期限吧!"

汤公雨使劲握住晓玉的手,连连摇头:"我身为赌徒,只能独来独往,一步一步朝前走啦！"

晓玉大声问他，为什么不能重返正路呢？

汤公雨苦笑了："恩师留学东瀛，获得法学硕士，最终成为厨师。我执掌教鞭纵是桃李天下，老死课堂而已。人世间就是大赌场，人人皆为赌徒。有人赌财，有人赌色，有人赌气，有人赌命……赌来赌去，最终谁也不是赢家啊！"

汤公雨跟晓玉告别，大步走了。

晓玉追了几步大声说："师兄，这次若是胜了呼家，你就金盆洗手吧！"

汤公雨回头答道："无论胜败，我对你都要有个交代！"

风儿骤起，突如其来洒下一场小雨。

12

街上，一个报童叫卖着当天出版的《国事报》。汤公雨拿在手里浏览一番，心里踏实了。骆小山果然守口如瓶，没有披露"呼汤赌约"。只要世人对此一无所知，汤公雨就认为尚有文章可作。十天的期限，已然虚度五日。汤公雨深知呼大辫子是赌场宿将，战胜此公绝非易事。汤公雨心头布满愁云，想起《文昭关》里的伍子胥。呼老太爷命我选择赌题，分明是采取以守为攻以逸待劳的战略——劳我心智，累我筋骨，扰我魂魄。双方尚未交手，我已成疲惫之师。

面对重出江湖的老赌棍，只能智取不能强攻。呼大辫子老来张狂，扬言要赌就赌大题目。关于赌题，天津卫流行四句打油诗，很是精辟："赌题设得好，天上掉元宝；赌题设得臭，输爹又陪舅。"

汤公雨深知，欲斩呼大辫子于马下，非大题目不可。而何处寻找大题目呢？汤公雨毫无良策。

来到陆记成衣庄，老掌柜立即送上那套浅驼色西服。站在镜子前面汤公雨欣赏着自己的尊容，问老掌柜："您看我像教书先生吗？"

老掌柜说："嘁！你怎么能像教书先生？您是远近闻名的打赌大王啊！"

"你这是夸我呢还是骂我呢？"汤公雨哭笑不得，将替换下来的衣裳扔在地上，身穿这套崭新的西装走出陆记成衣铺。

一出门就碰上骆小山。骆小山当头就说，光阴似箭催人老啊。汤公雨微微笑着说,我这不是还活着嘛。

骆小山急了:"呼老太爷可等着你的大题目呢!"

街上驶来一辆胶皮车。汤公雨扬手坐到车上,跟骆小山说了声回见。

车夫问汤公雨去哪里。骆小山高声挖苦说:"汤先生您千万别去跳河啊!"

汤公雨笑了笑:"对!送我去海河……"

胶皮车果然朝着海河方向驶去。拉车的是个机灵鬼,看出汤公雨并无去处,就撺掇他去意租界的回力球场玩一玩。

他问车夫:"你怎么知道我好赌啊。"

车夫嘻嘻笑着:"谁不认识呼风唤雨的打赌大王啊。"

"既然你知道我是打赌大王,那咱俩就先赌一赌吧。"

车夫一边跑一边说不敢。汤公雨大声说:"我押一个题目吧——今年八月十五云遮月!"

车夫停下脚步,也大声说:"这天气谁不知道哇!今年正月十五雪打灯,必然八月十五云遮月。您这是跟我闹着玩儿呢。"

打赌大王坐在车上哈哈大笑。

胶皮车过了海河上的新桥,一下坡儿就到了意租界的回力球场。汤公雨以前经常到英租界的犹太俱乐部去玩,意租界的回力球场对他来说还很陌生。俗话说,出一门进一门,要有领路人。汤公雨独自一人走进回力球场的前厅,一时觉得心里没底。

一位身穿连衣裙的前厅小姐迎上前来,接过他手中的礼帽,说了声先生请。汤公雨精通洋文,径直朝着休息室走去。

休息室很大,摆着三排的沙发。休息室里很静,只有一位身穿黑衣黑裙的中年女士坐在沙发尽头,手里摆弄着一沓子纸牌。汤公雨远远看见她将一张张纸牌扣在茶几上,钻戒蓝光闪闪。一股香水的味道幽幽飘将过来,令人为之一爽。汤公雨嗅出女士身份的高贵。

汤公雨不敢走近,远远注视着这位希腊脸型的女士。

黑衣黑裙女士一张接一张将扣在茶几上的纸牌亮开,表情倏地沮丧起来。汤公雨暗暗笑了——这位女士自己跟自己赌牌,输了。她并不气馁,立即动手洗牌。这位端庄而秀丽的女士洗牌的手法非常别致,双手仿佛摆弄着一条忽长忽短忽坚忽软的纸龙,高雅而飘逸。汤公雨还是看出她内心的焦躁。这位中年女士为什么跑到这里自己跟自己赌牌呢?

汤公雨好奇心萌动,走上前去。这位女士虽然形单影只,但气质高雅,身份非同一般。汤公雨猜测她一定来自英法租界,就用英语问道:"对不起,请问我可以坐在这里吗?"

女士目光紧紧盯着纸牌,自言自语:"倘若第三张Q出现……"

汤公雨看了看台面就懂了,笑着说吃掉两张A,红J也就派司了。

这位冰冷而美丽的女士终于抬起头来,看了看汤公雨,然后改用纯正的京腔问道:"先生,您不是中国人吧?您的英语里好像夹杂着日本语音。"

汤公雨窘了:"我是纯种中国人。只因为我的老师留学日本。所以我学的英语也就沾染了东瀛腔调。"

女士摇了摇头,说中国人应当学习纯正的英语,譬如说伦敦语音。

汤公雨说华界很难找到伦敦语音的英文老师。"

女士颇为感伤地说:"如果这次我彻底失败,只得赋闲啦。那我就开办一个英文训练班……"

"我能够得到您的名片吗?"汤公雨十分恭敬地问道。

"我只有最后一张名片……"女士说着打开手包,"不过,现在我只想自己跟自己赌牌。什么赛马啊彩票啊回力球啊,我通通不感兴趣啦。"

她显出几分神经质,双手微微颤抖寻找着名片。汤公雨看见她的手包里装着唇膏、眉笔、香水和薄丝手套,就是没有名片。

女士耸了耸肩膀,这是一个非常西化的动作:"对不起,我连最后一张名片也没有啦。如果我真的开办英文训练班,到时候一定会在报纸上刊登广告的。"

汤公雨没有得到女士名片,不免感到遗憾。

女士看了看手表:"股市开盘时间到了。"然后起身说了声再见,匆匆离去。汤公雨看着她的背影,心中十分惆怅。

快快来到前厅,汤公雨从前厅小姐手里接过礼帽,脱口问道:"您能告诉我刚走的那位女士是谁吗?"

前厅小姐面无表情说:"这里是意大利回力球场。"

汤公雨笑了，悄悄塞给小姐一张钞票。小姐也笑了。

前厅小姐告诉汤公雨，身穿黑衣黑裙的女士是这里的常客，名叫卞丽莎。卞丽莎是百通银行的董事长。

百通银行？汤公雨猛然想起英文《天津泰晤士报》曾经刊发消息说天津几大金融家对岌岌可危的百通银行虎视眈眈，意欲兼并。

前厅小姐见汤公雨思索起来，又补充一句说："你知道百通银行遇到了麻烦吧？"

汤公雨故作高深："难道还会倒闭啊？"

"八九不离十。"前厅小姐说罢朝着汤公雨咧开红嘴唇，笑了笑。

走出回力球场前厅，汤公雨暗暗感慨，华界的天地太小了，只能养活小虫儿小鸟儿小鱼儿小虾儿。他知道自己应当离开华界的正兴旅馆而搬入英租界高级饭店居住，尽管那里花销很大。

咬了咬牙，他选中当年孙中山先生北上途中曾经居住的利顺德大饭店。

13

卞丽莎午夜时分接到意租界回力球场经纪人帕努里奇的电话，说球手保罗当晚八点钟在万国电影院包厢里割腕自杀。由于卞丽莎女士是球手保罗的最大投注者，帕努里奇连夜通知她以免蒙受更大损失。卞丽莎含着眼泪告诉帕努里奇，保罗是她赌场获胜的最后寄托。帕努里奇表示同情，说意租界回力球场还有更多球手供她选择。卞丽莎说回力球场只有一个保罗，可惜已经死了。放下电话卞丽莎大声尖叫着，吓得女佣跑上楼来，不知所措。这位破产在即的百通银行董事长赤着双脚冲向阳台，一个趔趄跌倒在花架前，撞破额头昏了过去。

汉森医生赶到德寿别墅，卞丽莎已经苏醒。她定定注视着面前这位德籍著名大夫，想起自己的亡夫，轻声问道："如果查理还活着，百通银行一定不会倒闭吧？"

汉森生性耿直，不苟言笑。他洗净伤口，敷药，然后在她额头裹好绷带。之后他测血压，听心肺，面无表情说道："如果查理活着，他绝不允许你嗜赌成性。丽莎,你的失败不是一个金融家的失败,而是一个赌徒的失败!"

卞丽莎笑了:"你不愧是查理生前最好的朋友!"

"你需要休息。"汉森看着卞丽莎服下镇静剂,说明天上午再来,就告辞了。

服了镇静剂,卞丽莎还是一夜未眠。清晨,床头的电话铃响了。

从来没人在这个时间里给卞丽莎打电话。她有气无力拿起听筒。从远处飘来男人的声音,说的是英语,先问早安,然后说请卞丽莎董事长接电话。

她听出对方英语里浓重的日本语音,立即想起意租界回力球场休息室里的那位男士,脱口说道:"我还没有开办英语训练班。如果我开办英语训练班,一定会在报纸上刊登广告的……"说罢,她随手放下电话。

电话铃又响了。卞丽莎懒得接。她躺在床上,目光定定注视着天花板。

电话铃依然响着。卞丽莎叹了口气,只得再次拿起听筒。这次是汉森。汉森医生直言不讳告诉她,《金融早报》发布综合消息,百通银行已在倒闭之列。卞丽莎听罢默然。电话里的汉森随即下达医嘱,患者卞丽莎的镇静剂由每日二次每次一片增至每日三次每次两片。

卞丽莎放下电话,嘤嘤哭了。

上午九点钟,汤公雨再度打来电话。这次他在电话里说的是中国话。首先他自报家门:赴汤蹈火的汤,天下为公的公,好雨知时节的雨。

卞丽莎重复了一遍:"汤——公——雨",觉得这个名字老气横秋的。她也改说中国话,问他有什么事情。汤公雨说有要紧的事情。不知为什么,这时候卞丽莎蓦然感到汤公雨说中国话显得深沉而持重。

电话里汤公雨说,关于百通银行的情况他很清楚。同为赌场常客,他对卞丽莎的处境深表关注。既然百通银行的倒闭不可避免,为何不最后一搏呢?汤公雨认为,即使山穷水尽,游戏也要照常进行。

"游戏"二字吸引了卞丽莎。她问:"最后一搏是什么游戏?"

汤公雨说选一个大题目,赌一赌。最后的赌博往往是最为精彩的。

困境之中的卞丽莎兴奋起来:"你接着说!"

汤公雨就接着说。他首先确定赌金:十万元。然后谈到赌题。电话里卞丽莎打断汤公雨的话,大声问他赌金到底是多少。汤公雨重复了一遍:十万元。

卞丽莎自言自语:"十万元……?"

汤公雨说:"其实这个数目并不太大,您在回力球场押宝,哪次不是十万八万的筹码啊?"

昨日风光不再。十万元对卞丽莎来说已经是浩大数字了。同时她也对汤公雨的财力感到怀疑。汤公雨直言相告,自己的十万元赌金乃是俄国道胜银行的贷款。汤公雨的坦率,一下子使卞丽莎对他充满好感。她深入问道:"你设的什么赌题?"

"请您不要介意,我押的赌题其实很大……"电话里的汤公雨欲言又止。

卞丽莎毕竟是上流社会女士,温文尔雅道:"洗耳恭听。"

汤公雨说了声对不起:"我押宝,三日之内您的乳房消失。"

卞丽莎毫无思想准备,怔了怔,随即爆发:"放肆!您太放肆啦!"之后她改用英语大声喊道,"荒唐! 真是荒唐……! "

汤公雨心平气和:"对不起。如果这个赌题伤害了您的尊严,这并不是我的本意。我向您道歉。您想一想吧,既然您认为这个赌题十分荒唐,恰恰说明您轻而易举就能赢得十万元赌金。您何乐而不为呢?如果您接受这个赌题,请打电话给我。我住在英租界利顺德大饭店二十六号房间。再见。"

放下电话,卞丽莎躺在床上自言自语:"不可思议,真是不可思议……"她身穿睡袍走到镜前,动手解开胸衣——两只丰硕的乳房陡然而出,灿灿如雪球。

她笑了:"三天之内它就消失啦? 见鬼呢! 汤公雨这不是白白送我十万银元嘛。若真的赢了十万元,我的银根也就松动啦。"

下午两点钟,卞丽莎拨通利顺德大饭店二十六号房间的电话。她告诉汤公雨,下午四点钟将在自己律师聂尔利的陪同下前往利顺德大饭店一楼会客厅,签订赌约。

汤公雨说了声谢谢,然后问道:"您接受这个赌题啦?"

卞丽莎认为,无论输赢,这都是一个空前绝后的赌题。

"您一定不想让报界知道这件事情吧?"汤公雨问道。

卞丽莎说"夜思"。

下午四点钟,卞丽莎率领聂尔利律师按时走进坐落在英租界中央大道上的利顺德大饭店一楼会客厅。西服革履的汤公雨大步走上前来,操着英语表示欢迎。

卞丽莎说:"您的英语仍然夹杂着浓重的日本语音。"

暮色降临的时候,聂尔利律师手捧几经修改终于定稿的赌博协议,要求双方签字画押。

这场关于乳房的赌局,荒诞且有伤风化,必须秘密进行。孰胜孰败,必须选择德高望重的长者现场仲裁,确保公平与公正。因此,卞丽莎反复强调第五款的第二条,终于与汤公雨达成共识。

聂尔利律师大声宣布卞丽莎女士与汤公雨先生达成以下七项条款共十三条内容。

汤公雨将食指竖在唇前:"嘘——,律师先生,请您轻声宣读。"

就这样,一场空前绝后且不为世人所知的赌局,不声不响拉开帷幕。

送走卞丽莎,汤公雨回到自己房间,一连喝了三杯法国香槟酒。想起"卞汤协议"的第五款的第二条,汤公雨就兴奋不已。千载难逢,届时德高望重者将有幸看到卞丽莎女士美丽的乳房。

天色已晚,《国事报》记者骆小山几经周折终于找到利顺德大饭店二十六号房间。这时汤公雨身穿丝绸睡衣正在屋里踱步,一派高等华人的模样。骆小山环视着高贵典雅的房间,心中颇有士别三日的感慨。他鼓起勇气大声问道:"汤先生,你悄儿没声离开华界旅馆住进英租界大饭店,你是不是成心躲着呼老太爷啊?"

汤公雨伸手推了推鼻梁上的金丝眼镜:"住口!现在你就去报告呼大辫子,说明天上午我到府上拜访。"

骆小山悻悻离去。

14

一个阳光灿烂的日子。虽说津门久旱无雨,然而夏日毕竟朝着秋天走去,人们燥热的心情也渐渐趋向清平。正是在这种时候,坐落在英租界约克道上的百通银行悄悄迎来一场堪称男女战争的豪赌。

上午十点钟，身穿米黄色风衣的汤公雨站在歇业在即的百通银行门前，手里拎着一只黑色皮箱，脸上毫无表情。

黑布缠头手提警棒的大胡子印度巡捕，一路走了过去。

汤公雨看了看怀表。

一辆白色小轿车缓缓驶来。远远望去，汤公雨断定呼老太爷到了。耄耋乘汽车，往往不改坐轿的习惯。呼大辫子纵横赌场多年，输在一个"躁"字。如今出行求稳而不求速，乃是人生境界的明证。想到这里，手里拎着黑色皮箱的汤公雨笑了。

黑色皮箱里装着赌金——十万元钞票。

白色小轿车稳稳停在百通银行门前。汤公雨迎上一步，以示敬老。车门打开，没承想从车里走出呼子流。汤公雨颇感意外。

呼子流放下名门大户的架子，主动走上前来与汤公雨握手，郑重其事称他"汤先生"。呼子流表示，自己对赌博毫无兴趣，今天陪同年迈的祖父前来，以尽孝心。汤公雨一眼瞥见呼老太爷坐在车里，心里踏实了。他亲手拉开车门，身穿长袍马褂的呼大辫子脑后拖着那条大清的辫子，手里拎着一支紫藤手杖，颤颤巍巍下了轿车，满脸急不可耐的表情："帽儿戏就免了吧，什么时候开局啊？"

这时候，骆小山乘坐一辆胶皮车匆匆赶来。他满头大汗扑到小汽车前，气喘吁吁问汤公雨今天什么题目。看来骆小山对赌局内幕一无所知。

汤公雨呵呵笑着，并不理睬骆小山。他拱手对呼子流大声说："呼公子您候一候，现在我就陪着呼老太爷进去啦。"

呼子流走到祖父面前："卞丽莎女士天津名媛，您老人家可要……"

呼大辫子脸色一沉："赌乃雅事，我又不是三岁的小孩子！"

骆小山如坠五里雾中，急了："今天到底是谁跟谁赌啊？"

汤公雨朝着马路对面的印度巡捕一招手，操着英语大声说道："这位先生扰乱租界公共秩序，马上送工部局查办！"

大胡子巡捕押着骆小山，大声说："Go！Go！"

骆小山虽然不知内情，还是挣扎着喊道："呼老太爷您万万不可大意啊！"

呼老太爷虽然耳音不灵，还是听清了骆小山的呼喊，哈哈笑着："我就不信今天赢不了汤公雨！"

汤公雨郑重说道："胜败乃赌家常事。"说罢左手拎着黑色皮箱，右手搀着呼老太爷，走进百通银行的大门。

大厅里，卞丽莎的律师聂尔利迎上前来，然后引导着客人走上大理石楼梯。

走上三楼，呼老太爷已是气喘吁吁了。聂尔利律师操着英语对呼大辫子说道："呼老先生果然德高望重啊！"

呼老太爷不知对方所云何意。

聂尔利叩响卞丽莎的会客室。片刻，里面响起悠远而悦耳的女声，说请进。

卞丽莎的会客室很大，使人觉得从前这里是一座图书馆。卞丽莎站在会客室远端，身后墙上是一幅油画。汤公雨只觉得眼前一派苍茫，稳住心神，远远看到卞丽莎身穿一袭黑色长袍，好似修女，又好似为即将倒闭的百通银行服丧。

汤公雨心头一颤。身陷困境的卞丽莎女士若不是为了十万银元，怎能以自己高贵的乳房为题，投入这残酷的赌局呢？

困兽犹斗。

汤公雨伸手指着站在会客厅远端的卞丽莎女士，伏身呼老太爷耳前："你与我押的正是这个题目，您前请吧。"

呼大辫子毕竟久经赌局，颇有大将风度。老人家轻轻哼了一声，便拄着紫藤手杖一步一步朝着卞丽莎走去。他脑后那条古董似的辫子，煞是醒目。

汤公雨看着呼老太爷步履迟缓的背影，心里默默数着：一步两步三步四步……

呼老太爷总共走了二十一步，终于走到卞丽莎面前。

汤公雨屏住呼吸，目不转睛注视着这决战的场面。二十一步之遥，汤公雨目力不及，只能看到卞丽莎的动作而难以看清卞丽莎的神情。

汤公雨闭上眼睛。他知道依照"卞汤协议"第五款第二条规定，卞丽莎女士应当亮出两只鲜活的乳房，请"德高望重的长者"现场仲裁。

果然，卞丽莎缓缓敞开黑色长袍的衣襟——两只挺拔高耸的乳房脱颖而出。呼老太爷面前立即泛起一派耀眼的雪白。

卞丽莎女士的乳房，当然没有消失。

空气与时光，似乎都凝固了。

呼老太爷定定注视着面前的景致，然后轻轻叹了一口气，缓缓转身拄着手杖一步一步走了回来。

走到汤公雨面前，呼老太爷压低声音说："我输了。"说罢径直走出会客室大门。

远处的灿灿白光已然消逝。卞丽莎女士一袭黑袍站在会客室远端，身后油画依然。汤公雨手里拎着一只黑色皮箱，一步一步朝前走去。

他心里数着，走了十五步就来到卞丽莎面前。

卞丽莎面色惨白，好像一个失血的病人。

汤公雨弓身将装有十万元现钞的黑色皮箱放在女士脚下："我输了。"

"您确实输了。这本来就是一个不该成立的赌题，乳房消失？真是荒唐。"卞丽莎女士获胜之后，心情并不平静。

汤公雨不动声色："是啊，我也知道这是一个荒唐的赌题。"

卞丽莎露出疑色："汤先生，您是成心将这十万块钱输给我的吧？"

汤公雨冷笑了："身为赌徒我怎么能成心输给您十万块钱呢？我可从来就不是慈善家啊！"

卞丽莎表情茫然。

"我可以吻您的手吗？"汤公雨突然问道。

卞丽莎笑了，递上右手。汤公雨行吻手礼，样子十分笨拙，然后他告辞说："我的英语恐怕很难清除日本语音啦。"

卞丽莎心情极其复杂："幸亏今天赢了你这十万元，否则我只能去开办英语训练班啦。"

走出百通银行大门，汤公雨看到呼老太爷坐在小汽车里，闭目养神。这就是超级赌徒的风度。汤公雨顿时心生敬意。这时呼子流先生从车里拎出两只黑色皮箱，递给获胜者。

汤公雨不言不语从呼子流手里接过沉甸甸的皮箱，一左一右拎在手里，显出教书先生手无缚鸡之力的本相。这两只皮箱里装着获胜赌金：二十万元现钞。

呼子流大发感慨："我祖父真的看到了卞丽莎女士的乳房。他老人家输给你了，输得无话可说。汤先生我怎么也不会相信今天你能胜赌，可偏偏你就胜了。"

胖胖达达的汤公雨拉开车门问道："不知道呼老太爷是不是尽兴啦？"

德高望重的呼老太爷端坐车中："真山真水真风景啊。"

呼子流钻进白色小汽车，疾驶而去。

汤公雨望着远去的尘烟，笑了。

前天上午，他只身前往东门里大街那座深宅大院，晋见呼大辫子。此公坐在太师椅上，印堂发暗。汤公雨知道，烟鬼犯了烟瘾，打蔫儿。赌徒犯了赌瘾，没药能治。他趋身给德高望重的呼老太爷请安："您知道天津百通银行董事长卞丽莎女士吗？"

呼大辫子有气无力说："十天之内你拿不出大题目，我马上送你进警察局！"

"不用十天。三天之内我就让您亲眼看到卞丽莎女士的两只乳房……"

呼大辫子双目圆睁："胡说八道！"

"您不是让我拿出大题目吗？这就是大题目啊。"

"你这是满嘴跑火车啊！"呼大辫子猛地站起身来，"我赌了几十年，从没见过这样的大题目。光天化日啊你敢赌天津名媛的两只奶子啊？"

汤公雨郑重说道："赌局无戏言。我真的能让您在百通银行会客室里从从容容看到她向您老人家亮出两只乳房。"

呼大辫子连声喊好。

汤公雨说："这么大的题目您押多少码子？"

"二十万元！"呼大辫子果然豪赌，当场立了赌据。

今天，呼大辫子在百通银行会客室里果然见到卞丽莎女士两只鲜活的乳房，随即认输。老人家当场撂下二十万元赌金，一溜烟儿打道回府了。

这就是老一辈的天津卫赌徒，绝无滚赌恶习。

此时，汤公雨拎着两只黑色皮箱，去意彷徨。输给卞丽莎女士十万元，同时从呼老太爷手里赢了二十万元。十万元贷款还给俄国道胜银行。净赚的十万元现钞怎么安排呢？汤公雨从来不曾拥有这么多钞票。

不知为什么，此时汤公雨想起了因赌而丧命的四喜。

15

日文报纸《天津朝日新闻》报道了汤公雨胜赌的消息，记叙周详引人入胜。汤公雨不懂日文也见不到日文报纸，对此全然不知。恩师吴有为先生读罢这则报道，不禁怒发冲冠，认为汤公雨由赌雨而赌乳房，已然在赌徒道路上越走越远，无药可救。

恩师的女儿吴晓玉只身找到利顺德大饭店，悄悄将《天津朝日新闻》上关于"乳房之赌"的日文消息，告诉了汤公雨。汤公雨也告诉晓玉，这几天就搬出利顺德大饭店，换个地方住。

汤公雨蓦地满面涨红，突然结巴起来。他说自己终于有了钱，衣食无虞了。他伸手拉住晓玉的袖口，向她求婚。

吴晓玉说了声你是赌徒，哭哭啼啼跑走了。

我不是赌徒，我也不是教书匠，我只是喜欢租界，有了钱我要做个租界绅士。当天下午，这位拥有十万元积蓄的新进绅士退了利顺德大饭店的房间，前往小白楼的"圣彼得堡"寻开心去了。

接待汤公雨的白俄妓女名叫萨拉。萨拉身高体胖，酒量能抵十个中国嫖客。东亚病夫汤公雨只得改喝俄国茶。俄国茶很烫，汤公雨伤了舌头，嫖兴大减。他扔下几张钞票，走出"圣彼得堡"大门。

门前停着一辆黑色小轿车。两个身穿藏蓝西服的男人，一高一矮迎面走来。

高个子男人操着英语说："汤公雨先生我们在这里等候多时啦。"

矮个子男人也操着英语说："我们专程前来请您到金山会馆喝酒。"

汤公雨从他们蹩脚的英语里听出浓重的日本口音，就说："多谢二位好意。咱们后会有期吧。"

高个子男人突然改说半生不熟的中国话："恭敬不如从命。请您上车吧汤先生。"

两个来历不明的男人挟持着天津打赌大王，坐进黑色小轿车。汤公雨感到对方膂力过人，知道今天遇到了麻烦。

你们是日本人吧？我打赌你们是日本人。汤公雨身陷囹圄不知愁滋味，居然大声邀赌。

车上无人理睬这个可笑的赌局。

黑色小轿车一路疾驶，来到坐落在宫岛街上的金山会馆门前。汤公雨走出汽车，看出这里属于日租界的地盘，一惊，转身撒腿就跑。

他不知身后无人追赶，使出平生气力沿着宫岛街向西快步奔去。他心里明白，只要一直向西就是华界地盘。他一路狂奔，肺里拉着风箱，终于跑近宫岛街尽头，远远看见一排铁蒺藜横在街口——这是日租界的路卡。

越过路卡，那边的空场就是华界了。

汤公雨上气不接下气跑向路卡。身穿黄呢军装的日本士兵，手持上了刺刀的三八大盖儿，满脸杀气。

"让、让、让我过去……"他气喘吁吁指着铁蒺藜路障，"我、我要回家！"

只有在这种时候，汤公雨才强烈感到华界是自己的家园。

日本士兵猛然伸出刺刀，在他脸前使劲晃着，嘴里发出狠声咒骂。

汤公雨自知难逃罗网，小声嘟哝起来："东瀛小岛，弹丸之地，徐福后代，你抖哪家子威风啊？"

那辆黑色小轿车缓缓追将上来，稳稳当当停在日租界路卡检查站门前。车里走出一个中等身材西服革履的秃顶男子。他三十多岁模样，身着便装却透出军人气质。

汤公雨跑得浑身冒汗，脱了西装上衣，气喘不止。他抬头看到小汽车里走出这个陌生角色，怔了。

秃顶男子步履稳健走到汤公雨面前，目光炯炯："我真没想到汤先生您还是个长跑爱好者啊。"

汤公雨尴尬，一时不知如何回答，就顺水推舟说："我还是没能跑过终点啊。"

秃顶男子哈哈大笑，指了指日租界路卡检查站大门，邀请汤公雨会客室里叙谈。汤公雨不敢违命,客随主便了。

会客室其实是审讯室。汤公雨坐在临时摆设的沙发上,心里翻开了账本儿。回忆过去时光,十年读书教书生涯从来不曾与日本人发生龃龉。今日之事不知对方意欲何为。

秃顶男子见汤公雨落座,就倒背双手在会客室里踱步。他主动介绍自己,姓黄名天民,嗜赌。汤公雨知道"黄天民"肯定是个化名。这位"黄天民"自称嗜赌,汤公雨则深信不疑。因为他从对方的目光深处分明看到了赌场硝烟。赌徒看到赌场硝烟,汤公雨心里踏实了。兴师动众将我劫持到这里不就是为了聚赌吗?那就赌一赌吧。这时,黄天民推开会客室的窗子,指着横在宫岛街口的铁蒺藜路障说这里就是日中分界线——西边是日本租界地,楼房林立,街道整洁,树木成荫,到处显现出人类社会的高度文明。东边是中国管辖地,民居低矮散乱,地面坑洼不平,治安混乱不堪,多年形成民不聊生的"三不管"地带。日中分界咫尺之间,居然天壤之别。

汤公雨用心听着,以为大日本帝国有意修改《马关条约》,连忙起身作揖说公雨一介草民不敢涉足国家大事。这时黄天民终于露出笑容——却是轻蔑的冷笑。对方轻蔑的冷笑使汤公雨受到强烈刺激。

"汤先生不要害怕。今天我请您前来不为公干,只是私事而已。"黄天民的中国话十分地道,略带东北口音,"您的事儿我都知道,在华界跟曹氏赌雨,大获全胜,在租界跟呼氏赌乳房,又大获全胜,不愧人称打赌大王。我呢,久慕大名,不揣浅陋,今天也想跟汤先生赌一赌。不知您赏不赏光啊?"

汤公雨低头想了想,抬头问黄天民赌题。黄天民突然变得和颜悦色,指着窗外大街口的铁蒺藜路障说:"小题目。"说罢轻轻击掌,一个文牍模样的小伙儿端着木盘走了进来。

日本人真是讲究情致。黄天民动手掀去覆盖在木盘上的红绸,汤公雨看到木盘里摆着两张中国宣纸。这是事先写好的赌据,一式两份。赵体,书法颇见功力。汤公雨手捧赌据,看着看着就冒了冷汗。他抬头看着黄天民:"老天爷,这是小题目啊?"

黄天民终于露出难以掩饰的武士道精神:"在我们大和民族的赌场上这只能称为小题目。汤先生虽然久经赌场,毕竟是支那人。这个题目让您受惊啦。"

汤公雨不顾对方的揶揄，企图突出重围："长官，这赌局我还是放弃吧……"

"汤先生请您不要叫我长官。"黄天民踱来踱去说，"我与你设题押赌，无论输赢都属于民间私事，您何必大惊小怪呢？"

民间私事？黄天民这句话点燃了汤公雨心底怒火："妈的，你要把日租界的界标往中国地界入侵八十码，还说这是民间私事！"心里这样想着，表面却不敢发作，他满脸堆笑说道："对不起，我不想承应您这个赌题。您让我回家吧。"

黄天民脸色阴沉露出凶相："回家？俗话说识时务者为俊杰。汤先生若想回家，必须承应这个赌题！"

汤公雨起身看了看窗外，越过铁蒺藜路障，就是华界地方。然而如果拒绝在赌据上签字，自己的性命必然留在日租界，成为冤鬼。日本宪兵杀人手段极其残忍。据说海河上的浮尸，十有八九死于日本刀下。

"我只给你十分钟考虑时间。"黄天民看到汤公雨犹豫不前，说罢起身大步走出会客室。

汤公雨闭目养神，心里拨拉着算盘珠子。黄天民究竟何许人也？听其言谈观其举止，此公绝非寻常人物。睁开眼睛看了看木盘里一式两份的赌据，超级赌徒汤公雨终于明白了"大题目"的分量。以前大获全胜的赌雨啊赌乳房啊，与日本人的一纸赌据相比通通不足挂齿。黄天民的赌据看似写得曲里拐弯，实则重若千钧。

　　甲方：大日本国驻华(天津)居民黄天民先生
　　乙方：中华民国天津特别市居民汤公雨先生

　　赌题：西历一九三一年十月十四日早八时起，大日本国天津租界西部边廓(即宫岛街西口)之界标(即铁蒺藜路障)向西(即中国地界)开注地带推进八十码，至当日晚八时止。此间为规定时间。
　　赌标及赌注：甲方押注，在规定时间内无人(中国人)敢于逾越界标。
　　乙方押注，在规定时间内有人(中国人)敢于逾越界标。

赌金计为中国银元十万元整。

甲方声明：孰胜孰负以现场实际情况为证。

乙方声明：孰胜孰负以现场实际情况为证。

日本（天津）金山株式会社担任现场仲裁。

汤公雨知道这个强加的赌局肯定无法躲避了。是福不是祸，是祸躲不过。古有晋文公退避三舍，今有汤公雨得过且过。想到光棍不吃眼前亏的江湖哲学，他也就无畏了，伸手抄起桌上毛笔，在一式两份的赌据上签上"汤公雨"三个字。

黄天民走了进来，拿起赌据看了看，然后轻声说："汤桑，现在您可以走啦。"

汤公雨获释之后立即得寸进尺："黄天民先生，我若获胜您要是死不给钱，我也没有办法啊！"

黄天民冷笑了："这是中国赌徒的逻辑。您为什么不做失败的打算呢？"

汤公雨不卑不亢："赌场无常，不以纣存，不以桀亡。"

黄天民号称中国通，却不懂得这个典故。

16

首先是《国民新闻报》捅出这个爆炸性新闻，之后华界报纸争相报道打赌大王汤公雨与驻华日人黄天民设局押赌的消息。尤其是发行量颇大的《小公报》明确指出化名黄天民者，正是日本华北驻屯军特务机关长官土肥原贤二。一时间惊动了中国当局。天津驻军最高长官兼天津特别市市长萧学忠将军指出，日军侵华野心蓄谋已久，此次边界设赌居心险恶，用意不言自明。

消息传开，天津华界赌场总共三百六十八家，一夜之间通通关门歇业。天津华界的赌徒深知倭寇厉害，纷纷采取"惹不起，躲得起"的战术，效法姜维避祸，唯恐沾惹麻烦。于是汤公雨成了人人避之的瘟疫。天津警察局则接受萧学忠将军指示，派出警员三十名寻访事主。大海捞针走遍大街小巷，就是不见汤公雨的踪影。

这时，萧学忠将军突然接到汤公雨的电话。这位新闻人物显得心惊胆战，电话里反复声明自己是在日方威逼之下签署赌约，无辜又无奈。萧学忠将军命令他立即前往警察局自首。汤公雨磨磨唧唧撂了电话。

一天过去了，不见汤公雨前来自首。此时《九河时报》发表最新消息：汤公雨先生与卞丽莎女士再度签署赌约，双方认定在所谓"规定时间"内有人（中国人）敢于逾越日方在中国地界所设路障。汤公雨押注，逾越者为身着西服之男性国民；卞丽莎押注，逾越者为身着华服之男性国民。至于双方此番究竟投入多少赌金，不详。

沉寂数日的赌市，一下就被激活了。终日躲灾避祸的天津卫赌徒们，如沐春风。《国民新闻报》又发表消息称，德高望重的赌坛长者"呼大辫子"不甘人后，已明确表示愿借此机会与汤公雨小题目交手，再决高低。

曹四公子终于露面，通过《国事报》表示，愿意追加赌金十万元跟汤公雨押注。

乱了。这局面，正是天津赌场多年未见的"连环赌"。一个大题目怀孕，分娩几个小题目；一个大赌局发芽，枝枝蔓蔓生出许多小赌局。这好似孙悟空拔了一根毫毛，噗地一吹便生出漫天遍地的小猴儿，四处乱跑。天津的"连环赌"好生了得，有道是忽如一夜春风来，千家万户赌局开。

南开中学及直隶女子师范学校学生上街游行，抗议日方以民间聚赌名义，预谋扩展日本租界侵占中国领土。同时，游行学生向市井赌徒发出呼吁，切莫拜金，人生自重，勿忘国格。

事情终于闹大了。

日文版《天津朝日新闻》立即发表记者署名文章，声称近日采访华北驻屯军有关人士，均否认"黄天民"系土肥原贤二的中文化名。由此完全可以认定，"黄汤赌约"纯属民间行为，与日本官方无涉。

汤公雨与土肥原贤二的赌局定在十月十四日，时光迫在眉睫。天津军政当局慌了手脚，萧学忠将军急电中央政府，同时命令毗邻日本租界的警备部队进入紧急状态。

中央政府当夜发来电令："日方倘若挑动租界流血事件，我方应保持十二分克制态度。日方非大举进犯，我方不允开枪还击"。萧学忠将军凌晨时分赶往华界与日租界的交界地带,命令驻守士兵子弹退膛,后退五百码待命。

天色渐亮,萧将军抬眼望去,立即被晨曦之中的景象所惊呆。距离"中日边界"三百码的狭长地带,兀地冒出一座座草棚子,绵绵密密挤挤杂杂,很像一个大村庄。行伍出身的萧学忠大惑不解,立即策马向前。

这是夜间形成的一个"村庄"。一座座棚子里聚集着一群群赌徒,足有四五百人。他们摆局设注,押赌的题目虽然五花八门,但是都与"中日边界"有关。

骆小山的棚子里押的题目是:敢于逾越路障的男子年纪在二十八岁到三十一岁之间。赌金十二块银元。这里押赌的随从,已达三十多人。

狗滥儿的棚子里押的题目是:敢于逾越路障的男子身高在五尺二寸到五尺四寸之间。赌金三块银元。十几个穷汉聚在这里等候开局。

有押来者穿皮鞋的,也有押来者扎腰带的;有押来者戴帽子的,还有押来者剃光头的;当然更有押没有来者的……人生大赌场啊。一座棚子连着一座棚子,一望无边。一群赌徒押着一个题目,争论不休。面对赌徒们的战场,萧学忠将军无话可说,策马跑回临时指挥所。战争的气氛,渐渐浓烈了。

早晨八点钟,萧学忠将军在望远镜里看到八个身穿黄呢军装的日本士兵抬着铁蒺藜路障走出宫岛街西口,越过"中日边界"大步迈进华界地盘。十码,二十码,三十码……到达八十码地方,日本士兵放下铁蒺藜路障,列队返回日租界。一个身穿黑色西装的男子站在日方检查所门前。萧将军从望远镜里认出,这就是化名"黄天民"的日本华北驻屯军特务机关长土肥原贤二。

日本军队持枪荷弹,侵入华界;中国百姓棚下聚赌,百无聊赖。萧将军想起这场大赌博的元凶汤公雨,心中不禁怒火难捺。

来自中新学校的一群女学生气喘吁吁跑向中国军队临时指挥所。她们手中的小旗子上写着"打倒列强",口中高呼"日本军队滚回去"的口号,朝前冲去。萧学忠将军命令警卫连将这群女学生轰进临时指挥所,保护起来。女学生们高声朗诵文天祥的诗句,号啕大哭起来。警卫连长大声喊道:"傻了吧唧的学生们啊,日本兵会开枪打死你们的!"

这一群女学生的领队竟是吴晓玉,这位女教师大声哭道:"即使摆满铁蒺藜路障,那里也是我们中国的土地,为什么就没有中国人敢于行走呢?真是可悲可叹啊！"

此时，谁也不会知道日本特务机关长土肥原贤二挖空心思策划这场"边界赌局"完全是为了转移视线——大清逊帝溥仪上午十时将离开张园被日本宪兵秘密送往塘沽码头登轮驶向大连，然后转道"满州国"登基。

"中日边界"静悄悄——杳无人迹。

又赶来一群汇文中学的男学生。他们血气方刚，满腔悲愤，高声喊叫着向日租界方向冲去。全副武装的中国军队手持刺刀将他们团团包围，动弹不得。这群男学生纷纷咬破手指，在衣裳上写着血书。

"中日边界"仍然静悄悄，就连小鸟儿也不见飞过一只。

正午时分，棚下聚赌的老少爷儿们骚动起来——他们对这种静若死水的局面感到难以忍受。如此下去，赌局何时出现结果呢？

赌徒们开始咒骂汤公雨，偶尔也有人咒骂"黄天民"——但绝大多数人并不知道此公就是华北驻屯军特务机关长土肥原贤二。此时，站在日租界路卡检查站门前的土肥原贤二踌躇满志，同时心中充满对中国的蔑视。那一群赌徒面对日本路障向华界纵深推进八十码的局面居然无动于衷，关心的只是银元的输赢。汤公雨啊汤公雨，作为中国人此番你必败无疑了。

中新学校的女学生与汇文中学的男学生聚集在一起，高声喊着口号。过午的阳光照耀着他们激愤而困惑的面孔，同时也照耀着脸色铁青神情淡漠的赌徒们。

规定时间内没有中国人敢于逾越界标。莫非土肥原贤二此番真的要大获全胜吗？

这时候，一个人影儿突然出现，仿佛从天而降。强烈的阳光下，人们渐渐看清这是个男人。他快步朝着日军摆放的铁蒺藜奔去。天地之间蓦然静穆，没有喝彩，也没有欢呼，人们甚至没有发出一声惊叹。此时，中国人的目光定定注视着他，日本人的目光定定注视着他。一只落在铁蒺藜上的小鸟儿，也眨着好奇的目光注视着他。

他的腰脚似乎天生就不灵活，跨过铁蒺藜路障的时候他的动作显得笨拙。越过路障他继续朝前奔去。

这里永远是中国的土地。

冷血动物土肥原贤二大惊失色,不由啊了一声。他看到对方越跑越近,穿蓝色西装戴紫色领带,黑色头发在太阳照耀下闪烁着缎子般光泽。

老谋深算的土肥原贤二始料不及,脸色蓦然变得铁青。他从不承认中国人具有血性,他甚至认为中国人已经彻底丧失活力。此情此景,却令他无话可说。

阳光强烈。土肥原贤二眯着眼睛,朝身后的狙击手挥了挥手,枪就响了。枪声穿过阳光,射向紫色领带。紫色瞬间变成红色。

他捂着蓝色西装胸前涌出的鲜血,望着土肥原贤二喃喃说道:"Japanese,你……输啦!"面无表情的土肥原贤二仿佛听到了这句话,远远朝着他点了点头。

勇敢的人就这样倒下了,似乎意犹未尽。他含在嘴里的最后遗言已然无法说出,但他留有遗书。

汤公雨的遗书很短。他说我是赌棍,我殉了。这次获胜赌金我全部赠给恩师吴有为以及莫晓玉。他还在遗书中嘱咐狗滥儿,年年清明勿忘焚烧纸钱,告慰四喜亡灵。他承认,自己跟四喜押赌时,多次使用了手彩儿。

汤公雨就是这样一个赌者。

作者附记: 吴晓玉终身未婚,著有《天津近代赌博史》遗稿三卷。该书洋洋二十八万言,为卞丽莎、呼大辫子、曹四公子以及四喜诸人设立小传,却只字未提汤公雨其人。这可能是吴晓玉对汤公雨的真正纪念吧。

香水·毒药

香 水

　　商晓亭还是喜欢学生装束的,白衬衣,灰西裤,黑皮鞋,外面穿一件蓝大褂儿。一路行走,意气风发,神采飞扬。大褂儿在北京天津叫大褂儿,上海则叫长衫。商晓亭去年专程坐火车走津浦路到上海去听麒麟童的戏,因此懂了几句上海话。譬如长衫就是。麒麟童先生的戏,风格奇特号称外江派,很有观众,就连给他挎刀的配角刘斌昆先生的表演,也给商晓亭留下深刻印象。从上海回到天津,仁记洋行职员商晓亭先生辞职下海从艺,搭班国风社挂二牌小生,偶尔反串青衣。无论生旦净末丑只要你是票友,那么贴演出戏报的时候,名字后面必须添一"君"字,尊称商晓亭君,票友一下海就不一样了,再贴演出戏报那"君"字没了,光杆儿三个字"商晓亭"。他只得自我解嘲说,没了君字,我就成了小人了。《论语》说,"唯女子与小人为难养也。"这是圣人言。

　　什么难养好养,只要自己养活自己就行。好在商晓亭下海唱戏成了"角儿",人称商小老板。尤其他一双神采奕奕的眼睛,无论扮成《金玉奴》里的莫稽或者《西厢记》里的张生,还是扮成《奇双会》里的赵宠或者《状元谱》里的陈大官,即使反串一把青衣也往往一下便被本埠戏迷们认出。因此,只要上街商晓亭那是必须佩戴墨镜的。可是,他酷爱学生装束却配以墨镜,就显得不伦不类了。在天津这地方墨镜往往属于青皮和侦缉队。就这样,鱼和熊掌变成了学生装束与墨镜,同样不可兼得。这无法调和的矛盾使得商晓亭先生颇感为难。

人生在世,有经有权。对商晓亭来说这身学生装束乃是经常之理,一时难以改变,墨镜当属权宜之计。这一经一权,他自然放弃墨镜,一身学生装束信步行走在大街上,文明而潇洒,似乎一步回到了令人怀念的学生时代。他上学的时候最喜欢的课程就是英语。他觉得一群中国人哇啦哇啦一起讲着外国话,真是太有意思了。据同一寝室的同学说,他睡觉说梦话,有时也讲英语。

往事如烟。商晓亭拐进一条小马路,从小说家刘云若先生的四合院门前走过去,不由想起《红杏出墙记》,觉得这书名取得很好。一枝红杏已然招摇得很了,还偏偏出了墙。人世间景色被小说家们弄得百花吐艳随即无情凋谢。出了"红杏"又添了"秋海棠",好像还有"玉娇梨"什么的。有时候商晓亭认为自己最终喜欢上了香水儿,恰恰与阅读这样的小说有关。

这时,他看见小马路迎面走来一个戴墨镜的男子,便暗暗笑了。我不戴墨镜但不能反对别人戴墨镜,这就是己所不欲勿施于人的道理吧。

戴墨镜的男子大步走上前来叫了一声商小老板,然后转身指着前面说,百货公司专门派人给您送香水儿来了。商晓亭听罢抬头朝前望去,果然小街远处有人走来。

说起香水儿,商晓亭顿时兴奋起来,快步朝前迎去。他的喜欢香水儿,似乎已经不是什么秘密了,戏迷们好像也知道他喜欢香水儿。可商小老板到底喜欢什么品牌,却无人知晓了。因为就连商晓亭也不晓得自己究竟喜欢哪种香水儿。当然是说男士香水儿。

商晓亭早年就读于私立南开中学,毕业之后进入洋行做事。那时候商晓亭一迷京戏二迷香水儿。正式下海唱了京戏,就光剩下迷香水儿了。他不好意思告诉别人,如今香水儿已然成了他的唯一信仰。

这条小马路上,一个戴巴拿马草帽儿的男人迎面走来。愈走愈近突然举起手里的纸包儿向着商晓亭的脑袋狠狠打来。只听到嘭的一声纸包迸裂——

商晓亭满脸白色粉末。他伸出双手捂住眼睛，不由得发出一声尖叫，这完全不是名角儿唱戏的嗓音。他疼痛难忍倒在地上，翻滚着。这时他听见有人大声喊叫，说这是毁容啊，这是毁容啊。

毁容啊？商晓亭心里倏地明白了。

有人端起一只盆子，二话不说冲上前来就要往商晓亭脸上泼水。不知从哪里跳出一个人来。抢在泼水之前一掌打翻了水盆，拉起商晓亭起身就走。

眼睛、鼻孔、嘴巴泛起一阵阵难以忍受的灼热，仿佛一支支钢针刺进皮肤。商晓亭疼得睁不开眼睛迈不开步子。这人猫腰背起他，一路快步行走，这足以使人想起《三侠五义》里的展雄飞。

小马路左侧开着一间馒头铺，一个小伙计正在用力和面。这人立即放下商晓亭，迈开大步冲进馒头铺伸手从案板上揪了一大块面团儿，返身走出将这块儿面团揯在商晓亭的脸上，动手反复揉搓起来。这人一边揉着面团一边说，这是烈性生石灰啊，它只要遇水就放出极大热量，非把你这脸庞烧烂不可啊。

这人就这样揉啊搓啊，一块面团儿竟然从商晓亭的脸上沾出一层层白色粉末——这都是烈性生石灰。这人继续说，我看见一个人要朝你脸上泼水，那一定是居心不良啊。

商晓亭强忍着疼痛睁开眼睛，一眼看到救命恩人居然是一位身材修长面孔清瘦的老先生，而且也穿着一件蓝布大褂儿。

馒头铺隔壁是一家理发所。这位身穿蓝布大褂儿的老先生借了一张椅子请商晓亭落座，然后走进对面一家油盐店，随即端出一大碗紫酱，就是北京人吃烤鸭佐餐的甜面酱。

老先生乐呵呵的样子，似乎经历了一场游戏而已。他站在商晓亭的身后将一大碗甜面酱浇在这位京戏名角儿的脑袋上。一股股甜面酱朝下流淌着，样子怪怪的。这位身穿蓝布大褂儿老先生继续操作，以甜面酱清洗着商晓亭先生的五官。

生石灰没有遇到水，这真是不幸之中的万幸啊。老先生一边轻轻清洗着一边轻轻说着。

商晓亭点头说是，然后迫切地问道，老先生您为什么救我啊？

嘿嘿,我救你了吗?这位老先生轻轻反问着,伏在商晓亭耳旁说,你应当马上找一家旅馆住下来,懂吗?

商晓亭当然知道自己的安全受到了严重威胁,说去住亚洲旅馆吧。老先生坚决不同意,说必须去住樱花大旅社,因为那里是日本租界,中国凶手不敢贸然进入具有东洋背景的地方。

老先生,您到底是谁啊?商晓亭忍不住问道。

我是我啊。这位老先生从大街上叫来一辆人力车,将商晓亭送到日租界樱花大旅社,住进三楼的一个大套间。樱花大旅社的日本侍应生瞪大眼睛看着满脸糊着甜面酱的商晓亭,以为这是商家在做巧克力广告。

商晓亭躺在大套间里一张宽大的钢丝床上低声告诉老先生,他身上有钱。老先生笑了笑说,我当然知道你身上有钱。

可我还至今不知道您是谁啊!你一定知道我是谁吧?

老先生或许对他的身世了如指掌,也或许对他的身世毫无兴趣,总之老先生没有承接这个话题,只是轻轻拍了拍他肩膀说,你就这样躺着吧,什么时候你满脑袋的甜面酱变干了,你什么时候吃东西。你还是吃馒头吧,软和。你不能喝水,一喝水,你的嗓子就烧哑了。你不能哭,一流泪你的眼睛就烧坏了。你不能流鼻涕,一流鼻涕你的鼻道就烧伤了。我担心你喉咙里眼睑里鼻孔里还残存着生石灰,那东西一遇水汽必然伤人的。我说的话你记住了吧?

商晓亭说记住了,不能喝水不能哭泣不能咳嗽不能喊叫,这就是要我灭绝七情六欲啊。

老先生听罢,嘿嘿笑了两声却没有说话。

他意识到这位老先生即将告辞,而且一去不复返,于是内心伤感了,情不自禁地呜咽起来。老先生我不知道您是谁,可我猜测您一定认识刘宛珍,对吧?

这位老先生根本不予回答,只说了一句我回去啦,起身走了。

商晓亭知道不能以泪水向这位不知名姓的老先生告别,只得抑制着自己情绪,他闭目想象着老先生身穿那件大褂儿的蓝色,侧耳倾听着他离去的脚步声。

老先生走到大套间门口,突然停住了脚步。商晓亭以为他改变了主意,就屏住呼吸等待着老先生说话。

角儿,你用的是什么牌子的香水儿?

这位老先生的声音仿佛从非常遥远的地方传来——穿越了薄薄日光以及厚厚夜色,格外缓慢格外缓慢地传递到商晓亭耳畔。他感到极其惊诧——香水儿?这位老先生竟然提出这样的问题。

他迟迟没有回答。

角儿,你用的是什么牌子的香水儿?商晓亭听到老先生的再次发问。

看起来必须回答了。于是,商晓亭一字一顿回答说,坏男人牌。

老先生听了,不声不响。于是商晓亭又说了一遍。老先生,我用的是坏男人牌香水儿。不过,以后我很可能还要改用别的品牌。

坏男人牌?老先生好像对他的回答非常满意。这时他听到一声门响,老先生转身走了。他静静听着愈去愈远的脚步声,最终归于一派静寂。他心里想象着那位老先生走出樱花大旅社,踏着日租界的水门汀马路,渐渐远去的背影。商晓亭忍住泪水,就这样静静地躺在日租界樱花大旅社三楼大套间里的钢丝床上。

他为嘛问我使用什么牌子的香水儿呢?难道一个男人与另一个男人之间存在着气味方面的缘分?商晓亭这样想着,渐渐睡着了。

一觉醒来已经是第二天了。日本侍应生叩门走进来,操着很不熟练的中国话告诉商晓亭,楼下有客人求见。

自从遭到暗算被人往脸上抛了生石灰,商晓亭心里警惕起来。他下意识地伸手寻摸着防身武器。可是没有武器。这时涂满脸庞的甜面酱已经干涸了。他伸手一块儿一块儿地从脸上揭下甜面酱结成的硬痂,恍然之间以为自己获得了新生。

新生了,商晓亭心里的畏惧减去了几分,他睁开眼睛高声告诉日本侍应生,无论什么客人通通请他们进来吧。日本侍应生去了。商晓亭盘腿打坐,鼓足勇气等待着。

日本侍应生回来了,双手捧着一只小巧玲珑的竹篮儿,不失恭敬地递到商晓亭先生面前。

这是什么东西?商晓亭再度警觉起来,轻声询问着。

日本侍应生回答说,楼下的客人说请把这只小小竹篮转交给您就是啦。

谢谢。商晓亭伸手接过这只小竹篮,一时不知如何是好。日本侍应生鞠了一躬,转身离开房间。

这里头不会装着炸弹吧?商晓亭寻思了一会儿,认为自己小题大做了。我又不是大清朝的摄政王,有人存心杀我也用不着炸弹啊。杀一戏子好比杀一妇人,有一把匕首就办了。《坐楼杀惜》就这样简单。当然,武松杀西门庆就不那么容易了。

渐渐鼓足勇气,他轻轻打开小竹篮儿,看见里面装着四个小馒头,每一个小馒头上都染了一个红点儿,这模样令人想起印度女子。商晓亭先生笑了,心里似乎有了底数。他伸手从小竹篮儿里拿出一个小馒头,轻轻从中间掰开了。

掰开的小馒头从里面露出一张纸条儿,这很像民间传说八月十五杀鞑子。抻出纸条儿商晓亭看到上面写着一句话:都是香水儿惹的祸。

细嚼慢咽吃着小馒头,商晓亭暗暗反省着。一个小馒头伴随着一个男人的反省就这样吃完了。是啊,都是香水儿惹的祸。男士香水儿跟女士香水儿相比,那味道是不一样的。味道不一样,事情还能不露马脚吗?不露马脚那才怪呢。

他轻轻掰开第二个小馒头,里面包藏着的小纸条儿写了这样一句话:你这辈子是唱不了戏啦。他看罢纸条儿连连点头承认说,对,我这辈子是唱不了戏啦。

第三个小馒头包藏的小纸条儿写了这样一行字,内容很是恐怖:你要是想活命,就马上离开天津。

商晓亭先生触电似的站起,甩了甩手不敢触摸余下的第四个小馒头。他恐慌地环视着四周,一眼看见大衣橱敞开着,自己的衣服干干净净地全都挂在里面,地上摆着那双被擦得锃亮的黑色皮鞋。这房间被布置得有条有理有章有法,仿佛是一幕依照剧本经过多次排练的话剧。太可怕了。商晓亭蓦然感到一只无形的大手紧紧攥住自己的心脏,马上涨爆了。

他神情慌张地站在大衣橱前,手忙脚乱地穿着衣服。他从镜子里看到自己的脸庞经过烧伤并没有留下明显疤痕,只是满脸残留着甜面酱味道强烈地刺激着京戏演员的嗅觉,几乎难以容忍。

我应该怎样清除这种难闻的味道呢？这时候商晓亭想起了香水儿。当然是那种他经常使用的坏男人牌香水儿。

没有。除了危险的形势，这里什么都没有，何况香水儿呢。商晓亭伸手抓起那第四个尚未掰开的小馒头，蹑手蹑脚溜出樱花大旅社的房间，下楼走了。

白色衬衣，灰色西裤，黑色皮鞋，外面穿一件蓝布大褂儿。商晓亭依然一身学生装束，沿着日租界小马路行走着。人还是这个人，心情却大不相同了。他看了看手里的小馒头，突然哭了起来。他知道自己此时已经入水出发了，一起一伏地漂流而去。

贯穿天津的海河不声不响地流向东方，那水很深，深而不可测。商晓亭沿着海河堤岸行走着，远远看见了法国桥。法国桥以下的右岸便是著名的英商太古码头。那里停泊着一艘艘轮船。小学生们站在法国桥上远远望去往往认为那是一只只"航模"，坐在教室里有剪刀和糨糊就成了。然而这毕竟是儿童逻辑。商晓亭先生多年之前就不是儿童了，从太古码头乘船他必须购买全票。

既然出门远行，他选择了"芝罘号"客轮。他知道从前的芝罘就是如今的烟台，就如同从前的牛庄就是如今的营口一样。商晓亭认为，乘坐"芝罘号"应当能够到达烟台的。只要离开天津，其实流向什么地方都是一样的。他买了二等舱。

坐在候船室里，一位身穿蓝布大褂儿的中年男子凑上前来，表情颇为神秘说，这位先生，您满脸煞气一定走了背运，我免费奉送您几句话吧。

商晓亭抬头看了看对方的蓝布大褂儿，心里说怎么到处都是身穿蓝布大褂儿的人呢？这人世间好像没了别的颜色。

算命先生继续说，您山根有水，滋润天地，可此乃瓶颈之相啊，瓶颈者，介于凶吉之间也。女子主凶，即凶；女子主吉，就吉。

商晓亭紧紧攥着手里的小馒头，目光紧紧盯视着蓝布大褂儿说，凶，能怎么样，吉，又能怎么样？

算命先生故意制造悬念说，凶亦曲曲折折，吉亦曲曲折折啊！

他拿出那个小馒头突然问算命先生，你能算出它里面包藏着什么秘密吗？

该上船了。

"芝罘号"客轮的二等舱很高级,外面一间小客厅,里面套着一间睡房,还配有洗手间。这格局使得商晓亭想起仁记洋行的大写马尔罗先生的"奥飞斯"。是啊,人世间相似的东西真是太多了。譬如坏男人牌香水儿与好先生牌香水儿,就是这样。

身穿蓝色制服的船长先生专门前来拜访,祝二等舱客人旅途愉快。商晓亭恍然大悟,原来"芝罘号"客轮没有一等舱,他是这艘轮船里最为尊贵的乘客了。他连连对船长表示感谢。这时他终于认识到自己的嗓子已经彻底烧坏了——别说唱戏了,就是沿街叫卖青菜也难以招徕生意。

开船了。

商晓亭洗了洗手。他不敢洗脸,担心用水惹祸,再度引发脸部疼痛。这时"芝罘号"正在调转船头,然后从西向东顺流而下朝着大沽口方向驶去,就出海了。

这一调头,商晓亭一时迷失了方向,错误地认为"芝罘号"逆流而上朝着天津华界方向驶去。他知道这是错觉,就暗暗说服着自己,目光却停留在手里的那个小馒头上。哦,打从走出日租界樱花大旅社我一直把这个小馒头握在手里,一刻不曾放开。

那就掰开它吧。他这样想着他就这样做了,掰开了这个令人放心不下的小馒头。

小馒头里没有纸条儿,却有一团豆沙馅儿。那甜甜的豆沙味道扑面而来,一下引发了京戏演员的食欲。

很甜。商晓亭毫不犹豫就把这个小馒头给吃了——最后一个悬念就这样没了。小馒头顺利进了肚子,他猛地感觉浑身一阵轻松,推门走上了左侧甲板。这时候,行驶在海河主航道上的"芝罘号"已经过了小刘庄浮桥。商晓亭仍然一身学生装束站在左侧甲板上。他站在左侧甲板上看到的当然是左岸风光,可是左岸没有风光,左岸只有麻烦。

一只驳船载着一只大型铁罐,说是搁浅了,就这样挡住了"芝罘号"的水道。船长十分着急,担心涨潮之前赶不到大沽口,便跑到客轮船头大声给驳船上的水手们出主意,说先把大铁罐卸了,驳船自然浮起来了。驳船上的水手们纷纷点头,说货主马上就来了。

商晓亭看到一群搬运社的汉子站在河岸上,嘻嘻哈哈好像是在看戏。一个矮胖矮胖的西洋人跑来了,哇啦哇啦说了一大堆西洋话。无论驳船上还是河岸上,没人懂得。于是那位西洋人愈发着急,指手画脚继续大声说着,好像一只怪鸟啾鸣。商晓亭站在"芝罘号"左甲板上,远远听懂了大意,便操着英语大声应答。那矮矮胖胖的西洋人听到"芝罘号"客轮上有人懂英语,激动得又蹦又跳,小孩子似的。这西洋人不由自主朝前跑了几步,穿着皮鞋站在水里大声邀请说,请那位懂得英语的中国先生担当我的翻译吧。

"芝罘号"船长显然精通英语,沿着左甲板大步走过来笑着赞扬商晓亭说,您的英语讲得真好,这是标准的伦敦口音。

商晓亭毫无思想准备,然而他还是听出了那位西洋人的英语里包含着德国口音。因为仁记洋行的德籍买办施密特先生讲英语就是这种口音。人世间相似的东西真是太多了。譬如施密特与这位矮矮胖胖的西洋人,就是这样。

喂!请那位懂英语的中国先生担当我的翻译吧。那矮矮胖胖的西洋人没有听到"芝罘号"的回应,又焦急地朝着河里走了几步,一眨眼那水便没了膝盖——这虔诚而迫切的心情已经接近自杀地步了。

商晓亭看到这样的场景立即慌了,马上操着英语大声喊道,好啦好啦,那就请您把我接到岸上去吧。

矮矮胖胖的西洋人听罢,站在齐腰的河水里大声欢呼起来。哇,感谢上帝!

"芝罘号"船长颇为惊诧地注视着商晓亭。尊敬的二等舱先生,您真的打算放弃这次旅行啦?

商晓亭露出极其罕见的笑容说,其实这跟二等舱没有关系,我活着就是旅行。

矮矮胖胖的西洋人竟然亲自摆着一条小船儿靠近"芝罘号",操着德国口音的英语大声喊叫着。我的伟大的中国翻译先生,请您沿着软梯下船吧,我是您的仆人!

身穿蓝色制服的"芝罘号"船长告诉商晓亭说,先生,我从福州驾驶学校毕业十八年了,还从来没有见过这样谦卑的德国人。

商晓亭很有感慨地说,因为这个德国人是从大海上漂流来的啊。

身穿蓝色制服的"芝罘号"船长显然不能理解商晓亭说话的含义,主动跟他握了握手然后说后会有期。

是啊,我们后会有期。商晓亭顺着软梯下到小船上。身穿蓝色制服的"芝罘号"船长站在左侧甲板围栏前大声喊道,二等舱先生,您的船票作废啦!

商晓亭站在一起一伏的小船上朝着"芝罘号"挥了挥手,不说话。这时他猛然发现,船长制服的蓝色与自己大褂儿的蓝色,其实是很相似的,只是式样不同而已。

此时,海河水朝着大沽口方向奔流而去,一派讳莫如深的形象。不知道为什么,商晓亭认为自己的漂流已经开始了,尽管去向不定。矮矮胖胖的西洋人则奋力划桨驶向海河左岸,那感恩戴德的表情仿佛驾船前往天堂。

海河不声不响。站在河岸上搬运社的汉子们一个个面无表情地注视着这位从天而降的英语翻译,似乎怀有强烈敌意。

矮矮胖胖的西洋人原来是一个工作狂。他上岸之后一把拉住商晓亭哇啦哇啦说了起来。"芝罘号"呜呜呜了两声汽笛,似乎向二等舱乘客道别,沿着海河主航道驶去了。商晓亭目送着远去的轮船,听着包含着德国口音的英语,连声说"夜"。

这位矮矮胖胖的西洋人乃是德士古洋油公司高级雇员纳森,负责在天津海河左岸田庄附近建立煤油供应站。这只巨型油罐直径六米,横卧长度二十八米。卸船之后这只卧式油罐距离煤油供应站还有半公里路程。当务之急,先卸船。

站在岸边的汉子们都是搬运社工人。为首的中年男子身材削瘦腰板挺拔但目光游离不定,搬运工们都叫他樊大先生。商晓亭立即将纳森先生的卸船命令翻译给这位樊大先生。那位身穿蓝袄蓝裤的樊大先生听罢板着面孔说,那就卸船吧,可卸船之后怎么办呢?

商晓亭将中国人的疑问翻译给德国人。纳森先生根本不予答复,极不耐烦地大声说卸船卸船卸船。

那就卸船吧。樊大先生的面孔好像是黄铜铸的。他指挥着一群搬运工将那只巨型油罐从驳船里卸到岸上,不用机械光凭人力,这难度是很大的。纳森先生的表情也沉重得很。

樊大先生对商晓亭说，请你问问纳森先生还有什么吩咐。商晓亭问了问，然后转告樊大先生。纳森先生一句话就是要求你们马上卸船。

樊大先生指着纳森对商晓亭心平气和地说，请你告诉纳森先生，我们干活儿的时候请他闭嘴不要说话。

这时候，商晓亭突然嗅到一股香水儿的味道。这味道极淡，极悠远，极执拗，若有若无似的。他一时无法判断这究竟是什么品牌，立即环视周围，寻找着香水儿味道的来源。

海河上吹拂着一阵阵清风。这清风吹乱了商晓亭的头发，也吹乱了商晓亭的心情。

樊大先生卸船的方法很别致，他带领搬运汉子们在河畔地方挖出一个并不很深的大坑，然后指挥大家动手铲出一条长长的简易坡道。驳船与河岸平行停靠着，随着波浪一起一伏。樊大先生发力很巧，趁着波涛拍岸之际，嘿哟一声指挥人们一起拉动绳子——只见那只巨型油罐离开驳船沿着长长的坡道，不紧不慢不慌不忙滚动到距离河畔不远的大坑里去了。

德国人看到中国人如此简单便卸了船，伸手朝着樊大先生挑了挑大拇指说了一声好。这个德国人只会说两句中国话，一句是好，一句是不好。这两句话便概括了中国。樊大先生还是毫无表情。他一定认为矮矮胖胖的纳森先生只是一只粗壮的大瓶子而已。人跟大瓶子怎么交流呢，不说话就是了。

樊大先生指着纳森对商晓亭说，你问问纳森先生，这船是卸完了，那一段旱路怎么走哇？

纳森先生叫来一辆四轮"地牛儿"，这就是旱路运输的车辆。樊大先生指挥人们立起"八杆"。"八杆"上安装了滑轮，这就是中国人的起重机了。

"八杆"立起不久，就陷了。海河沿岸的土地都是当年李鸿章的军队疏浚河道吹泥填地形成的软土，根本不能承受重力。这里距离德士古公司的煤油供应站工地，还有一华里。纳森先生看着越陷越深的"八杆"，急得咬牙跺脚，然后哇啦哇啦说了一大堆就连商晓亭也听不懂的外国话。

樊大先生突然激动起来，走上前来指责纳森说，你心烦意躁我们不怪你，可你不能骂中国人是蠢猪啊！既然中国人都是蠢猪，那你为什么还请我们运输大油罐呢？请蠢猪运输大油罐的人是大蠢猪。

纳森听不懂樊大先生的中国话，只得眼巴巴瞅着商晓亭。商晓亭用英语问纳森，您刚才讲的德语吧？纳森点了点头，用英语回答商晓亭说，是啊我一着急就讲母语了。

商晓亭转过脸去，极其惊异地注视着那位身穿蓝袄蓝裤的被搬运汉子们称为樊大先生的中年男子，心情很是激动。天啊，原来这里也隐藏着一位来历不明的人物。

樊大先生，您懂德语啊？商晓亭小心翼翼问道。

樊大先生好像没有听见商晓亭的询问，一个箭步跳到高坡上，双手叉腰注视着搬运社的汉子们。

一个搬运汉子扯着嗓子喊道，樊大先生我们都佩服您，您有什么话就跟我们直说吧！

纳森立即用英语小声要求商晓亭马上做出翻译。

樊大先生挥了挥手说，你们是最辛苦的人，所以我想问问你们，这活儿你们到底愿意干还是不愿意干啊？

商晓亭马上将这句话翻译给纳森先生。纳森先生听到即将停工的消息，面孔腾地涨成一块红布，扭动着肥胖的身躯一步冲上高坡，从怀里掏出一沓子钞票硬往樊大先生手里塞去，大声喊叫不能停工不能停工。樊大先生姿态文雅地躲闪着这一沓子钞票，满脸厌恶的表情。

不知道为什么，前京戏演员商晓亭被这位樊大先生感动了。他忘情地朝前走了两步，又嗅到一股来路不明的香水儿味道，随风飘来又随风飘去。

搬运汉子们七嘴八舌说，樊大先生这事情就由您做主吧。

樊大先生沉下脸色说，纳森先生，您必须马上跟我签订一份劳务合同书，三天之内，我保证把这只大型油罐运送到煤油供应站工地。两天之内，您付出挖河工程款一千元，三天之内，你另行付出运输工程款两千元，总共是三千元。

商晓亭迅速翻译着樊大先生这番话。矮矮胖胖的纳森先生低头听着，脸色渐渐变得惨白，突然哇啦哇啦又说了一大堆德国话。

商晓亭请纳森先生讲英语。矮矮胖胖的纳森先生渐渐冷静下来，轻轻叹了一口气说，德士古公司给我下达的运输经费是三千四百元，樊大先生这人真是太刁钻啦！哎，莫非他是我肚子里的一条蛔虫？

商晓亭笑了笑，转脸对樊大先生说，其实不用我翻译您肯定已经知道了，伟大而可怜的纳森先生完全同意您的要求。现在你们双方当场签订工程合同吧。

樊大先生嘴角露出一丝难以察觉的笑意。

黄昏时分，樊大先生从大型油罐前面出发，一串大步向前走去。他手里撒出一道白色粉末，一路朝着煤油供应站的方向延伸而去。商晓亭猜不出樊大先生此举是何用意，却想起了跑马圈地的殖民时代。

纳森先生更是焦急万分，紧紧跟随在樊大先生身后，小跑着。樊大先生一路撒下的白色粉末划出了长长的一道白线，终于停止在煤油供应站工地。

搬运汉子们纷纷跟随而来，集合在樊大先生面前。

你们当年都出过河工吧？这就跟出河工一样，你们沿着这一道白线挖吧，挑出一条三丈宽五尺深的大水沟，就行啦。人手不够，现在就到田庄郑庄去招人！樊大先生大声发布了命令。

发布了命令，樊大先生小声对商晓亭说，你到我家去吃晚饭吧。

商晓亭笑了。打从遭到生石灰袭击，他只吃了四个不同寻常的小馒头，体力不济。此时受到邀请，好比见到十五的月亮，心情很是圆满。其实商晓亭非常希望深入接触樊大先生。这次共进晚餐实乃天赐良机。

樊大先生的家是一座小小的四合院，清洁安静。晚饭非常简单，四菜一汤，没酒。好在商晓亭从来没有饮酒的习惯。因此并不觉得桌面上缺少什么。端菜端汤的是一个姑娘。樊大先生主动介绍说，这是女儿佩娟。商晓亭朝着佩娟小姐笑了笑，佩娟小姐也朝着商晓亭笑了笑，礼尚往来而已。佩娟小姐给客人和父亲各盛了一碗白灿灿的大米饭，便坐下一起用餐了。很显然这是一个新式知识家庭，否则女眷是不得与异性客人同桌吃饭的。

席间，佩娟小姐还几次给商晓亭先生搛菜，一次是红烧丸子，又一次是清蒸鲩鱼，第三次是青椒豆腐丝。最后还给他盛了一碗紫菜汤。商晓亭吃得津津有味，颇有人间处处是天堂的感觉。

樊大先生自始至终遵循"吃无言、睡无语"的人生原则，保持着餐桌上的沉默。商晓亭心里想，沉默是金，价格高贵；沉默也是石头，坚不可摧。假若这顿晚饭没有佩娟小姐在座,那局面真是不堪设想了。无论是黄金还是石头,他对佩娟小姐心存感激之情。

樊大先生突然恢复了语言功能,说这四菜一汤一锅饭都是佩娟做的,又说佩娟毕业于女子高等师范学校,但不是家政系。

商晓亭哦了一声,往下就不知说什么好了。

第三天上午,那条三丈宽五尺深的大水沟挖成了,光田庄就有四十多人参加了这项工程。樊大先生不卑不亢不急不躁,一声令下掘堤引水。海河水汹涌而入,哗哗流进了这条独具中国特色的大水沟。

纳森先生蹲在大水沟前,一派无可奈何的表情。他脸色阴晦沉默不语,因此没人知道他不远万里来到中国恰恰也是逃避一笔债务的。更不知道那是一笔什么债务。

当天下午,那只属于德士古公司的大型油罐渐渐漂浮起来了。二十条绳索紧紧拴住这只令人惊讶的庞然大物,嘿哟嘿哟沿着大水沟朝着煤油供应站的工地缓缓漂浮而去。

参加这项运输工程的人们纷纷欢呼起来,认为他们做了一件不可思议的大事情。那位仍然身穿蓝袄蓝裤的樊大先生轻描淡写地说道,这不就是改陆路为水路嘛。无论什么东西只要扔进水里都是能够漂起来的。

佩娟小姐跟随着缓缓蠕动的人流,也朝着德士古公司煤油供应站的工地走去。她一边走一边告诉商晓亭,煤气供应站的工地早年是一座娘娘庙,后来毁于八国联军的战火。

你父亲懂德语吧?商晓亭向佩娟小姐发动突然袭击,这样低声问道。佩娟小姐侧脸向他投来一瞥,然后毫无保留地说,他不但懂德语还懂英语呢。

商晓亭连连点头,似乎表示极其佩服。佩娟小姐继续说,我父亲从来不让别人知道他毕业于北洋大学,这里没人知道他读的采矿系,也没人知道他的身世。

商晓亭不说话了。是啊,男人就是这样。樊大先生从来不让别人知道他读过北洋大学而且精通好几门外语。我也从来不让别人知道褚司令的七姨太偷偷跟我相好而且遇上了大麻烦。

人流又发出一阵欢呼。远远望去原来那只大型油罐摇摇晃晃抵达目的地了。商晓亭知道此时应当离去了，转身悄悄跑向海河边。

站在海河边上，他猛然想起自己的二等舱已然抵达烟台，人却还在天津，就笑了。是啊，这就叫阴差阳错，这就叫阳差阴错。

他沿着海河左岸朝着下游方向走去。这时他无意之间从怀里触摸到一只小瓶子。噢，这几天嗅到的若有若无若即若离若隐若现的气味，原来出自这瓶香水儿啊。

他好像使出了平生的气力才拧开了这只瓶子的盖儿，却发现瓶里的香水儿空空荡荡，只残留着一丝昔日余韵而已。此时，商晓亭先生终于明白了，多年以来他所寻找的其实正是这样一种剩余的味道，这种具有强烈剩余味道的香水儿，那是别人永远难以嗅到的。

就这样，他朝着这只空空荡荡的香水儿瓶里吹了一口气，然后用足力气拧紧了瓶盖儿，抡起胳膊大叫一声将它掷到奔流东去的海河里去了，溅起一朵小小的不透明的浪花。

无论透明不透明，这世界上肯定多了一只漂浮不定的瓶子，而且去向不明。

毒 药

傅家骐先生娶解惠莹小姐，那是摆了二十八桌酒席的。那二十八桌酒席是摆在天一坊大饭庄的。天一坊大饭庄不是川鲁风味也不是苏闽风味而是"本埠菜"。本埠菜原本出自码头，色浓味重，属于粗放一派。它首先是吃饱，然后是吃好，久而久之渐渐走向精细，几经发展演化成为所谓"本埠菜"。天一坊大饭庄的年轻厨师白凤鸣，正是烧制本埠菜的高手。傅家骐先生娶解惠莹小姐，那二十八桌酒席就是著名厨师白凤鸣主灶。那味道，还是受到普遍好评的。在后来的日子里妻子解惠莹向丈夫傅家骐谈起白凤鸣的烹饪手艺，回味无穷。解惠莹回首美好往事的表情，俨然已故影星阮玲玉。

看来，本埠菜还是很好的。它口味介于南北之间，不太甜不太咸，中庸得很。解惠莹喜欢本埠菜，不是没有道理的。

一转眼就是半年时光，临近农历七月初七。人们知道七月初七是牛郎织女天河配的日子。七月初七也是解惠莹女士的生日，人们便不知道了。傅家骐先生并不愿意让外人知道，他只想在家里摆上一桌酒宴为妻子庆贺生日，从简。

既然从简，解惠莹便不好反对了。傅宅是一座五脊六兽的北派四合院，二进式，也称得上庭院深深，只是没有达到"庭院深深深似海"的规模。傅家大院的大管家姓田名仓，手一份嘴一份，精明强干一个人。傅家骐处事精细，无论什么时候都讲究运筹在先。因此他提前十天就派田仓去了天一坊大饭庄，延请白凤鸣先生七月初七前往傅宅主灶，烧制一桌生日宴席。延请著名厨师来到家里烧菜就好比邀请京戏名角唱堂会，那花费是很高的。傅家骐不怕花钱，只要请得到大厨师白凤鸣，那就是圆满。

据说白凤鸣很忙的，经过大管家田仓一番伶牙俐齿的游说，这位著名厨师还是答应下来，并且开了菜单。于是交了订金，七月初七，午局。生日宴席往往是午局，晚局也有。田仓回来禀报。傅家骐立即将这消息告诉了妻子。解惠莹当时正坐在梳妆台前修理眉毛，她听罢又惊又喜，一双小手儿捂住面孔轻轻哇了一声，激动的表情里显出几分娇嗔。

看到妻子娇娇嫩嫩的脸蛋儿，四十九岁的傅家骐不动声色地笑了。他的中年笑容有时感人至深。二十四岁的解惠莹属于小家碧玉型女子，她嫁给傅家骐应当说一步登天了，坐在家里竟然能够吃到著名厨师白凤鸣亲手烧制的"本埠菜"，这分明是锦上添花。

傅家骐先生就是爱做锦上添花的事情，而且一添就是好几朵。他几次催促妻子添置几套新衣裳，说七月初七穿。解惠莹表示，嫁过来只有半年时光，箱子里新衣裳多得很，过生日就不再添置了吧。傅家骐板起面孔，不高兴了。解惠莹只得听从，一个人跑到陈记成衣局做了几套衣裳，还特意捎回几块材料样子给丈夫看，有九丝罗啊提花绸什么的。

第二天，傅家骐抚摸着那几块材料样子问妻子，你怎么不叫小丽雯儿陪你一起去陈记成衣局呢。小丽雯儿是解惠莹的贴身使女，老京戏里叫丫环。小丽雯儿十八，看上去只有十五六岁的样子，受气包儿似的。

解惠莹回答丈夫说，我明天去陈记成衣局试衣裳，叫小丽雯儿一起去吧。傅家骐说好啊。

陈记成衣局是颇有名气的，尤其那位来自上海心灵手巧的年轻裁缝，每逢换季必然能够拿出几款时髦样式，因此成为女士们嘴里的名人。女士们嘴里的名人那是很有含金量的。如果一个男人能够在女士们嘴里存活十年，就变成金身了。那位上海裁缝当然不是金身。他上街爱穿月白色西装月白色皮鞋，一眼望去很容易让人想起白银模特。只可惜他平日忙于成衣里的活计，很少外出。

临近七月初七，天气陡然热了。傅家骐先生不声不响独自去了鸿仁堂大药房。他一路行走，没坐车。其实傅家是有包月车的，那车夫体壮如牛，一顿饭嚼了十六个烧饼还喊饿。这种胃口只得喂他青草了。傅家骐恰恰相反，一天也吃不下三碗粥。他选择步行，当然是为了促进消化。偏偏走到中途遇到电闪雷鸣，他满身大汗跑进鸿仁堂大药房，身后已然大雨滂沱了。

鸿仁堂是天津老字号，坐落在奥租界中街，距李叔同先生的老宅不远。这家大药房多年之前由于独家珍藏"清廷秘方"而吸引了一大批急于补肾的患者，中年绅士傅家骐也曾忝列其中。新近以来，鸿仁堂大药房请来一位"新科状元"坐堂应诊。据说此公出身世家，留洋归来悬壶杏林，中西结合挽救了几例不治之症，人称双料名医。一时间，无论信奉中医的还是信奉西医的，呼啦啦求诊者趋之若鹜。生意兴隆的药房好像变成一座香火旺盛的寺院。然而，傅家骐冒雨跑进鸿仁堂大药房的时候却看到这里冷冷清清的场面。以往好评颇有言过其实嫌疑。更令傅家骐感到惊诧的是这里的店员们似乎人人都认为他是专程前来拜访坐堂先生的，纷纷报告说裴大夫还没来。傅家骐终于明白了，那位双料名医姓裴。

这时候，外面雨声愈来愈大，从倾盆变成倾缸。傅家骐从长衫里掏出一块素色手帕擦着额头汗水，临窗坐了。

终于静下心来。俗话说未雨绸缪。傅家骐临窗听雨心里寻思着七月初七的事情，有雨也绸缪了。无论有雨没雨，他的心情永远潮乎乎的，大太阳也晒不干。

听到窗外雨声渐渐小了，随即起身走到柜台前，掏钱买了一小包儿药粉。这时有人说裴大夫来了。傅家骐连忙转过身来，一惊。

一身月白色西装迎面走来，脚踏一双月白色皮鞋。这位裴大夫面含微笑地从柜台前面走过,一派温文尔雅的气质。这一袭月白色装束逼得傅家骐朝后退了两步,恍恍惚惚之间以为遇见了那位陈记成衣局的上海裁缝。

裴大夫走到桌前随手放下那一柄月白色雨伞,当即落座应诊。他动作快捷使人想起暹罗拳师。偷偷看了一眼月白色雨伞,傅家骐感到有些眩晕,不由自主坐在裴大夫面前,一下成了病人。

这位先生,您那里不舒服啊?年轻有为的裴大夫戴好听诊器,隔着桌子注视着傅家骐。

傅家骐低头想了想,说肠胃不合。

裴大夫哦了一声,笑咪咪地给患者听诊。他的听诊器轻轻伸入内衣,那手法特别细致。傅家骐只觉得一簇羽毛在自己的皮肤上轻轻滑过,几乎使他放弃防守。他深深吸了一口气,暗暗告诫自己千万不要丧失警惕,一定保持清醒头脑。

就这样保持着。

收起听诊器,裴大夫表情愈发和蔼了。他轻轻告诉傅家骐没有什么大病,只是情致方面出了问题。情致?傅家骐听到陌生词语,内心愈发警惕了。他似乎对月白色抱有强烈的怀疑心理。这位裴大夫慢条斯理说,情致是中医说法,情致所伤在西医那里被视为心理疾患,譬如焦虑什么的。焦虑?这又是一个陌生词语。傅家骐觉得自己到了爪哇国,人家说话,他不懂。

裴大夫便耐心讲解起来。他愈讲解,傅家骐愈觉得自己到了爪哇国。裴大夫说依照西医观点焦虑症一旦严重,那是必须服药抑制的。傅家骐问他不服药可以吗。裴大夫苦笑着说,药房不是监狱,大夫不是狱卒,当然不会强迫病人服药。

这样就好。傅家骐说既然这样就不服药了,然后掏出钱夹,好像吃完饭结账似的,只是没用牙签儿剔牙。裴大夫又笑了,说今天免费坐堂,不收诊费。傅家骐颇感意外,只得起身说了声谢谢。

不知为什么,傅家骐有几分尴尬。他灰溜溜走出鸿仁堂大药房,一步踩在水洼儿里,湿了鞋子。这是一双黑色皮鞋。这是七月的天气。

一路朝前走着,天气显得不阴不晴,很暧昧,完全不是实话实说的样子。傅家骐在这种暧昧的天气下行走,心怀忐忑。想起劳什子"焦虑症",他不禁冷笑了。人活着有一百种疾病,有五十种是饥出来的,还有五十种是饱出来的。这一饥一饱,就是病。俗话说,饱汉子不知道饿汉子饥。那饿汉子呢? 饿汉子不知道喝一口凉水有时候也会塞牙。

前面一个路口就是陈记成衣局。空气里弥散着一股捉摸不定味道。这味道介于印度檀香与红烧牛肉之间,一雅一俗令人无所适从。一个报童迎面跑来。这报童一声也不吆喝,好像学生赛跑。湿了鞋子的傅家骐伸手拦住狂奔的报童,火中取栗似的买下一份报纸,然后漫不经心地瞥了瞥"小公园"副刊,认为没什么新鲜景致,就卷在手里握着。握了一会儿,他居然想起武松打虎的哨棒。

傅家骐先生走到陈记成衣局门前,觉得印度檀香的味道愈来愈远,红烧牛肉的味道愈来愈近,心里反而踏实了。红烧牛肉这东西远远比印度檀香令人心里踏实。这时他很想见到那位红了半边天的上海裁缝,暗暗企盼对方立即从陈记成衣局里走出来。

就这样站着,广告人儿似的。然而,这样的企盼犹如守株待兔,何况陈记成衣局里根本没有兔子。傅家骐只得转身回还,怏怏离去。

回家的半路上,傅家骐在大街上邂逅金猴子。二十年前人称傅大少爷的傅家骐很是贪玩,曾向这位江湖杂耍艺人学过几手戏法儿,存有一段师生之谊。艺多不压身。傅家骐学得那几手戏法儿,逢年过节总要拿出来耍一耍,往往逗得全家人哈哈大笑。其实只是几个手彩而已。

金猴子老了,满头白发步履迟缓。傅家骐不忘师恩,站在大街上给老人家叫了一辆洋车,先付了车钱。金猴子颇受感动,坐进车里连声说傅大少爷是好人。那洋车向着散发红烧牛肉味道的方向去了。

天气还是不阴不阳。傅家骐回家,恰巧在院子里遇到妻子。解惠莹说去陈记成衣局试衣裳。

你怎么不带上小丽雯儿呢? 他笑着问解惠莹。

噢,我把她给忘了。是啊是啊我为什么不带上小丽雯儿呢。解惠莹伸手轻轻拍着额头,扭身去叫那又瘦又小的女佣。

小丽雯儿好似一支响箭,嗖的一声从大院深处射出——飞快地向着解惠莹奔来。

傅家骐笑了，认为这样很好。尤其是在七月的天气里。

七月初六晚间，大厨师白凤鸣来了。他随身带来了炒勺菜刀之类的应手工具。这工具好比大将军的武器，关羽的青龙偃月刀和吕布的方天画戟。然而浓眉大眼的白凤鸣还是非常儒雅的。他手持菜刀站在菜墩儿前，更像一位热爱厨艺的教书先生。

凡明日饭局，今晚厨师"落桌"，落桌就是把该炸的炸出来，该发的发出来，该制出半成品的制出半成品，以备明日之需。白凤鸣厨艺精湛，动作也很潇洒。据说有人从他的炒菜动作里竟然看出几分著名武生盖叫天先生的身影。真是高山仰止了。

大约晚上八点多钟，白凤鸣"落桌"结束。他解下围裙，身上身下不见丝毫油斑，干净利落果然盖叫天风采。他微笑着跟大管家田仓约好明天上午九点钟准时到达，就告辞了。

白凤鸣身穿一件月白色春绸长衫出了厨房，穿过院子朝着大门走去。夜色里傅家骐先生突然出现在他面前，道了一声辛苦。白凤鸣吓了一跳，后退两步慌忙拱手还礼。这身段又使人想起许仙，只是没看见白蛇在场。

傅家骐送厨师走到大院门口说，您知道我为什么请您主灶吗？白凤鸣再次拱手行礼说承蒙抬举。傅家骐继续说，这事情不同寻常，我必须请您主灶啊。

望着白凤鸣渐渐远去的月白色背影，这位男主人轻轻叹了一口气。明天就七月初七了。此时傅家骐想起那位裴大夫说的"焦虑"，心里便更加焦虑。假若有一种病症叫"不安"，此时他心里便更加不安。

解惠莹房间里灯光雪亮。她忙不迭试穿着一件件生日衣裳，脱下这件穿上那件，模特似的。明天究竟穿哪一件衣裳好呢？她坐在梳妆台前端详着一件月白色旗袍，心里彻底没了主意。

傅家骐悄悄推门走进房间。看到妻子心事重重的模样，他似乎并不感到意外。因为明天就七月初七了。

七月初七，一大早儿太阳就出来了，大晴天。大管家田仓将生日宴会设在傅宅的大客厅。一张八仙桌摆在大客厅中央，宽敞而明亮。天气热，大客厅的四个角落早早就摆上了四只大木盆，里面盛满消暑的冰块儿，散发着一*丝丝*

凉意,很隐晦。

临近上午九点钟,天气好像吃多了补药,大热起来。一辆洋车准时驶到傅家大院门前,车里坐着白凤鸣。他一身紫红色西装,黄色领带,穿一双黑色皮鞋。下了洋车走进院子,他沿着游廊径直朝着后院厨房走去。傅家骐站在影壁后面暗暗注视着这位著名厨师。他今天为什么不穿那一双月白色皮鞋呢?

生日宴会设在正午十二点钟。一张八仙桌配置十二把椅子。一把茶壶配了十二只茶盅。傅家骐解惠莹伉俪为主席,十位宾席。大管家田仓进进出出最为忙碌。生日宴会还没开始,他的蓝色长衫已经被汗水湿透了。

参加七月初七生日宴会的宾客有华界商会会长和中国戏院经理,还有仁记洋行的总账先生和德国阿克法公司的协理,总而言之都是商界人士。前来参加生日宴会,人人便携了贺礼。大管家田仓站在大客厅门口收下一份份礼品,连声道谢。小丽雯儿闪在一旁看着这场面,气得肚子胀胀的。她觉得田仓收礼致谢的样子就跟男主人似的,完完全全是喧宾夺主。使女小丽雯儿对傅家骐先生那是忠心耿耿的。

临近正午十二点钟,解惠莹出现了。她一袭粉红色衣裙,身材高挑,皮肤白皙,目光流盼,光彩照人。走进大客厅她便感到一阵眩晕。傅家骐伸手扶了扶妻子,夫妻二人并肩站在大客厅门口,朝着宾客们致意。解惠莹心情有些紧张,四周却是一派祥和气氛。她粉红色的衣裙已经被汗水湿透了,跟田仓的蓝色长衫一样。

宾客们起立鼓掌,纷纷祝贺傅太太生日快乐。解惠莹略含羞意连连答谢,却觉得有一双眼睛紧紧盯视着自己。她择机四处找寻着,竟然发现是小丽雯儿。这小丫头的目光一下子擦干了解惠莹的浑身汗水,倏地起了一层鸡皮疙瘩——七月初七变成了腊月初八。这时候,她终于意识到小丽雯儿是这座院子里非同寻常的人物。

生日宴会开始了。四个伙计轮番上菜,沿着游廊从后院厨房一路跑来,颇有几分学校运动会气氛。首先端上四碟甜品,然后是四道凉菜,而且依次报了菜名:初春明月、仲夏风光、深秋果鲜、隆冬甘醇,代表着一年四季的不同风光。

仁记洋行的总账先生品尝了四道凉菜,感觉"春夏秋冬"确实富有特色,停住筷子夸赞不已,味道这么好是从哪里请来的厨师啊?

傅家骐笑着告诉诸位宾客,特邀白凤鸣大厨师主灶,乃是正宗的本埠菜。华界商会的会长立即带头称赞色香味俱佳。看来白凤鸣赢得了先声夺人的"碰头彩"。

男主人开始敬酒。看到丈夫敬酒解惠莹一时不知怎样配合。小丽雯儿出现了,端着白瓷酒壶来到桌前依次给嘉宾们斟酒。

中国戏院的经理举起酒盅说道,今天七月初七是解惠莹女士生日,我祝她与傅家骐先生白头偕老。

解惠莹端起酒盅,跟随着喝了一小口白酒。她只觉得咽下一块火炭,一下烧光了心头野草。白酒的力量,令她渐渐清醒了。

傅家大院的游廊此时已经成为一条繁忙的通道,伙计们轮番端菜上桌,一个个跑得大汗淋漓仿佛天降小雨。

一伙计吆喝着跑进大客厅,随即报出大盘子菜名:雾里看花!

傅家骐先生心里说,雾里看花犹如夜间观树,就连人影儿也是模模糊糊的。

又一伙计端着一只大盘子紧紧跟来,嘴里吆喝着报出菜名:天地玄黄!

"雾里看花"和"天地玄黄"登场了。傅家骐先生知道,这是本埠菜系里的两员先锋。先锋上阵,那元帅便不远了。元帅是那一道被称为"龙凤呈祥"的大菜。

之后,又有两道大菜上桌,一曰青红皂白,一曰金玉良缘。这种时候"龙凤呈祥"呼之欲出了。

后院厨房里,白凤鸣一身紫色西装站在灶前抖动着手里炒勺,火光照亮了他的黄色领带。他胸前高高地系着一条月白色围裙,两只月白色套袖护着两只胳膊,满脸汗水。无论什么季节站在灶前烧菜,白凤鸣从来都是西服革履的装束,一派翩翩风度。这种打扮在烹饪行业里那是前无古人后无来者的。

炒勺里一团火光嘭地燃烧起来。白凤鸣连续抖动炒勺的动作,好似京戏舞台上的"打出手",飒爽极了。于是一道大菜出锅。他突然兴奋不已,大声说这可是压轴大菜啊。跑堂的伙计端起这道压轴大菜,大步跑出厨房沿着游廊奔向大客厅,一路报出菜名:百一年一夫一妻!

傅家骐听见跑堂伙计报出"百年夫妻"菜名,不由自主站了起来。小丽雯儿远远朝着男主人投来一瞥。

压轴大菜是"百年夫妻"。那么压轴大菜之后便是大轴大菜。本埠菜源于水陆码头,往往套用京戏术语。"倒二"叫"压轴",最后一道大菜称为"大轴大菜"。

今天的大轴大菜正是白凤鸣的拿手好戏"龙凤呈祥"。烧制这道大菜必须精于火候,差之毫厘则谬以千里。

白凤鸣不慌不忙,一派大将风范。他手持漏勺将一条条银鱼从油锅里捞出,在一只椭圆形盘子里摆出"龙形儿"。然后烧热炒勺开始爆炒那一只只南雀儿。眼瞅着南雀儿转为暗红色,抖勺出了锅。他将炒好的南雀儿盛到装着银鱼的椭圆形盘子里,动手勾芡,烧热浇汁。

根据天津卫习俗,大轴大菜必须由厨师亲手送上桌子,以示敬意。这是当年码头菜一成不变的规矩。本埠菜自然将"厨师上菜"的传统沿袭下来。

"龙凤呈祥"出场了。白凤鸣解下胸前的月白色围裙,从胳膊上摘除了月白色套袖,终于露出一身紫色西装以及鲜亮亮的黄色领带。他端着"大轴大菜"走出厨房。两个跑堂伙计前面开道,沿着游廊一路大声吆喝不止。

大轴大菜,龙—凤—呈—祥! 大轴大菜,龙—凤—呈—祥!

著名厨师白凤鸣双手捧着托盘,风度翩翩走进大客厅,微笑着来到八仙桌前。这里静悄悄。天气极热,空气似乎腾地被点燃了。大客厅角落里的冰块儿悄悄溶化着,炎热的天气成了冰块儿的敌人——有形的冰块儿被消灭了,变成无形的水。

傅家骐缓缓站起,伸出双手从白凤鸣手里接过"龙凤呈祥",满脸微笑地告诉宾客们,这就是今天的大轴大菜。解惠莹好像看到傅家骐的袖口白光一闪,只是一瞬之间。

十位喜宾一起注视着摆在八仙桌中央的"大轴大菜"。这毕竟是本埠菜的代表作啊。

尊敬的来宾,这就是今天的大轴大菜龙凤呈祥,诸位请用吧。傅家骐脸色惨白却堆满了微笑。解惠莹无意之间看到丈夫满脸白色笑容,吓得倒吸一口凉气。她下意识地咬了咬自己嘴唇。这是两片被口红染得极其鲜艳的嘴唇。

华界商会的会长说，有一出京戏叫《龙凤呈祥》吧？

中国戏院的经理颔笑答道，也叫《刘备招亲》。我真没想到它在这里变成了一道大菜。

傅家骐乘兴说，菜里有戏，戏里有菜，又吃又唱，又唱又吃，诸位请用吧。

华界商会的会长、中国戏院的经理、仁记洋行的总账先生、德国阿克法公司的协理，总而言之嘉宾们几乎同时举起筷子伸向"龙凤呈祥"。

傅家骐突然大声说，慢来慢来，我闻着这道大轴大菜的味道不对，恐怕不干净吧？

宾客们一时间停住筷子，表情僵化了。

华界商会的会长毫无疑心说，这菜是你家厨房里烧的，不会不干净啊。诸位请用吧。

傅家骐伸手阻拦说，且慢且慢，今天是贱内生日，而且是七月初七，诸位还是当心为好。来人啊，赶快把那只大花猫抱来吧！

显然是有所准备的。傅家骐话音刚落，小丽雯儿便抱来一只大花猫走上前来。大花猫乖乖的，还喵地叫了一声。

傅家骐伸出筷子从"龙凤呈祥"里撷出一条银鱼一只铁雀，轻轻放进一只小碟子里，抬手递给小丽雯儿。小丽雯儿转身离桌将这只小碟子摆在地上。那只大花猫嗅到荤腥味道，扑上来就吃光了。

大花猫吃罢转身离开小碟子，没走几步就翻倒了。

宾客们哎呀一声，惊恐不已，面面相觑。当场看到大花猫倒地毙命，人人都吓出一身冷汗。

著名厨师白凤鸣看了看摆在八仙桌中央的"龙凤呈祥"，又转身看了看七窍出血而死的大花猫，满脸困惑不解的表情。

小丽雯儿突然跳起来大声说，有人在菜里下了毒药！有人在菜里下了毒药！

田仓神色张皇地从外面跑进来，大声禀报警察来了。警察如此神速，这令全场宾客颇感意外。麻脸警长领着两个黑衣警察大摇大摆走进大客厅，嘿嘿笑着就跟走进一家饭馆似的。

七月的天气里解惠莹毫无意识地站起身来，注视着这出乎意料的场面。

此时她甚至认为这三个黑衣警察是脚踩云朵从天而降的。

我听说有人在菜里投了毒药！我听说有人在菜里投了毒药！麻脸警长围绕着八仙桌子转了一圈儿又一圈儿,重复着这样一句话。于是这间大客厅变成一间大磨房,麻脸警长也变成一头转圈儿拉磨的黑驴。

有了这头黑驴,空气显得更加黏稠。毕竟那只大花猫替人抵了命。麻脸警长突然发问是谁往菜里投了毒药,人们不约而同将目光投向了白凤鸣。小丽雯儿挺身冲上来,极为气愤地指着这位著名厨师尖声尖气说,这大轴大菜就是他端进大客厅的,这大轴大菜就是他摆在八仙桌上的。

黑驴终于停止拉磨,站稳脚步伸手拍了拍白凤鸣肩膀说,既然如此那就请您端着大轴大菜拉上这只死猫,跟我们往警察局走一趟吧！

白凤鸣似有洁癖,伸手掸了掸被麻脸警长拍过的肩膀,从容不迫的表情。好啊,既然是去警察局,那么你们就在前面带路吧。

三个黑衣警察押着一个西服革履的厨师以及一只大花猫,走了。

傅家骐先生转身正要向众人表示歉意。这十位嘉宾根本不顾体面身份,手帕遮脸,一哄而散了。大客厅里只剩下解惠莹女士呆呆站在八仙桌前——深深沉浸在这一场浩劫里不能自拔。

傅家骐哼了一声拂袖而去。大管家田仓满脸焦急跑进大客厅,不知如何收拾这种残局。

七月初七解惠莹女士的生日宴会,就这样戛然终场了。过午时分静悄悄,这里好像没有发生任何事情。终于挨到下午五点钟,麻脸警长气喘吁吁跑进了傅家大院。大管家田仓迎上前来,低声询问详细情况。麻脸警长大汗淋漓,说必须面见傅家骐先生。

其实,傅家骐坐在小客厅里等候多时了。麻脸警长大步迈进小客厅,傅家骐起身相迎,表情很是迫切。

麻脸警长焦急地说,天气太热啦白凤鸣就是不招认他投了毒药。

他当然不会招认,因为他根本就没投毒药！傅家骐呼的一声站起,极其不满地注视着麻脸警长说,我没让你审问毒药,我让你审问奸情！

听到"奸情"二字,麻脸警长更像是一只泄气皮球,瘪了。我告诉您吧傅先生,白凤鸣咬破食指写了十六个血字,素不相识,清者自清,神目如电,绝无奸情。我只抽了三鞭子，那厨子说了一句以死洁身，就一头撞到大墙上，当场溅出一堆脑浆，死啦。

什么！傅家骐一屁股坐在小客厅地板上，不停地搓动着双手，很像一个渴盼玩弄泥巴的大孩子。他不是奸夫，那究竟谁是奸夫呢？

麻脸警长起身告辞，我现在还得回去给白凤鸣收尸，这厨子手艺多好啊，没啦。

麻脸警长刮风似的走了。

黄昏时分，傅家骐不声不响走出了傅家大院，失魂丢魄地来到大街上。此时他心里只记得两个地方，却不知是去陈记成衣局还是去鸿仁堂大药房。没有红烧牛肉的味道，更没有印度檀香的味道。七月的天气里没有味道。这时大街被夕阳镀了一层虚假的颜色，就连厕所也闪烁着金店的光芒。白发苍苍的金猴子迎面走来，笑呵呵问他当年学会的十三种"手彩儿"如今还能耍出几种。傅家骐似乎没有听到这位江湖老艺人说话，径直走了过去。

小丽雯儿沿着大街从后面追赶上来，大声喊叫着她的男主人。傅家骐听到这种声嘶力竭的呼唤，猛然停住脚步——仿佛对这世界恢复了一点点信任。此时那颗燃烧殆尽的太阳已经掉到明天的水井里去了。

田仓跑啦！田仓跑啦！身材瘦弱的小丽雯儿大声禀报着，上气不接下气。

天津少爷

上 篇

1

天津人有个习惯，无论什么事情都讲究"八"。清末民初经营绸缎行业的有"八大祥"：谦祥益、宏记瑞蚨祥、瑞蚨祥、瑞林祥、瑞生祥、益和祥、隆祥、庆祥。本埠名门望族有"八大家"：韩家、高家、石家、刘家、穆家、黄家、杨家、张家。这"八大家"不光有钱，其中石家出了著名电影演员石挥，刘家出了著名画家刘奎龄，为天津文艺界赢得了声誉。

总而言之，当年的天津人就跟后来的广东人一样，约定俗成逢事喜欢"八"。说相声的有"八大德"，糕点铺有"八大斋"，救火的有"八大水会"，料理丧事的有"八大杠房"，街面上有"八大叫花子"，霸占地盘的有"八大混混儿"，出卖皮肉的有"八大窑姐儿"，仗势欺人的有"八大狗腿子"，还有八大傻子、八大杂种、八大兔爷以及"八格牙路"……姓赵的赵八爷，姓李的李八爷，姓张的张八爷，就是没有姓王的"王八爷"——天津人最腻味这个称呼。自从中华民国,天津官方成立"八大局",民间则有"八大少爷"涌现,也就是八位颇具传奇色彩的富家子弟。

这里需要说明的是"八大少爷"与"四大公子"根本无法相提并论。天津民国年间的四大公子是:溥桐、袁克文、张伯驹、张学良,皆是进入中国历史的奇峰人物。

天津"八大少爷"与奇峰人物相比,当然就是小土丘了。然而天津九河归海历来被称为低洼之地,能够在这里号称"小土丘"也绝非等闲之辈。

祝家大少爷祝显驰便是"八大少爷"之一,排在第七。

祝家是天津河东大直沽土著首富。大直沽自从元代便是皇家漕运基地。祝氏先祖本是粮囤小工,后代渐渐发迹。祝氏家族的深宅大院里栽着四株大槐树,说是明朝燕王朱棣扫北所栽,因此人称"大槐树祝家"。祝显驰出在祝氏长门又是长孙,因此被祝老太爷视为稀世宝贝。虽然深得长辈珍视,人家祝大少爷不骄不躁,挺懂事儿。祝家请了家塾,祝显驰瞪着一双小眼睛专心读书,从来用不着家长操心。祝氏高祖曾任漕运官员,属于粗人。看到孺子可教,祝老太爷喜极而泣,认为祝显驰必然能够耀祖光宗一改门风。

可惜宣统成了废帝,科举没了。民国了,兴起新学。祝老太爷怀着千里迢迢没赶上酒宴的遗憾心情,很为祝氏长门长孙感到惋惜。然而人家祝显驰并不气馁,无论科举不科举,照样儿上进。他自幼丧母,性格令人难以琢磨。正是在祝老太爷扼腕惋惜之际,祝显驰提出外出读书的要求,这无疑体现了自强不息的精神。祝老太爷激动得浑身颤抖,仿佛看见了白鹿。祝显驰的父亲祝铁颔,在祝氏家族里分工负责"聚义酒坊"的十二间烧锅生意,是个表情木讷的商人。面对儿子上进求学的强烈愿望,粗通文墨的父亲当然感到欣慰。祝氏家族财力雄厚家业庞大,多年以来最想摘掉的就是"土财主"这顶帽子。土财主变成洋财主,三代子孙必须通过读书求学的道路达到脱胎换骨之目的,吐故纳新彻底更换新鲜血液。

祝老太爷正是这样想的。祝显驰呢正是祝氏家族的新鲜血液。

那时候严范孙先生已经创办了天津南开学校,由"封建社会的好人"张伯苓先生主持教学,名声鹊起。身体羸弱的祝显驰大少爷肩负家族重托前往南开中学读书,乃是一九二八年的事情。他十八岁。

大少爷祝显驰前往南开中学读书，一去就是两年。有时就连放暑假他也不回家，说是住在学校里苦读。

祝老太爷甚是欣慰，长久沉浸在巨大的喜悦之中而不能自拔。人老了，内心喜悦总要洋溢出来。春天里百花开，他老人家听说当年的"贵相知"如今已然成为怡红院的鸨母，便坐上自家的"胶皮"前去看望小桃红。这个小桃红就是当年"八大窑姐儿"之一，那七位均被各路军阀"金屋藏娇"，只有小桃红成为剩余物资，打折也没卖出去。然而她埋头钻研妓院管理这门学问，终于自学成才当上怡红院鸨母。

祝老太爷从河东大直沽到河北侯家后，路过金钢桥。金钢桥上坡，坐在胶皮车里的祝老太爷看到一群纨绔子弟站在桥上放风筝，嘻嘻哈哈很是开心的样子。祝老太爷年轻的时候也是玩家，吃喝嫖赌样样精通。他老人家看到这几个少爷羔子竟然跑到金钢桥上放风筝，感到形式非常新颖，心中颇有后生可畏的感慨。

年近七旬的祝老太爷心里感慨着，胶皮下了金钢桥到达怡红院的门前。他老人家长袍马褂迈步下车，腿脚显出几分利落。俗话说即使是拄着拐杖的老头儿，只要他能迈过妓院的门槛，就是回头客。怡红院门前的"茶壶"看见这位老当益壮的嫖客，不由叫了一声好。祝老太爷理直气壮接受了喝彩，大声询问小桃红是不是在怡红院主事啊。

茶壶立即前面引路，高声吆喝着"姐儿们接客"。此时虽然不是妓院营业时间但窑姐儿们还是蜂拥而出。她们争先恐后迎上前来，抬头看见嫖客是个年近古稀的棺材瓢子，不由得惊叫起来，以为跑进来一只老马猴儿。

祝老太爷哈哈笑着，大声说快叫小桃红出来见客。茶壶说，我家妈妈早就不接客啦。这时候，徐娘半老的小桃红一阵旋风似的走了出来，浪笑着说老不死的您已然十年没露面啦。

祝老太爷自豪起来，说我是蒸不熟煮不烂的铜豌豆儿，铁死不了呢。

小桃红果然是鸨母，扬手召唤来一群姐儿，催着祝老太爷挑选。老人家虽然属于老淘毛，毕竟一把年纪了，没了当年轻浮。他告诉小桃红今天远道而来就是为了看望贵相知，姐儿们就不用陪着我啦。小桃红咯咯笑着说，老头儿还是好老头儿，就是灯里没了油儿。说罢搀着祝老太爷走到客厅套间里落座。

祝老太爷将风韵犹存的小桃红搂在怀里,淫邪地笑着。他一只老手伸入小桃红胸衣使劲儿揉搓着说,馒头还是好馒头,就是老头儿没胃口。

老嫖客与鸨母,久违多年难免耳鬓厮磨一番。祝老太爷气喘吁吁颇有廉颇老矣之感。

小桃红告诉老相好,这两年怡红院的生意不错。年轻的客人越来越多,最小的少爷羔子只有十五岁走上战场就打响头一炮。还有常年包房的,一住就是两三年,乐不思家轰都轰不走。这路生意是旱涝保收,根本不用着急。小桃红还说,尤其是那位祝大少爷住在怡红院两年啦,包房包姐儿,一日三餐从大饭馆里叫菜,吃喝玩乐花钱如行云流水。手里没了现钱就派人拿着札子到官银号支取,真叫财大气粗。

祝大少爷?老淘毛听到年轻一代的嫖客里有同姓之人,不由起了好奇心。你说的是哪个祝大少爷?

小桃红说,这会儿他们几个人正在金钢桥上放风筝呢。

金钢桥上放风筝,巡警不管他们啊?

他们捅了钱,让巡警们找地方喝茶去了,金钢桥不就成了自家的天下啦。只要不把金钢桥拆了,他们干什么都没人管。

这时候,几个衣着华贵的公子哥儿说说笑笑走进怡红院的大厅。

小桃红小声告诉祝老太爷,那个手里拎着鬼脸儿风筝的公子哥儿就是挥金如土的祝大少爷。

祝老太爷霍地站起身来走出套间,在客厅里几乎与那个手持风筝的公子哥儿撞了个满怀。

客厅里鸦雀无声。

祝老太爷浑身颤抖起来,伸手指着面前的不肖子孙说,你不是在南开学校念书吗?敢情这两年你一直住在窑子里啊?你这个不忠不孝不仁不义的孽障……

塌鼻梁子小眼睛的祝显驰体形宛若一根竹竿,他扔掉手里的风筝,脸色煞白看着从地缝儿里冒出来的祖父,一时吓得无话可说。

你这个现世报啊!祝老太爷两眼一翻,歪头栽倒在祝氏长门长孙祝显驰的脚下。

怡红院炸了窑。出了人命啦！妓女们纷纷尖叫起来。小桃红扑到祝老太爷身上哭号着说，您老人家千万不能死在怡红院啊！窑子里死了人可就没有回头客啦！您行行好吧一定别在我这儿咽气……

祝显驰如梦初醒，转身撒腿就跑。他形如脱兔冲出怡红院向北跑过金华桥，眨眼之间没了踪影。

胶皮拉着昏迷不醒的祝老太爷返回河东大直沽的祝家大院。当天晚上，老人家就驾鹤归天了。长门长子祝铁颔听说父亲是在河北侯家后的妓院里发病的，觉得这是丢人现眼的事情，当即决定遮丑，对外宣布祝老太爷是在金华茶园听曲儿的时候昏倒的，回到家中不治身亡。说这样，祝显驰这两年常住怡红院的真相也就无形之中被掩盖起来，无人知晓。小孽障的身份仍然是南开学校的莘莘学子，属于正面形象。

祝显驰对这一切当然一无所知。他躲在酒肉朋友孙友琛家里，说是姜维避祸。孙友琛獐头鼠目，平时善于为祝显驰出谋划策。

祝老太爷归天，祝家当然要大办丧事。长门长子铁颔派遣本家仆人祝三狗前往南开中学召唤长门长孙祝显驰回家奔丧。祝三狗找到南开中学教务长，对方翻了翻花名册说祝显驰这个学生根本就没在本校注册。

祝三狗傻眼了，一时没了主张。南开教务长告诉他，这几年出现过几宗这样的事情，学生声称在南开读书，家长前来学校寻找却根本没有这回事情。社会是一口大染缸，良家子弟失足之后往往难以寻找。有的吸毒成瘾成为路边倒卧，最后只能被慈善会派人埋入城外义地的乱葬岗子。社会险恶不得不防啊。

祝三狗听罢，出了一身冷汗，连忙坐上胶皮赶回河东大直沽祝家大院复命。

进了祝家大院，他一眼看见祝显驰披麻戴孝正跪在祝老太爷灵前哭丧呢。祝三狗一时不知如何是好。祝显驰抬手擦泪，趁机向他挤了挤眼睛。祝三狗明白了，只得闭紧嘴巴闪到一旁。

祝显驰的父亲祝铁颔身披孝袍守在灵前，低声问祝三狗是不是去了南开中学并且没有找到祝显驰。祝三狗慌忙点头称是。祝铁颔面无表情说道，今年大少爷从南开中学转到扶轮中学去了。

祝三狗听罢连连点头，心里说祝显驰这小子真他妈的是瞎话大王啊，这两年读的明明是娼妓中学，竟然红口白牙说从南开转到扶轮去了。

祝老太爷大出殡，场面宏大震动天津河东。祖父下葬之后，祝显驰大门不出二门不迈，遵循孝子贤孙的祖制，守制在家。祝氏家族似乎对他这两年的外出求学真相并不明了，仍然视他为不可多得的接班人才。家长的如此昏聩令祝显驰感到震惊，怪不得大清朝灭亡了呢。同时他也为自己感到庆幸，什么天网恢恢疏而不漏，放屁。就这样祝大少爷没事儿躲在自己屋里偷着乐。

这两年在外面吃惯了荤腥儿，守制在家必然素净难忍。天气渐渐热了，祝显驰急得抓耳挠腮，活像杨小楼扮演的孙猴儿。

这天早午，火红的太阳当头照。祝家大院的仆人祝三狗跑来禀报，说大门口来了一个紫袄黑裤的小娘儿们，操着杨柳青口音非要见一见祝显驰大少爷不可。门房说祝家大院新丧守制，孝子贤孙概不会客。

紫袄黑裤杨柳青口音？祝显驰一双小眼睛转悠了两圈儿，绞尽脑汁怎么也猜不出来者是谁。此时他最需要的就是女人。

小娘儿们走了吗？祝大少爷眨着贪婪的目光追问着。

祝三狗说，她口口声声说您该她十块大洋，门房儿把她给轰走啦。

寂寞难挨的祝显驰心里起急，又在抓耳挠腮。他想起祝家大院的后花园里有一座角门，跑去一看，他妈的那只铁锁已经锈死了。

2

小娘儿们金彩气急败坏走进河东大王庄的陆七饭馆。大王庄这一带属于天津俄国租界，一九二四年苏俄政府将其退还中国。天津河东的俄租界与天津河西的英法租界相比，处处显得简陋而缺乏建设。然而这在金彩心目之中并不重要。她此行最大的损失就是没有见到那个名叫祝显驰的公子哥儿以及那十块大洋。

天津那年月的小饭馆里，几乎难以见到女宾，尤其是难以见到金彩这样标致的女宾。俗话说鲜鱼水菜最养人。金彩家住鱼米之乡杨柳青，农家女子天生丽质：身材窈窕皮肤白皙五官俊美，人见人爱。人见人爱的金彩远道而来却在祝家大院的门房碰了个钉子，没有见到祝大少爷。她屈指算了算，这一趟下天津卫无疑是赔本的生意,回到家里见了丈夫郎三起,难免遭到嘲笑。临近中午她觉得肚子饿了,走进大王庄的陆七饭馆,气哼哼要了一碗烩饼。

美人儿生气,模样更俏。

饭馆掌柜陆七亲自端来热气腾腾的烩饼,色迷迷地看着她。胸脯丰满的金彩埋头便吃,明眸皓齿漆黑的头发,煞是招人喜爱。陆七干脆坐在金彩的桌前,打算趁着这顿饭的工夫喂饱自己的眼珠子。

金彩一会儿就吃完一碗烩饼,然后抬手擦了擦额头的汗水。

陆七淫邪地说,我这儿还有两个肉丸子你把它吃了吧?

汗津津的金彩愈发显出少妇的姿色。她眨着一双大眼睛想了想,然后摇头说算账吧掌柜的。

不用算账了这顿饭我请客了。素以吝啬闻名的陆七为了向佳人献媚,居然慷慨起来。

金彩蔑视地笑了笑,从怀里掏出一张钞票。陆七心里盘算着,无论如何也要设法挽留这个小美人儿。他伸手接过金彩的钞票,趁机抓住她的小手儿。金彩的小手儿细嫩滑腻,鱼儿般挣脱了陆七的魔爪。陆七被撩得性起,伸手朝着金彩丰满的胸脯抓来。

金彩躲闪不及,被陆七占了便宜。她抬手狠狠扇了他一个耳光。陆七吃了美人儿的巴掌,心里舒坦连声喊好。

这时候,黑衣黑裤的祝显驰气喘吁吁跑进饭馆。他是爬上枣树攀过后墙,纵身跳出祝家大院的。一路上他打听着紫袄黑裤女子的去向,来到大王庄的陆七饭馆。

祝显驰蓦然看到紫袄黑裤的金彩,浑身热血倏地沸腾起来。他双腿发软缓步走向金彩,目光痴痴注视着这位农家美人儿。

陆七认出来者正是"大槐树祝家"的祝大少爷,立即退避一旁,不敢吱声。

金彩无法承受祝显驰这种痴迷的目光,羞了,朝后退了两步一时不知如何是好。

祝显驰渐渐冷静下来,坐在桌前朝着金彩傻笑。不知为什么金彩被这位公子哥儿的傻笑感动了,低下头小声说,你到底是谁呀,怎么进了门就一个劲儿盯着我呢。

金彩出汗了，紫衫紧紧绷在身上更加显出女人的韵味。祝显驰呵呵笑着，问她是不是来找祝家大院的祝显驰。

嗯啊。金彩立即点头称是。她的杨柳青口音优美动听，说惯了天津话的祝大少爷心头又是一颤。

我就是祝显驰，你找我有什么事情啊？

金彩啊了一声。面前这位文弱清瘦的公子就是祝显驰，这令她感到意外。不知道为什么，她认为祝大少爷应当是个孔武有力的汉子。

其实农家少妇金彩喜欢文弱清瘦的公子哥儿。

我就是祝显驰，你找我有什么事情啊？

金彩怔了怔，脱口说道，你该我十块大洋！说着她从怀里掏出手帕，打开手帕里面裹着的一张黄纸。金彩打开这张黄纸，抬头递给祝显驰。

祝显驰看见黄纸，突然无声地笑了。这张黄纸敢情落在你手里啦？这真是缘分啊。祝大少爷激动起来。

金彩变得不言不语，目光定定注视着祝显驰。祝显驰这两年住在妓院夜夜销魂，却消受不了良家妇女的这种妩媚，一时间心旌摇荡手足无措。

我拿着这张黄纸找到怡红院，说你回家啦。我拿着这张黄纸找到你家大门口，门房儿又不让我进去。祝大少爷你是不是想赖账啊？金彩嗔笑着说。

祝显驰连连摆手，说不但不想赖账还要加倍奉送银圆。他问她一百块大洋行不行。

金彩笑了。祝显驰从她的笑容里看出这个女子似乎并不十分爱财。金彩说，我不用你加倍奉送银圆。说着她抬手指向陆七说，吃饭的时候他调戏我。我想用那十块大洋买十个耳刮子送给这个混账。

祝显驰扭头看了看陆七。陆七立即慌了，想溜走。

祝大少爷瞪着陆七说，你说是我雇人打你十个耳刮子呢，还是你动手打自己十个耳刮子呢？

陆七深知光棍不吃眼前亏的道理，随即动手抽打自己的嘴巴，一鼓作气十声脆响。

金彩笑了笑，腰肢一扭起身走出饭馆。

祝显驰呆呆看着她摇摆的细腰，然后迈开大步追了出去。

俗话说有缘千里来相会,无缘对面不相识。祝显驰与金彩的缘分,追本寻源其实是从那只风筝开始的。

原来那天金钢桥上放风筝,玩了一会儿就觉得没意思,打算收线。祝显驰灵机一动想出一个新鲜点子,说给风筝"送饭儿"。所谓给风筝送饭儿就是将一个小机关顺着线绳放到天上去,升到空中小机关砰然打开,五彩纸屑漫天飞舞,引人欢呼。几位纨绔子弟对"送饭儿"毫无兴趣,说没劲。唯独祝显驰兴味盎然。他在一张黄纸上写道:凭此据到怡红院找祝显驰领取赏银拾圆。

祝显驰写罢就将这张黄纸拴在小机关上,给风筝"送饭儿"。小机关升到空中砰然打开,只见那张黄纸顺着风力朝着西南方向飘去,渐渐没了踪影。

千里姻缘一线牵。祝显驰万万没有想到那张黄纸落在美人儿手里。金彩今日的突然出现,使得祝大少爷的守孝生活倏地变得一派灿烂。他宁可变成一张大网,也不让这条美丽的小鱼儿与自己擦肩而过。

祝显驰追出饭馆大声对金彩说,我守孝在家不准出门,你给我留一个住角,过几天我按着地址去找你。

金彩停住脚步猛地回头,杏眼圆睁亦嗔亦怒说,我已然有了爷们儿,你去找我就不怕他揍你啊!

祝显驰极为困惑地看着金彩,我去找你这是天大的好事儿,你爷们儿应当高兴才是啊。我真不明白他为嘛要揍我呢?你爷们儿的脑筋一定有毛病……

金彩听罢祝大少爷的这番话,咯咯咯笑了起来,说我家住在杨柳青的小桑园,我爷们儿名叫郎三起。

你可不许说跟我说瞎话。祝显驰唯恐失去美人儿的线索,大声警告着金彩。

这时候祝三狗跑来催促祝大少爷赶紧返回祝家大院,说守孝期间擅自外出万一要是让老爷知道了可就坏啦。

祝显驰恋恋不舍看着金彩问道,我到了小桑园打听郎三起的媳妇就保准能够找到你吧。

风情万种的金彩笑而不答。祝三狗扬手叫住一辆胶皮,请金彩立即上车。金彩坐到车上回过头来注视着祝显驰。

祝大少爷突然高声说，我告诉你，这一程子你可不许搬家！你要是搬了家，我可就找不着你啦。

金彩扑哧一声笑了。

胶皮渐渐远去了。金彩坐在车上还能听到祝大少爷的喊叫。

金彩我告诉你，你可不能跟我说瞎话，到时候你就是上天入地，我也要找着你……

少妇金彩从来没有见过这种性情的公子哥儿，不由得心头一热。

3

守孝告一段落，祝家各门坐下来商议析产之事，也就是分家。一个大家庭的解体，实在是一件麻烦的事情，劳心费神往往难以摆平。祝家大院居住着四位兄弟，分成四座院落，各有堂号。祝铁颔为长门，堂号"伯美堂"，依次是"仲仁堂"、"叔信堂"、"季德堂"。分家析产祝铁颔以身作则并不多吃多占，事情进展还算顺利。祝显驰整天神情恍惚，似乎对析产大事一无所知。一个男人对一个女人痴迷，实在是难以自拔。他心里想着金彩，心智似乎已经凝固成一摊鸟粪。祝显驰不是傻子，为了掩人耳目他口中总是念念有词，背诵着唐诗。其实他只会这么几首，翻来覆去嘴里好像含着一块儿永远嚼不烂的牛皮糖。

析产期间除了"叔信堂"高呼不公，闹了一场不大不小的风波，分家立户的事情终于有了结局。从此以后，祝家大院由一台家族大灶变成五只家庭小锅，各门各户经济独立财产自理，进入了新时代。

祝显驰找到父亲，要求给自己换个新札子。天津方言里的札子指的是具有契约性质的记账簿。那时候天津的豪门富户由于财力强大颇具商业信誉，公子哥儿们出门不用现银，一只札子带在身上，吃喝玩乐通通记账，又潇洒又气派。既然析产分家另立账户，祝显驰首先想到的是自己的札子。

父亲为儿子换了新札子。祝显驰随即离家外出，悄然前往妓院继续他的"求学"生涯。

怡红院里住了几天，他感到没滋没味。这里的妓女在他心目之中通通失去吸引力，甚至避之不及。他知道只要自己心里盛着那个金彩，怡红院就完了。他翻了翻皇历，明天正是吉日。

从天津去杨柳青,有水路有旱路,不足三十里地。祝显驰选择了水路,第二天来到南运河码头上雇了一只短篷快船。这条水路即京杭大运河的北端,是当年乾隆下江南的必经之路,因此被称为"御河"。御河水甜,小贩儿们大声吆卖青菜,纷纷号称御河水浇的。

祝显驰在杨柳青下船,突然想起这里的年画不错,齐健隆啊戴善增啊都是老字号,便朝着街里画坊走去。

一个小伙计从一家画坊里走出来,满脸堆笑请他进去喝茶。祝大少爷撩起大褂走进画坊。掌柜的是个胖子,立即迎上前来。他看了看挂在墙上的杨柳青年画,果然不错。小伙计端上茶来。他问胖掌柜,我要是领着一个大活人来,你能照着她的样子画像吗?

胖掌柜当即表示,自己的画坊里没有办不了的事情。他压低声音告诉祝显驰,画春宫也成。

祝显驰听罢感到满意。出了画坊,他想雇一辆车前往小桑园。没车。他踌躇着,然后笑了笑,双手叉腰站在大街上,高声喊着,谁背着我去小桑园,我给两块大洋!

大街上两旁的小贩儿们惊呆了。两块大洋?小本生意都是零钱,三年五载也见不着一块大洋啊。背着这位大少爷去小桑园就赚两块大洋,没人相信。

人们呆头呆脑注视着祝显驰。祝显驰心里纳闷:妈的,敢情两块大洋太少啦? 他扯开嗓子大声说,五块大洋啦,谁背着我去小桑园五块大洋啦!

小伙计从画坊里蹿了出来,扑到祝大少爷脚下连声说,我我! 我背着您去小桑园……

嘿嘿……祝大少爷笑了,伏身往小伙计脊背上一趴,说了声走。小伙计身强力壮,背起祝显驰大步朝南走去。

一路上,人们对这位天津卫来的大少爷议论纷纷。挥金如土的祝显驰顷刻之间成为新闻人物。然而他对人们的议论毫无兴趣,两眼一闭趴在小伙计脊背上呼呼睡着了。

小伙计万万没有想到,这位仪表不俗的大少爷身子屁轻,背在身上仿佛一捆秫秸。天津卫来的大少爷真是挥金如土。我这五块大洋赚的真是太容易啦。小伙计心中窃喜。

走进小桑园,小伙计问他找谁家。他睡得迷迷糊糊,鸣了一声。这时候一个女子走上前来,问谁家的孩子病啦。小伙计笑了笑说身上背的不是孩子,是天津卫来的一位大少爷。

祝显驰听到这个女子熟悉的声音立即睁眼醒来,两腿一伸就站在了地上。

敢情是你啊。金彩一眼看见祝显驰这不伦不类的样子,伸手捂嘴咯咯笑了起来。

祝显驰看见金彩恨不得立即攥在手里不放,他连连解释说在杨柳青雇车雇不着,只得雇人。

小伙计趁机伸手结账,说这位大少爷您不是说赏我五块大洋嘛。

金彩一听就急了,冲上来指着小伙计的鼻子说,从杨柳青背到小桑园,你敢要五块大洋啊? 疯啦! 就是从天津卫把祝大少爷背到小桑园,再从小桑园把祝大少爷背回天津卫,我也顶多赏给你一块大洋。

小伙计表情十分委屈,说五块大洋这个价钱是祝大少爷自己说的。这时候祝显驰也感到理亏,主动从怀里掏出五张银圆钞票,递给小伙计。

金彩扑上来将这五张银圆钞票抢了过去, 手里留下四张然后气哼哼说,本乡本土的你拿我们当冤大头啊? 赏你一块钱就算不错啦!

小伙计从地上捡起一块钱,转身就跑。

祝显驰目不转睛注视着金彩,说你干嘛非跟穷人一般见识啊,赏他五块钱就是啦。

金彩走上前来伸手戳着祝显驰的脑门儿说,我就是穷人,我凭什么赏他五块大洋啊。你这个财神爷啊,就得让我给你当家做主!

说着,金彩扭身朝着瓜地深处走去。祝显驰盯着她摇摆的细腰,紧紧跟随着说,今天我来找你,就是想告诉你以后不用受穷啦。金银哗哗如流水,金彩你就使劲儿花吧!

金彩听了这话当然高兴。她闪身走进瓜地里的棚子。祝显驰冲动起来,扑进棚子一把将她抱在怀里。

你胆子太大啦,我爷们儿在家里呢你就敢弄我啊? 金彩气喘吁吁说着。

祝显驰使劲儿弄着金彩,杀气腾腾说,你爷们儿胆子也太大啦,我来啦他还敢在家里待着不跑！

金彩听了这话激动起来，紧紧搂住祝显驰的后腰说，你敢作敢为真是男子汉大丈夫！

尽管是在匆忙之中，见多识广的祝显驰还是感到金彩不是寻常女子——处处都好啊。

哗啦一声，瓜棚被疯狂的祝显驰给弄塌了。不远处农家院里的一只大黄狗汪汪叫了起来。

一个剃光头五短身材的男人，披着破褂子从院里走了出来，很响地打了一个哈欠。

祝显驰从倒塌的瓜棚里滚了出来，依然紧紧搂着金彩不放。前边那位剃光头的男人就是你爷们儿吧？

金彩从祝显驰怀里挣脱出来，气喘吁吁说是。祝显驰故作惊讶说，你爷们儿赛过梁山好汉王矮虎，我可是甘拜下风啦。

青天白日你在瓜棚里就把我弄了，小心我爷们儿动手搂你！

祝显驰笑了笑，稳稳当当站起身来，一边摘着头发上的草梗儿，一边大步朝前走去。

金彩的丈夫名叫郎三起。他走出院门看见一位公子哥儿模样的男人从倒塌的瓜棚里钻出来，不由一惊。

这时候一个两三岁的女孩儿跑过来抱住郎三起的大腿，奶声奶气说爸爸我吃甜瓜。

郎三起寻思着，然后猫腰抱起女儿，连声说爸爸这就去给你摘瓜。祝显驰迎面走来。郎三起抱着女儿与这位不速之客擦肩而过，大步走进瓜地。

面对郎三起的视而不见，祝显驰反而纳闷起来，怎么也弄不明白对方此举究竟是什么意思。神色慌张的金彩不知所措，看了看自己的爷们儿，又看了看祝大少爷，一时难以调停。

望着瓜地里的郎三起，祝显驰压低声音说，金彩啊敢情你生过一个孩子啦？可你还是这么鲜嫩就跟大闺女似的。

金彩满脸绯红，不睬祝显驰而是朝着瓜地里的丈夫大声说，三起啊，家里来了贵客，你怎么也不知道沏茶呢？

　　郎三起正在拾掇倒塌的瓜棚，缓缓转身看着祝显驰。祝显驰扬手跟他打着招呼说，我是天津卫的祝显驰，远道而来给你添麻烦啦。

　　金彩小声对祝显驰说，你这个挨千刀的坏种，弄了人家媳妇还跟人家装好人……

　　起身离开倒塌的瓜棚，郎三起穿过瓜地大步朝着祝显驰走来。祝大少爷注视着这个敦敦实实的瓜农，很想对他的辛苦劳作表示慰问。

　　郎三起朝着天津卫的祝大少爷呜了一声，径直走进院子烧水去了。金彩那颗悬浮已久的心儿终于落地，长长呼出一口气。她抱起女儿小彩，朝着祝显驰哧哧笑着。

　　祝显驰朝她作了个鬼脸儿说，你爷们儿没揍我吧。

　　你该我一百块大洋。金彩低声向他撒娇，然后抱着小彩一串小步儿走进院里，进屋协助爷们儿沏茶去了。

4

　　复杂的事情往往突然变得简单。进屋沏茶的时候金彩佯装哭哭啼啼的样子，请求丈夫睁一只眼睛闭一只眼睛，容忍自己与祝显驰的私情。没承想瓜农郎三起是个乐意吃软饭的男人，面无愠色。自从金彩只身前往河东大直沽寻找祝大少爷，郎三起便暗暗盼望通过媳妇攀附高枝，谋得实惠。郎三起这个男人活在人间最为看重的就是"实惠"二字。当他得知金彩与祝显驰已经勾搭成奸，不禁喜上眉梢。等到金彩要求他对这段奸情视而不见的时候，郎三起深知时机已然成熟。他说让我闭上一百只眼睛都行，那要看祝大少爷如何摆平这件事情。金彩终于看出游手好闲的丈夫并不过于在意名声，这辈子只要能够吃香的喝辣的，戴一顶绿色帽子也不是什么天塌地陷的事情。

　　就这样，夫妻携手沏好了一壶香茶，招待天津卫的祝大少爷。

　　坐在简陋的土屋里，祝显驰对郎三起"以妻谋利"的做法感到意外，转念一想又不得不佩服郎三起做人的明智。既然已经成为一笔交易，那么双方照章办理就是了。祝显驰许诺，投资在杨柳青开办"成兴当铺"，全权交给郎三起经营。但是从此不许他染指金彩，只能做表面夫妻。郎三起拿起字据，激动得浑身发抖。他似乎担心祝显驰变卦，按手印儿的时候使出了全身的力气，气喘不止,连声说永不反悔。郎三起一定是土里刨食穷怕了,做梦都想尝一尝富足生活的滋味。如今红运从天而降,一座金光闪闪的当铺即将出现,他连声高呼祖上有德。

院子里金彩低声问他,从今往后咱们只能做表面夫妻,你一指头也不许碰我,这样你憋得住吗?

身材矮壮的郎三起并不避讳这个话题,哈哈大笑说,成兴当铺一开张我就有钱啦,有了钱我养姘头啊逛窑子啊洗对盆儿啊,还用你担心我憋死啊。

金彩心里倒不平衡了,气哼哼说你这个穷鬼依靠我才过上了好日子,逢年过节你必须烧香磕头,念叨着我对你的好处。

郎三起承认自己爱吃软饭,并且由衷地认为金彩是他这辈子的衣食父母。

双方立了字据,祝显驰觉得不虚此行。金彩兴高采烈烧灶,给祝大少爷献上一顿庄户饭:贴饽饽熬鱼。

祝显驰吃惯了精米白面,对金彩的手艺赞不绝口,吃得津津有味。饭后,他要赶回天津去办理银票的事情。

金彩娇声娇气说,你心里一定是有了别人啦,根本就不恋我。

我在怡红院有八个相好的窑姐儿。自从我遇见你,她们就全废啦。祝显驰说着,与金彩执手告别。

金彩泪眼汪汪说,从小桑园到杨柳青这段旱路,穷乡僻壤没车没马啊。

郎三起真是个大明白人,随即换上一件干净小褂儿说,我背着祝大少爷去杨柳青上船吧。

金彩大声告诫说,我可不许你摔着祝大少爷。

郎三起面无表情说,祝大少爷是我的财神爷,摔了亲爹我也舍不得摔他啊。

两个男人的身体叠在一起,上路了。金彩站在大堤上望着远去的背影,欣慰地笑了。

乘船回到天津卫,祝显驰当天晚上就跟父亲畅谈了自己投身实业的打算。他的雄心大志当即得到祝铁颉的好评,认为在天津周边地区兴办典当行业,颇具慧眼。

儿子就这样又把当爹的给骗了。

坐落在杨柳青的成兴当铺开张之后，祝显驰愈发成为祝氏家族伯美堂的可造之才。既然成了可造之才，父亲便开始操心他的婚姻。祝铁颉相中了江家三小姐江月儿，便托人前去说谋。江家欣然同意相亲。

当年腊月二十六，祝家大院大办喜事，又娶媳妇又过年。祝显驰娶江月儿为妻，终成眷属。这个江月儿模样长得不错，浓眉大眼的，就是身材又高又壮，一员武将似的。同时这员武将似的新媳妇还从娘家带来许多偏方，从头痛到脱肛，无所不治。新婚之夜祝显驰以肚疼为由逃避同床，江月儿随即以蜂蜜白酒姜汁搭配，加热调成"驱寒羹"，连声催促夫君服下。手无缚鸡之力的祝显驰落到这位樊梨花手里，几乎难以挣脱。他被迫服下一盅驱寒羹，顿时呕吐不止。江月儿大大咧咧说，好了好了你把寒凉都吐出来啦，从今往后咱俩就好好过日子吧。

祝显驰有苦难言，哭笑不得。尽管娶了樊梨花，祝显驰这个公子哥儿还是开创了天津少爷的新纪录，那就是先置外宅，后娶正室。

内有江月儿，外有金彩。从此，祝大少爷闲庭信步走进了自己精心营造的新生活。

既然有了成兴当铺的生意，祝显驰隔三差五就往杨柳青跑，并未引起家中怀疑。祝铁颉说，男子汉做生意四海为家。祝显驰再接再厉，专门为自己造了一条快船，水路往返十分便捷。

祝显驰狠抓基本建设，投资在小桑园建造一座青砖小院，门前有柳屋外有桑，一派安居乐业的气氛。金彩当然懂得如何讨取祝显驰的欢心，她将自己与郎三起所生的女孩儿小彩送回娘家抚养，只身居住青砖小院，随时迎候祝大少爷的到来。

祝大少爷感到非常满意。

第二年初春，金彩告诉祝显驰，她怀孕了。真是不比不知道，女人真奇妙。这时祝大少爷终于觉出江月儿武将似的八成是不擅生育。否则，外宅已经有了动静，正室为何无动于衷呢？

这样，小佳人金彩更加显出了她的金贵。此时距离震惊中外的"九一八"事变还有八个月的时光。

"九一八"事变那天,日军刚刚攻破奉天的北大营,金彩即临盆产下一个男孩儿。祝显驰是性情中人,为纪念他与金彩的缘分,给男孩儿起名祝大金。

祝大金这个小少爷,给祝显驰的生活带来了无穷的苦与乐。

5

祝大金周岁生日,东三省已经沦陷了三百六十五天。周岁生日依照本埠风俗要"抓周儿",以此昭示日后的吉祥。小娘子金彩可谓用心良苦,一大早就在炕上摆满各式各样的物件,虽然显得乱七八糟,却充满福禄喜庆。无论是金元宝还是乌纱帽,无不象征着祝大金的高官厚禄财运亨通的锦绣前程。临近正午时分,祝显驰从天津卫赶到杨柳青小桑园,大汗淋漓。金彩望眼欲穿,终于笑了。祝显驰无法消受金彩的笑容,大步迈进门槛便将她抱在怀里,活像个粗野的兵痞侵犯良家妇女。金彩心里最为惦记的事情是宝贝儿子的"抓周儿",便从祝显驰怀抱里挣扎出来。这时候谁也没有在意,一个小物件从祝显驰怀里溜了出来,无声地掉在炕上。

身穿新裤新袄的祝大金老老实实坐在炕沿上,毫无表情。这孩子自从落生还没剃过胎发,仿佛戴了一顶黑色皮帽子。

抓周儿吧抓周儿吧。金彩兴奋起来,拎起祝大金坐在大炕的中央,然后大声催促着。其实祝显驰并不认为这项仪式有多么重要,只是连声附和着。这时候金彩开始大声鼓励宝贝儿子——抓周儿。

祝大金坐在大炕中央,呆头呆脑环视着身边的景致,目光显出几分茫然。金彩说,大金啊大金,你抓啊你抓,抓福,抓禄,抓喜,抓官帽子,抓金马驹,抓聚宝盆……

祝显驰不倒不正添了一句话,抓小娘子!

金彩白了显驰一眼,专心致志催促儿子抓周儿。祝大金在母亲的指挥下,朝前探着身子,突然笑了——这笑容使父母陡然感到陌生,似乎是不祥之兆。

宝贝儿子祝大金缓缓伸出右手,似乎并未拿定主意。他抬头看了看父母,然后紧紧抓住祝显驰无意之间掉在炕上的那宗物件儿。

金彩随即高声叫唤起来。她心里有数,自己在炕上摆满各式各样的东西,没有一样儿不吉祥。无论儿子抓着什么,都离不开福禄寿喜。金彩满有把握地抓住儿子的小手儿。此时祝大金将小手儿攥得紧紧，就是不松开。金彩急了，扭头望着祝显驰说，咱儿子跟你一模一样，节骨眼儿上犯了犟脾气！

祝显驰嘿嘿笑着，伏下身子轻声对大金说，宝贝儿子，你赶快松开手让妈妈看一看，你到底给自己抓了个什么前程啊。

祝大金终于松开了小手儿——抓周儿的谜底终于呈现在父母面前。金彩啊地尖叫一声，活像一只被人踩了脖子的母鸡。祝显驰伸长脖子细看，不禁愣住了。我的老天爷，这宝贝儿子怎么抓了个"门官儿"啊。

金彩一屁股坐在地上，悲观绝望大哭起来。

"门官儿"是天津娼寮界广为使用的银制淫具。祝显驰匆匆忙忙从大津卫赶到杨柳青，总是怀有嫖客心理。他没想到"门官儿"从衣兜儿里滑出来掉在炕上。祝大金这个小孽障放着金山银山不抓，偏偏将父亲的这件兵器抓在手里。等到金彩掰开儿子的小手儿看见"门官儿"的时候，望子成龙的美好心愿一下就被粉碎了。她泪水横流大声哭诉。

小孽障你怎么抓了这么个玩意儿啊！抓了这么个玩意儿长大了你也是个采花淫贼啊……

你爸爸的"门官儿"怎么抓到你手里啦？祝家真是缺了八辈子大德啊！

祝显驰知道自己是祸头，一时不知所措。祝大金这个小东西坐在炕上，不但不哭反而咧嘴笑了。

祝显驰只得劝慰金彩。采花淫贼怎么啦？我要不采花你也落不到我手里啊。你要是不落到我手里能有今天的好日子吗？别哭啦别哭啦，咱们宝贝儿子抓着"门官儿"兴许还是好事儿呢。俗话说人在花下死，做鬼也风流……

金彩当然不相信祝显驰这套歪理儿，继续为儿子抓周儿的失败而大放悲声。

祝显驰从儿子手里抢过淫具"门官儿"，然后从地上拽起哭泣不止的女人，嘿嘿笑着抱在怀里。金彩只是象征性地挣扎了几下。祝显驰再接再厉，抱起女人踉踉跄跄走进那间朝阳的北屋，办大事儿去了。

郎三起掌管着成兴当铺的业务，一下子成了杨柳青的人物。人们私下说他用媳妇换了当铺，但当面还是尊称"郎三爷"。郎三爷吃香喝辣在镇上养着个小寡妇，日子过得有滋有味。尽管如此郎三起还是心理不太平衡，他经常坐在当铺里自言自语,说金彩有什么出奇的地方令祝大少爷着迷啊? 这真是王八瞪绿豆——对上眼啦。

腊月初八,祝显驰一步三摇走进杨柳青的齐健隆画店,愿出大价钱请著名画师王光涛给金彩画像。王光涛颇费踌躇,终于承接下来。祝显驰要求腊月完工。王光涛接连几天到小桑园去,观察金彩的行走坐卧。

祝显驰出重金为金彩画像这件事儿轰动了杨柳青镇。

一个身穿黑色棉袄的汉子盯上了小桑园这座青砖小院。他接连几天暗中踩道,观察地势。

正月初一,金彩的画像挂在家里,就有了两个金彩。祝大金看了看母亲,又看了看挂在墙上的画像,真伪难辨一下子哭了起来。这孩子学步很晚,一岁半了走起路来还是东倒西歪的样子。

正月十五上元节,祝大金这孩子被绑票儿的给弄走了。

郎三起从成兴当铺跑了回来,急得搓手跺脚叹气,毫无办法。

金彩痛不欲生,乘着运河冰排前往天津卫大直沽,披头散发跑进祝家大院报信儿,哭号着告诉祝显驰咱儿子丢啦。

金彩的哭声惊动了"伯美堂"。祝铁颉当然要追究此事。于是江月儿举报了自己的丈夫,说祝显驰在外边有人啦。于是设在杨柳青的外宅就这样暴露于光天化日之下。

祝铁颉不禁沉思起来。我儿子结婚两年了,仍然不见儿媳妇怀孕,莫非伯美堂要断了香火不成? 这样想着,他叫祝三狗立即将祝显驰传唤进来。

祝显驰神色张皇站在父亲面前。

显驰啊你必须跟我实话实说,杨柳青那个被土匪弄走的男孩儿,果真就是你的亲生儿子啊?

这还能有掺假的吗? 祝大金那孩子真正是我的骨血。

祝铁颉松了一口气。既然如此,你就是上天入地也要把那男孩儿给我找回来。土匪绑票儿不就是图钱吗? 咱给! 千万不能让他们撕了肉票儿啊。

祝显驰万万没有想到,父亲如此轻松就饶了自己。他接受父亲指令犹如脱缰烈马,穿上棉袍就蹿出祝家大院。

江月儿无可奈何,只得无声落泪。她心中暗暗着急,我试了那么多偏方,怎么还是怀不上孩子呢?

二月二,龙抬头。祝大金终于被赎回来了。经过这段时间的折腾,孩子又干又瘦,小脸儿像个黑地梨儿。金彩抱着孩子哇哇大哭,可见母子情深似海。

祝显驰不愧人称狗少。他趁机向父亲报花账,声称赎金用了银洋三千,其实呢只花了一千。金彩也不甘落后,趁着热乎劲儿向祝家提出登堂入室的要求。没承想祝铁颉看重的只是祝氏骨血,祝大金归宗写入家谱,金彩只能一边晾着。祝铁颉说只要我活着金彩休想跨进祝家大门。

金彩没被封为诰命反而贬为庶人,她当然不肯罢休,一屁股坐在祝家大院门口哭号不止,说祝铁颉是朱元璋,坐了江山滥杀功臣。祝显驰没辙,只得拿出家的和尚跟在家的居士打比方,说都是佛教信徒何必在乎名分呢? 金彩当然不依,说外宅为什么就要低人一等。祝显驰当场拍着胸脯许愿,说给她补贴八百大洋。

金彩立即从地上爬起来大声问着,银票呢?

祝显驰脸一变,大声吼叫起来。你找郎三起去要银票吧! 明明是他勾结绑匪弄走了大金,还他妈的跟我装好人儿。我从十六岁就住在窑子里,黑道白道嘛人没见过? 我要是报了官他郎三起就得判罪下大狱……

金彩惊得目瞪口呆。她随即返回杨柳青,径直走进成兴当铺大声质问郎三起。郎三起将她拉到后院,连声喊冤。

我已经戴了绿帽子当了王八,祝大少爷怎么还往我身上泼污水啊! 这朗朗乾坤还有讲理的地方吗? 我可不能扛着这不白之冤啊!

金彩小声说,你究竟是好人还是坏人,那只有老天爷知道。

郎三起说,一日夫妻百日恩,你可不能血口喷人啊。

祝显驰果然说到做到,一纸诉状告到天津县,郎三起就被警察从成兴当铺里抓走了。虽然民国了可是照样打人,郎三起滚过热堂终于在供状上写了四个血字:屈打成招。然后他就被送到天津习艺所蹲大狱去了。

祝显驰毕竟窑皮子出身,轻车熟路就把郎三起给办了。成兴当铺继续营业,祝显驰遣散郎三起党羽,委派祝三狗前往杨柳青掌管当铺的实权。祝三狗终于提干了,心里非常高兴。

这一连串的变故,弄得俏佳人金彩懵头懵脑,人也瘦了,朝着林黛玉的方向发展。祝显驰嘿嘿笑着将林黛玉搂在怀里说，你要想早日名正言顺走进祝家大院，就天天烧香拜佛在心里祈祷我爹快点儿死……

金彩听罢十分震惊，心里说人世间怎么还有祝显驰这种混账儿子呢？祝家祖上真是缺了八辈子大德啦。

6

祝大金六岁生日那天，也就是公历九月十八日，祖父祝铁颔暴病而亡。有人说父亲是被儿子给气死的，内情不详。这时候江月儿仍然没有身孕——尽管她相信偏方能治大病，然而母鸡不下蛋似乎已成定论。

祝家大院的伯美堂大办丧事，身穿孝服的祝显驰一下被推上领导岗位，手中有了实权。

祝铁颔的寿材是一口楠木大棺材，价格抵过一座宅院。入殓的时候祝大金站在一旁呆呆看着，不知为什么咧嘴乐了。当时乱哄哄的场面，也没人注意这孩子的表情。出殡的那天祝显驰是打幡的孝子，祝大金是亡者的贤孙，父子走在队伍里哭哭咧咧的，惹人注目。

祝三狗给居住在小桑园的金彩送信儿，说祝铁颔死了。金彩听罢蹦起一尺多高，好似《八仙过海》里的何仙姑。她知道自己的好日子即将开始，就悄悄吃了一顿喜面以示庆贺。

金彩心安理得等待着祝显驰前来迎娶的消息。

左等没有消息，右等没有消息，一晃过了两个月时光。金彩心中渐渐起急，来到杨柳青镇上的成兴当铺找祝三狗打听底细。祝三狗闪烁其词不说实话。金彩笑了，说姑奶奶我迟早登堂入室坐镇祝家大院，你知道武则天跟慈禧太后吗？到了我掌权那天你祝三狗可就离倒霉不远啦。

祝三狗慌了，只得对她道出事情的真相，说江月儿横身阻拦，祝大少爷心思也淡了。

金彩深知男人心思易变，必须旺火烧锅。她对祝三狗面授机宜。祝三狗面有难色也只得应允了。

第二天一早儿，祝三狗随着金彩乘船前往天津卫。金彩身穿寻常女子的衣裳，住在大直沽的一家小旅店里。傍晚时分，金彩悄悄来到祝家大院门外，这时候祝大金扭着肥胖的小身子走了出来,祝三狗随后也出现了。金彩见到儿子当即泪流满面,拉起祝大金的小手儿就走。祝大金闹哄着。祝三狗连忙小声告诉金彩,这是个无利不走的孩子,你必须让他尝着甜头儿才行。

路旁有个卖糖堆儿的,金彩伸手摘了一支。祝大金奶声奶气说不吃这行子。唯恐耽搁久了让祝家保镖看着,金彩慌不择辞说,大金跟娘走吧,我给你娶个媳妇。

金彩万万没有想到,六岁的祝大金听了这话咧嘴笑了,抬腿跟着亲娘就走。金彩喜出望外,一边走一边说,大金啊大金,你小子现在就跟你爹一模一样,媳妇迷啊。

点灯时分,祝家大院"伯美堂"的大管家孙友琛发现宝贝疙瘩祝大金没了影儿,便寻找起来。这个孙友琛当年是祝显驰的酒肉朋友,如今应聘当了大管家。孙友琛立即报告躺在榻上抽鸦片的祝显驰,说小少爷找不着啦。

祝显驰耷拉着眼皮说,这孩子他还能上天入地啊?你犄角旮旯儿找一找,兴许埋伏着十万雄兵呢。

身高马大的江月儿一旁帮腔说,大金这孩子最爱捉迷藏,上次蹲在咸菜缸里,拽出来的时候都快腌成咸芥头啦。

祝显驰命令江月儿率领全体人员四处寻找,可还是不见踪影。

适逢秋风扫落叶的季节。祝显驰急得院里踱步,活像一只关在笼子里的狼。他自言自语说,莫非这次大金真的遭绑票啦?

祝三狗一旁佯作着急的样子,大声叹气说,老天爷总不会让祝家断子绝孙吧。

江月儿顿时翻脸,指着祝三狗的鼻子说,你这是咒我不生养吧?祝三狗连忙闭嘴。

遍地月光。金彩悄无声响走进祝家大院,突然出现在人们面前。

身材高大的江月儿以为妖精从天而降,呆呆望着小巧玲珑的金彩。金彩旁若无人径直走向祝显驰。

江月儿大声问丈夫,这女人是谁啊跟吊死鬼儿似的。

金彩径直走到祝显驰面前突然满脸堆笑说,祝大少爷您还想要儿子吗?

祝显驰知道这不是好笑,避其锋芒说,金彩这么晚啦你还没吃饭吧?江月儿你告诉厨房……

呸！金彩一口唾沫啐在祝显驰的瘦脸上。

祝家大院平时没人敢在祝大少爷面前说"不"，就连江月儿也是适可而止。此时金彩当众发威口吐莲花，仿佛平地起雷，人们惊得目瞪口呆。

祝显驰伸手抹去脸上的唾沫，一时不知所措。

祝大少爷您还想要自己的儿子吗？金彩再次发问。

江月儿插嘴说，我们当然想要自己的儿子啦……

金彩根本不把江月儿放在眼里，仍然满脸堆笑注视着祝显驰。

孙友琛挺身保驾说夜深天凉，请到屋里说话吧。

祝显驰拉起金彩的手，走进北屋。江月儿也想跟随进去，孙友琛伸手挡驾说，您还是回避吧，我看大金的亲妈不是省油的灯……

人们散去。江月儿也回屋了。祝显驰与金彩的谈判，时断时续到了子夜时分。孙友琛身为大管家，只得门外守候。这时候北屋突然熄灯，片刻床上便传出颠鸾倒凤之声。

孙友琛笑了，听见祝显驰气喘吁吁说，金彩你是我贴身的小棉袄。金彩浪声浪气说，这辈子你也离不开我啦。

大局已定。孙友琛深知祝大少爷的浮浪性情根本无法涉过金彩的美人儿关，只得为其门外彻夜站岗了。

凌晨时分，江月儿察觉了，冲到院子里哭闹，说是奸宿。

祝显驰披着被子从北屋门缝儿里伸出枣核儿形脑袋说，你也给我生个孩子看一看！你也给我生个孩子看一看！

江月儿的哭闹之声蓦然微弱下去。

选个黄道吉日，迎娶金彩。在此之前已经有了正室，祝显驰当属纳妾。可是金彩早在正室之前育有祝家骨血，似乎又不应为妾。这真是一件缠头裹脑的难事儿。孙友琛关键时刻献上一计，说是依照本埠迎娶寡妇的风俗办理此事最为适宜。本埠迎娶寡妇不走正门，必须从后进家。其他礼仪不减。

就这样，一路上花车乐队，祝宅张灯结彩迎娶。金彩身穿红袄红裤，怀里抱着六岁的儿子从后门走进祝家大院，终于成了祝显驰的次室。

江月儿无奈，只得礼服正襟坐在大厅太师椅上，面无表情地接受了金彩的跪拜。

其实,祝家大院的真正宝贝疙瘩是祝大金。祝大金这位小少爷登上人生舞台的时候,世道已经大乱了。

下 篇

1

一晃,祝大金八岁了。

江月儿身高体壮活像一员武将,更衬得金彩像个小妖精。中国历来妻妾难以和睦相处,祝宅亦然。尽管妻妾战争连绵不断,祝显驰还是乐于扮演和稀泥的角色并从中享受着独有的乐趣。祝大金也不是寻常的孩子,依照惯例他应当跟亲娘一派,敌视江月儿。令人惊讶的是祝大金采取不偏不倚的态度,对谁也没有远近之分。金彩气得骂他没心没肺。祝显驰看到儿子如此超然,觉得这孩子颇有大家风度。

正是由于祝大金的中立主义立场,江月儿与金彩展开了激烈的争夺战,双方争夺的对象当然就是祝大金。

祝大金并不是没心没肺的孩子。他是对发生在祝家大院里的妻妾战争毫无兴趣。然而凡是令这位小少爷感兴趣的事物,他必然要亲身实践,加以模仿。其实小毛孩子即使对事物产生兴趣,也只是三天五晌的,难以持久。可是正室江月儿为了拉拢人心,对祝大金提出的要求总是千方百计给以满足。因此金彩时常感到被动。

天津卫有童谣:跟人学,变老猫;跟人走,变老狗。祝大金这孩子正是如此,天生爱好模仿。

小时候祝大金随母亲住在小桑园,曾经去过杨柳青的成兴当铺。当铺那高高的柜台,给他留下不可磨灭的印象。祝家大院寂寞的生活使得祝大金突发奇想——强烈要求“过家家”的时候在祝家大院里开设一间当铺。

祝显驰大声斥责说,你这个小混账真是玩出花样来啦!哪有在自己家里开设当铺的?

金彩也小声劝慰着儿子。

祝大金撅着嘴说，我就是想玩出花样儿来……

江月儿闻讯，暗暗行动起来。她从邻院"叔信堂"叫来木匠，只用了两天工夫就在跨院里打造了一间木屋，进门有柜台，抬头有牌匾；然后又请来个油漆匠，照着当铺的样子刷油，跟真事儿一样。

第三天一早儿，江月儿大声对祝大金说，小少爷您的当铺今天开张吗？

祝大金似乎已经将这件事儿扔在脖子后边了，听说"当铺"二字怔了怔，然后便跳脚拍手，尖叫着冲向跨院。

果然跟成兴当铺一模一样，就是小点儿。江月儿颇有大获全胜的感觉，当即将祝大金打扮成账房先生的模样。祝大金的当铺生涯就这样开始了。

金彩不甘失败，追着江月儿大声质问说，您这样宠孩子究竟安的是嘛心思啊？

江月儿呵呵笑着说，我让大金从小学着做生意，是好心好意啊。你是他亲娘也不能血口喷人啊，拿着好心当成驴肝肺。

妻妾争执不休，彼此不服便找到祝显驰评理。祝显驰态度暧昧，打开留声机听起了马连良的《借东风》。

小少爷祝大金整天泡在"当铺"里，全心全意模仿着账房先生的样子，八岁的孩子其乐无穷。

俗话说无巧不成书。邻院"叔信堂"一个名叫傻姐儿的女佣听说"伯美堂"跨院里新近开了一间当铺，家里急用钱，摘下耳环跑来典当。傻姐儿走进"当铺"看见柜台里坐着个小孩儿，就问掌柜呢。祝大金奶声奶气说我就是掌柜的。傻姐儿扑哧一声笑了，递上两只"金裹银"的耳环。祝大金看了看，说这玩意儿就写一块钱吧。

傻姐儿惊了。你小毛孩子怎么懂得行市啊？

祝大金拿出一张纸片权作"当票"抄起毛笔画了一"竖"，记为一元。他又伸出大拇指蘸了蘸印台，在当票上按了手印，抬头看着傻姐儿说，你拿着当票找我妈要一块钱吧。你二十天以里不送来赎金，它可就成了死当啦。

江月儿躲在远处看着小少爷做成这笔买卖，捂着嘴巴笑得前仰后合流出了眼泪儿。

一连三天，祝大金坐在当铺里玩得十分开心，饭量也大了。祝显驰最为关心的就是儿子的厌食症,看到祝大金大口吃饭大勺喝汤,不禁喜上眉梢。这时候金彩意识到自己已经落后于江月儿,就暗暗思谋着,恨不能立即迎头赶上。

到了第五天,当铺把戏便玩腻了,祝大金寡心淡肠坐在台阶上,沉着面孔,凡人不理。

金彩将宝贝儿子拽进自己屋里,一样儿接一样儿询问。

你想吃什么啊?祝大金摇头。你想喝什么啊?祝大金又摇头。你想玩什么啊?祝大金连连摇头。

金彩没辙,只得对祝大金夸下海口。宝贝儿子你就是想要星星娘也能找人给你摘下三颗五颗的来。

祝大金依然无动于衷。

转眼之间到了清明节。祝显驰以祝家大院的长孙身份主持伯仲叔季四座堂门的祭祖仪式。祝大金作为伯美堂的嫡传独苗儿也参加了这次活动,这使他想起了去年死去的祖父。

一连两天,祝大金食欲很差,几乎没吃什么东西。人,也就更像一只猴儿了。

金彩慌了。江月儿也慌了。第三天的时候,祝显驰慌了。倘若这孩子有个三长两短的,伯美堂岂不断了香火。祝显驰召集妻妾开会,集思广益。你们一日三餐吃得倒挺香甜,总得想方设法让小少爷张嘴吃饭吧?

金彩恨铁不成钢说,这孩子百年不遇,实在是太各路啦。

江月儿采取褒扬战术,认为祝大金兴许还是真命天子呢。

祝显驰烦躁不安连连摆手说,别的都是老谣。你们赶紧想办法让这孩子正儿八经吃顿饭。

妻妾面面相觑,认为让祝大金这样的孩子恢复正常食欲恐怕比登天还难。同时,妻与妾之间也展开了一场恢复祝大金食欲的竞赛。

金彩的方法是晓之以理,动之以情。江月儿的方法是连哄带骗,软硬兼施。无论是金彩还是江月儿,最后均以失败告终。

下晚儿时分,金彩继续对大金实施安抚战术,说过几天带着他回杨柳青逮蝈蝈。祝大金不言不语,心里却想起了祖父的坟头。

宝贝儿啊,你要是想要嘛东西就痛痛快快说一声儿,娘明天保证为你办到。

祝大金终于说话了。娘啊娘啊我想要一口棺材。

金彩惊了。真是胡说八道！小毛孩子你要棺材有什么用处啊？

祝大金慢慢悠悠说出理由：玩儿。我就想躺在棺材里玩儿，你们都得站在棺材旁边哭号，就跟我爷爷死的时候一样。

敢情祝大金这孩子的心思是要模仿去年的祖父入殓。金彩气得浑身颤抖，一时不知如何是好。祝大金又说，你要是不依我，我就不活啦。

这时候江月儿站在院里大声嚷嚷，嗓门儿赛过杨排风。大金是咱伯美堂的独苗儿，他想玩嘛就让他玩嘛。当大人的可不能委屈了孩子啊。

屋里，金彩生怕江月儿再拔头筹，压低声音嘱咐着大金。宝贝啊咱们是亲生母子，这事儿娘一定给你安排，不过你千万可别跟外人说啊。你要是想玩儿，娘就给你打一口薄皮棺材，行吗？

祝大金咧嘴乐了，点了点头。

2

自从祝大金玩了棺材的把戏，一举成名被人们称为祝小少爷。从八岁到十二岁这几年光景里，他今天模仿这个明天模仿那个，出尽洋相。祝显驰相形见绌，只是躺在家里抽几口鸦片而已，并没有什么突出的业绩。

新生代小少爷在成长。

祝家伯美堂的大管家孙友琛的内弟是警备旅的连长，一天上午穿着军装挎着盒子炮的小舅子来找姐夫借钱，这场合一眼就让祝大金给看见了。连长走了，祝大金又开始绝食。十二岁的孩子汤水不进，更是让人揪心。这次小少爷既不开当铺也不要棺材，只要一件兵器：盒子炮。

天津卫有俏皮话：菜刀哄孩子——不是玩儿的。况盒子炮乎。祝家大院的人们轮番上前劝阻，没用。祝显驰亲自上阵，拽起坐在石头台阶上的祝大金说，好儿子，我这有一杆大烟枪你拿着玩儿吧，盒子炮那玩意儿是军火，弄不好就是罪过。

父亲的话只不过是耳旁风。祝大金眨着一双小眼睛说，我玩的就是军火，穿军装当连长。

这孩子分明是想模仿孙友琛的内弟——丘八。

这时候是公元一九四三年,市面萧条。有出无进的祝家伯美堂财力日见空虚。一只盒子炮的价钱,恐怕超过一等窑姐儿。祝显驰心里算计着,派孙友琛出去打探行情。

尖嘴猴腮的孙友琛不到两个时辰就跑了回来,说找着暗地倒腾军火的商人了,盒子炮贵,大杆枪便宜。

嘛样儿的大杆枪啊?祝显驰听说便宜,追问不已。

就是汉阳造呗。孙友琛伸手比划着。

祝显驰为了节省经费,暗暗决定买一支汉阳造。他来到金彩屋里看见大金躺在床上打蔫儿,就嘿嘿笑了。

食欲不良的祝大金撩起眼皮说,爹,您有屁就快放吧。

金彩象征性地指责说,大金不许跟你爹这样说话!

祝显驰似乎对儿子的无礼并无强烈恶感,这就是上梁不正下梁歪。他嘿嘿笑着告诉大金,盒子炮明天就能买来。

祝大金一个鲤鱼打挺,便从床上蹦了起来。

金彩也惊讶得看着丈夫。

不过,盒子炮哪里比得上大杆枪啊。关云长的青龙偃月刀那叫大兵器。窦尔墩的护手钩就显得小啦。大金啊依我说玩枪就玩大杆枪。

祝大金拍手叫好。这个好大喜功的孩子,当然要大杆枪而放弃盒子炮。

大杆枪终于买来了。这军火是藏在一捆麻秆儿里由挑夫送进祝家大院的。一支老式汉阳造,同时还配了五颗枪子儿。小少爷祝大金抱着大杆枪乐得在地上打滚儿,发出喜悦的尖叫。金彩知道枪子儿这东西的厉害,抓在手里扭身进屋藏了起来。

有了大杆枪,祝大金夜以继日地玩耍,果然饭量大增。午饭四个馒头,晚饭米饭三碗,有时还要添加夜草。这对祝家大院来说,不啻天大喜讯。只要独苗儿能够茁壮成长,伯美堂就不会断绝香火。

一连十几天,祝大金对这支汉阳造爱不释手,就连晚上睡觉也将大杆枪搂在被窝儿里,比媳妇还亲。祝大金的兴趣从来没有如此久长。然而人们并没有意识到这不是吉兆。

话说祝三狗在祝家大院当差多年,全凭两条长腿一双大脚,奔前跑后。天有不测风云。那天临近中午,荣任杨柳青成兴当铺经理的祝三狗前来述职,经过跨院的时候只听咣的一响,他左腿一颤就倒在地上。

人们听到枪响蜂拥而至。祝大金抱着大杆枪呆呆站在大槐树下。祝三狗左腿淌着鲜血趴在地上疼得哇哇大叫。

大杆枪走火了。可祝大金哪里来的枪子儿呢?金彩跑到屋里打开首饰盒一看,果然只剩下四颗子弹了。

人们赶紧抬起祝三狗前往医院,动手术。祝显驰惊慌失措唯恐出了人命官司,忧心忡忡抱起大杆枪扔进了后院枯井里。

祝显驰很有先见之明。下晚儿就来了两个日本宪兵和一个翻译官,说是祝家大院私藏军火击伤良民,祝显驰有通匪通共的嫌疑,必须到日本宪兵司令部接受审问。

弱不禁风的祝显驰走出祝家大院竟然气喘吁吁,他小声央求翻译官,说我花钱雇车送我去宪兵队行吗?

翻译官笑了,说有文有武陪着您,祝大少爷就溜达溜达吧。

丈夫被抓走了,江月儿与金彩之间的战争骤停,共同坐在大槐树下哭号不已。大管家孙友琛尽职尽责一旁劝慰,他趁机摸了一把江月儿肥硕的屁股。江月儿接受了这份特殊的安慰,立即停止哭声。

黄昏时分,多年不曾露面的郎三起走进祝家大院。他二话不说扑通一声跪在金彩门前,高声喊冤。金彩看到前夫突然而至,一时感到莫名其妙。

郎三起啊,我这又不是县衙门,你跑到这里喊哪门子冤枉呀?

郎三起自有道理。他告诉前妻自己被祝显驰诬告以绑匪罪名送上法庭,在习艺所蹲了八年大狱。前年终于刑满释放,流落街头衣食无着,祝家必须包赔他八年含冤入狱的损失。

金彩哭了,说上午祝显驰被日本宪兵队抓走了,指不定什么时候放回来。听到这个最新消息郎三起连连跺脚说,这就是祝显驰的报应啊。

江月儿大步走过来大声批判说,金彩啊咱当家人今天上午刚被日本宪兵抓走,一眨眼的工夫儿你就招来个男人,这可有伤风化啊。

金彩被江月儿说得哑口无言。

郎三起趁机威胁，说金彩你只要给我钱我立马儿就走。金彩十分为难，说我手里哪有钱啊。

江月儿认为自己大获全胜，雄赳赳气昂昂回屋了。

金彩急中生智，终于有了主意。

3

早午丈夫被日本宪兵队抓走，黄昏时分多年不见的郎三起便出现在祝家大院，天下难道真有这种巧合？金彩只是天生一张漂亮脸蛋儿，心机不深。她面对郎三起的纠缠，又不愿意拿出私房钱来支应，于是灵机一动想起祝显驰早午扔在后院枯井里的那支大杆枪。

天色渐渐黑了。金彩手里拿着麻绳麻袋一应用具，领着郎三起来到后院，蹑手蹑脚走近枯井。

这时候祝大金乏了，正躺在母亲床上呼呼大睡。无论祝家大院乱成什么样子，人家这位小少爷美梦依旧。

枯井前金彩告诉郎三起，那支汉阳造最少也要值上二十块银洋，说罢她将麻绳拴在郎三起腰上，告诉他麻袋是用来包裹大杆枪的。郎三起突然抓住前妻的小手儿，说从今往后咱们还接着过日子吧。

金彩心软了，允许郎三起亲了亲嘴儿，然后她挣脱出来说，你就死了这心吧，我这辈子也不会跟你一块过日子啦。

郎三起将麻绳拴在井台上说，三十年河东三十年河西，金彩你可不要把话说绝了……

金彩眼里含着泪水，转身走了。此时她并不知道自己做了一件天大的愚事。

郎三起从枯井里取出那支汉阳造大杆枪，用金彩给他的麻袋包得严严实实，攀过祝家大院的后墙，朝着日军新仓库方向蹿去。

一路上他想起金彩，心头热辣辣。多么好的小媳妇啊，我一定要把她夺回来重新过日子。这样想着郎三起嘿嘿冷笑了，远远看见了日军新仓库的岗哨。

日本宪兵司令部接到日军新仓库岗哨的电话，立即派车将郎三起接到审讯室。在此之前日本宪兵长官已经决定明天释放祝显驰。此时看到郎三起送来的汉阳造步枪,日本宪兵司令顿时大怒。祝显驰私藏军火罪证如山,竟然通过王翻译官前来求情,真是胆大包天。被激怒的日本宪兵对祝显驰再动大刑:灌辣椒水、压杠子、皮鞭炖肉……不到一个时辰,从十六岁就住在窑子里的祝大少爷便一命呜呼了。

天津卫的"八大少爷"又阵亡一位。

郎三起因举报有功而获得日本宪兵队的奖励:二十块银圆。

这个菜农出身的汉子走出日本宪兵队立即跑到陆七饭馆给自己庆功。他一边喝酒一边算账。我要是把那杆汉阳造卖给军火贩子,二十块银洋;送给小日本儿呢赏金也是二十块银洋。这笔买卖合着我是一兑一,不赔也不赚啊。

此时郎三起并不知道祝显驰因此而丢了性命。他喝得酩酊大醉倒在马路边,身上的银圆半夜时分被叫花子掏得精光。

第二天,祝显驰的死讯传到祝家大院。一时间伯美堂地动山摇人心大乱。金彩当场晕厥。江月儿号了几声,神情恍惚。孙友琛立即告诫江月儿,说总柜钥匙一定要牢牢攥在手里。江月儿倏地清醒过来,拉住孙友琛的胳膊说,当家人死啦从今往后我可全指望你啦。伯美堂乱成一锅粥,唯独小少爷祝大金手持马尾儿坐在大槐树下嘻嘻笑着正斗蛐蛐呢。

郎三起一路小跑冲进祝家大院,看见祝大金这副德行顿时火冒三丈,大声叫骂"小杂种"。祝大金眨着小眼睛收起蛐蛐罐儿抬头看着郎三起,没头没脑冒出一句话,气得郎三起差点儿当场昏迷。

我想跟你学绑票去。

郎三起走上前去掴了祝大金一巴掌,说小孽障你干脆跟我学杀人吧。

祝大金并不胆怯,说那是粗人干的事情,动不动就溅人一身血。

这时候金彩终于清醒过来。她冲出屋门跑到院里,披头散发哭号起来。孙友琛走过来一声大喝,说不许哭丧。

江月儿威风凛凛踱着步子,高声大嗓说,祝显驰私藏军火是让你给害死的,从今天起我要清理门户,你这个小狐狸精带着那个小杂种明天就给我滚蛋!

孙友琛嘿嘿笑着,说识时务的赶紧走人,别等老子动手。

金彩明白了,江月儿跟孙友琛早就勾结在一起了。祝显驰一死,这里恐怕没人肯为自己说话了。

郎三起知道自己应当出场了,凑上前来大声说,金彩啊,我说迟早咱俩还能在一块儿过日子,这回你信了吧?

金彩似乎明白了几分。敢情是你们合伙把祝显驰给害死啦?你们这伙人也太缺德啦。

郎三起小声告诉金彩是她把祝显驰给害死了。

祝大金慢慢悠悠走了过来。金彩一把将儿子搂在怀里,说咱娘儿俩真是命苦啊,大金等你长大了一定要给妈妈争口气啊。

十二岁的祝大金嗯了一声,伸手指着郎三起说,现在我就想跟他学绑票儿。

人们哭笑不得。

江月儿原形毕露,大步冲上来指着祝大金的鼻子说,你不是见什么就想学什么吗?从今往后你就学着沿街要饭吧,小杂种!

祝大金终于说了话:从今往后我学着日你祖宗! ×……

真是好儿子。金彩从心里感到高兴。无论怎么说亲生的儿子金不换啊。你江月儿这辈子算是没有这个福分啦。

4

江月儿终于尝到了正室发号施令的威风,她叫孙友琛扔给金彩母子五十块大洋,然后将其扫地出门。多年富足安逸的生活就这样毁灭了。

金彩只得拾掇东西带着儿子迁居南市荣业大街的一座大杂院里。此时金彩已经弄清丈夫死亡真相,认为郎三起是罪魁祸首,便恨在心里。郎三起以为鸳梦重温不成问题,嘴里哼着窑调扛着铺盖卷儿走进了金彩住的大杂院。金彩抢起扫帚将这个无赖轰了出去,大声怒吼着活像一只母老虎。

金彩含着眼泪走进屋里,大声问大金还想不想跟那个混账学绑票儿。大金手里拿着小人儿书显得极其稳重,摇了摇头对母亲说,我看见大街上有磨剪子的,我想跟他学吹喇叭。

金彩破涕为笑。你这个孩子呀,怎么看见什么就想学什么呢?

我这个人就是爱好模仿,三天打鱼两天晒网的。祝大金慢条斯理地说着,接着看那本小人儿书。

吃晚饭的时候,金彩盘腿坐在炕上郑重其事说,你爸爸是天津卫的八大少爷之一,他死了咱们的好光景也就结啦。从今往后只能过清苦的日子,安分守己粗茶淡饭保平安。

祝大金心不在焉,嗯了一声算是应答了母亲的叮嘱。

果然,第二天一早祝大金跑到大街上去跟磨剪子学习吹喇叭。磨剪子的告诉他要想学会正宗的喇叭调,应当去找红白喜事的吹鼓手。祝大金点头称是,第三天就对吹喇叭丧失了兴趣。

一天三变,凡事没个准稿子。见了什么就学什么。金彩对儿子的这种见异思迁的性格感到忧虑,恐怕日后难以谋生。

南市果真是个好地方。天津卫就数这里热闹。五行八作三教九流,什么鸟儿都有。对于爱好模仿的祝大金来说,南市如同天堂。面对花花世界,祝大金就是一天模仿一样儿,活到八十八岁恐怕也模仿不尽。

三不管有个变戏法儿的艺人,外号金猴子。他变的戏法儿天衣无缝引人入胜,祝大金入了迷,天天跑去看金猴子变戏法儿,回到家里苦思冥想,企图通过模仿来破译戏法儿的秘密。

这是祝大金有生以来历时最久的一次模仿,他专心致志模仿着金猴子的一招一式,二十多天毫无心得。金彩看到儿子如此执著,不知是悲是喜。

是啊,人世间的事情有时是根本无法模仿的。祝大金收起自制的变戏法儿道具,颇为无奈的样子。

金彩告诉儿子:穷学富,赛喝醋;富学穷,虫变龙。

祝大金听了,若有所思。

为了赚几个零花钱,金彩拎着篮子上街去缝穷。所谓缝穷就是给穷汉们缝补衣裳。南市的穷人多,一针一线也就成了活命的营生。

祝大金路过著名的魏氏风筝铺,停住脚步呆呆看着。回到家里自己动手扎了个"小燕儿",搬梯子上房放起了风筝。金彩缝穷回来看见儿子站在屋顶放风筝,不禁感慨良多。

当年你爹站在金钢桥上放风筝,那真叫威风啊。他跟我就是风筝姻缘一线牵,后来成了恩爱夫妻。如今咱们虽然穷啦,可你还是祝家小少爷啊。

站在房顶上的祝大金静静听着母亲唠叨,猛地一撒手——天上的风筝拖着长线跑了。

十五岁的时候,祝大金仍然是个游手好闲的半大小子,混迹于天津南市的大街小巷,看热闹儿。他的兴趣显然发生了变化。当年在祝家大院里"开当铺、打棺材"的闹剧似乎不会重演了。他的兴趣变得愈来愈实际,人呢也变得愈来愈不撩眼皮,双目微闭仿佛关公转世。

一天他路过煤场,看见小伙计们摇着竹篮儿正在制造煤球,于是兴趣大长,拿了一条麻袋买了一百斤煤末儿扛回家里,模仿着人家煤场的小伙计,摇出了一堆堆煤球。祝大金终于笑了。

金彩却嘤嘤哭了起来,她认为儿子懂得了生活的艰难。

金彩渐渐恢复了对生活的信心。她将当年祝显驰在杨柳青重金延请著名画师王光涛为自己画的"美人像"镶在镜框子挂在屋里。立即四壁生辉。

祝大金回家看见母亲挂在墙上的画像,瞪大眼睛注视了很久,然后十分忧伤说道,可惜我爹已经死啦。

金彩抹着泪水说,好在我还有你这个儿子啊。

海河东岸的意大利租界里有一座著名的回力球场。这种赌博场所全亚洲只有三处:上海、澳门、天津。祝大金咬了咬牙花钱买了一张门票,终于走进了朝思暮想的回力球场。所谓回力球就是两个球手朝着一面大墙轮番挥拍击球,球呢从墙上弹回来,击球者想方设法不让对手接着,这个球就算赢了。赌徒们根据球手的号码押注,输赢规则很像赛马会。英租界赛马会有《马经》,意租界回力球场也有《球手简介》。

祝大金看着看着,手就发痒了。他多想模仿赌徒的气派押上一把赌注啊。可是祝小少爷兜儿里没钱,只得一旁观战。

我父亲是天津卫八大少爷之一,可我辈就连一场回力球也赌不起啦。祝大金心里很是伤感,无精打采回到家里。

家里的晚饭是贴饽饽熬小鱼儿,属于粗食。祝大金低头吃着,偶尔撩起眼皮瞧一瞧挂在墙上的母亲画像。看起来家里真的没有什么值钱的东西了。

母亲并不知晓儿子的心思。

第二天,金彩外出缝穷。祝大金从墙上摘下母亲的画像,卷起来夹在腋下奔了博古斋画店。

博古斋画店开价很低。祝家小少爷指着画里的人物说，你知道她是谁吗？她就是天津卫八大少爷之一的祝显驰的第二房夫人。

博古斋画店的经理似乎听过祝显驰的大名，奸笑着问祝大金是谁。

祝大金撩起眼皮答道，我就是祝显驰的公子。

拿着钞票走出博古斋，祝大金知道已经把母亲卖了，就伸手抽了自己一记耳光。这脆响的声音引起路上行人的注目。

过了海河走进意租界回力球场，祝大金登时兴奋起来。他从球手简介上看到，7号保罗是一个胜率很高的球手。

他模仿着老赌徒的样子，把赌注押在7号保罗身上。

黄昏时分两手空空回到家里，祝大金饭也不吃倒头便睡。母亲站在床前不言不语注视着儿子，只字不问画像失踪的事儿。

祝大金爬起身来目光低垂，不知如何是好。他张口告诉母亲，博古斋画坊的经理连声夸赞祝显驰的第二房夫人美若天仙。

金彩苦笑了。这苦笑使她的脸上皱纹陡生。

5

自从出入回力球场，意租界中街附近的一个专卖锅饼的摊位引起了祝大金的兴趣。只见一个老汉赤膊上阵，拖着一条粗大的木杠伏在案板上压制面团儿，嘿哟嘿哟叫着活像一头欢快的瘦驴。祝大金越看心气儿越高，走上前去要求一试身手。老汉唬吭着闪在一旁。祝大金接过杠子，只压了几下，便感觉气力单薄难以驾驭。

他问老汉贵姓。老汉说免贵姓马。祝大金心里说，就凭您这把子力气应当姓驴才是啊。他告诉马老汉，从明天开始就来这里玩耍，白出力气不要工钱。

这时候马老汉的铛里烙熟了一张热气腾腾的锅饼，看上去足有锅盖那么大，三寸多厚。这种锅饼咬着硬吃着香，没有铁口钢牙怕是难以消受。马老汉的锅饼因此成了天津卫的著名吃食。

一个黑人来到马老汉的摊前，操着半生不熟的中国话，说买了两斤锅饼。祝大金自幼生长在华界，很少见到黑人。马老汉告诉他黑人名叫山德鲁，这个山德鲁天天泡在回力球场里，就跟三不管里的二流子一样。

祝大金听罢笑了，觉得自己开了眼界。

从此，祝大金天天来到这里，跟马老汉学制作锅饼，其乐无穷。祝大金以往的模仿，均属于狗少性质，唯独这次学习制作锅饼是与劳苦大众的真正结合。通过跟马老汉这样的劳苦大众相结合，祝大金与黑人山德鲁也熟悉起来。山德鲁告诉祝大金，他一日三餐离不开马老汉的锅饼，这东西很有咬劲儿很有嚼头，西式面包与它相比就像老年女人松垮的乳房，令人倒胃。

这个有趣的比喻令祝大金哈哈大笑。在此之前他根本不会想到面包与乳房有关。

祝大金就这样学会了制作风味独特的锅饼。

祝三狗的突然出现使得祝大金中断了有趣的锅饼生涯。

祝三狗治好腿伤成了瘸子。他倾其半生积蓄来到南市，开了一间小当铺，距离金彩家不远。祝大金看到当铺开张便走了进去。祝三狗看到这个小伙子面熟，不禁怔了。

你是当年的小少爷祝大金吧？

祝大金撩起眼皮点了点头。这时候的祝大金已经十八岁了。

你玩枪走火打断了我的左腿，你小毛孩子也不是故意的，所以我并不恨你。祝三狗唯恐祝大金惴惴不安，就这样宽慰着他。

经祝三狗提醒，祝大金这才想起当年祝家大院的生活以及那支引发祸端的汉阳造步枪。

祝三狗对祝大金年纪轻轻如此健忘感到极其惊诧。

祝大金垂着眼皮说，从前的事情显得很淡远了，真的忘啦。

你还记得你爹是天津卫的"八大少爷"之一吗？

祝大金点了点头说，这事儿我没忘，心里记着呢。

祝三狗说，今儿晚上我逛窑子去，这次你不跟我学啊？

好事儿我不学，坏事儿我是一定要学的。今儿晚上只要是你付账，我是必然要跟你学一学的。

这时候，已经公元一九四八年的岁尾了。人们传说之中的八路军其实已经改称解放军。东北野战军分批陆续进关，控制了平津地区。

正是在这种形势之下,家道中落的祝大金随着祝三狗走进了妓院。这又是他人生旅程上的一次重要学习——尽管这种事情对男人来说往往无师自通。

最令祝大金难忘的是在妓院门口遇见了郎三起。这个菜农出身的汉子已经沦为叫卖春药的贩子。

郎三起的吆喝非常下流:吃了我金枪不倒的春药,×死窑姐儿我可不偿命啊……

郎三起投来藐视的目光。祝大金不慌不忙走上前去低声告诉春药贩子,祝家少爷永远是少爷身份。

郎三起反唇相讥,我的春药永远是金枪不倒。

公元一九四九年一月十日,林彪指挥的东北野战军对天津城发起总攻击。说来也是天意,就在解放军攻城大炮响起的头一天,祝大金结了婚。他媳妇是大杂院里邻居的闺女,名叫彭苹果。

6

中华人民共和国成立之后,开展了镇压反革命运动。住在南市荣业大街上的金彩心神不宁,唯恐灾难降临自家头上。儿媳彭苹果悄悄向丈夫打听婆母的底细。祝大金眨着小眼睛颇费思索,说我妈妈从来也没有反对过革命,不过她从来也没有支持过革命。

彭苹果认为自己娘家也是缝穷的,没有反革命分子。

有仇的报仇,有冤的申冤。大街小巷贴满鼓舞人心的标语,号召广大劳苦大众挺身而起,控诉万恶的旧社会。

苦大仇深的人们纷纷走上讲台,字字血声声泪向南市的地痞恶霸反革命分子讨还血债。祝大金挤在人群里听着,觉得很有意思。

博古斋的经理居然也挺身而出,站在讲台上控诉汉奸恶霸袁文会当年欺行霸市的罪行。

咦?敢情人人怀里都有一本血泪史啊。祝大金挤出人群思前想后,一下子就明白了。

我也要上台控诉。我爹就是被日本宪兵队给弄死的。想到这里,祝大金转身挤进人群,学着博古斋经理的样子,扬起拳头大声喊道,我要控诉! 我要控诉!

人们闪开一条通道,祝大金噔噔走上台去。军代表是个白净脸小伙子,他大声鼓励着祝大金说,今天有人民政权给你撑腰,你放心大胆谁也不要害怕。

模仿能力极强的祝大金早就观摩了几场控诉会,当即进入角色。他从父亲购买汉阳造步枪说起,指出江月儿和孙友琛勾搭成奸,又指出郎三起举报父亲私匿军火引来日本宪兵队……

这时候台下有人带头呼喊口号,气氛热烈场面壮观。祝大金受到感染,挥着拳头大声吼叫,向旧社会讨还人命! 血债一定要血来偿!

祝大金也不知道自己究竟是怎样走下讲台的。回到家里他告诉母亲,说登台控诉了江月儿和孙友琛,还有那个郎三起。

金彩听罢,心里害怕起来,说咱们粗茶淡饭保平安,千万不要惹是生非啊。

彭苹果也劝慰丈夫,说明天你躲在家里千万别出去啦。

事情有了开头,必然要有结果。郎三起果然遭到逮捕,罪名是汉奸投敌犯,被他迫害致死的是祝显驰。郎三起不服,大声说祝显驰抢走我媳妇你们怎么就不管呢。

江月儿和孙友琛同时被捕。

这就是人民政权的威力。

从此,小少爷祝大金成为自食其力的劳动者。这时候他惊喜地发现,自己无意之间掌握了六门手艺,其中包括摇煤球和磨剪子。最终他选择了搬运社。他在搬运社里拉排子车。

二十一岁的祝大金猛然粗壮起来,一顿饭能吃四个大饼子。这几年唯一令他感到内疚的事情就是出卖了母亲的画像,博古斋经理说下落不明,看来已经很难追回了。

母亲宽慰儿子,说那画像是旧社会的东西,卖了也罢。

祝大金十分坚决地摇了摇头,说新社会您是我亲生母亲,旧社会您也是我亲生母亲。

金彩欣慰地哭了起来。

公元一九五三年三月五日,斯大林同志逝世。恰恰在这天彭苹果生了个男孩儿。全家偷偷吃了喜面,以示吉庆。没承想这事儿被人告发了,说斯大林同志治丧期间全民哀悼,祝大金居然吃了喜面,全家欢庆。反对苏联就是反对革命。

这次也该轮到祝大金倒霉了。彭苹果担心丈夫被抓去劳改,连夜为他准备冬夏两季换洗的衣裳。

憔悴的金彩吓得浑身颤抖,泪流满面。

第二天一大早儿,果然有人叩门。祝大金从这叩门声里听出几分和气,心里纳闷起来。

门外站着两个身穿制服的官方人员,一胖一瘦。胖子问他是不是祝大金。他点头承认。瘦子立即前面引路,快步走出大杂院。

大街上停着一辆美式吉普车。祝大金被押到车上,一溜烟开走了。这时候祝小少爷心里模仿的是光绪年间出红差的谭嗣同。

前来看热闹的人们议论纷纷,说祝大金是小少爷出身,兴许罪孽不小呢。

吉普车将祝大金拉到市人委外事办公室。祝大金不知这里是什么衙门,心里做好了吃枪子儿的准备。

一位身穿列宁服的女官员迎面走来,态度十分和蔼。

你就是祝大金同志?

祝大金连忙点头答是。

你还会做锅饼吗?

锅饼?做锅饼你们最好去意租界找马老汉。他是正宗……

女官员笑了,说如今哪里还有什么意租界,再说马老汉已经去世了。所以我们找到了你。祝大金同志,现在有一项十分重要的外事工作要你去做,你能够完成任务吗?

祝大金蒙了。

你还记得那个黑人山德鲁吗?

祝大金点了点头,更蒙了。

原来黑人山德鲁离开中国回到他的非洲部落,恰巧正逢酋长逝世,根据家族血缘他随即继承金手杖,成为新任贝尔沃吉酋长。山德鲁不理睬台湾政权,奉行与中国大陆的友好政策。这对诞生不久即遭到国际帝国主义孤立的新中国政权来说是极其珍贵的。山德鲁的部落曾是法国殖民地,他通过法国商会与中国联系,吁请中国政府允许天津意租界的锅饼制造商马老先生前往贝尔沃吉部落充当他的"御厨"。铁嘴钢牙的山德鲁对天津锅饼的思念,溢于言表。

然而马老汉已经去世。山德鲁立即提出第二人选:祝大金先生。

吉普车送祝大金回到家里,他仍然懵懵懂懂的,仿佛喝了迷魂汤。母亲扑上前来问他是不是被打傻了。他摇头说中国共产党不打人。媳妇彭苹果泪眼汪汪问他是不是回家来拿铺盖马上就走。他摇头说不用拿铺盖,吃喝拉撒睡政府全管,后天出发。

金彩和彭苹果,无论如何也弄不明白这到底是怎么回事儿。

祝大金说头昏脑涨地躺在床上歇一会儿。他歇着歇着就睡着了。

夜里,祝大金醒了。他翻身爬起来看了看睡在身旁的媳妇,又看了看睡在媳妇怀里的大胖小子,猛地叫嚷起来。

媳妇以为他发疯了,吓得抱起孩子躲进屋角。睡在隔壁的母亲闻声披衣跑过来,连声安慰儿子。

祝大金慢条斯理将山德鲁的故事讲了一遍。

母亲与媳妇面面相觑,无论如何也不相信这是真的。

祝大金对母亲说,我成了国家外交工作人员。河东大直沽的老宅政府答应还给咱们,我出发去非洲之后,您就带着苹果娘儿俩搬回去住吧。

金彩十分激动地说,儿啊,我怎么觉得这跟听评书似的? 这是真事儿啊……

祝大金出发那天,吉普车来接。祝大金穿着蓝色毛哔叽制服,显得人模狗样的。他与母亲告别,然后又亲了亲儿子的小脸蛋儿。大杂院里站满了看热闹的人们,有的羡慕,有的嫉妒。

祝大金突发奇想小声对母亲说,我想花钱雇人把我从院里背出去,一直背到吉普车上。

金彩怔了,说人家共产党可不讲这套啊。当年你爹他……

我就是为了超过我爹! 谁让我会烙锅饼呢,我得抓住这个机会。

彭苹果听了丈夫的话,转身跑去叫来了祝三狗。

祝三狗一瘸一拐背着祝大金同志出了院子,一步步走到吉普车前。俗话说山不转,水转。共产党坐了江山,祝大金这小子居然屁股冒烟儿,有了前程。

吉普车司机是个来自冀中根据地的红小鬼,他革命多年从未见过祝大金这种动物。于是他十分关切地问道:祝大金同志你病啦,哪儿不舒服?

祝大金得意扬扬坐在吉普车里,嘿嘿笑着说,我哪儿都舒服。你专心专意开车吧,咱们现在就去非洲……

一九三五年的真相

1 开场

民国二十四年的农历四月二十八。这天一大早儿,坐落在天津北大关的隆昌海货店里陆续走出一群小伙计,有的端着铜盆往台阶上洒水,有的抄起扫帚在地上"写字儿",有的跑去摘卸店铺门板儿,不言不语却是一派忙碌景象。这时,一个大胖子怀里抱着一块红漆招牌,立在隆昌海货店大门外。大胖子是当班的襄理。红漆招牌上写着四个大字:翟府待茶。

海货店操办茶事,外人是不知内情的。伙计们做罢活计,纷纷回到店里去了。大胖襄理并不停闲,指挥小伙计们收拾店堂。搬桌子、携椅子、洗茶壶、涮茶碗,还在柜台上摆了几盆鲜花。经过一番拾掇,海货店变成了品茗饮茶的雅座,显得不伦不类。

临近上午九点钟,北门外大街上的人流明显稠了。无论乘车的还是步行的,人们纷纷奔南而去,进了北门继续向南,出了南门脸儿仍然不改方向,一窝蜂朝南而去好像那里正在舍粥。反观从南向北而来的人流,却很是稀疏。这到底是为什么呢？

原来农历四月二十八正是民间传说的药王诞辰。天津城南三十里地方有一座峰山药王庙，据说颇为灵验。每逢四月二十八祭祀药王孙思邈，峰山药王庙都有庙会。届时，天津四城八乡的父老乡亲们为了驱灾祛病身康体健，一大清早儿便争先恐后奔向城南峰山药王庙进香许愿。一路上人山人海，成为津门一景。

尽管如此，临近九点钟隆昌海货店还是接待了几拨顾客，其中不乏操着关外口音前来贩货的东北老客儿。领班的大伙计身穿青布大褂拱手行礼，频频朝着顾客们表示歉意，然后指着立在店堂门外红漆招牌说，请多多包涵，敝号翟府待茶，上午暂不营业。

顾客里有人听说隆昌海货店头晌"翟府待茶"，立即连连点头做出恍然大悟的样子，说了声下午再来，转身走了。

如此看来，这年年岁岁四月二十八的翟府待茶，好比年年岁岁四月二十八的药王庙会，已经成为隆昌海货店多年的惯例了。

（这一年，大军阀孙传芳在天津东南城角的居士林被仇家之女施剑翘刺杀，枪响人亡。有人说佛堂里响了两枪，有人说佛堂里响了三枪，难以定论。发生在天津市的案件，往往难以定论。）

这时候金华桥畔的大运河里则是一派繁忙景象。有船儿靠岸一声吆喝"挂缆哟"，苦力们便开始卸货了。也有船儿扬帆起航，满载货物而去泛起一道道浪花。俗话说鲜鱼水菜。老世年间天津的鱼码头，主要的卸货地点聚集在河北娘娘庙一带。打鱼的"海椰头"们趁着渤海涨潮逆流而上，满载着黄花鱼驶进陈家沟子，交给鱼锅伙发行。菜码头主要接收古镇杨柳青迤西的青菜，因此金华桥一带的码头，那是很繁忙的。

一条平底快船此时自西向东行驶在运河上。它顺风顺水抵达了金华桥左岸，大喊拴缆。身穿蓝缎棉袍的青年男子站在船头，鹰鼻鹞眼，鼠嘴猴腮，样子十分特别。只见这艘平底快船落帆靠岸还没停稳，这青年男子纵身跳到岸上，落地无声，面不更色。他身后的两个小伙子均是短打扮，大脚阔步，紧紧跟随着这件"蓝缎棉袍"朝着金华桥走去。

这一年闰三月，因此进了四月天气已经暖和，棉袍儿应当换季了。可这位身穿蓝缎棉袍的青年男子手里摇着一柄黑色折扇行走在金华桥上,这种不伦不类的装束随即引起路人注目。然而此公目不斜视如过无人之境,就好像这世界都是他的产业,过了金华桥径直朝着隆昌海货店走来。

隆昌海货店门前,领班的大伙计向着这位身穿棉袍的顾客拱手行礼笑容满面说,请多包涵,敝号翟府待茶,上午暂停营业。

此公并不理睬领班,摇着手里的黑色折扇大步闯进隆昌海货店,进了门便响亮地咳了一声。站在柜台里的小伙计偷偷笑了——这声音很像浴客泡进热水里发出的响动,而这里却是隆昌海货店。

这一声响咳惊动了当班襄理,他扭动着一身肥肉迎出柜台,注视着这位鹰鼻鹞眼鼠嘴猴腮的身穿蓝缎棉袍的青年男子,觉得来者很是陌生。

这位先生,敝号奉命翟府待茶,上午暂停营业,劳您大驾请午后光临吧。

翟府待茶,这怎么回事儿啊?来者口气很大,目光却注视着挂在迎面墙上的两只大鱼翅。

说起鱼翅,没人不承认隆昌海货店这块金字招牌。无论"先得月"还是"聚合成",天津卫大饭庄使用的鱼翅都是常年从这里进货。大胖襄理走上前来对这位顾客解释说,翟府待茶就是每年四月二十八,针市街正昌货栈的翟家祭河归来路过此处,敝号设茶延请翟荫堂先生歇脚小憩,以示应酬,因此上午暂停营业。还望您海涵啊。

翟府待茶?今天我要是连翟家的正昌货栈一起接收了,你也就用不着暂停营业啦。这位身穿蓝缎棉袍的青年男子操着杨柳青口音,一屁股坐在店堂里的太师椅上,谱儿很大。

大胖襄理平日里什么主顾都见过,可还是难以判断这位尚未换季仍然穿着蓝缎棉袍的青年男子何许人也。他只得以守为攻叫小伙计给这位先生上茶。

一个小伙计双手捧着一碗热茶迈着一串小碎步儿走上前来笑容满面地说,这位先生您请用茶吧这是上等香片。

这时店堂里的大座钟咣地敲了一响,这是说上午九点半了。这位顾客伸手从蓝缎棉袍里掏出怀表瞟了一眼,好像根本不相信隆昌海货店的时辰。

大胖襄理一眼看出这块镀金怀表是上等西洋货,口气缓和了几分说,这位先生您需要什么请撂下一张单子,过了晌午我们保证一样儿不差把东西送到您府上。

我不愿意听你说话,话痨似的,就好像我耳边飞来一只大苍蝇。我说你给我闭嘴行吗? 来者说话口气不小,不可一世的表情。

大胖襄理皮笑肉不笑地说,既然不愿意听我说话,您是要买燕窝儿呢还是要买鱼翅呢,请赶紧吩咐吧。

这还用问吗,鱼翅呗。

大胖襄理突然哈哈大笑说,您是来买鱼翅的? 这我可不能让您空手回去。我们隆昌海货店鱼翅分三六九等,您要哪一种啊?

这还用问吗,上等的呗。

大胖襄理吩咐柜台里把最好的鱼翅子拿出来,然后突然发问,您在什么地方发财啊?

你们生意人就是看人下菜碟儿,势利眼。我告诉你吧,大宅门,我常走,一座宅儿门一码头。

听了这两句顺口溜,大胖襄理估计来者有几分青帮背景,于是伸手礼让说,大鱼翅来啦,请您老人家看货吧。

柜台里捧出一只红绒衬底的玻璃匣子,里面装着一只大鱼翅。这是隆昌海货店的头等货色。

这位年轻顾客并不急于看货,他坐在太师椅上呷了一口茶水,扬起脖子咕嘟咕嘟漱了漱口,一扭头噗的一声将满口茶水吐在地上。

大胖襄理见多识广,此时愈发猜不出这位举止粗鄙的顾客究竟属于哪路英雄。他只得嘿嘿笑着说,这是我们隆昌海货店的头等鱼翅,不知您满意不满意。

对方听了这话,突然伸手啪地一拍大腿说,您瞧我这记性,今天我是来买燕儿窝的,不买鱼翅。

大胖襄理顿时气得脸色泛青,他知道今天遇到了祸头。强忍心头怒火他盯视着这位来历不明的顾客说,我现在要是把燕儿窝拿出来,你不会改嘴说今天是来买臭豆腐的吧?

嘿嘿。对方脸上露出几分无赖的笑容,却不言语。

好吧，那就快把上等燕窝儿拿出来吧。大胖襄理说罢朝着柜台里的大伙计递了一个眼色。大伙计不慌不忙从柜台里端出一盆晒干的海蛏子，郑重地递给柜台外的小伙计。小伙计吆喝了一声"上等燕儿窝来啦"，将这一盆晒干的海蛏子递给大胖襄理。

哎哟，这是我们店里的上等燕儿窝啊，请您老人家过目吧。大胖襄理不冷不热地说着。

这位年轻顾客做出见多识广的样子，抬起头瞥了一眼晒干的海蛏子，漫不经心地伸手从盆里捏起一颗海蛏子，满脸鄙夷的表情。×，这是上等燕儿窝啊？这种货色你们也敢当成宝贝拿出来给我看，我看你们真是一群臭要饭的，隆昌海货店赶紧关门歇业吧。

这位先生，这可是货真价实的上等燕儿窝啊！你就是走遍天津卫，也买不到比它更好的货色。当年它是贡品，除了光绪和西太后谁敢吃啊！大胖襄理一本正经说着，尽情戏弄着这位装腔作势的顾客。

伙计们极力忍着，就是不敢笑出声来。

这位顾客从盆里捏起一颗海蛏子，表情尖刻地说，无奸不商，无商不奸，你说这是上等燕儿窝，我可信不过。我必须亲口尝一尝。说着，就将这颗海蛏子放在嘴边，伸出舌头——舔了舔。

居然将海蛏子当作燕儿窝而且冒充内行伸出舌头舔了舔，这煞有介事的样子实乃滑天下之大稽，伙计们终于忍耐不住了，轰的一声爆发了一阵哄堂大笑。

大胖襄理乘胜攻击说，这位先生您身上这件蓝缎棉袍是赁来的吧？这燕儿窝您也尝过了，我看你赶紧脱了棉袍吧省了焐出一身痱子来。

对方竟然遵命，起身脱掉棉袍，露出一身月白色春绸裤褂——赵云的长靠变成了武松的短打扮。

你们以为我真的不认识燕儿窝啊？我实话告诉你们，今儿我在这里软磨硬泡就是为了等候翟荫堂！那老家伙怎么还没来啊？

大胖襄理听了这番话，猜出这位先生并非等闲之辈，立即拱手行礼说，请问您在这里等候翟荫堂，有何贵干啊？

对方冷笑了。这关你屁事儿！今天要不是我大事在身，非给你这身肥肉减减膘儿不可。

大胖襄理脸色倏地变得惨白,一时语塞。

这时候,四条陌生壮汉鱼贯而行,大步走进隆昌海货店大门,一起朝着身穿蓝缎棉袍的青年男子拱手行礼,其中一位驴脸汉子说,卢二少爷,我听说翟荫堂那老家伙病了,他派出两个儿子代替他祭河,早早就收场了,此时走针市西口已然返回正昌货栈啦。

他妈的,翟荫堂病啦? 合着咱们白白在这儿等候多时! 这位被称为"卢二少爷"的青年男子听了驴脸汉子的禀报,脾气顿时暴躁起来。他伸手缓缓从那只大盆里捏起一海蛏子,一甩手嗖的一声——这颗海蛏子便准确地击中了大胖襄理的面门。大胖子疼得一声唉哟,伸手捂住痛处喊叫起来。

走! 咱们现在就去正昌货栈找姓翟的算账。这位卢二少爷伸手从太师椅上拿起蓝缎棉袍给自己披上,一声喊喝大步走出隆昌海货店,他大摇大摆行走在北门外大街上。四条壮汉紧紧跟随在他身后。此时早已隐蔽在各个角落里的二十几个打手也纷纷露面了,一起跟随在四条壮汉身后,气势汹汹朝着针市街方向走去。

北门外大街上的行人们一看就知道这是大战在即,吓得纷纷闪开了道路。同时,一个不胫而走的消息已然传遍大街小巷:大事不好啦,一大群操着杨柳青口音的汉子进津闹事儿,他们在隆昌海货店歇了歇脚,为首者还飞出一颗海蛏子击中大胖襄理的面门,颇有几分武功。此时他们离开隆昌海货店向南走去,已经气势汹汹地进了针市街。

一眨眼之间便传遍大街小巷的这个消息,完全属实。

2 背景

每年农历四月二十八这天上午,金华桥迤西的大运河南岸必然拥挤得水泄不通。因此有童谣云:"四月二十八,城南庙会看药王,比不过城北祭河的翟荫堂。"

翟荫堂老先生是正昌货栈的东家,名气很大。每年四月二十八他率领全家前来大运河畔祭祀河神,这已成定规。

说起翟荫堂祭河谢恩的缘故,起因并不复杂。二十年前的四月二十八,年轻的翟荫堂乘船前往山东鱼台贩货,离津不久驶入静海境内,突然翻船落水,生意伙伴们纷纷罹难,翟荫堂却奇迹般存活。翟荫堂大难不死,坚决认为此乃"天恩河赐",便将四月二十八视为"重生日",每逢此日必然隆重举行盛大仪式以谢河神。翟氏这种感恩戴德的行为,为他在天津商界赢得了良好口碑。

翟荫堂家住天津城里大费家胡同。据说这条胡同因崇祯年间出了一位费宫人而得名。翟荫堂年届花甲体弱气衰,即使风和日丽也深居简出,生意交给钦三先生打理。近来有传言说,翟荫堂沾染了不良嗜好,不便出门行走。

翟荫堂主持的祭河谢恩仪式,那是很有看头的。四月二十八往往是早晨八点半钟,浩浩荡荡的祭河队伍便走出正昌货栈大门,一路吹吹打打沿着针市街朝东走去,拐弯向北,热热闹闹直奔大运河岸边而去。这时候,围观的人们紧紧跟随上来,有家住附近的寻常百姓,更多的是专程从远处赶来的穷人。

翟氏祭河的队伍以执事开路,举着旗锣伞扇什么的,挺气派。紧随其后是一班道士,咿咿呀呀念唱着,经曲悠扬。道士们后面是一桌子鲜花和一桌子翠柏,鲜花翠柏之后四个伙计抬着一只香味四溢的烤全羊,这一只烤全羊后面是一桌子祥德斋点心,一桌子点心后面是一桌子五花肉,一条条摆出"谢恩"二字,一桌子五花肉后面是四只巨大的筐箩,小船儿似的。每一只大筐箩里都盛着二百个热气腾腾的大馒头,每个大馒头里都包裹着一块银圆。这四只大筐箩里是八百个大馒头,这八百个大馒头里包裹着八百块银圆。这四只大筐箩后面便是翟荫堂以及家人了。翟荫堂老先生有两个儿子。大儿子名叫翟金诚,文质彬彬的样子,一看就知道是白面书生,二儿子名叫翟云隆,身高体壮一派武把子形象。走在队伍最后的是一班和尚,身披袈裟一路诵经不止。

每年的临河谢恩仪式之后,翟荫堂老先生回家途中必然走进隆昌海货店歇脚小憩,呷几口香气扑面的热茶,然后起身打道回府,这就是隆昌海货店一年一度的"翟府待茶"。

今年的四月二十八,一大早儿的大运河边就聚了一大群人,有男有女有老有少,翘首以待。时间渐渐到了上午九点多钟。往年这时辰,翟家祭河的队伍应当走出针市街东口了。

今年好像有所变故。临近十点钟,河边还是不见祭河的踪影。人群渐渐躁动起来,有人开始骂街了。

老子天不亮就从三义庄跑到这里,怎么还不见姓翟的人影啊?

他妈的,今天翟荫堂一定是不来啦!四月二十八祭河谢恩?我看他这是假装慈悲。

我听说翟荫堂年轻的时候,吃喝嫖赌四样儿全沾,根本就不是一只好鸟儿!

运河岸边人们议论纷纷,从坚忍的等待渐渐变成无聊的谩骂。天津人骂街力度很大,往往是一镐头刨到底,不见泥汤子不罢休。

临近十点钟了。一个衣衫褴褛的汉子突然大声喊道,都快十点啦,搁往年这时候已然完事儿了,今年咱们怕是白费工夫啦!

人群嗡的一声动荡起来。失去耐心的人流朝前金华桥方向拥去,很快就要演变成为一群寻衅滋事的乱民。

这时突然传来一阵悠扬舒展的鼓乐,正是"行街"慢板。混乱不堪的人流顿时停住脚步,一起回头朝远处望去。

来啦来啦!翟家祭河谢恩的队伍真他妈的来啦。衣衫褴褛的汉子大声嚷嚷着。人们立即欢呼起来,撒腿朝着前面跑去。

翟家的祭河队伍迟到了,可阵势却不减,依然是八个执事开道,其后是一桌桌供品,乐队紧随,奏的是《行街》。一班道士吟诵着经文,气氛很是庄重。看热闹的人流很快弥散在运河堤岸上,焦急地等待着祭河仪式的开始。说起运河的这一段河堤,正是庚子年间红灯照大师姐林黑儿乘坐"黄莲圣母号"停船的码头。

那位衣衫褴褛的汉子爬到一棵大树上,居高临下注视着热闹的场面。咦,敢情只来了翟大少爷翟金诚和翟二少爷翟云隆,今天怎么没见翟荫堂老先生呢?

是啊,一成不变的四月二十八,每年主角翟荫堂从不缺席。唯独今年的祭河仪式,翟荫堂本人竟然没有出席。人们小声议论着,又惊又疑。

翟荫堂没来,今天的临河谢恩只得由翟家大少爷翟金诚主祭。一张宽大的供桌摆在河堤上,香炉里青烟缭绕。十几个伙计忙着将供品摆上供桌,干鲜果品一应俱全。和尚们与道士们,轮班诵经了。

翟金诚修长身材,清瘦的瓜子脸,目光炯炯有神,穿着一件蓝布大褂,显得挺朴素的。翟云隆则是一张圆脸,五短身材穿了一套黑色中山服,看上去不大像学生,反而觉得他正在武馆里学艺。

翟金诚年长翟云隆二岁,今天由他主祭。

钦三先生不胖不瘦不高不矮,表情谦和。一大群伙计在他的指挥下很快就布置好祭祀河神的场面。诵经声声笼罩着河堤上。翟金诚手持一纸祭词,似乎有些心不在焉。二少爷翟云隆东张西望着,满脸漫不经心的表情。

伴着运河岸边一阵阵诵经声,大少爷翟金诚亲手放生了。他将两桶活蹦乱跳的鲫鱼倒进大运河里。二少爷翟云隆随后亲手放了两笼子黄雀儿,这群小鸟儿一溜烟飞走了。

这时候,一位身披紫色薄呢斗篷的年轻女子悄悄挤进运河堤岸上的人群里,出神地注视着远处的翟大少爷——翟金诚。

诵经声戛然而止。翟金诚开始大声朗读《祭河神赋》。这是一篇文采飞扬的文章,首先回顾了当年四月二十八翟荫堂乘船遇险落水不死的史实,然后对河神进行了感恩戴德的歌颂,末尾则是祈祷众神保佑翟氏家族平安昌盛兴旺发达云云。

翟金诚是土生土长的天津娃娃,毕业于私立南开学校,正准备报考北洋大学预科。由于受过正规教育,他朗诵祭文操着标准国语,丝毫没有天津口音里的"齿音字",听起来字正腔圆,优美文雅。那位身披紫色薄呢斗篷的年轻女子目光痴迷注视着他,不由得朝前走了几步。

有人小声说,别挤啊别挤,现在还没往河里扔大馒头呢。

翟金诚大声读罢《祭河神赋》,无意之间抬头朝着身披紫色薄呢斗篷年轻女子的方向投来一瞥。她很敏感,立即低头转身挤出人群,很窘的样子。

钦三先生主持祭祀仪式,翟金诚和翟云隆并排跪在运河堤岸上,一连叩了三个响头,以谢河恩。这时候,翟府的十几个伙计大声吆喝着"谢—恩—啦!"然后便将祭品投入水流湍急的运河里。

首先投入河里的是那一只烤全羊,激起一团浪花,然后是鸡鸭鱼肉以及一只只白面大馒头还有一包包祥德斋的点心,接二连三地投入水中。这时候,运河两岸腾的一声沸腾起来。今天人们从四面八方赶到这里,焦急等待就是这个激动人心的时刻啊。只见那个衣衫褴褛的汉子率先跳入运河,顺流追逐着漂浮在水面上的一个个大馒头。紧接着,一群半大小子争先恐后跳进水里,奋力朝前游去。其中一个男孩儿快速游动着,顺流追击着那只烤全羊。

此时人们心里明白,鸡鸭鱼肉纵然不错,可水面上漂浮着的一个个白面馒头里包裹着一块块响当当的银圆啊——年年如此。

几个中年妇女竟然也跳进河里,站在水中伸出双手急切地去抓漂浮而来的白面大馒头。一个妇女抓到一个馒头之后马上掰开。哎,今年怎么没看见银圆呢?另一个抓到馒头的妇女也喊叫起来,是啊,今年的馒头里怎么没银圆呢!

一时间,这条河流里人头攒动手臂挥舞,吵吵嚷嚷乱成一锅热粥。

人们惊叫起来。原来一个捞取烤全羊的男孩儿被激流卷走,没了踪影。这男孩儿的母亲一边哭号一边向着三汊河口跑去。

钦三先生神色慌张,立即压低声音对翟金诚说,大少爷,我看咱们还是赶紧打道回府吧。

翟金诚小声吩咐说,好吧好吧,咱们走针市街西口儿,别去隆昌海货店喝茶啦,直接回到正昌货栈就是了。于是,笙管笛箫响起,锣号鼓钹齐鸣,翟金诚和翟云隆并排走着,今年的祭河仪式就这样草草收场了。

正昌货栈中午吃捞面,据说是三鲜卤儿。后来的事实证明,这顿午饭确实是三鲜卤儿,而且味道不错。

三鲜打卤儿面就是三鲜打卤儿面,史实是不容歪曲的。

3　外景地

针市街东口的对过儿,一街之隔有着一条极其狭窄的胡同,人称"耳朵眼胡同"。把着胡同口儿有一间很小的店铺,这便是夫妻经营的增盛成炸糕铺。这里店面虽小,货色倒是人人称道。久而久之"增盛成"的字号无人知晓,"耳朵眼炸糕"却叫响了(多年之后中国进入改革开放大时代,这"耳朵眼炸糕"进入天津卫食品"三绝"而远近闻名,也是不争的事实)。

这位卢二少爷身披蓝缎棉袍一派大混混儿形象,大步来到增盛成炸糕铺门前。店主刘万春立即迎将出来，热情地跟这位年轻顾客打着招呼。卢二少爷回头问那一群汉子，你们也该吃点儿东西啦？汉子们纷纷点头表示饿了。十几个打手更是热烈响应，说一大早儿就上了船此时肚子饿得骂娘了。

你给我拿两百个炸糕。卢二少爷伸出两个手指说。店主刘万春听了又惊又喜又忧，连连摆手说一时我可做不出两百个炸糕来啊。

你废话少说。弟兄们在杨柳青上船的时候就说要吃天津卫北大关的热炸糕。这两百个炸糕我限你半个钟头做出来，实在不行就把你摁在油锅里。卢二少爷恶声恶气说着，伸手从铁算子上拿起一个热炸糕，贪婪地吃了起来。他大口咀嚼着，被热炸糕烫得咝咝吸着凉气。

刘万春夫妇立即动手操作起来。一只只白色糕团投入嗞嗞作响的油锅，渐渐炸成金黄颜色。增盛成炸糕铺门前仿佛来了一群蝗虫，操着杨柳青口音的汉子们，十分放肆地吃着。

临近正午时分，被人称为卢二少爷的青年男子身披蓝缎棉袍，嘴里咀嚼着炸糕走进了针市街口。这街口大墙上贴着一张海报："国光大戏院隆重上演新编三幕五场话剧《活鱼摔死卖》，导演胡疑，主演郑倡，助演天外天话剧团。票价减半。"

卢二少爷看罢哈哈大笑说，活鱼摔死卖，那死鱼怎么办啊？说罢一步三摇走到正昌货栈大门前，驻足抬头注视着天津书法家杨无怪题写的"正昌货栈"的匾额，不由得嘿嘿冷笑了。

几个望风的汉子凑上前来，怯怯生跟卢二少爷打招呼。他们之间似乎并不熟悉。卢二少爷低声问了一句，那驴脸汉子立即报告说正昌货栈的午宴马上就开始了，主食是三鲜打卤儿面。卢二少爷笑了笑，说这最后一顿午饭就让翟家父子吃饱喝足吧。

一时间空气紧张起来。

驴脸汉子遵命，转身朝着远处招了招手，几个汉子立即搬来一套桌椅，大大方方摆在正昌货栈门前。很快有人送来一壶热茶。卢二少爷落座之后随即跷起二郎腿，悠然品味着香茗。这一切显然经过了细心策划与周密安排。

正昌货栈大门外，卢二少爷坐在桌前喝茶，表情很是从容。他的左手摁着桌子，中指和食指轮番弹击着桌面，发出急促的声响，哒哒哒仿佛一匹快马从远处跑来。他弹击桌面的手指显得非常粗糙,使人想起常年务农的庄稼汉。

时辰到了。卢二少爷挥了挥手。几个满嘴杨柳青口音的汉子双手叉腰大声叫骂,气焰嚣张。

翟荫堂你这老东西,你不要假装缩头乌龟,滚出来吧!

冤有头,债有主,姓翟的你们出来!

姓翟的你们听着,今天我们卢家二少爷大驾光临,老账新账一块儿算!

正昌货栈里一个看门的小伙计跑了出来,大声责问着。你们是干什么的?光天化日下跑到这里来撒野,这还有没有王法啊!

卢二少爷伸手指着这个看门的小伙计说,你马上告诉翟荫堂,就说我卢二少爷找他算账来啦。

卢二少爷? 那你到底是什么人! 伙计梗起脖子大声发问。

卢二少爷噗地一口吐了这个伙计满脸唾沫星子。你现在就叫翟荫堂那老家伙滚出来见我!

驴脸汉子暗暗指挥着。骂呀,使劲儿骂呀,你们不要有气无力的,一定要充满深仇大恨似的!

这时候,天津估衣街有名的袍带混混吉晓楼乘坐一辆“胶皮”来到正昌货栈大门外。胶皮就是人力车。北京称为“洋车”,天津则称为“胶皮”。吉晓楼这个外号“了事大王”的五短汉子,他从胶皮车里跳出来,朝着卢二少爷拱了拱手,却不言不语。

这一个个人物相继出场了,不禁使人想起流行街头的活报剧。

钦三先生慌里慌张跑出正昌货栈大门一眼看见吉晓楼,心里顿时全明白了。此时是全神下界——闹事儿的来了,了事儿的也来了。看来无论是老账新账,今天一定要彻底清算了。

你是正昌货栈的账房先生钦三吧? 按说你是一个好人啊,怎么你良心也让狗给叼去啦? 卢二少爷眯缝着眼睛注视着这位账房先生,目光里充满仇恨。

钦三先生低声说,卢二少爷,请您不要信口开河。

我信口开河? 你现在就把翟荫堂那老棺材瓢子给我叫出来。我要跟他当场对质,他为什么独吞了正昌货栈的股份!

钦三先生急了,走上前来大声劝慰说,卢二少爷你千万不要乱讲啊,翟荫堂老先生可不是坏人啊。

卢二少爷突然仰天大笑，钦三啊钦三，我看你们是不见棺材不掉泪啊。说着他脱去蓝缎棉袍拎在手里，露出一身月白色春绸裤褂，人也显出几分洁净。

天津卫著名的"了事大王"吉晓楼乐呵呵走过来说，钦三啊，今天这阵势你也看见啦，你挡也挡不住，干脆就请翟荫堂老先生出来吧。

卢二少爷呼的一声抖开这件蓝缎棉袍。钦三先生一眼看到棉袍里面缝着两块写满墨字的白绸子。卢二少爷咬牙切齿说，钦三你看，这件棉袍里面就是当年的房产契书和股权凭证！

钦三先生看罢，抹了抹满脸汗水说，既然如此我只能请翟家父子出面了，你们之间的恩恩怨怨你们当场了断吧。

这时候，翟荫堂咳嗽了一声不慌不忙走出正昌货栈大门。他身穿黑色纺绸的夹裤夹袄，一眼望去显得庄严肃穆。这位老先生身后，紧紧跟随着他的两个儿子，左边是文绉绉的长子翟金诚，右边是愣头儿青似的二儿子翟云隆。

卢二少爷注视着翟氏父子，嘿嘿笑了。他转身将蓝缎棉袍摊开，铺在一张桌子上，然后从腰后抽出一把菜刀，雪亮地拎在手里。

翟家长子翟金诚立即说，卢二少爷，如今是民国了，你光天化日之下动刀动枪的不许可啊。

"了事大王"吉晓楼乐呵呵的，手里拿着一份契书说，这张契纸黑字白纸已经变黄了，可是铁证如山啊。这正昌货栈两家合股，翟家拥有一半儿股本，卢家也拥有一半儿股本啊。可卢家的股本被翟家独自侵吞了二十年。如今是青天白日朗朗乾坤，人心自在，公理自明，这正昌货栈理所应当由卢二少爷收回吧？

翟家次子翟云隆冲上前来，指着"了事大王"吉晓楼的鼻子大声说，你胡说八道！这正昌货栈压根儿是我们翟家的，你们这一群混混儿休想动它一根毫毛！

吉晓楼仍然笑呵呵说，你这小毛孩子懂得什么？当年翟荫堂侵吞卢家股份的时候，你还在娘胎里呢。

翟荫堂脸色变得灰白，一语不发。翟金诚扭脸注视着父亲，压低声音问了一句话。翟荫堂摇了摇头，仍然一语不发。

翟云隆愈发狂躁起来,吼叫着朝卢二少爷扑过来。卢二少爷呼的一声举起手里菜刀大声叫道,姓翟的,既然你们死不认账,今天咱们只能按照江湖码头的规矩,自己给自己放一放血啦!

不就是放一放血吗?今儿咱们就真刀真枪的练一练!翟云隆立即应声,毫不示弱。

翟荫堂有气无力喊了一声,云隆!这是生意场,你千万不要胡闹啊。这喊声似有似无,已经被翟云隆和卢二少爷的怒吼淹没了。

驴脸汉子站在桌前,将那件写着卢德发遗嘱的蓝缎棉袍收拾起来,然后十分利落地铺好一块白色桌布。有人端来一只大海碗,里面盛满了云南白药。

翟云隆固然鲁莽生猛,却是正经的良家子弟,他看不懂吉晓楼摆出的是什么阵势,脸上露出几分茫然表情。

卢二少爷站在桌前将自己的左手摆在白色桌布上,笑了笑说,我若不先放一股子鲜血,恐怕夺不回这正昌货栈。好啦,诸位上眼请看啊!话音未落他右手挥起菜刀啪的一声剁掉了自己左手的一小节儿食指。

鲜血四溅。白色桌布上立即绽开一片殷红的花朵。

吉晓楼站在一旁大声解说着。诸位老少爷们儿,你们可都看明白了,今天卢二少爷绝不是前来挑事儿打架的混混儿,我们也不是前来看热闹儿的闲人。今儿这阵势大伙心明眼亮,就是卢家找翟家论一论正昌货栈的产权!

驴脸汉子好像戏台上的龙套一样,大声附和说,好——!

纸人儿一样的翟荫堂一头栽倒在钦三先生怀里,一句话没说就晕厥过去了。

天津针市街上,一场鲜血迸溅的武戏,终于大打出手了。

4 大众传播学

20世纪三十年代,天津市的小报社多如牛毛,就说南市一带吧便有三十几家。其中《国事报》在华界地区颇有几分名气。取名"国事报"可它恰恰不谈国事,以猎取社会各界艳闻秘事为己任,还专门为妓女刊登广告,什么豫产嫩果儿浙产新芽儿今日同时上市,有欲尝鲜者拨打电话二局五九四云云。因此发行量不小,总共三千多份吧。该报记者骆小山更是猎奇高手。除了桃色新闻公馆隐私,此公最喜欢报道血腥事件,白天动刀夜里动枪,外加折胳膊断腿打瞎双眼,恨不得每天都要吓死几个读者才好,这就是小报记者骆小山的名声。

农历四月二十八发生在天津针市街争夺正昌货栈的"断指事件",第二天《国事报》头版"本埠新闻"专栏便做了长篇报道。

这篇五千多字的充满血腥气息的报道当然出于骆小山之手。

骆小山文笔不错,有几个段落写得非常准确:"市人皆知,享誉津门的正昌货栈生意兴隆财源茂盛,乃是翟家产业,昨日正午时分一场鲜血迸溅的武戏突然在针市街上开演,由此改变了这家著名商号的姓氏。据悉,是日操着杨柳青口音的血性男儿卢二少爷已经夺回正昌货栈,卢家成为这里的新主人。"

骆小山在这篇报道里详细描写了这场"全武行"的高潮,那就是卢二少爷挥刀自残其指。面对翟家父子独吞股份的恶劣行径,卢二少爷只得采取江湖混混儿奉若英雄的手段,一刀砍掉自己左手食指。天津卫的审美标准极其独特,那就是敢于挥刀砍别人的,不是英雄,敢于挥刀砍自己的,那才是好汉。

骆小山正是这样描写这位天津好汉的:"卢二少爷将负伤的左手摁在那只盛满云南白药的大海碗里止血,面不更色大声说道,姓翟的我献了一根手指头,现在轮到你们啦。翟云隆毫不示弱,哇哇大吼冲上前来,从地上抓起那把菜刀。"

骆小山这样描写翟氏兄弟的表现:"翟云隆虽然抓起菜刀,却一时茫然无措。他抬头看了看卢二少爷,目光里流露出几分迟疑神色,然后紧握左手举起菜刀。原来,翟云隆是个左撇子。左撇子翟云隆左手高高举起菜刀,可他并没有将自己右手展开平摊在桌面上,于是这种假模假式的身段看上去便显出几分傻气,现场围观者哄的一声大笑起来。据笔者观察,现场围观者这种颇具讥讽意味的哄然大笑极大地刺激了翟云隆。他啪的一声将自己的右手摆在桌面上,左手紧紧握起菜刀。正昌货栈大门前的空气,再度紧张起来。"

"这时候翟金诚冲到翟云隆身后,伸手打落弟弟手里的菜刀,伸出两条胳膊紧紧抱住弟弟。就这样,翟云隆仿佛被两道铁索死死箍住,动弹不得。翟金诚大声喊叫说,云隆啊,他是混混儿,你就是剁光了自己的十根手指,那也是没有用处的!"

"翟云隆气得哇哇大叫。然而无论他如何挣扎,根本无法从哥哥那两道铁索般的胳膊里突围。翟云隆只能破口大骂自己的哥哥。翟金诚你这个废物!你就这样看着人家从咱们手里夺走正昌货栈啊!"

"翟金诚从身后紧紧抱住自己的弟弟。云隆啊云隆,咱爹已经昏死过去啦!俗话说留得青山在,不怕没柴烧,你今天就是使出浑身解数也斗不过这一群杨柳青来的混混儿!"

骆小山继续写道:"卢二少爷哈哈大笑,猫腰从地上拾起那一把沾满了鲜血的菜刀。他仍然右手握刀,将淌着鲜血的左手摆在桌面上,抡起菜刀啪的一声剁掉左手的一小节儿中指。一股鲜血噗地喷涌出来,铺天盖地地染红了桌布。卢二少爷强忍疼痛,再次将左手按在盛满云南白药的大海碗里,面孔扭曲着说,姓翟的,我已经献上两根手指头。正昌货栈究竟姓翟还是姓卢呢?你们要是不服气,我就接着剁下去,要是剁光了手指头,我就接着剁自己胳膊!"

骆小山不愧是小报记者,行文至此突然笔锋一转,写出一个大场景:"卢二少爷挥刀连断两指,四周围观的人们立即大声叫好,好似听到京戏名角马连良或者谭富英的精彩演唱一般。当场晕厥的翟荫堂此时渐渐苏醒,他伸手指了指卢二少爷,似乎说了一句什么,突然一口鲜血吐在钦三先生怀里,又是人事不知了。"

《国事报》这家小报儿唯恐天下不乱,它在"本埠新闻"的左下角配了一幅插图,画的是"了事大王"吉晓楼一屁股坐在正昌货栈的门槛上,手里抱着一只盛满药水的玻璃瓶子,瓶子里泡着卢二少爷的两根手指头。

这幅极力渲染暴力场面的插图还配了一句话:"卢二少爷以两根手指头,当场夺回正昌货栈;翟家两兄弟不敢接招儿,无奈奉送祖传家产。"

当天的《国事报》居然卖出五千多份,由此可见充满血腥气味的混混儿故事在天津卫这地方还是颇有读者的。

这消息一旦传播起来,好比洪水泛滥无法阻挡。发生在针市街的这场挥刀断指血案,不光《国事报》给予传播,天津的几十家小报纷纷转载,好不热闹。一时间,几乎无人不知这场风波。人们坐在茶馆里倘若不谈论这场发生在天津城北针市街的事件,往往被视为"孤陋寡闻"。

不仅仅是报纸。第二天,河北鸟市儿金裕茶园里的说书艺人杨瞎子为了抓鲜儿,便将这场发生在正昌货栈大门口的"卢二少爷断指事件"当作"垫活儿"以招徕听众。

杨瞎子开场说道:"天津卫是明成祖朱棣渡河南下的地方,因此赐名天津。五百多年以来,本埠的奇人奇事,那真是数不胜数。眼下就说正昌货栈的翟家兄弟吧,二人看外表是一黑一白,一粗一细,一弱一壮,一文一武,可是孔武有力的弟弟翟云隆企图挣脱外表儒雅的哥哥翟金诚的搂抱,硬是挣脱不开。这是何道理?诸位听来此处有分教,话说人的内力功夫,不是三天五晌午练就的。就说这位翟大少爷吧,他竟然能够牢牢将弟弟抱住,两只胳膊胜过两道铁箍,足以说明此人一定是个练家子。俗话说,真人不露相,露相不真人。俗话又说,咬人的狗不露齿,不咬人的狗才乱汪汪呢。话说正昌货栈大门口,那翟云隆在哥哥的搂抱之中仍在拼命挣扎。这条鲁莽的汉子,双目充满血丝,哇哇大叫不止,一口气竟将翟金诚拖出五六丈开外,还是难以挣脱。事已至此,'了事大王'吉晓楼看准时机,大步走上前来,这位袍带混混儿操着一口天津土语大声宣布,翟卢两家旷日持久的纠纷,一纸契书,白纸黑字,无法抵赖,自有公断。今儿卢二少爷依照天津卫的码头规矩,挥刀连断二指,他为自己讨回了公道。姓翟的不敢自残,众目睽睽之下,尿啦。有道是,公理自有公理在,从今往后,正昌货栈归还卢家所有,这也是苍天有眼实至名归啊。"

评书艺人杨瞎子的这段"开场白",当天晚上至少为他引来了六成书座儿。从此以后,杨瞎子尝到了甜头儿,开始关心时政了。只要天津发生了重大新闻,他每天都要当作评书的"开场白",侃侃而谈。观众们听得如醉如痴,大长见识。

《国事报》合订本现存天津档案馆,有证可查。杨瞎子也没死。

5 人物

天津的城南洼,早先芦苇丛生,了无人烟,一派荒凉。到了二十世纪二十年代初,天津出现九国租界,城市重心由北向南移动,出现了"三不管"游乐场。由于毗邻日租界,这里土地渐渐升温增值,终于掀起了房地产开发热潮,正式取名南市。一时间,领地填坑,开路建房。江苏督军李纯的东兴房地产公司花钱开发了东兴大街。外资也进入了,大日本建物株式会社则投资开发了建物大街。然后是慎益啊清和啊福顺啊永安啊聚福什么的……不出几年时光南市这地方便成为一块热土。饭庄旅馆戏院茶楼浴池车行当铺赌场烟妓院报社书局鸟市粥厂……这繁华景象,掩盖着这座病态城市的苍凉。

南市这地方还有一条荣业大街。

荣源是末代皇帝溥仪的岳父,这位泰山大人跟盐业银行总经理岳乾斋合股从事房地产生意,取荣源的"荣"字,取盐业银行的"业"字,建立了荣业房地产公司。荣业房地产公司大兴土木,平地起楼,荣业大街因此得名,这条大街也与皇亲国戚有了关系。

荣业大街北起南马路,人们称为"南门东下坡儿"。这里乃是当年的天津城墙,天津城墙在"庚子事变"之后被八国联军的"都统衙门"强行拆除,城基便形成南马路。从这里下坡儿往南有"官沟街"和"闸口街"。官沟街因清朝官府挖沟而得名。闸口街的得名则是由于东头有通往海河的水闸。

闸口街口迤东旧有协成印刷局,中学时代的周恩来在南开学校编辑《敬业》,多次到此校对稿件。闸口街口迤西是杨家柴场,这里出了个名叫杨小凤的女孩儿,她就是后来的著名评剧演员新凤霞。

继续南行,荣业大街上有两家装修豪华的大饭馆,西侧便是先得月,东侧则是聚合成,这两家饭庄均经营天津菜,燕窝鱼翅,熊掌鹿尾,你山珍我海味,相互竞争,各显神通,每天这两家饭庄都要引来一拨拨食客,前清遗老,北洋大臣,王公贵族,下野军阀,堪称天津美食大世界。

就在这两家名重一时的大饭庄的夹击之下,荣业大街上竟然还有一家饭馆顽强地生存着,这就是由玉姑经营的玉华春饭庄。

玉姑人称玉姑奶奶,二十出头儿的年纪,却小有名气了。她经营的玉华春饭庄属于不登大雅的"二荤馆",固然没有满汉全席一般珍贵,卖的却是"缺宝儿"。单说她的"辣豆儿"和"肉皮冻儿"吧,那在天津卫堪称"独一份"。还有她玉华春的"扒白菜",大冬天的就连家住河西土城的著名食客刘奎兴先生也专程赶来品尝。

无论如何,玉姑这个人物的出场必将使得那场发生在一九三五年天津针市街正昌货栈门外的流血事件多了一个重要见证人。

农历四月二十八这一天,玉姑一反常态,悄无声地起了个大早儿。素常她起床之后的头等大事便是喝茶,因此使女小翠儿睡眼惺忪拎着茶壶一溜小跑儿奔了龙二水铺。水铺龙二抬头看看天色尚早,以为小翠儿冒了场,大声告诉她锅里水还没开呢。十五岁的小翠儿嘟嘟哝哝,说玉姑奶奶今儿是撒吃挣啊,天还没亮就起床了。

水铺龙二加紧烧火,大锅里的水终于沸腾起来。小翠儿拎着灌满热水的茶壶一路快走回到玉华春饭庄的后院,亭亭玉立的玉姑梳妆打扮完毕,正站在屋里照镜子——这就是爱情的魔力。

小翠儿目不转睛注视着玉姑,真以为这是天女下凡了,柳叶眉、杏核眼、樱桃小口红灿灿。光彩照人的玉姑扑哧一声笑了,伸手戳了一下小翠儿的脑门儿说,你傻啦?小心眼珠子掉在茶碗里!

小翠儿咧嘴笑了,嘴里缺着两颗门牙。她说,玉姑奶奶今儿你真俊啊就跟月份牌上大美人儿一样。

玉姑当然得意,手里拿着一面小镜子冲着脸蛋儿照来照去说,喝茶吧喝了茶你去给我叫一辆胶皮,我今儿得去一趟北大关。

小翠儿感到大惑不解。今天是四月二十八药王生日,人家鸿济堂大药铺早早订下了两桌酒席。玉姑奶奶今儿你可不能误了咱们正午的生意啊。

玉姑说误不了。上午八点多钟,身披紫色薄呢斗篷的玉姑乘坐一辆胶皮沿着荣业大街一路北上,往北大关方向去了。

玉姑乘坐胶皮进了南门脸儿,逆着前往城南参加峰山药王庙会的人流,向北而来。胶皮一路小跑,很快出了北门。时间尚早,玉姑坐在车上远远望见"隆昌号海货店"的招牌,她文化不高,却知道这是书法家华世奎的字儿,立即吩咐车夫过了烟卷楼子就停车。

烟卷楼子门口儿,身披紫色薄呢斗篷的玉姑掏出钱袋买了一盒红锡包,然后打开抽出一支香烟夹在手里,烟卷楼子的伙计立即递火点燃。玉姑悠悠吸了几口,转身不紧不慢走向隆昌海货店。

其实,玉姑这是在消磨时光。她来到隆昌海货店大门前对清扫台阶的小伙计说,你把大胖子给我叫出来。

大胖子就是当班襄理。他气喘吁吁从店堂里跑出来,一眼看见玉姑竟然激动得浑身肥肉乱颤,连声说欢迎玉姑奶奶光临欢迎玉姑奶奶光临。

这才几天不见啊你老人家又添膘啦。玉姑不无揶揄地说,我知道你这儿翟府待茶呢,过两天你安排一伙计给我饭庄送二十斤海参吧,我要的可是好货色啊。

大胖襄理鸡啄碎米一般连连点头,伸出两道贪吃的目光——使劲儿舔着玉姑。我说玉姑奶奶屋里有茶,您进来喝一碗吧。

今儿你翟府待茶,我改日再喝吧。玉姑说着转身离开隆昌海货店,朝着金华桥走去。

没人知晓玉姑的心思。这位开饭馆的女老板一大早儿跑到这里,不是要买什么海参。她知道上午正昌货栈的老东家翟荫堂率领两位少爷临河谢恩。她就是想借这个机会一睹翟金诚的风采。

这时候,一个身穿蓝缎棉袍的青年男子走上金华桥,从北向南款款而来,手里还摇着一把黑地金字的折扇,一派不伦不类的样子。

玉姑经营饭馆见多识广。这位身穿蓝色棉袍的青年男子趾高气扬迎面走来,她便看出这是一只纸老虎。她忍不住笑了笑。身穿蓝缎棉袍的青年男子回头瞪了玉姑一眼,眼神里流露出几分无赖气息。她当然不愿搭理这种末流角色,倚着桥栏将目光投向大运河里。

运河里升帆解缆,桅去船来,一派繁忙的运输景象。玉姑身披紫色薄呢斗篷,一心一意等待着翟家祭河队伍的出现。她站在运河岸边的身影,使人想起戏台上王母娘娘身旁暗暗思凡的小仙女。

翟家祭河的队伍吹吹打打着终于出现了。玉姑迅速挤入人群,选了一个不远不近的地方,观察着翟金诚。翟金诚操着标准国语朗诵今年的临河谢恩祭文,她听得极其入神,目不转睛注视着身穿蓝布大褂的翟金诚。她觉得耳热心跳,心里乱哄哄仿佛长了小草儿。眼前的场景也渐渐变得模糊起来。她扭身挤出人群,快步朝着远处跑去。

此时玉姑终于明白了,她已然暗暗爱上了翟金诚。如果我不是暗暗爱上翟金诚,为什么茶不思饭不想,一大早儿就跑到这里看他呢。

这时候,跳进运河里抢捞祭品的那个男孩儿,恰巧被水流卷走了。运河岸上传来男孩儿母亲的哭声。

玉姑望着滚滚东流而去的河水,心情很是惆怅。

多年之后有人说,玉姑为爱情而出场。然而发生在一九三五年天津针市街正昌货栈门外的那场流血事件,恰恰由于玉姑的出场而变得铁证如山。

玉姑确实属于一九三五年这场事件的关键人物。

6 物证

卢二少爷心情很好,只是左手的伤口还是感染发炎了,流出脓水。他只得走进坐落在日租界曙街上的一家名叫斋藤诊所的小医院就诊。斋藤诊所的大夫是一个日本人,姓斋藤。这个斋藤大夫蓄着一小撮胡须,就跟仁丹广告牌子似的。东南城角这地方属于日租界的边缘,这个小日本儿在此地开设诊所,就是为了赚中国人的银子。

你们日本人占了我们东三省,又大老远跑到我们天津来赚钱,要说也挺不容易的。哎,我听说你们把东北煤炭和木材都运回日本啦?

斋藤大夫不言不语,手里拿着镊子夹起一只酒精棉球,擦拭着卢振天左手伤口的边缘。

你是一个中国武士吧? 这位日本大夫突然问道。

武士? 卢二少爷没念过几天书,不大明白武士的含义。

你自己砍掉自己的两根手指,而且没有接受外科缝合手术,这说明你具有很强的忍受能力。日本大夫操着流利的汉语说着,使人觉得他根本就不是一个日本人。

你们日本武士也这样吗? 卢二少爷忍受着酒精浸润伤口引发的疼痛,好奇地询问。

斋藤大夫平静地摇了摇头说,我们日本武士跟你们混混儿截然不同。我们日本武士舍生取义杀身成仁,完全是为了国家和民族的伟大利益。

卢二少爷呵呵乐了。人为财死,鸟为食亡。无论我们中国人还是你们日本人,我看都他妈一样的。我给你讲一个故事吧。当初刘罗锅儿陪着乾隆皇帝微服私访到北京天桥游玩,那地方吃喝玩乐真是人山人海啊。乾隆就说啦,这地方怎么这么多人啊?刘罗锅儿说,不多啊,只有两个人啊。乾隆不明白,两个人？怎么只有两个人呢！刘罗锅儿连连说，是啊是啊天底下其实只有两个人，一个姓名，一个姓利。

斋藤大夫毫无表情地说，天下熙熙，皆为名来，天下攘攘，皆为利往。

你说什么来着？卢二少爷听不懂，追问了一句。

一个日本大夫说出一句中国古语，一个地道的中国病人却不懂。于是，清洗伤口、缝合、换药、重新包扎。卢二少爷对这位斋藤大夫的手艺还是比较满意的。

你们中国的云南白药，很好。但是它毕竟是草药，如果直接用于外伤止血，往往难以避免伤口感染。日本大夫表情郑重说。

没错，你们日本的生鱼片我们中国人吃了也容易闹肚子啊。

（没有人知道，这位斋藤大夫乃是日本间谍。他以医生身份为掩护，住在天津为大日本帝国搜集情报。这位日本间谍在当天的日记里用日文详细记载了给一位中国患者治疗伤手的情形。他写道："天津人争胜斗狠，码头习气很重。这位卢姓患者为了争夺产业竟然挥刀自残，切去两截儿手指，真是血腥冲天啊。卢姓患者的这种愚昧行为竟然受到天津人的广泛尊重，在本埠被称为好汉，包括滚钉板和跳油锅。于此可见天津文化蕴含着极其残忍的东西。这很可笑，也很可悲。那位敢于自残的卢姓患者留给我的印象是，勇力有余而理性不足。"斋藤医生的这篇日记，无疑属于间接物证）

卢二少爷走出斋藤诊所，扬手在大街上叫了一辆胶皮，说是去南斜街的李记木匠铺，因为他在那里定做了一块牌匾。

南斜街上，一个白胡子老头儿胸前横挎着一只玻璃盒子，一边吆喝着一边朝前走来。他是卖药糖的。天津卫走街串巷卖药糖的，没有一个不吆喝的。这白胡子老头儿的吆喝声，深入了小巷。

这几天卢二少爷心情颇佳。他坐在胶皮车里哼唱着京戏，一时忘记了左手的疼痛。他乘坐的胶皮车与迎面走来的白胡子老头儿擦肩而过，嘴里并没有停止哼唱"捉放曹"。

白胡子老头儿胸前横挎着的玻璃盒子里装满了各式各样的药糖。他感觉有一辆胶皮车迎面驶过，便回头去看。他看见卢二少爷的背影，很面熟。哎，这不是猴七儿吗？

胶皮车里明明坐着卢二少爷,这卖药糖的白胡子老头儿却喊人家"猴七儿",真是老糊涂了。(然而,无论这位行走在南斜街上的白胡子老头儿是糊涂还是不糊涂,均不妨碍他成为这场发生在公元一九三五年的事件的间接证人。)

卢二少爷乘坐胶皮来到南斜街上的李记木匠铺大门前。他跳下车来的姿势,真的就像一只猴子。付了车钱他龇牙咧嘴走进李记木匠铺,站在院子里伸脖儿瞪眼儿注视着自己定做的牌匾,心里很是惬意。他叫来李木匠,反复强调这块牌匾必须做成黑地金字,五月初一之前一定要交活儿。我夺回祖产可不容易啊,掉了两根手指头。李木匠听罢连连作揖,表示绝对不会耽误了卢二少爷的开业大事。

(多年之后,李木匠亲手制作的这块牌匾,也成为了一九三五年那桩流血事件的直接物证。物证,无论什么朝代它都属于重要证据。)

7 目睹

玉姑是在半路上听说正昌货栈门前发生了断指血案的。当她赶到事发现场之时,已经晚了。她找人打听,终于得知这次翟家吃了大亏,好端端的正昌货栈就这样被卢家夺走了。玉姑心里暗暗爱着翟金诚,可对方并不认识她。她即使全力援助,也无从伸手。于是,她只得乘车回到南市玉华春饭庄,径直走进后院一头扎进自己屋里,脱掉紫色薄呢斗篷,趴在梳妆台上嘤嘤哭了起来。

使女小翠儿手里端着一壶热茶,站在小屋门外一声声劝慰着。

玉姑奶奶您别哭了,您这是丢了钱啦还是丢了物啦? 这钱啊物啊都是生不带来死不带去的身外之物,我说您就别哭了。小翠儿以自己的人生经验揣度着玉姑的心思,说出这么一番人生格言来。

玉姑也弄不明白自己为什么进门就哭。这可能与暗恋翟金诚有关吧。这时候的玉姑,终于尝到了爱的滋味。是啊,原来爱的滋味是很苦的,甚至超过黄连和苦胆。

她一时一刻都要关注着翟金诚。然而她只能通过阅读报纸得到有关翟金诚的消息。一连好几天,她都是从《国事报》上读到这场事件的来龙去脉。她心里知道，翟金诚一介书生哪里能够抵挡操着杨柳青口音的卢二少爷呢。这就叫秀才遇见兵，有理也说不清。

玉姑坐卧不宁，度日如年。小翠儿暗暗揣度着，以为玉姑奶奶闹肚子疼呢。她不声不响端来一碗姜糖水。玉姑破涕为笑告诉小翠儿她肚子不疼。

时光就这样流逝着。一天，有人来订晚间的酒席，说是四桌。无论心思多么沉重，这生意还是要做的。玉姑强打精神，忙碌起来。路灯亮了，那两间雅座里的四张桌子果然坐满了顾客。

一个驴脸汉子大声喊渴，催促上茶。玉姑觉得这位先生很是陌生，心里却认为这头驴确实早就该饮了，便吩咐伙计赶紧沏茶。

驴脸汉子落座之后大声说，翟云隆倒是一条汉子，拼命挣歪不肯罢休，可他哥哥翟金诚真是大废物，死死搂住他弟弟就是不撒手。杀鸡不用宰牛刀，我看卢二少爷根本用不着第二次剁自己手指头，那翟金诚就尿啦。

听到"翟金诚"三个字，玉姑一激灵。她支棱起耳朵听着这一群人说话，心里渐渐明白了。噢，这就是四月二十八那天抢夺正昌货栈的一群小混混啊。可哪位是卢二少爷呢？玉姑心里寻思着，暗暗寻找着左手缠着白纱布的人。可转了一圈儿，没找着。

不是冤家不聚头。玉姑一转脸看见玉华春饭庄大门外刚刚停下一辆胶皮。一个青年男子左手裹着渗血的白色纱布跳下车来，大摇大摆走进玉华春饭庄。

此人应当就是卢二少爷。玉姑快步迎上前去，说请问先生您几位啊。对方根本不睬玉姑，大声说你不认识我卢二少爷啊？今儿晚上我在这里订了酒席，我他妈的要庆功领赏啊。

果然，这就是卢二少爷。玉姑不动声色引着他走向雅座。她觉得这位卢二少爷说话粗鲁举止放肆，十足一粗人。

吃吃喝喝走进了雅间，这位卢二少爷仿佛如鱼得水，立即跟这群小混混打成一片，大声说着粗话。玉姑请他点菜，他说一桌十瓶直沽高粱酒，四桌一共四十瓶。然后又说熬鱼炖肉什么的。玉姑觉得这人好像十年没见荤腥了，今儿刚从大狱里出来。卢二少爷就这样东一榔头西一棒槌地点菜，凉菜跟热菜毫不搭调，素菜跟荤菜乱作一团。

玉姑终于明白了,这卢二少爷敢情是一头大牲口。他的饭菜应当是青草加黑豆。

四桌酒席,高朋满座。可卢二少爷就是不敢开吃。玉姑看出他在等候一个人。果真如此,一辆胶皮疾驶而来戛然停在玉华春饭庄大门外。一个西服革履的男子走下车来,抬头打量着玉华春饭庄的招牌。

这人显得很怯。他一步一寻思地走进玉华春饭庄,那脚步似乎是在躲避着地雷。玉姑迎上前来细看,此公只有二十几岁光景,那举止却很老派的。

先生您是……? 玉姑笑容可掬,其实是试探来者的身份。

卢二少爷跑出雅间,三步并做两步抢上前来,满脸堆笑地叫了一声卢大少爷,然后迈着一串小步前面引路,走进雅间。

噢,除了那位卢二少爷敢情还有这位卢大少爷啊? 玉姑注视着卢家兄弟的背影,心里不禁大有感慨。姓卢的真是礼数周全啊,手足兄弟见了面,照样儿毕恭毕敬,仍然规规矩矩。

卢大少爷进了雅间,好似一鸟入林,百鸟哑音,顿时安静下来了。玉姑心里好生纳闷,文弱拘谨的卢大少爷跟那一群粗鲁汉子坐在一起,真是太不配套了。

玉姑趁着上菜的机会走进雅间, 可巧卢大少爷正在给人们分发红包儿,一人一份。卢大少爷发一份红包儿,就朝接红包儿的人道一声辛苦。接过红包儿的人便鞠躬说一声谢谢卢大少爷。玉姑无意之中目睹了这个场面。

一人一份儿发完红包儿,卢大少爷提前告辞,迈步走出雅间。卢大少爷的步伐仍然好像是在躲避着地雷,很好笑的样子。卢二少爷率领众人走出雅间送卢大少爷来到玉华春饭庄门外。卢大少爷坐上胶皮,卢二少爷带领众人齐说喊道,卢大少爷,走好。目送那辆胶皮远去了。这一群混混儿如释重负,返回雅间继续喝酒。

卢大少爷一走,雅间里的气氛立即就不一样了,仿佛炸了锅。卢二少爷带头划拳,酒令儿吼得地动山摇。

开始赌酒,谁不能一口气喝下三碗白酒,就罚钱。有几个人当场输掉了红包儿。

玉姑心里恨恨地说,卢家夺了翟家的产业,那么你们手里的红包儿就是赃款。无论谁输谁赢，它都是赃款。

新中国成立之后，玉姑在写给天津军管会的检举信里说，我亲眼看见这一群混混儿私分赃款。

8 现场

正昌货栈改名盛昌货栈，主家由翟家变为卢家。这一天改号换匾，针市街热闹非凡。这天津人实在是太爱热闹了，尤其带有血腥味道的热闹，那更是牵动着人们的好奇心理。就连《国事报》记者骆小山，也赶来现场采访。

驴脸汉子引领着十几个吹鼓手组成的乐队，站在正昌货栈大门口，一个劲儿鼓吹着。一挂挂红色鞭炮沿着针市街摆开，随时准备点燃。一张梯子立在货栈大门前。一个伙计猴儿似的爬上去，从滑轮上拉过一条麻绳拴在"正昌货栈"的牌匾上，然后朝着卢二少爷做了一个鬼脸儿。

卢二少爷哈哈大笑，说一定要重赏这小子。驴脸汉子趁着卢二少爷好心情，小声请示说卢二少爷现在就摘匾吧。卢二少爷一挥手说，摘吧摘吧，旧的不去新的不来嘛。

驴脸汉子转身，伸长脖子吆喝着。摘——旧——匾——啦！

两个伙计站在梯子上双手一端，拴着麻绳的"正昌货栈"金字大匾便被摘下了，晃晃悠悠吊在空中。

落！落！卢二少爷左手缠着纱布，大声吆喝着。就这样，悬挂了几十年的正昌货栈大匾被两道麻绳捆着，死刑犯似的缓缓落地。

卢二少爷坐在桌前朝着驴脸汉子挥了挥手。驴脸汉子得令，转身大声吆喝着。

正昌改盛昌，挂——新——匾——啦！

随着驴脸汉子的一声吆喝。四个壮汉抬着一块红绸包裹的大匾走出正昌货栈大门，朝着卢二少爷走来。

鞭炮炸响了，一股股青烟升腾而起，噼噼啪啪震耳欲聋。围观的人们捂起耳朵，纷纷说过年也没听过这么猛烈的爆竹声。

乐班的吹鼓手们立即响应，哇啦哇啦奏响了喜乐。鞭炮响，喜乐奏，卢二少爷起身跑进正昌货栈大门,恭恭敬敬地请出一个人来。

人们齐刷刷投去目光,一起注视着这位从后台走向前台的人物。

这人看上去只有三十来岁的年纪,中等身材,面孔消瘦,穿着一件衣料考究的蓝色长衫,不乏文弱气质。他脸色苍白,好像大病初愈似的。卢二少爷挥着手示意乐班的吹鼓手停止演奏。鞭炮声也熄了。一时间,现场变得极其安静,没有一丝声响。这种突如其来的大静寂,使人蓦地产生了幻觉——这是在演戏吧。

这不是演戏——卢二少爷说话打破了令人难以置信的寂静。他表情庄重地大声宣布说,现在,恭请卢大少爷揭匾!

咦,这从什么地方冒出来一个卢大少爷啊? 我以前可从来没听说过。《国事报》记者骆小山大为惊诧,这位病病恹恹的先生原来就是卢大少爷。他在卢二少爷的陪同下,走上前来伸手轻轻掀开包裹着的红绸——黑地大匾露出四个金字"盛昌货栈"。人们一阵欢呼。

就在人们的欢呼声里,卢大少爷苍白的面孔腾地红了,一下充满血色。人们这时终于看出,卢大少爷竟然是一个羞涩的男人。

驴脸汉子再次拉长嗓音,大声吆喝着。

正昌改盛昌,挂—新—匾—啦!

刻有"盛昌货栈"四个金字的大匾缓缓升起,稳稳挂在货栈的门楼儿上。

围观的人们议论纷纷,听起来似乎都是在背诵台词。

这正昌货栈怎么改成盛昌货栈啦?

兴大清国改成中华民国,就不兴正昌货栈改成盛昌货栈啊? 刘伯温在推背图里说得明明白白,这叫改朝换代。

什么改朝换代,这是换汤不换药嘛。

这时候来了两个身穿黑色制服的警察,说是维持治安的。盛昌货栈大门前愈发热闹起来。前来贺喜的人们一拨拨走来,驴脸汉子应酬着。左手缠着纱布的卢二少爷更是得意扬扬,逢人便打招呼,仿佛天下没有他不认识的人。

《国事报》记者骆小山急于采访那位突然出现的卢大少爷,可他偏偏没了踪影。一团神秘气氛笼罩着现场。

这是公元一九三五年的春末夏初的事情。有骆小山现场拍摄的照片为证。

9 采访

人们热烈盼望着翟家能够卷土重来，报仇雪恨从卢家手里夺回产业，重振正昌货栈雄风。倘若如此，便又有好戏看了，而且不用花钱买票。天津卫闲人们恨不得天天爆发世界大战才好呢，只要战场不在自家门口儿就行。

既然怀着如此热烈的期待，人们自然对翟家兄弟的境况格外关注。《国事报》记者骆小山，甚至准备弄出一系列跟踪报道。

失去正昌货栈之后，翟家兄弟便从人们视野里消失，好像两滴水珠儿蒸发了，从来不曾存在似的。大约过了两年光景，有人在河西谦德庄看到翟金诚穿着一双白色孝鞋，这才知道翟荫堂已然故去了。骆小山得知这个消息，马不停蹄奔向河西谦德庄寻找，经过十几天遍访三十几条胡同，有一天可巧在三义庄一带遇到了翟金诚。

翟金诚开着一间馒头铺，双手沾满了面粉。骆小山说明了前来采访的意图。翟金诚苦笑了，认为这实在无聊至极。为了刺激对方，骆小山说大丈夫有仇不报，枉为人也。翟金诚听了这话，还是无动于衷。小报记者没了辙，只得向翟金诚打听翟云隆的下落。翟金诚并不讳言，说我弟弟在河东地道外开煤铺呢。

骆小山说，当时你弟弟翟云隆决定以死相拼保卫正昌货栈，你却极力阻拦造成兄弟失和，如今你们还是形同水火吧？

翟金诚不知如何回答记者提问，只好低头思索着说，人生不就是一场戏嘛。你演完了他演，他演完了我演，我演完了又轮到你演。到头来兄弟还是兄弟。你堂堂大记者应当懂得这个道理啊。

骆小山连连点头称是，突然又提了一个深刻的问题，翟金诚你堂堂南开中学毕业，几年时光竟然沦为一间馒头铺掌柜，这是你性格的失败吧？

我的性格最适合卖馒头。翟金诚轻描淡写说。

结束采访了，小报记者骆小山满怀同情地说，令尊大人仙逝，实在令人惋惜啊。他老人家一定是被卢家气死的吧？

翟金诚摇了摇头说，那天晚饭他老人家吃了一大碟子茴香馅饺子，还喝了一大碗饺子汤。吃饱喝足，上床睡觉，第二天一大早儿他老人家就没醒过来，安安静静走了。

我听到另外一种版本，说令尊大人多年以来染有不良嗜好。这是真的吗？骆小山突然发问。

您只能钻进坟墓里去问他本人啦。翟金诚无可奈何地说。

似乎没有达到采访目的，骆小山怏怏而去。翟金诚送他走出馒头铺，顺手送给他一布袋儿大馒头。骆小山哭笑不得，只好拿在手里。翟金诚郑重地告诉这位小报记者，他已经结婚了。

走出馒头铺，骆小山在马路上叫了一辆胶皮，说是去河东地道外。那时候海河下游没有桥梁，只能绕行法国桥。这时候骆小山突然看到"了事大王"吉晓楼西服革履地站在马路边，立即跳下胶皮，大步跑向前去，连声问好。

这位"吉晓楼"慌忙闪躲着说，您认错人了吧我从来就不姓吉！

您不是吉晓楼先生吗？记者骆小山满脸难以置信的表情。

我不是吉晓楼，我是天外天话剧团的导演胡疑。你看过我排演的大型街头活报剧《"四二八"事件》吗？那场面，万人空巷啊！

《"四二八"事件》？骆小山觉得，这位话剧团导演胡疑先生跟了事大王吉晓楼长得真是太相像了，就好比一只模子里刻出来的。

胡疑突然笑了，说这个世界上没有两片相同的树叶。

记者骆小山跟导演胡疑先生握手道别，乘坐胶皮继续赶往河东地道外寻找翟金诚的弟弟翟云隆。

河东地道外本是黑旗队活动的地盘。初期黑旗队以扒窃为主，火车上有什么他们偷什么，渐渐演化为抢夺。后来黑旗队发展为民间帮会，它在官府与百姓之间，游刃有余。

骆小山费尽九牛二虎之力找到了翟金诚的弟弟翟云隆。他主要是沿着偷煤者的线索，一步步走进翟记煤铺的。家道中落的翟云隆卖煤，堪称"黑色生意"。弟弟翟云隆煤铺的煤炭与哥哥翟金诚馒头铺的面粉，一黑一白形成鲜明对比。

地道外一带的住户们无人不知翟云隆做的是"黑色生意"。他煤铺全年的货源，完全来自于黑旗队的扒窃。翟云隆表面卖煤，其实是在为窃贼销赃。骆小山在煤铺院子里找到翟云隆，他满脸漆黑根本看不出五官在哪儿，只有一口白牙露在外面。

骆小山看到煤铺院子里摆着石磴和石锁，架子上还立着长棍和单刀，一下子就被感动了。翟云隆卧薪尝胆忍辱负重正是准备有朝一日夺回货栈重现辉煌啊。这位小报记者生性冷漠，此时却大动性情，伸手紧握翟云隆，颇有相知恨晚的感觉。

煤铺掌柜呆呆注视着这位不速之客，对骆小山的一连串提问极为不解。您说我要夺回正昌货栈？我根本就没有这个打算啊。家庭败落，兄弟分家，老爹亡故，如今我只是养家糊口而已。您是记者您看我这小煤铺挺好吧？我现在心里挺知足的。

骆小山不死心，继续追问说，翟云隆啊，你真的不想夺回正昌货栈啦？

翟云隆怪异地笑了笑说，这真是怪事儿，正昌货栈已然归了卢家，我凭什么去夺人家的产业啊？我脑子没有毛病。哎，你脑子有毛病吧？

大失所望，骆小山乘兴而来败兴而归。离开翟记煤铺，一路上他心里好生纳闷，百思不解。翟云隆这一条硬汉一下子变成豆腐渣，这到底是怎么回事儿啊？

叫了一辆胶皮，小报记者骆小山来到南市荣业大街的玉华春饭庄大门前。他打算在这里吃罢晚饭，然后去广和茶楼听陈士和的评书。

骆小山跳下胶皮，不由得愣在这里。玉华春饭庄歇业啦？这到底是什么时候的事儿啊！我前两天还在这里吃了一条糖醋鲤鱼呢，今儿就关闭了。

他还是不死心，伸手拦住一个过路的老头儿，问他玉华春饭庄到底是什么时候倒闭的。老头儿瞪大眼睛看着骆小山说，你说玉华春饭庄，这玉华春饭庄在什么地方啊？

骆小山气得扭头就走。他径直奔向前面的五合楼饭馆。五合楼饭馆里，顾客盈门。骆小山在一楼找了一个角落坐下，叫来跑堂伙计点了一菜一汤一碗饭，说吃了就走。

这时候，五合楼饭馆门口儿传来一声吆喝，卢大少爷到啦，您二楼请啊，二楼雅座伺候！

听说卢大少爷到了，一楼邻桌的几个汉子表情蓦然紧张起来，一时停止了划拳,噤若寒蝉不敢说话了。

果然是卢大少爷。他身穿银灰色长衫,依然文文弱弱的模样。他身后跟着卢二少爷,一身黑色绸裤绸袄,脸上戴着一副黑眼镜,俨然卢大少爷的保镖。

卢大少爷走到楼梯口。临近楼梯口的地方摆着一桌酒席,那七八个汉子立即起身,纷纷向卢大少爷点头致礼,样子极其谦恭。

卢大少爷仍然脸色苍白,气度却不小。他仿佛脚踏五彩祥云,跟随着卢二少爷上楼去了。

跑堂伙计端来一菜一汤一饭,说了一声您请用吧。骆小山一把拉住跑堂伙计问,喂,他们好像非常害怕卢大少爷啊?

跑堂伙计压低声音说,他们能不怕吗?我也怕啊。这可是大名鼎鼎的卢大少爷!

卢大少爷身后那位是卢二少爷吧?骆小山揉了揉自己的眼睛,急切问道。

哪里有什么卢二少爷啊,走在后边的那位是卢大少爷的保镖,人们都叫他猴七儿。

什么?骆小山放下筷子,满面狐疑地环视着四周。

他妈的,那明明是卢二少爷,一下子变成了保镖猴七儿。我今儿这是怎么了?遇见鬼啦!

这时候有几个绅士模样的男人手里端着酒盅走过来,朝跑堂伙计打听卢大少爷在二楼哪间雅座吃饭,说是前去敬酒。跑堂伙计问这几个绅士模样的男人是否认识卢大少爷。他们连忙表示说,久闻大名如雷贯耳,借机敬酒正是为了结识卢大少爷。

看来,卢大少爷在天津卫确实成了举足轻重的人物。

骆小山草草吃了饭匆匆喝了汤,起身走出五合楼饭馆,一路奔北前往广和茶楼。

广和茶楼的评书那在天津还是很有名气的。骆小山乃是这里常客。他伸手掏出怀表看了看时辰,他妈的,这怀表怎么停了。

一路疾走,骆小山终于坐在广和茶楼里听评书了。他看了看身前身后身左身右,没一个熟脸儿,心里不由得疑惑起来。

陈士和说的评书是《聊斋》。聊斋?不是狐仙就是鬼怪啊。小报记者骆小山不禁一哆嗦,起身去了厕所。

一连三个月,骆小山没给《国事报》写一篇稿子。报馆经理几次责问,这位小报记者均以小便失禁导致记忆错乱为由,封笔了。

于是,这桩发生在一九三五年的事件,渐渐为人们忘却并且成为尘封久矣的历史沉案。

10 真相

光阴如流水。人比黄花瘦。公元一九四九年初春,天津这座城市终于解放了。

新生的人民政权开始镇压反革命了。天津这座城市号称中国北方第一商埠,因此除了反革命,还有地痞流氓恶霸把头什么的,罪大恶极者不在少数。譬如臭名昭著的大混混儿袁文会就被军管会处决了。这是天津市"杂霸地"的首领。随即天津街头纷纷上演大型活报剧《枪毙袁文会》,广大群众无不拍手称快。据说该剧导演胡疑,在此之前曾经导演大型话剧《活鱼摔死卖》和大型活报剧《"四二八"事件》。

有了枪毙袁文会的范例,革命群众的目光一下子变得雪亮。天津城北针市街的盛昌货栈,渐渐成为人们的议论中心。这卢家可是大恶霸啊。卢大少爷指派卢二少爷勾结一群混混儿,上演了一场挥刀断指的血案,以势压人当场将正昌货栈抢夺到手,更名盛昌货栈。从此卢家称霸城北,据说卢大少爷屋里一跺脚,一条针市街跟着乱颤,小孩子吓得不敢哭。后来,翟荫堂抑郁而终,翟家长子翟金诚和翟家次子翟云隆分别沦落社会底层,一个开馒头铺,一个开煤铺,艰难谋生,生活清苦,至今敢怒而不敢言。

玉姑销声匿迹,几乎无人知晓她的下落。然而北平和平解放之后,天津军管会还是收到一封检举信,署名玉姑。玉姑不会写字,她的这封检举信由小翠儿代笔。小翠儿那丫头新中国成立之后进了扫盲班,又能写又会画,大有出息了。这封检举信的矛头直接指向卢家两兄弟,说他们是抢夺翟家产业的大恶霸。

这样一来,卢家兄弟一屁股坐在火山口上了。

为了避免打草惊蛇，军管会一方面派出便衣暗暗监视卢家。另一方面开始调查取证。中国共产党的政策是不放过一个坏人也不冤枉一个好人。"一九三五年事件"的调查小组由一男一女两人组成，男的姓周名道，中等身材，河南口音，那长相一看就是中国人。女的姓任名贞，瓜子儿脸，细高挑，五官端正，说话含有山东方言。河南周道和山东任贞这两位革命同志年岁不大，却久经解放战争炮火洗礼，具有丰富的革命斗争经验。

兵分两路，开始了调查工作。男同志周道根据玉姑检举信里提供的线索，首先找到隆昌海货店的当班襄理，深入了解情况。见面之后周道同志颇为惊异，这位在玉姑的检举信里被称为"大胖子"的当班襄理，此时竟然一派骨瘦如柴的模样。面对如此巨大的肥瘦反差，周道同志几次怀疑自己找错了调查对象。

这位当年极胖如今极瘦的当班襄理忠实叙述了公元一九三五年农历四月二十八日上午九点到十点之间发生在隆昌海货店里的事情。他针对的主要人物当然就是那个操着杨柳青口音被人们称为"卢二少爷"的身穿蓝缎棉袍的青年男子。

你能证明四月二十八日那天翟家的正昌货栈被卢家抢走了吗? 周道同志耐心询问着。

如今极瘦当年极胖的当班襄理伸手摸了摸额头说，当时我不在现场。我听说卢家为了从翟家夺得产业，卢二少爷还挥刀剁掉了两节手指头呢。后来正昌货栈的牌匾就换成了盛昌货栈的牌匾。您看，当时卢二少爷站在隆昌海货店的店堂里，啪的一声打出一颗海蛏子扔在我脑门儿上，从那儿我就落下一个头疼的病根儿，这几年总共喝了三百多剂汤药也不见好转。我苦大仇深啊。

当班襄理满脸委屈的表情继续说，头疼不是病，疼起来要了命。我要求人民政府给我做主! 我一定要让卢二少爷包赔我的医药费。可我前几天听人说这小子跑回农村老家种地去啦。

女同志任贞独自找到耳朵眼炸糕铺，深入调查研究。她牢记毛泽东主席"没有调查研究就没有发言权"的教导，掌握了大量的第一手资料，收获很大。据经营耳朵眼炸糕铺的刘姓夫妇揭发，卢二少爷带领打手们走进针市街抢夺正昌货栈之前,确实吃了两百个炸糕却只付了一百九十八个炸糕的钱,余款拖欠至今。

出身贫苦的任贞同志面对这一笔旷日持久的两个炸糕的债务感到异常气愤。她坚决认为,随着调查取证的日益深入,卢家的罪行必然暴露无遗。尤其那位外表木讷貌似文弱的卢大少爷,据说其罪恶远远超过那位外表张狂举止粗鲁的卢二少爷。

那就继续调查吧。

关键人物是钦三先生。为了集中优势兵力打好这一场歼灭战,周道与任贞一起找到天津西南城角十间房胡同钦三先生的住宅,调查取证。

钦三先生很有文化,详细叙述了当年卢二少爷率领一群打手抢夺正昌货栈的全部过程,有因有果有始有末,既不洒汤也不漏水,几乎就是一篇完整的史料。周道和任贞感到非常满意,并请钦三先生当场在总共八页的记录纸上按了手印儿。

周道同志不由得欢欣鼓舞,告别钦三先生走出十间房胡同,他主动提出请任贞同志吃饭,包子或者面条儿。任贞当场谢绝,并表示一定要发扬连续作战的精神,火速接触这场案件的主要人物翟家兄弟。只要找到翟家兄弟,卢家兄弟便有罪难逃了。这太好啦。周道同志受到任贞同志革命热情的感染,立即跑到马路边的蒸食铺买了八个蒸饼还讨了一头蒜,两人一边吃一边向东走去。

一路上,两人嘴里蒜味儿都挺大。

来到河东货场附近,就是后来拍电影《六号门》的地方。周道和任贞十分顺利地找到了翟云隆的住家。翟云隆的独眼妻子操着一口极其浓烈的天津口音说,翟云隆新中国成立前夕跟着黑旗队的几个人逃跑到香港去了,至今没有音讯。

任贞同志很不理解,说翟云隆他又没有什么罪恶为什么跟着黑旗队逃跑香港呢。

翟云隆的独眼妻子躲避着扑面而来的蒜味儿说,翟云隆他不是常年从黑旗队手里趸煤吗,然后转手卖给老百姓。一听说改朝换代,他就认为自己跟黑旗队勾结多年,有着同样的罪过,解放军还没攻城呢,他就跟着那一群人到塘沽坐轮船跑到香港去啦。

那你了解当年卢家抢夺正昌货栈的事儿吗？周道一本正经问道。

我嫁给翟云隆还不到三年，有一次他喝醉了说起翟家的正昌货栈当年财源滚滚似流水，我那时还以为他跟我吹牛皮呢。唉，我要是提前十几年嫁给他，那就跟着享大福啦。光旗袍我就得有几十件。

取证不成，周道和任贞心中难免怀有几分失望。第二天嘴里没有蒜味儿，他和她一起前往河西谦德庄寻找翟金诚。

翟金诚开设在三义庄的馒头铺已经改卖大饼了。主人翟金诚则躺在家里养病，中风不语了。这两位革命同志走进翟家的时候，翟金诚的瘸腿妻子正在给丈夫更换尿湿的裤子。屋里味道不佳。

任贞同志看到翟金诚嘴歪眼斜的样子，几乎落泪了。卢家实在太可恶了，你们纠集了一大群青皮混混硬是抢夺了翟家产业，害得翟荫堂亡故，害得翟金诚卧病不起，屋里弥漫着难闻的臊气，就连馒头铺也改成大饼店了。卢家兄弟这种大恶霸倘若不杀，实在难平民愤。

周道同志有着强烈的事业心，并不甘心空手而归，他表情和蔼地伏身向中风患者翟金诚询问当年正昌货栈惨遭抢掠的具体情况。翟金诚表情木讷，语言含混不清，咿咿呀呀流出一股子口水。

你安心养病吧，如今新中国成立了，人民政府一定会给你做主的。任贞同志大声说着，用力挥了挥小巧玲珑的拳头。

翟金诚突然张了张嘴，好像有什么话要说。

经过一系列调查取证，卢家的罪行铁证如山。为了做到证据齐全，任贞同志专程跑到档案馆调来当年的《国事报》，小报记者骆小山关于一九三五年事件的报道，成为任贞的第一手资料。

周道同志找到评书艺人杨瞎子请他提供证言。此时的杨瞎子真正成了一个双目失明的人，整天坐在家里不动窝儿。这位评书艺人说当年他视力尚存，只可惜没有亲眼看到卢家率众抢夺翟家的正昌货栈，否则他将出庭作证。这两位革命同志告辞的时候，杨瞎子连声称赞社会主义好并且高呼毛主席万岁。

周道同志和任贞同志集中精力，迅速整理出一份调查报告，这材料足有二寸多厚,有人证有物证有旁证,有归纳有分析有总结,真可谓无一字无出处,重若千钧。军管会同志普遍认为,这一次啊卢家兄弟死定了。

一个风雨之夜,军管会行动小组秘密逮捕了卢大少爷。经过连夜突击审讯,他供出卢二少爷在杨柳青南边置了八亩菜园子,回老家务农去了。

此时,卢大少爷的目光里流露出几分怠倦。盛名之下,他似乎需要休息了。

第二天军管会行动小组赶往杨柳青抓捕卢二少爷,扑空了。村里人说,这个左手缺少两根手指头的无赖根本就不姓卢,他名叫猴七儿。他前几天回家住了两天,第三天就溜了。有人说他去了新疆。这杨柳青人祖祖辈辈就有前往新疆谋生创业的传统,据说始于清朝乾隆年间。

卢大少爷被关在看守所里,脸色极其苍白,使人想起投进染缸之前的白布。他几天沉默不语,突然有所醒悟,开始喊冤叫屈,而且强烈要求跟毛主席或者朱总司令面谈。

看守所的小战士指着他的鼻子说,这里又不是厕所,快闭住你的臭嘴!

军管会的领导同志认为"卢案"证据确凿,线索清楚,情节明朗,不用老将出马,交给年轻同志审案就是了。满嘴山东口音的任贞同志向上级领导表示了决心,领导这么相信我,我一定圆满完成提审卢犯的任务!

卢大少爷毫不停顿地喊冤叫屈,已经哑了嗓子,任贞决定立即提审。

坐在审讯室里,卢大少爷当头就说,当年正昌货栈不是我抢来的,你们不信就去找翟家弟兄调查,我想他们一定保存着当年的字据和契书。

什么字据? 什么契书? 你必须给我说清楚!

好吧,我现在就给你说清楚。一九三五年翟家的正昌货栈已经维持不下去了。那年祭河他们翟家的大馒头里根本就没有银圆。翟荫堂抽白面儿你们知道吗? 翟荫堂毒瘾难戒,弄得业不抵债。他只好低价卖掉正昌货栈。我一看价钱不高,就趁机把它给买下来了。

任贞同志笑了。我们经过充分调查取证已经掌握了你从翟家手里抢夺了正昌货栈的事实。你怎么还抵赖呢?

卢大少爷古怪地笑了。这没错,你去调查一百个人,那肯定有一百个人说正昌货栈是我卢某人从翟家手里抢夺来的。可我告诉你,我家的夹壁墙里藏有字据和契书,它足以证明正昌货栈是我花钱买来的。我实话实说,我不但花钱买了正昌货栈,还花钱买了翟家老少爷们的嘴,要求他们为我保守一个秘密。翟家见钱眼开,果然积极配合,因此至今没人知道一九三五年事件的真相。

什么真相?任贞同志听见自己的心儿咚咚咚跳着,很是紧张。

我告诉翟家兄弟,你们的正昌货栈我是花钱买下了,可我要上演一场动手抢夺正昌货栈的大戏,这就叫假戏真唱吧。翟家一听,连声说不明白。

任贞同志表情困惑说,你别说翟家不明白,就我也不明白啊。我警告你不要耍花腔,你的唯一出路就是如实交代自己的罪行!

我自己没有罪行你让我交代什么?你们现在就派人去我家夹壁墙里搜查吧,只要搜出那份字据和契书,我就彻底清白了。这人世间的事情,黑的白不了,白的黑不了。

军管会派出一组精干人员,前往卢大少爷家里搜寻夹壁墙里的隐藏的所谓证据。深受领导重用的任贞同志继续审案。

我问你,一九三五年的正昌货栈是你花钱买来的,可为什么费尽心机非得弄成是你动手抢来的呢?任贞同志切中要害,突然发问。

卢大少爷似乎并不认为自己处于危恶境地。他两眼充满血丝说,嘿嘿,这你就不懂了。人活着,首先必须学会吓唬别人。你要是不会吓唬别人,那可就只能吓唬自己啦。

卢大少爷继续说,我告诉你吧,你看凡是花钱买东西的,那都是无能的人。你再看凡是动手抢东西的,那都是风光无限的人。天津卫这地方,只有老实人才去花钱买东西呢,因为除了买他没有别的办法啊。可抢就不同了,耍胳膊根儿、滚钉板、捞油锅,一块砖头先拍在自己脑袋上,实在不行再抄起菜刀砍了自己。这才叫万人景仰呢。天津卫大码头就是这样,人人都愿意说自己是老实人,人人又都不愿意做老实人。

任贞同志听得出神儿,一时竟然忘了记录。你说的天津人怎么会是这样的呢?真是不可思议。

卢大少爷亢奋起来,继续招供,我从小就有尿床的毛病,胆儿特别小,天一黑就不敢出门儿买东西了。长大成人做生意,我还是胆量不够。这一次我全盘兑付正昌货栈，当然是花钱买的。我不花钱翟家也不干啊。可我就是想让人们以为正昌货栈不是我卢某人买来的而是我卢某人抢来的。抢，这多威风啊。我花钱请来一位专门排演文明戏的导演，记得他名叫胡疑。我让胡疑编排了我卢某人抢夺正昌货栈的一场大戏，一不能露馅，二必须保密。

我怎么觉得你这是在跟我说评书呢？任贞同志操着山东口音问道。

卢大少并不停顿，继续招供说，我是一个独生子，没兄没弟，没姐没妹，后来又没爹没娘，我一旦演成了这一场抢夺正昌货栈的大戏，那就耀祖光宗啦。可是我不能挥刀去剁自己的手指头吧？再者说我也没那份胆量！思来想去，我总算有了办法。什么办法？我认了一个八竿子打不着的远门亲戚猴七儿，我让他冒充我亲弟弟，我让他号称卢二少爷，我许诺他只要最后大获全胜，砍掉了一根手指头我分一份产业给他，砍掉两根手指头儿我分两分产业给他。猴七儿这穷鬼一寻思，认为这是一笔好买卖，就同意来当这个卢二少爷了。

我花钱请来的那位专门排演文明戏的导演胡疑，这小子真有本事啊！这一场真刀真枪的假戏竟然一丝不差地给我演下来啦，当然卢二少爷剁掉的那两根手指头是真的。总而言之我大获成功！

你说的都是真事儿吗？任贞同志注视着卢大少爷，仿佛观察着一只怪物。

当天中午，军管会派往卢家搜寻隐藏在夹壁墙里证据的行动小组返回，带来一个惊人的消息。

卢大少爷的妻子自从卢大少爷被捕，渐渐从坐卧不宁变成心惊肉跳，又渐渐从心惊肉跳变成以泪洗面。这时候她娘家哥哥跑来告诉她，既然到了山穷水尽的地步，那就该烧的赶紧烧吧，那就该藏的赶紧藏吧。她认为娘家哥哥说得很有道理，随即打开夹壁墙拿出那只装有字据和契书的盒子，转身就投进炉子里了。军管会行动小组赶到卢大少爷家的时候，从炉火里确实看到了一团垂死的灰烬。

这个消息对任贞同志打击很大。

审讯室里，她啪地一拍桌子说，我告诉你吧，你说的字据和契书已经被你老婆烧成灰烬了。你现在就是跳进黄河也洗不清啦。你拿什么说明正昌货栈是你花钱买来的而不是动手抢来的？

天生胆小的卢大少爷思索了一会儿说，那你们只能去找翟家兄弟吧。那两个败家子不能不说实话吧？

任贞同志不得不问道，正昌货栈是你花钱买来的你却费尽心机把它弄成是你动手抢来的。那么我问你，你那时这样做是不是很愚昧啊？

你才很愚昧呢。卢大少爷不思改悔地说，似乎很瞧不起任贞同志的浅薄无知。

这就是事情的真相。

11 结局

多年之后，翟金诚弥留之际。据现场目击者称他侧卧病榻几次企图开口说话，但都没有发出声音。据说他挣扎着很想说出一九三五年那场事件的真相。最终翟金诚还是将所谓真相带到骨灰盒里去了——那么狭小的一个空间装载着那么沉重的一个真相，令人担忧。

之后多年，日本间谍斋藤医生返回祖国坐在神户寓所里撰写回忆录。这本回忆录的第三章里，记载了作者当年在中国天津的行医生涯，其中提到为卢姓患者治疗手伤。斋藤医生似乎对天津街头的混混儿极其蔑视，称其为"愚昧无知的支那人"。

多年之后，据说有人在香港北角一家水果摊前偶然碰到翟云隆，说起当年家乡往事，这位远离故土的老男人不无感慨地说，他妈的，你说像卢大少爷那样的天津人，世界几百年中国几千年还会出现吗？我看他是空前绝后啦。

之后多年，玉姑去向不明，没有任何人听到关于这位女士的任何消息。爱情有时候就是一颗手榴弹，无论男女只要你牢牢将它抓在手里往往能够听到一声巨响——同归于尽了。那一封由玉姑口述由小翠儿代笔的为翟金诚鸣不平的检举信则长久保留在一九三五年事件的卷宗里。这姑且作为一九四九年的玉姑女士对一九三五年的翟金诚先生的一片痴情吧。只是不知道那颗一相情愿式的手榴弹是否炸响了。

多年之后，那么狭小的店铺里炸制出来的"耳朵眼炸糕"竟然成了偌大的天津市名牌食品，还被冠以"三绝之一"的称号，这不能不说是天津市改革开放的伟大成果。

之后多年,坐落于大运河畔的隆昌海货店因道路拓宽而被拆除了。有人建议实施"整体移动"工程保存这幢建筑,毕竟只向西移动三十米嘛。最终还是拆了。

多年之后,周道同志任职政法委员会副书记。有一天他视察地处天津西郊的模范监狱,无意之间一眼在犯人出操队列里看到卢大少爷的身影,心头不由一动。他之所以能够在茫茫人海里一眼认出这位非同寻常的犯人,完全是由于当年的卢大少爷给他留下了终生难忘的印象。是啊,别人都是把非法抢来的东西打扮成为合法买来的,只有这位卢犯相反,一定要把合法买来的东西打扮成为非法抢来的。光阴似箭,一晃这么多年过去了,见多识广的周道同志为人处世已经达到炉火纯青的境界,但他仍然没有遇到第二位如此反其道而行之的人物。

于是,政法委副书记周道同志详细地向监狱的管教干部了解卢犯的思想改造情况。一位管教干部说,这老家伙可牛着呢,他多年以来都是监号里的"鹰头"人物。您知道鹰头吗? 就是山中老虎啊。他吃饭呢有人给端碗,他洗脸呢有人给递水,他抽烟呢有人给点火儿,总之这里没人敢惹他。一旦有新犯人进来,那监号里的犯人们必然要将当年这位鹰头的英雄事迹极其生动地讲述一番。鹰头这位爷啊当年号称卢大少爷,他带领着兄弟走进针市街,一眨眼工夫咣咣两刀剁下两根手指头,当场就把正昌货栈给抢夺过来啦,那年头就连国民党警察都不敢惹他。

新来的犯人们听罢这一段惊心动魄的故事,往往就不敢言语了,顿生敬畏之心。然后新来的犯人总是寻找机会主动凑到这位鹰头面前,满脸谄笑地递上香烟点上火,表示臣服。

监狱出操结束了, 犯人们列队返回监号。那个管教干部叫来了卢大少爷——也就是当今的卢犯。

卢犯脸色依旧苍白,身体还是病病恹恹的样子。这么多年过去了,他似乎并不见老,只是眼睛里多了几分游离的神色。

这时候的周道同志在天津生活多年已然没了河南口音,尽管他的家乡仍然出产道口烧鸡。周道同志缓缓走到卢犯面前操着一口地道的天津话问道,喂,我问你逃往新疆的那个卢二少爷这几年有消息吗?

卢犯操着一口半生不熟的天津话,低着头不假思索地回答说,谁知道那小子逃到哪儿去啦,他兴许还去了外蒙古呢。反正也不是我亲弟弟,管他是死是活呢。

周道同志好奇心涌动,因此继续追问下去。喂,当年你非要把花钱合法买来的正昌货栈弄成是非法动手抢来的,结果被判为无期徒刑,落了个蹲一辈子大狱的悲惨下场。你现在如实回答我的问题,你堂堂正正的卢大少爷当年那样做,一定是脑子有毛病吧?

你脑子才有毛病呢。脸色苍白的卢犯伸手捋了捋白发斑斑的鬓角,满不在乎地说着。这种言谈这种举止这种表情,似乎隐约可见当年卢大少爷的几分神韵。

这时候的周道同志终于明白了,一个人就是一个人,一棵树就是一棵树,一粒米就是一粒米,一碗水就是一碗水,民国二十四年就是民国二十四年,公元一九三五年就是公元一九三五年,无期徒刑就是无期徒刑,终身监禁就是终身监禁,天津码头就是天津码头,狗不理包子就是狗不理包子,手榴弹就是手榴弹,卢大少爷就是卢大少爷,卢犯就是卢犯。人间万事万物那是根本不能互相比喻的。于是,籍贯河南新乡而且已经蜕化成为天津人的周道同志,只得无奈地笑了。

政法委员会副书记周道同志走进家门,放下公文包立即将视察模范监狱而巧遇卢犯的经过告诉了肥胖的妻子。肥胖的妻子坐在沙发里听罢这个故事,无声地苦笑了——这苦笑浮现在任贞同志的脸上,竟然流露出几分虚幻。

这虚幻,使你对这个世界充满了理直气壮的怀疑。

喜荣归

第一出

半夜坐得久了,初春时节还是觉得脚冷,仿佛穿了一双马口铁鞋。青年教师俞明喜放下一摞作文卷子,起身离开写字台去找寻御寒袜子。他的中等身材被灯光投映到墙壁上,一下被放大为巨人。巨人轻轻拉开壁柜,看到隔板上贴着一张隶书体小纸条:厚线袜子和鞋套在左边第二格里。

心头噌的一热。吴荣成天凉赤脚不畏寒,却给我备了厚线袜子,这是兄长的体贴啊。俞明喜猫着腰穿好这双紫色厚线袜子,下肢渐渐暖和起来,反而觉得肚子饿了。小步儿踩着"榻榻米"穿厅过室来到厨房,老鼠似的寻觅着食物。

俞明喜和吴荣成都在私立淑德女中任教,两人合租这套地处华界善邻里的日式公寓,每月租金八元。俞明喜教小代数和三角,吴荣成教国文和地理。性格温和的吴荣成年长俞明喜八岁,三十出头独身未娶,然而在课堂上讲起"氓之痴痴,抱布贸丝"的诗篇,却是神采奕奕,很受女生欢迎。

吴兄,您告假未归,翟白丁校长让我给你代课,半夜饿肚子替你判卷子呢。眉清目秀的俞明喜找不到充饥的东西,并不焦急反而微笑着。

厨房水槽旁边贴着一张小纸条:炒面在磨口瓶里。这又是吴兄的隶书体小字,亲切地引导着俞明喜找到那只蹲在大瓮里的玻璃瓶子,这是半瓶炒得微黄的小麦粉。他愈发感到吴兄留下的温暖,弥散在夜半空气里。

大瓮旁边有一只小瓮,小弟弟似的。俞明喜参加了地下学运组织,平时却不留心生活细节。此时萌动好奇心,他掀起小瓮盖子看到里面盛着浑浊的液体,一股暧昧的味道冲鼻而来。

吴兄您是国文老师,怎么把厨房弄得跟化学实验室似的,想改行啊?俞明喜自言自语地放下小瓮。可能出于内心孤独,他养成自言自语习惯。此时,他又忘了华文书店经理老燕的告诫:"必须改掉自言自语的习惯,有时候小毛病会泄露组织大机密的。"

洗了洗手冲了一小碗炒面,却意外品出淡淡的杏仁味道。哦,去年夏天淑德女中杏树落果,吴兄攒了几枚杏核,敢情做了炒面调料。吴兄不光热爱旅行,也是居家男子。

脚暖了,肠胃也暖了。窗台上放着半盒"艳美人"牌香烟,这是吴兄剩下的。平素不吸烟的俞明喜抽出一支,小顽童似的划亮洋火点燃,笨拙地抽一口烟含在嘴里,不敢往嗓子里送。他终于憋不住气,噗地喷了出来。吴兄的身影便烟雾似的站在眼前。俞明喜不敢再吸,手里举着这根烟卷好似庙里的香客。

缭绕的青烟里透着吴兄的亲切气氛。俞明喜起身走进厕所。平日里公寓杂役把这里拾掇得很干净,便池的白色瓷釉泛着暗光。紧靠水箱的墙角放着一只印有日文商品标签的小瓶子,其中两个汉字很是醒目:绝灭。

俞明喜记起来了。寡居的嫂子徐凤珍住在堤头贫民区平房里,饱受臭虫侵袭。吴兄不言不语弄来这瓶特效杀虫药"绝灭",日本货。只施了两次药,臭虫就像宣统皇帝一样退了位,从此嫂子不再遭受臭虫困扰。尽管徐凤珍痛恨小日本儿,但对这瓶日本货却称赞不已,说啥时中国能做出这么灵的臭虫药,咱们就强了。吴兄很有同感,说不光是臭虫药,还有军舰大炮。

嫂子徐凤珍明理懂事,知道这东西不好淘换,便把用了半瓶的"绝灭"送还吴荣成。俞明喜至今记得,他问吴兄"绝灭"这两个汉字的日文读音。吴荣成礼貌地对徐凤珍说,我也不懂日文,就按汉语叫它"绝灭"吧。嫂子眨着一双杏核眼儿笑了,说你的绝灭就是厉害,把臭虫都轰到爪哇国去了。

走出厕所重新坐到台灯前,身心通泰的俞明喜继续批阅作文试卷。吴荣成是级任教师,高一甲班女生的作文能力,普遍很强。这次作文题目《论读书》,有五张试卷俞明喜已然判了"甲中",七张判了"乙上"。伸手取出序号15的丁小夏的作业袋子,看到里面夹着一张拾圆面额的法币,他笑了。这位女生把钞票错放在作文考卷里,真是太马虎了。

丁小夏的作文,开篇匆匆论了几句读书的益处,使人觉得她要拎着行李去赶火车。之后笔锋骤转,她写出这样一堆文字:

> 你是一册厚重的大书,打开扉页我阅读着,字里行间的伤感弥散在黑暗里,更使得我滑向虚空,不知身居何处。心儿变得扁平,在光影的间隙里疾疾跳动。黑夜动机不明地包容着我,等待梦的解救。然而梦被小虫儿蛀了,残片被小猫儿叼走,挂在风铃旁边,无言地晾干了。我以为你是一片片甲骨文,你却读不懂我的白话文章。

这好像一篇私人日记。俞明喜笑着伸出手指插进头发里,从容地挠着。然而,丁小夏并未因此停笔,她在试卷结尾附言,读罢令俞明喜倒吸一口凉气。

> 俞先生:您代课辛苦了。十分抱歉,近来我彻夜失眠神情恍惚,这次国文考试肯定烤煳了,假若我作文成绩是丙下,我父亲肯定要打断我的腿的。可是我没有办法振作自己,兹附茶资拾圆,略表悔过之意。

匪夷所思。国民政府官员腐化堕落金钱拜物,一个女学生也学会钞票开路买通老师,真是斯文扫地。热血青年俞明喜愤怒了,眉心紧锁瞪大眼睛,白皙的脸庞涨得透红。他感觉受到莫大污辱,气呼呼脱掉厚线袜子扔到角落里,使劲儿跺着脚。脚下日式"榻榻米"无声承接着他的怒气,表现出东洋式的坚忍。

丁小夏,就你这样儿还能成为国民新青年? 明天我就拜访你父亲,看他怎样打断你双腿。俞明喜怒气难消,忍不住再次点燃香烟,一口气吸到肺里,立即被呛得剧烈咳嗽。

这时候,他想起自己是抗日学运组织"民先队"的核心成员,必须克制情绪保持警惕,于是重新落座,再次阅读丁小夏的试卷。

……然而梦被小虫儿蛀了,残片被小猫儿叼走,挂在风铃旁边,无言地晾干。我以为你是一片片甲骨文,你却读不懂我的白话文章。

不知为什么,此时俞明喜从中品出几分少女怀春的味道。他是代课教师,只记得丁小夏比同班女生大几岁,亮眼睛,翘鼻子,圆脸蛋儿,那形象容易令人想起早熟的浆果,散发着过度的芬芳。

平心而论丁小夏还是有文采的,辞藻优美,抒情细腻,有微风拂水的质感,尽管文不对题。他从小心软,往往宽谅别人。此时也不忍痛下狠手,抄起红笔还是给了丁小夏成绩,连同她的拾圆钞票放回作业袋子。如今拾圆法币能买八十斤粳米。丁小夏出手阔绰,一定家境殷实,属于吃穿不愁的富家小姐。

咦,以前考试丁小夏也在卷子里给吴荣成夹法币吗?他意识到这种臆断对吴兄人品不恭,就暗暗责怪自己有小人倾向。

心情平复,继续阅卷。吴兄的确教学有方,大多数女生作文俞明喜判了"乙上",也判了几份"甲下"。终于判到最后一份试卷,他伸了伸懒腰——祁秋月的名字跃入眼帘,顿时振作起来。这是坐在后排左侧位置的女生,一双清澈明亮的大眼睛。尤其她专注听课的样子,有时含着坚忍,有时透着凝重,有时甚至显得圣洁。坚忍,凝重,圣洁。一身校服洗得泛白。俞明喜欣赏这样的女孩子。不是浆果是坚果。

祁秋月的作文很好,有论点有论据有论证,把读书论得很透彻。收官结尾,俞明喜读到这样的句子,惊了。

读书,激励我的志向,流淌我的热泪,澎湃我的心灵,唤醒我的灵魂。

俞明喜缓缓站起,伸手抓起那半盒"艳美人"香烟,目光紧紧盯住这行文字,不由屏住呼吸。

激励我的志向,流淌我的热泪,澎湃我的心灵,唤醒我的灵魂。这是"民先队"

核心组织"孔夫子"小组单线联络的暗语。上联下联,此问彼答,对仗工整。这样机密的暗语,此时居然出现在祁秋月作文试卷上,不啻眼前划过一道闪电。

莫非祁秋月也是"民先队"核心组织"孔夫子"小组成员?她有急事用暗号跟我联络?俞明喜下意识捻碎手里香烟。如果真是这样,她就是自己人了……这样想着不禁欣喜起来,他不愿孤单,他希望身边有更多的同志。

院子里传来公寓杂役的低声咳嗽声,凌晨天色里拉出一道道光丝,穿窗而入。俞明喜猛地清醒了,警觉地望着窗外。我凭什么认定祁秋月是自己人呢?又犯了小布尔乔亚的主观主义毛病。

这样批评着自己,愈发不知如何处理这份卷子。窗外天光渐渐明亮,他想起告假逾期未归的吴荣成。

素常遇到难题,他爱请教吴荣成。今天遇到这件棘手难题,分明属于"民先队"组织的高度机密,不可与外人道。吴兄仁厚,却是外人。内外有别的。

俞明喜不停地掐着太阳穴,思谋着。天光大放,屋外响起公寓杂役清扫庭院的声音。俞明喜动手将祁秋月作文卷子锁进抽屉里,好像把自己隐私收藏起来。上午没课。他快步走进内室拉开被褥,躺下了。

这座日式公寓,完全木质结构,壁橱里都能睡人,这两年俞明喜习惯睡"榻榻米"了,只是难以适应矮脚"地榻",便租了中国式写字台。

心里还是想着祁秋月。她作文里出现联络暗语,这或许是巧合吧?这种事情应当及时向华文书店经理老燕报告,可是不到规定接头的日子。既然无法向上级请示,我只能自己想办法了。

祁秋月……?心里不断念叨着,渐渐有了两全之策。卯末时分,他进入梦乡。梦里,他在淑德女中操场上遇到丁小夏,对方却自称名叫祁秋月,请他把一封信转交俞明喜先生。他惊讶地说我就是俞明喜啊。自称祁秋月的丁小夏反问道,你不是吴荣成先生吗?

倏地醒来,俞明喜觉得睡了半个世纪,洗漱完毕喝了两口水,身穿棉袍夹着书包走出房间,特意走进公寓门房看表,才知此时是早上八点三刻。

公寓杂役老佟头慌忙放下手里菜刀,转身躲藏着什么。俞明喜看见案板上一条条生猪肉皮,老佟头正在刮掉上面白花花的油脂。

你要做肉皮冻儿啊?俞明喜从生猪肉皮联想到下酒菜儿。老佟头儿则跟他打听吴荣成的归期。一味想着梦里的古怪错乱的情节，他夹着书包径直奔向私立淑德女中。

老佟头拎着扫帚走出门房，低头清扫着水门汀说，不是我盼望吴先生回来，是你缝穷的嫂子总跟我打听呢。

第二出

俞明喜坐在教师预备室里，从笔筒里抻出一支蘸水笔，一看是坏的，又挑了一支蘸着墨水，填写淑德女中高一甲班国文考试成绩单。这是个五官端正身材匀称的青年男子，无论站在哪面镜子前面，都会反映出他眉清目秀的脸庞，尤其轻微翘起的嘴唇，总是显出有话要说的样子，使人觉得他性格外向毫无城府。正是凭借这样的最初印象，华文书店经理老燕一步步将俞明喜发展为中华民族解放先锋队简称"民先队"的核心组织成员。

一阵轻轻脚步声，翟白丁校长走进教师预备室，颇为欣赏地望着独自埋头工作的俞明喜。青年教师抬头看见校长驾到，起身问好。

俞明喜师范毕业四处求职屡屡碰壁，翟白丁校长招收了他。去年哥哥不幸遇难，翟校长亲自到家里慰问，还捐了五十元法币。他心存感激难以言表，只有发奋教书育才，以报答翟校长知遇之恩。

翟校长小背头发型梳得光亮整洁，身穿赭色蚕丝棉袍，一尘不染的样子。

吴荣成先生还没有返校啊，这次是省亲还是访友？不等俞明喜回答，翟白丁校长走近取暖炉说，倒春寒节气，这里还是要生火的。

翟白丁校长素来爱护师生。俞明喜担心校长责怪校工失职连忙解释说，我跟吴荣成先生同住日式公寓，已然习惯耐寒了。

自从殷汝耕在冀东自治，日本人控制开滦煤炭，以后寒冬更不好过喽。翟白丁校长不无忧愤地说罢，告辞走了。

听了校长爱国忧民的言论，俞明喜有些兴奋。半公开的学运组织"民先队"的重点工作，就是扩大抗日爱国阵线，吸引广大师生投身抗日救亡斗争。像翟白丁校长这样的正义人士，理应属于团结对象。

继续埋头工作，俞明喜依照学生序号，逐一填写国文考试成绩单。全班二十一名女生，只有祁秋月的作文考试成绩空着。他连续喝了几口热茶。这茶杯是吴兄送的黑陶。为人低调的吴荣成喜欢暗色，无论衣着还是用具，大多是黑色的。

有人咚咚敲门，俞明喜随口应了一声。身穿烟色薄呢大衣的丁小夏推门走进来——亭亭玉立一棵小水葱。他想起丁小夏的拾圆法币，又想起她自称面临险境的两条玉腿，年轻的国文代课教师笑了。

俞先生，吴先生什么时候回来啊？略施脂粉的丁小夏好像完全忘记行贿的法币和断腿的危险，目光扫视着摆在办公桌上的高一甲班国文考试成绩单。

令尊在北宁株式会社高就吧？俞明喜为人师表端正身姿，抬头望着擅自不穿学校制服的女学生。

丁小夏小心翼翼点点头，说家父是财会科科长，然后打听自己作文考试成绩。俞明喜从作业袋子里抻出那拾圆法币，放在书案上。

透着几分小妇人儿气质的丁小夏，瞪大眼睛看了看俞明喜，然后低头搓弄着双手——不知是对俞明喜拒贿感到意外，还是对自己行贿感到羞愧。

望着这个讲穿爱吃的女学生，俞明喜内心颇为感慨。从小父母双亡，哥哥十四岁去比国电灯房做工，后来省吃俭用供我读了师范学校。这个丁小夏一出手就是拾圆钞票，真是富宅不知寒门苦啊。

你把钱拿回去吧。不知什么缘故，他并没有严责丁小夏，只是无奈地叹了一口气。丁小夏听了，好似小鼠伸爪偷食，嗖地将钞票抓回去。

你这次作文考试写得这么糟糕啊！还精神恍惚？俞明喜把国文考试成绩单朝前推了推说，你不好好读书，将来怎么为国效力呢？

丁小夏伸出目光在成绩单上找到自己名字，兴奋地叫了一声"丙上"，然后疑惑地注视着俞明喜。你退了我钞票，怎么还给我成绩啊？宛若侥幸逃生的小动物，依然不相信哑火的猎枪。

以前……以前考试你也送钞票吗？俞明喜终于发问了。

似乎意识到进入安全区了，这只小动物笑而不答，转身跑了。

回来！青年教师轻轻喊了一声，吓得女学生僵住脚步，缓缓转身好像身后蹲着一只老虎。

你……你去叫祁秋月,叫她来一下,快去吧。俞明喜催促着丁小夏。

很快,窗外传来女生们说话,唧唧喳喳声仿佛飞来一群的小喜鹊。突然间,窗外渐渐静寂下来,小喜鹊们飞走了。

等候祁秋月的到来,俞明喜有些心虚。我从小不擅撒谎,一撒谎就脸红。老燕同志说过对敌人撒谎是斗争策略,对敌人撒谎越成功,说明我们越有智慧。可是……即便祁秋月不是同志,她也不是敌人啊。这样想着心里紧张起来,便下意识地大口喝着热茶。

教师预备室的门被轻轻叩响,俞明喜不由起身喊了声请进。双扇门被推开了,女生祁秋月走了进来。

祁秋月留着齐耳短发,身穿浅蓝色学生制服,左襟前佩戴"淑德女子中学"圆形校徽,金光闪闪好似一颗小太阳。她中规中矩站定,说了声俞先生好,便双手低垂,等候着老师问话。

俞明喜心里揣测着,还是无法判断她的真实身份,便按照既定对策说,这次作文考试,你参加了吗?

祁秋月沉稳地点点头,表示参加了。

你参加了考试,我怎么没见你卷子呢?俞明喜按照既定策略,开始跟祁秋月对话。此时,他多么希望祁秋月立即说出那两句联络暗语,自己便不用对同志动用心机了。

然而,祁秋月并没有说出联络暗语,而是平静陈述着。昨天作文考试题目是"论读书",我写满了两页纸呢。

可是,我没有见到你的卷子,你就没有成绩啊。俞明喜继续说着谎话,暗暗揣度着对方。

没有成绩? 这不应该啊。祁秋月微微皱眉,投来平静的目光。

倘若别的女生遇到这种委屈,已然哭了。女生祁秋月的从容与镇定,给青年教师俞明喜带来冲击。她超越年龄的稳重与沉着,左右着俞明喜的思路。

她应当就是掌握联络暗语的"民先队"核心成员吧? 内心还是企盼祁秋月是自己人,这个愿望搅乱他的心思,露出几分不安神色。

俞先生,劳您再找找我的卷子好吗? 我确实参加了考试,参加考试不应当没有成绩的。

俞明喜回避着祁秋月的大眼睛，违心地点点头。此时，他只能点头应答，没有别的办法。

祁秋月微微鞠躬，转身就走。俞明喜盯着她的背影，头脑嗡地热了。他忍耐不住，半自言半自语地说出联络暗语的"上联"：

读书——激励我的志向，流淌我的热泪……

祁秋月猛然停住脚步，徐徐转过身来，目光倏地投向青年教师俞明喜，流露出足以结冰的灼热。

俞明喜的心弦骤然绷紧，焦虑地期待对方说出那句"下联"：读书——澎湃我的心灵，唤醒我的灵魂。

空气就这样凝固着。俞明喜鼓足勇气抬头看着祁秋月。他的期待落空了，并没有听到对方的"下联"。

俞先生……祁秋月怪异地笑了，脸色惨白。这是我作文里的句子，您分明见了我卷子，怎么不给我成绩呢？

一时头脑发蒙的年轻教师不知如何答对，一步迈进难以自圆其说的死胡同。他低头挪动双脚，结结巴巴答道，我、我不知道、你作文里有这句话……

祁秋月目光里的灼热骤然熄灭，嘴角惨烈地颤动说，俞先生，传道授业为人师表，您是不能随意撒谎的。

俞明喜感到自己头脑发热造成失误，一时没有办法挽回，只得撒谎到底说，我、我没有见到你的卷子……

蒙受不公待遇的祁秋月彻底失望了，转身跑出教师预备室。

一股重重的挫败感，夹杂着自责心理，包裹了俞明喜的心。他意识到又犯了上级多次批评的主观主义错误，一味将祁秋月想象成自己人，冒险行事脱口说出联络暗语。既然联络暗语对不上，说明她只是普通女学生。

老师跟学生撒谎，一股强烈的羞耻感卡住喉咙，令他呼吸急促面孔发胀。我必须采取补救措施，平息这件事情，还要主动向组织检讨这次"左"倾冒险行为。

好啊，我明天通知祁秋月作文试卷找到了，成绩甲中，这样就弥补了。心里有了主意,紧张情绪有所缓解。俞明喜走出教师预备室,来到传达室取信件。

之后走出淑德女中,俞明喜看到马路对面摆着卖烤山芋的车子。他一路步行奔向电车道,撩起棉袍跨上红牌电车,打了八分钱车票。

黄昏时分,私立淑德女中放了学。翟白丁校长依照惯例,站在学校大门外微笑着送学生们回家。女学生们背着书包鱼贯而出,出了校门分为东西两支路队,渐渐走远了。

一个乡下打扮的男子远远走来,风尘仆仆的样子。他的黑色粗布棉袄肩头露了棉絮,蓬头垢面地奔向淑德女中。

这时候,卖烤山芋的汉子横过马路,从怀里抽出手枪朝翟白丁校长连发三响。一辆自行车疾驶而来,一眨眼间驮着枪手向东边逃窜了。

一身乡下打扮的男子听到枪声,飞快奔跑过来,大声喊着抓凶手,紧紧追赶那辆载着凶手的自行车。飞驰的自行车向南拐入一条小街。这男子追到街口,被迎面飞来的木棍击中腿骨,重重摔在街头"缝穷"女人的马扎旁边。这女人吓得扔掉手里针线,惊恐地叫一声吴先生。

被"缝穷"女人称作吴先生的男子不顾疼痛,起身奔回淑德女中,看到翟白丁校长横身倒在大门口血泊里,宛若一道血肉筑成的门槛。

被称作吴先生的男子扑上前来跪在地上,棉裤立即沾满鲜血。他双手抓住死者肩膀失声叫道,翟校长,您醒醒,我是吴荣成!我来晚了……

身穿黑色粗布棉袄棉裤的吴荣成两眼血红,扭脸对围观人们说,马上叫车啊,送翟校长去医院!

"缝穷"女人徐凤珍气喘吁吁赶来,看见躺在血泊里的翟白丁就哭了。老天爷,这是哪个挨千刀的害了翟校长啊!

一群女学生跑了回来,看到敬爱的翟校长惨遭杀害,她们尖声哭喊着,活像一群既不会进攻也不能自卫的绵羊。

第三出

下了电车,天光转暗。俞明喜横过马路往南走,找到择仁里那幢结结实实的石头楼,果然挂着北宁株式会社的牌匾。填了会客单,门卫打电话禀报淑德女中俞明喜先生拜访丁恩正科长,便允许进入了。

既然给吴荣成代课,自己就要尽教师责任。俞明喜此行目的一是了解丁小夏精神恍惚连夜失眠的原因,二是敦促丁父认真履行家长职责,勿用武力对待女儿双腿,这社会不需要瘸女孩儿。

丁小夏的父亲丁恩正,任职北宁株式会社财会科长。俞明喜上了三楼,对方已然迎在楼梯口。他有一双温暖的圆眼睛,中等身材而且谢顶,额头圆润泛着安详的光泽。俞明喜主动自我介绍,主人操着江浙口音蓝青官话连称久仰久仰,好像早闻大名似的。

财会科长引着青年教师来到会客室。室内陈设阔气,牛皮沙发,玻璃茶几,一尊落地式座钟,卫士似的立在那里,自负地摇动着钟摆。

落座寒暄几句。俞明喜问贵公司是日本企业吧。丁恩正连连表示商业无国界,日本制药工业还是很发达的。

这让俞明喜想起吴荣成的高效杀虫剂"绝灭"。不待开口交谈,便有蓝衣绿裤的练习生端茶进来,小声请丁科长接电话。丁恩正说了声抱歉,起身去了。

看来丁科长商务繁忙。俞明喜端起茶杯,慢慢品着。渐渐饮光一杯茶水,主人款款归来。这时俞明喜发现丁恩正走八字步,不由想起京戏里须生,比如《群英会》的鲁肃,还有《乌盆计》的刘彦昌。

俞先生也喜欢京戏吧?丁恩正笑眯眯问道,把俞明喜问愣了。我这想着须生,他就问我京戏,一眼看到我心里去了?这人真是高眼。

俞先生从淑德女中来,这一路还太平吧?丁恩正和蔼地打量着来访者。

就是电车上小绺太多,去年腊月掏走我一个月薪水……俞明喜轻轻咳了一声转入正题,谈到国文考试丁小夏作文不切题,询问是否因为身体不适造成学习成绩下滑。

听到女儿学习成绩不佳,丁恩正并不着急,微笑解释自己酷爱梅派青衣经常在家里吊嗓子。女儿受了父亲熏陶,这阵子迷上《白蛇传》,半夜都哼唱白娘子,板是板,眼是眼。

看来丁小夏真是思念许仙了。俞明喜发现丁恩正除了京戏,有物我两忘的趋势,只得直言了。丁科长,您家境宽裕,不可过于溺爱子女,应当在花钱方面约束丁小夏,不要放任自流的。

丁恩正连连点头，极力认同青年教师说，家贫出孝子，逆境造人才，俞先生年轻明理，也是我的良师。子不教，父之过。我要反省以往疏忽，不能让小夏沾染一身富家小姐的毛病。

不知为什么，俞明喜觉得丁恩正犹如一块光亮的石板，你只能在它表面滑行而无法深入其中。继续交谈也是内容空泛而已。既然如此，俞明喜不想说出丁小夏以金贿考的行为，尽管他觉得丁科长不大可能打断女儿双腿。

我记得小夏的国文教师姓吴，怎么俞先生您……？丁恩正好像突然想起什么，拍了拍光亮的脑门儿问道。

吴先生告假未归，我给他代课呢。俞明喜解释说，所以我对丁小夏的情况不太了解，今天特意拜访，希望引起家长重视。

丁恩正向青年教师连声致谢。俞明喜表示教书育人，理应尽职尽责。

蓝衣绿裤的练习生再次敲门而入，谦恭地说约见的客人到了。俞明喜知趣地起身告辞，说了声讨扰。

北宁株式会社财会科长跟私立淑德女中青年教师握手道别，笑着问他唱什么角色。俞明喜不知对方何意。丁恩正便补充问他票什么戏。俞明喜好奇地反问您怎么知道我喜欢京戏呢。

丁恩正并不正面回答，亲切地拍了拍俞明喜肩膀摆出长辈风范说，我邀请你参加我们兰心票房，咱俩票一出《霸王别姬》。

《霸王别姬》？俞明喜愈发纳闷说，您怎么知道我学俞派啊。

因为，你就姓俞嘛。丁恩正送俞明喜走到楼梯口。俞明喜发表评论说，项羽是君子，刘邦是小人，君子拿小人是没有办法的，所以在乌江自刎了。

丁恩正目送俞明喜下楼，高高在上说，君子归君子，妇人之仁害死人啊。

同情项羽反感刘邦的俞明喜走出这幢石头楼，信步来到电车道。天色全黑。两个乞丐迎面走来，各自怀里抱着几块烤山芋，一边走一边对话，大意是不花钱的烤山芋，不拿白不拿。

俞明喜在华文书店地下室里跟老燕同志读过《共产党宣言》，知道天下大同才是共产主义社会，各尽所能，各取所需，而且取消货币。此时听到两个乞丐大谈不花钱的烤山芋，顿时觉得怪异。"九一八"事变日本占领东北，六年来不断增兵关内，逐步推行华北自治，妄图彻底灭亡中国。如此兵荒马乱的年头,哪里有白吃白拿的道理呢。

一辆电车停站。一个学生模样的小伙子哗地撒出一大片传单,人们纷纷伸手去抓。俞明喜故意不去捡。这是地下组织工作纪律,不可以在公众场合随便暴露真实身份。

身边不少人捡着传单,俞明喜看到传单上印着"信仰三民主义!""拥护蒋委员长!"便知晓那个撒传单学生的来历:不是被CC分子蒙蔽,就是受复兴社特务的教唆,宣传"一个党、一个主义、一个领袖、一个敌人"的口号,以达到反共目的。

一眨眼,又有人挥手撒出写着"打倒日本帝国主义!""民族团结,共同抗日"字样的传单。俞明喜看出这传单来自抗日爱国组织"民先队",还是不伸手去接。就这样把自己混在普通百姓堆儿里,不声不响登上电车。

下了电车,放开脚步赶回善邻里公寓。黑灯影里老佟头无声打着太极拳,动作轻柔舒缓,很像放映着无声电影。俞明喜躲着这场无声电影,瞅见房间里亮着灯光。他踏上门廊脱了鞋,拉开门,一步迈上"榻榻米",随即惊叫一声。

你回来啦? 吴兄! 俞明喜看到吴荣成侧卧"榻榻米"上,一身短打扮,完全没了昔日文人装束。嫂子徐凤珍跪在吴荣成近前,护士似的给他小腿敷抹黑色药膏。

嫂子您……俞明喜没想到她在这里,更加疑惑地问道,吴兄你怎么受伤啦?

吴荣成的粗布棉裤褪到左腿膝盖部位,裸露的小腿一片青紫。嫂子徐凤珍连忙答道,吴先生一路追赶杀人凶手,被那辆自行车投来的木棍砸伤啦。

杀人凶手? 俞明喜一头雾水,望着突然归来却意外受伤的吴荣成。

还是徐凤珍抢先答道,你不知道哇? 翟校长被人暗杀啦! 尸体在仁爱医院太平间,白事铺魏掌柜捐了一口柏木棺材……

什么! 俞明喜不相信这个噩耗,迈步扑到吴荣成近前,瞪大眼睛盯着他。

吴荣成缓缓点头,斩钉截铁地说,翟校长的血是不会白流的。

翟校长对我有知遇之恩啊! 俞明喜转身冲出房间,撒腿跑出善邻里公寓。一路上气愤地思索着,胆敢光天化日之下杀害翟校长,这是什么人干的?

一路灯光昏暗。仁爱医院后院亮着一盏大灯,小太阳似的。前来吊唁的各界人士排着长队。大多陌生面孔。身穿蓝色校服的淑德女中学生,分列两侧守灵,觉民中学一群民先队员现场维护秩序。俞明喜快步走向灵前,只觉得双膝发软不由跪下了。翟白丁校长的恩德,一桩桩浮现脑海,思来想去悲痛难忍,落泪失声。他想撩开蒙尸布看看翟校长,几个学生上前劝阻,搀扶他到角落里去了。

放眼吊唁现场,他坚信公道自在人心,翟校长的血不会白流的。这样想着坚强起来,他急忙赶往淑德女中,不知那里情况如何。

路灯照耀着淑德女中大门。他听到渐行渐远的抗日救亡歌曲:"上起刺刀来,弟兄们散开,这是我们的国土,坚决不挂免战牌……"

当值校工迎出传达室告诉俞明喜说,前来淑德女中人操场集会的各校学生队伍刚刚散去。学生领袖当场宣布,礼拜六举行全市学生大游行,早午八点钟北路队伍抬着翟校长棺材从大经路造币局出发,南路队伍抬着花圈遗像从南开中学出发,南北两路冲破关卡,中午在金钢桥汇合!

这样的全市学生大游行,学联有权决定吗?起码要通过"民先队"核心领导的。俞明喜心存疑虑,急切盼望着组织接头的日子。

学校大操场空空荡荡。一轮明月洒下幽静的光,悄悄镀亮哑言的春夜。

丁小夏满脸焦虑跑来,问看到吴荣成没有。俞明喜摇摇头,不想跟她多说话。丁小夏满含忧虑说,听说吴先生回到学校就受了伤,这可怎么办啊!

说着,丁小夏跑开了。望着远去的女学生,俞明喜突发猜想:莫非丁小夏爱上吴荣成啦?瞧她火烧眉毛的劲头,就跟寻找心上人似的。当今师生恋不受待见,这类事情仍有发生,有的还结了婚……

俞明喜站在淑德女中大门口,低头还能看到残留的血迹。这正是翟白丁校长捐躯的地方啊。一个正直的知识分子就这样被杀害了,而且凶手逍遥法外不知去向。这时候,一个梳着簪式发型的中年妇女走来,询问高一甲班教室在几楼。

我女儿留下纸条就走了,我不识字,只能来学校找她……中年妇女语气焦急。

俞明喜听到"高一甲班",急问道她女儿叫什么名字。

祁,秋,月。中年妇女说出这个名字,从怀里掏出一张纸条。

祁秋月……俞明喜慌忙接过纸条凑向传达室灯光,看到是首白话诗:

如果,如果有人被迫撒谎,那是出于无奈吧,就像我们告诉孩子,你永远不会死亡一样。如果,如果有人以撒谎为乐趣,那么我的悲哀,将远远大于死亡!

你女儿真的是祁秋月? 俞明喜当即把这首诗跟自己联系起来。

中年妇女点点头说,我想见翟校长,求他派学生们找找秋月,这丫头犟着呢! 去年跟她姐闹别扭,跑到同学家躲了两天……

你见不到我们翟校长啦,他没啦……传达室校工凑近说,天冷你快回家吧,女孩子爱使小性儿,兴许这会儿在家吃饭呢!

翟校长没啦? 祁母惊愕不已。翟校长可是好人! 去年免了我女儿学费……

俞明喜愣在原地不动。祁秋月蒙受作文考试不白之冤,离家出走了。她的白话诗充满孤愤,对有人以撒谎为乐表示极大悲哀。

我不是存心撒谎取乐啊! 俞明喜心里有愧,快步追上祁母说,您不要着急,祁秋月不会走远,即使今夜不归,明天肯定回家的。

祁母对他这种超常关切感到意外,转而问道,翟校长到底怎么死的?

俞明喜简单吐出"暗杀"两个字。祁母吓得瞪大眼睛说,这世道好人本来不多,坏人还把好人杀啦? 造孽呀!

善良的祁母走远了。俞明喜认为女孩子受了委屈往往躲到没人地方哭泣,应当四处找找。这样寻思着朝海河方向走去,希望能够遇到祁秋月,护送她回家。

海河落了潮。黑夜里望着东去的流水,俞明喜想起海河浮尸案。前年初夏,海河里先后浮出三百多具男性尸体,其中便有哥哥俞明祥。据说都是被日军抓去修筑秘密工事的"华工",完工后通通被杀害了。俞明喜是在太古码头寻到哥哥尸体,从此嫂子成了寡妇。

想起哥哥的死,俞明喜捡起一块石头发泄地投向对岸,那边是日租界。黑暗里看不清河里溅起的水花,他的投掷成了无用之功。这座城市有九国租界,他最痛恨杀人如麻的小日本儿。

第四出

翟白丁校长入了殓,停放灵柩三天,继续接受社会各界人士吊唁。吃过晚饭他跟吴兄打了招呼,说是去灵堂。腿伤未愈的吴荣成叫住他,从兜里掏出几个核桃说,翟校长平时最爱吃核桃,这是河北涞源特产,你替我供在灵前吧。

吴兄素常跟翟校长接触极少,可谓秀才交情纸半张。此时献上这份慈悲,几个核桃胜过千里送鹅毛的情谊。

俞明喜走出公寓院子,老佟头及时关了大门。瞅见胡同口蹲着个黑影儿,俞明喜顿时提高警觉。黑影儿低声说出那两句暗语,之后催促他往东走。俞明喜听到暗语毫不犹豫,快步奔东走了。

四周漆黑。传来老燕熟悉的低语。俞明喜心头腾地热了,便跟随亲人似的往远处走去。

绕过一个水坑,俞明喜觉得磨了脚掌,猫腰去摸知道左脚布鞋开了绽。又过了一座小桥,右脚布鞋底帮分家了。我早应该买双新鞋,一忙就忘了。怪不得女生们偷偷取外号叫我"穷俞"。

老燕身材高挑并不壮实,却显得很有力量,走路飞快让人想起水浒里日行千里的戴宗。俞明喜趿拉两只布鞋跟随着,来到一家偏僻小工厂,钻进存放铁板的大屋。大屋角落里垒出一间小屋,好像儿子偎在母亲怀里。小屋门缝儿透出微弱灯光。

小屋里走出一个人,不待看清面目匆匆去了。老燕引着俞明喜走进小屋,桌旁坐着陌生中年男子。油灯芯儿不可预测地闪动着,弄得俞明喜不知所措,扭头看着老燕。

小俞同志,今天是你加入中国共产党的日子,今后你就是无产阶级先进分子啦! 陌生中年男子起身说道。

太好啦! 俞明喜不禁拍手笑着说,前几天我还梦见入党呢,今天成了真!

严肃! 脸孔消瘦的老燕表情威严说,我和老艾做你的入党介绍人,现在履行仪式,你举手宣誓吧。

哦,原来陌生中年男子叫老艾。这个敦敦实实的汉子高高举起油灯,一下照亮临时挂在墙上的党旗。看到金色的镰刀斧头,俞明喜湿了眼窝。是啊,镰刀和斧头都是利器,我们就要用它把日本鬼子赶出中国,争取中华民族自由解放。

老燕带领俞明喜面对党旗宣誓。青年教师激动难捺,不停地抽泣着,念完了自己的誓言。

放下手里油灯,老艾从墙上摘下党旗,快速卷起藏进角落铁皮柜子里。这时老燕惊异地叫了一声。老艾以为有情况,随手抄起藏在桌下的手枪。

你两只鞋都飞花了,脚板磨破了吧? 老燕心疼地叫起来。

俞明喜解释说忘了买鞋。老艾提醒道,我们搞地下工作四处奔跑特别费鞋,你别拿自己当哪吒啊。

说着老艾跟他握了握手,匆匆走了。小屋里只剩下老燕和俞明喜两个人。油灯碗该添油了,灯芯儿渐弱。俞明喜急于报告情况,却被老燕打断了。

今晚淑德女中大操场集会,汇文中学的温铁生过于偏激,究真中学的李锟也不冷静,还有觉民中学的周宗强,当场形成全市学生抬棺大游行的决议,这是无组织无纪律的表现! 他们都是民先队核心组织成员,却不请示上级组织就擅自决定。老燕略显激动地说,华北局领导多次批评"左"倾盲动主义错误,强调党组织的任务是巩固加强自身力量,以宣传手段激发广大群众抗日情绪,不要过早跟国民党当局决战。尤其我们这座城市,游行绝对不能冲击日租界……

敢情您当时在场啊! 为什么不阻止他们呢?礼拜六上午就抬棺大游行啦! 俞明喜焦急地望着领导。

时间紧迫,群情激奋,势在必行,礼拜六大游行难以取消,我们要通过各校民先队骨干把任务传达下去,只要放弃南北两路会师金钢桥的计划,就不会跟守桥设卡的国民党军警发生冲突。至于日本军警和汉奸爪牙,他们的大本营在日租界,眼下还不敢明目张胆进华界抓捕学生。

老燕缓了一口气说,近来不少学生加入民先队,我们不能因此冲昏头脑,重蹈北平学联盲动主义的覆辙啊。

油灯渐渐熄灭了。黑暗吞没了人的轮廓。俞明喜听见自己心跳,反而觉得世界大得无边无际,令人勇敢起来。

黑暗里,老燕不无忧虑地说,根据我们摸到的情况,有个老牌日本浪人潜伏在华界,多年为日本官方义务递送常规情报,包括民先队员名单和联络图,咱们不得不防啊。

老牌日本浪人?这人起码六七十岁了还走得动吗?俞明喜不解地问道。

你要相信人的精神力量,我们组织里有对夫妻,为给组织筹措活动经费,把亲生孩子都卖啦!后来妻子去世了。老燕平静的讲述,不啻惊雷轰然炸耳,震撼着俞明喜年轻的心。

老燕,有那对夫妻做榜样,今后遇到什么困难我都不怕的!俞明喜表达着内心感受,浑身轻微颤抖着。

黑暗里很安静。老燕刷地划亮洋火点燃纸烟,短暂的光亮勾勒出他消瘦的面部轮廓。俞明喜鼓足勇气说,我有一件事情向组织汇报……

老燕狠狠吸一口烟说,是啊,你认为什么人杀害了翟白丁先生?

我……俞明喜思索着说,翟校长要是民主爱国人士,很可能是日本特务或汉奸狗子开的枪,翟校长要是我们自己同志,很可能是国民党特务动的手。

我们地下组织单线联系,我也不知道翟校长真实身份。黑暗里老燕吸着纸烟,一明一灭说,我们的敌人是日本帝国主义,对国民党反动派也要提高警惕。

俞明喜看到黑暗里烟火熄灭了,再次表示有一件事情向组织汇报。老燕径自开辟话题说,我们有同志打入敌人内部,争取尽快查找出幕后黑手……

终于按捺不住,俞明喜打断老燕同志急匆匆说,我犯了主观主义错误!我犯了"左"倾冒险主义错误!

你先不要给自己扣大帽子,仔细讲给我听!黑暗里老燕语气严峻。

俞明喜从头到尾讲述了作文考试引发的事情,之后低头等待老燕的批评。

祁秋月?老燕接连吸了几口烟,伸出手指敲击额头说,我脑子里没这个名字,她应当只是普通女学生。她作文里出现联络暗语,我认为属于巧合。你冒险使用暗语接头,这是非常错误的行为,你必须深刻检讨!

俞明喜连连点头表示深刻检讨。老燕突然问他穿七寸几的布鞋。不及回答,黑暗里老燕说你试试这双鞋吧。他接在手里穿在脚上,尺寸略感紧凑。

俞明喜猛地明白了,伸手摸到老燕双脚——他果然只穿着袜子。心头灼热难忍,烧得他眼泪滚烫。老燕把鞋脱给我穿,他要赤脚走回华文书店的。

天不早了,你回去吧。老燕用力推开俞明喜说,共产党员服从命令,我要你马上穿鞋离开这里!

俞明喜只得从命,快步走出小工厂。穿着革命同志的鞋,匆匆赶回自己的住处。夜色里踏过小桥他抹去泪水心里说,这就是革命同志,老燕比亲哥哥还要亲!

叩响公寓大门。杂役老佟头儿睡眼惺忪卸下门闩说,这兵荒马乱的年头,以后不要回来太晚啊。

他领了老佟头儿的好意,走上门廊脱了鞋,低头看见这是双黑色礼服呢面牛皮底便鞋,挺体面的。伸手拉门走进房间。吴荣成身披破棉袄端坐"榻榻米"上。

吴兄……您还没休息啊? 俞明喜蹲下身来,打量着吴荣成的伤腿。

古铜色脸庞的吴荣成目光炯炯却不乏温和,向俞明喜挥挥手说,你夜半不归,我等你回来呢。

吴荣成有一双超乎常人的大手,小蒲扇似的。他讲课时大手捏着粉笔写板书,远看好似手里捏着绣花针。这已然成了淑德女中的独特景观。

望着从教师的棉袍改穿苦力的短衣的吴荣成,俞明喜觉出几分陌生。对方似乎看穿了他的心思,微笑解释说在涞源县遭遇土匪被剥得精光,跑到县城找慈善堂求得破棉袄破棉裤。一路乞讨赶回学校,可巧遇见凶手当街开枪暗杀翟校长,就放胆追了上去。

徐凤珍从厨房小步走出,手里端着一大碗热汤,家庭主妇似的。

嫂子,您……意外看到嫂子夜半时分在公寓下厨,俞明喜愣住了。

吴先生伤了腿骨,我煮了猪骨头汤,郎中说这样好得快。徐凤珍向小叔子解释着,把一碗骨头汤摆在矮榻上。

毕竟嫂子伺候着另外一个男人,俞明喜有些尴尬。徐凤珍顾不得尴尬,小声催促吴荣成趁热把骨头汤喝了。

徐凤珍询问小瓮里是不是盛着卤水。吴荣成摇了摇头。

返回厨房,徐凤珍端出一盆热水递给小叔子,说泡泡脚睡觉解乏。这时吴荣成把骨头汤递给俞明喜,显然不好意思独享。他狠狠地用大碗喝了一口,强烈感到嫂子对吴荣成的情意。是啊,年轻女人谁愿意守寡呢,何况遇到人品周正的吴荣成。

嫂子徐凤珍无事可做了,站也不是,坐也不是,终于透出几分尴尬。俞明喜低头不说话,借机观察吴荣成怎样收拾局面。

吴荣成对徐凤珍说,明天你还要上街缝穷,辛苦了。这么晚了我送你回家吧。

徐凤珍急忙摆手谢绝,说你伤了腿不要动弹,我胆儿大不怕走夜路呢。

我送您回家吧嫂子。俞明喜起身说。他确实想让徐凤珍赶紧离开这里。

嫂子看了看小叔子,表情踟蹰。吴荣成当即制止道,我让老佟头儿送你回去吧。说着,他从棉袄里掏出两角面额的法币,低声召唤着老佟。

两角钱成功地雇佣了老佟,吴荣成低声叮嘱几句。老佟聋哑人似的呜呜点头,拄着老藤手杖陪着徐凤珍走了。

吴荣成问他饿不饿。俞明喜这才想起没吃晚饭。但是他不能承认空着肚子,因为晚饭时分他在小工厂里宣誓入党呢。

咱们睡吧。吴荣成说着走进里间屋拉开被褥,脱衣躺下了。俞明喜洗脸漱口脱了衣裳,随手关了灯。

翟校长被人杀了,当局必须缉拿到凶手啊。俞明喜钻进被窝儿说。

吴荣成呜了一声,说礼拜六全市抬棺大游行,翟校长死得其所。俞明喜又说,你给土匪剥得精光,一路行乞怎么不给我写封信呢?我去河北接你啊。

不等吴兄回应,俞明喜接触关键话题说,这次国文课考试,我把祁秋月作文卷子忘在抽屉里,已然给她补了成绩……

竟然响起轻微的鼾声,吴荣成好像穿了冰鞋,快速滑入梦乡了。

吴兄多日风餐露宿,疲乏透啦。俞明喜起身拉过自己的棉袍嗅了嗅——这是老燕抽烟熏染的味道,烟味儿强烈极了。

听见大门响了,一定老佟头儿送罢嫂子回来了,于是放了心,打着哈欠。

肚子饿,睡不着。黑暗里,思忖着。这几天经历的事情太多了,一时难以梳理清楚。听着吴荣成细细的鼾声,俞明喜终于睡过去了。

第五出

正午时分,不断有消息在淑德女中饭堂里传播着。女生们神色凝重,偷偷议论着。一是南开中学学生领袖楚子才出事了，说是唤他去学校传达室接电话，再没见回来。二是汇文中学民先队员温铁生上街被几个便衣男子揪进小汽车，飞快地开走了。三是究真中学学运骨干李锟外出张贴标语，下落不明。这三个学生领袖的失踪，引发不安的涟漪，越荡越大。校园如盛满了惊悚的湖水。

俞明喜坐在教师预备室里吃午饭，碗里六个猪肉包子。这两天委屈了自己胃口，必须补养一下。他拿出高一甲班国文考试成绩单，在祁秋月作文栏目里填上"甲中"二字，走过去递给吴荣成说，我完成代课任务，现在完璧归赵啦！

吴荣成接过成绩单看了看，说谢谢你给我代课啊，辛苦了。俞明喜说你腿伤没好就来讲课，更辛苦呢。

这时候，传达室校工敲门进来，走到吴荣成书案前毕恭毕敬说，这封信是早上送到的。吴荣成接过来信顺手递给校工一棵烟卷，道了辛苦。

校工高兴地把烟卷夹在耳朵上，转向俞明喜说，俞先生！刚才《益世报》来电话催您改稿儿，说要快呢。

俞明喜向校工道声谢，做出漫不经心的样子，心里却缩紧了。说是《益世报》催改稿子，其实是组织接头的通知。

校工知道俞明喜不会把猪肉包子赏给他吃，依然满脸堆笑地走了。

吴荣成一边嚼着烧饼一边批改学生作业说，明喜文思如泉涌，你又写了小品文啊。

我崇拜《益世报》主笔罗隆基先生，爱看他写的社论，就给这家报纸投了稿，信笔涂鸦呗。俞明喜解释着，故意贬低自己。

吃了四个猪肉包子，省下两个他舍不得吃，悄悄掏出手绢要把包子带给老燕。那位貌似风光的华文书店经理，其实经常饿肚子的。革命工作就是辛苦。想起老燕说的那对革命夫妇为组织筹集经费把亲生孩子都卖了，俞明喜便激动不已。我跟老燕是革命同志，同志比亲兄弟还要亲。

天气比前几天暖了。俞明喜穿起烟色薄棉袍跟吴兄打了招呼，说去《益世报》拿稿子。吴荣成抬手把那封信递来，说你看看吧，奇文共欣赏。

俞明喜接过信封看到右角写着"内详"二字，抽出信瓤看到几行蚕豆大小的墨字："就你敢追击那辆自行车是吧？想当英雄很容易，我们送你去找翟白丁校长，他手捧勋章等着你呢。"

他们这是恐吓！年轻气盛的俞明喜啪地拍着桌子说，吴兄，那么多人围观只有你追赶凶手，你就是英雄！写信的人才是懦夫呢。

心里有事，俞明喜走出教师预备室，出了淑德女中大门，又遇到祁母。他快步迎上说，我找到祁秋月作文卷子给她补了成绩，她回家了吧？

她的作文卷子？祁母显然不懂他的话，悲苦地摇摇头说，这都好几天了，秋月怎么还不回来啊。

俞明喜再度内疚起来。您不是说过，去年跟姐姐生气她就躲到同学家了吗？女孩子就这样儿，兴许今天就回来啦。

您还没吃饭吧？他把手绢里两个包子塞给祁母，转身匆匆走了，恨不得一步迈进华文书店。

进了老城厢二道街，走过小说家刘云若的宅门，前边坐南朝北的铺面就是华文书店。门外挂着"新到蜀山剑侠传"广告牌子，这是情况正常的信号。华文书店主要出售武侠艳情类小说，也卖大众实用读物比如尺牍和皇历，为了安全从来不售进步书籍，包括鲁迅的书。

俞明喜进门跟伙计对了对眼神儿，径直来到后院，猫腰钻进了地下室。

地下室点着一盏油灯。俞明喜有了情感记忆，见了油灯便想起入党宣誓的情景。老燕和老艾隔桌而坐，表情严肃。

看来情况确实紧急。烟缸里堆满各式各样的烟蒂，俞明喜猜测此前来过一个个同志，抽了烟接受了任务，一个个匆匆离去了。

老燕举起烟袋足足吸了一口，喷出浓烈的烟雾。从烟卷变成烟袋，说明老燕又穷了。粗壮的老艾不吸烟，下意识地躲避着烟雾。

老燕皱着眉头说，时间紧迫，老艾你给小俞讲讲吧。

小俞，确实有几个学生领袖失踪了！老艾下意识地捋起袖子，好像要跟敌人搏斗。不知为什么，俞明喜认为老艾同志是个码头工人。

老艾轻轻拍着桌面说，楚子才读书的南开中学距离"三不管"不远，温铁生读书的汇文中学邻近日租界，他俩失踪肯定是日本便衣队干的。我们在中统的内线报告说……

情况是这样的……老燕认为老艾说话出了格，当即揽过话题说，究真中学的李锟被捕也是汉奸狗子干的。敌人此时出手，就是要削弱全市学运骨干力量,打击广大民众的抗日信念。敌人如此猖狂,反而更加坚定我们的决心!

老燕继续补充道,我们的内线摸到情况,这次为日本特高科提供学生领袖名单的,仍然是那个老牌日本浪人! 此人在天津生活多年,既不联系"红帽衙门"日本宪兵队,也不联系"白帽衙门"日租界警察署,就连日本华北派遣军特务机关长都不知道他是谁。这家伙多年义务提供情况,从不露面,从不留名,从不领取经费,被日本谍报机关称为"大和义士",据说日本宪兵队菊池大佐每次收到他的情报,都要冲着那封密信脱帽鞠躬,表示深深敬佩。

这家伙肯定善于伪装,变得比中国人还像中国人! 俞明喜气愤极了。

我们必须加强情报工作。老燕收起烟袋低头思索说,曹家公馆附近的兰心票房,各色人等鱼龙混杂,肯定是获取情报的好地方。你不是喜欢京戏吗? 就以票友身份混进兰心票房! 无论摸到哪方面的情况,对我们来说都是有用的。

我见过丁小夏的父亲丁恩正,他是兰心票房的主人。俞明喜点头接受任务,略显恳求地问道,礼拜六全市学生大游行……?

老燕果断下达命令说,大游行你就不要参加了,为了打入兰心票房,你尽力褪掉进步色彩,减少公开场合露面。

杀害翟校长的凶手究竟是……俞明喜起身准备离去,忍不住问道。

老艾毫不犹豫地说,枪手是个外号叫瘦狗的汉奸,当天就逃往北平了。

从书店后门溜出,俞明喜快步走上东马路。一家家店铺的玻璃窗好似一面面镜子。他从镜子里没有发现跟踪者,放心向北走去。经过内联升鞋店,他猛然想起应当把那双布鞋还给老燕同志,便暗暗责怪自己。我是地下党员了,无论公事私事都不可粗心大意。

走近金钢桥。这里正是全市学生大游行南北两路汇合的地方。上级领导反复强调游行队伍不要冲击关卡,不要跟守桥国民党军警发生正面冲突,避免学运骨干们被捕入狱。

心里走神儿,无意间走了弯路,意外来到大悲禅院门前。猛然想起离家未归的祁秋月,总觉得自己与这个女生之间有了无形纽带,内心怀有一种不愿推卸甚至故意加载的责任。他在这座津沽名刹山门外徘徊着,进退两难。共产党人是无神论者,《国际歌》唱道"从来就没有救世主,也不靠神仙皇帝"。可是,不由自主走进寺院。先叩拜护法韦驮,之后逢佛便拜,最后跪在大雄宝殿石阶前,默默祈祷祁秋月平安无事。

拜了佛发了愿,心情轻松几分。怪不得中国老百姓逢凶遇难就来烧香拜佛呢,敢情消除心病。

一路行走来到义和粮栈,他掏出八毛钱买了十斤棒子面,手里却没有盛粮食的家伙什。粮栈老掌柜为人豪爽,据说当年闹过义和团,因此给店铺取名义和粮栈。他拿出写着"义和"二字的小口袋盛了棒子面,递给俞明喜说下次买粮捎回来就是了。

一甲一保地打听着,终于找到锦衣卫桥迤西的这座大杂院。祁家住一间南房,屋里搭了阁楼,屋顶就显得矮了。房间四白落地,拾掇得干干净净,清贫气氛中透着坚忍的力量,支撑着这个家庭的日常生活。

祁母对他的到来感到惊讶,他则对祁秋月仍然未归感到惶恐。递上写着"义和"二字的小口袋,祁母倔强地摆手不收,抹着眼泪说,又让您操心了,秋月这孩子怎么还不回来呢?

这时阁楼上传出响动。祁母说大闺女在恒源纱厂做工,下了夜班睡觉呢。

说话间,已经穿戴整齐的祁家姐姐沿着阶梯下来,冲俞明喜点点头,趋身搬来凳子请他落座。果然一奶同胞姊妹,祁家姐姐无论眉眼还是身材,都跟祁秋月相像,只是个头儿略矮。

我叫祁春芬。是不是我妹妹有了消息?祁春芬望着不期而至的青年教师,目光里含有无望的期待。

他摇了摇头,告诉对方自己名叫俞明喜,今后还会来探望的。祁春芬听了这话,颇为不解地眨着大眼睛。

祁母哭出声说,秋月从小好强,她要是有个山高水低的,我可怎么办啊。

祁春芬似乎比妹妹更好强,表示自己在恒源纱厂做挡车工,月薪能够养家糊口,请俞先生不要惦记。

我是老师,祁秋月是学生,她负气出走我是有责任的。俞明喜含蓄地表达着内心歉意。

记得秋月的级任教师姓吴,您怎么……看到俞明喜出面承担责任,祁春芬愈发不解了。

我替吴先生代过国文课,也教过高一甲班小代数。俞明喜转而问道,恒源纱厂是李纯开办的吧？就是捐建南开大学秀山堂的下野军阀。

一刹那间，祁春芬眼角闪过几缕快意，似柳絮般飘散了。俞先生，你怎么知道我们工厂的来龙去脉啊？

看来祁春芬喜欢工厂。俞明喜目光追逐着她那几缕飘散的快意说，因为我是教书的嘛，所以……他蓦然意识到对方是大姑娘，自己不该多言多语，便住了嘴。

祁母擦干眼泪插言道，谢谢俞先生善心，这辈子有大闺女养老，我认命啦。

娘！秋月就爱使小性儿斗小气儿，过两天就回来！您别尽往窄里想。祁春芬劝慰着母亲，从怀里掏出一张纸条儿递给俞明喜说，我参加女工识字班，这两个字儿念什么？我忘啦……

俞明喜接过纸条儿看到"枷锁"二字。识字班为什么教这两个字呢？他寻思着说，你看，前边这个字念"jia"，后边那个字念"suo"。

担心祁春芬不懂，他具体解释说，你看过京戏《玉堂春》吗？苏三起解脖上戴的就是枷锁。

噢！祁春芬脸上露出求知的笑容。俞明喜心里咯噔一下，他从这笑容里看到了失踪的祁秋月。

祁春芬接续说，我们识字班老师是南方人，她要我们挣脱套在头上的精神枷锁，自立自强！就教我们认这两个字。

祁母及时起身送客说，俞先生是大忙人，我们就不耽误您了。一旦秋月有信儿，劳您赶紧告诉我！

祁春芬送俞明喜走出大杂院，大声说俞先生回见。俞明喜便去了义和粮栈还了小布袋。

下午学校没课，他要去嫂子家取胡琴。上级派我去兰心票房摸情报，这是对我新的考验。以前哥哥在世喜欢胡琴，哥儿俩在家里唱戏，从来没进过什么票房。哥哥拉弦给弟弟伴奏，珠联璧合。要是哥哥活着多好啊。如今没了哥哥，只剩下胡琴了。

走过嫂子经常出摊缝穷的地方。另一个中年妇女正给拉板车的苦力补袜子。她抬头认出俞明喜是徐凤珍的小叔子，立即精神抖擞说，我看你嫂子心里有人啦,这些天总走神儿呢,给人家裤子缝补丁,大针扎了自己手指头!

这中年妇女说罢哈哈大笑,仿佛听了小蘑菇的相声。拉板车的苦力趁机找乐儿说,守不住就走呗,天下哪有死心眼儿的寡妇。

俞明喜受过新式教育,并不赞成封建礼教思想,听了这种风凉话还是觉得别扭。是啊,嫂子确实对吴荣成有了感情,否则也不会又敷药又煮汤的,完全不顾旁人风言风语。

心情不熨帖,还是来到嫂子徐凤珍家。这里地名叫堤头。嫂子住在一座小院里,只有三四户人家。走进院门便听见咣咣案板响,嫂子在剁肉馅儿。徐凤珍看见小叔子进门,下意识停住手里菜刀,笑容里含着窘意说,我一会儿就包饺子,晚晌给你送到公寓去。

他知道嫂子是给吴荣成送饺子,自己沾光而已,便故意发坏说,晚晌有事儿在外边啃两个火烧就成,您就甭往公寓跑了。徐凤珍听罢愣了愣,说了声你没口福啊,继续挥刀剁肉馅儿了。

东墙上挂着哥哥的二胡,西墙上挂着哥哥遗像。寡嫂就守着亡兄遗物过日子啊。他意识到自己的狭隘。嫂子守寡是她的自由,嫂子再嫁也是她的自由,何况她相中的是好男人吴荣成,我身为弟弟应该高兴才对,怎么心里还别扭呢?

反省着,他对嫂子改口说,我最爱吃您包的饺子,晚饭我赶回公寓吃吧。

徐凤珍听了小叔子这句话,开心地笑了说,我连吴先生的也送去,西葫羊肉馅儿,你们哥儿俩都吃。

俞明喜伸手从墙上摘下那把二胡。徐凤珍找出蓝布缝制的琴衣,小心翼翼装好二胡,不言不语递给小叔子。俞明喜接过胡琴说,嫂子只要你过得好,我哥在天之灵也会高兴的。

徐凤珍当然明白小叔子的意思,咬着嘴唇点点头,扭身去包饺子了。

一时战胜狭隘心理,俞明喜兴奋了。他索性脱去蓝色琴衣,拉过凳子落座,把二胡架在大腿上。他没有哥哥琴艺高超,摸索着拉奏京戏曲牌"夜深沉",就是《霸王别姬》虞姬舞剑的曲子。

嫂子一边包着饺子一边小声评价道,这段儿太暗了,就跟要停电似的。

俞明喜觉得嫂子说得有理,就改拉"得胜令"。这段京戏牌曲,把嫂子家拉得亮亮堂堂的。

嫂子担心小叔子拉弦不走在这儿把晚饭吃了，她就没有理由去公寓送饺子了。于是她频频催促小叔子赶紧回公寓去。

俞明喜明白徐凤珍的心思，她一定要让吴荣成把羊肉西葫馅饺子吃到嘴里。女人心啊，细似针。小叔子及时收弦起立，拍了拍屁股走了。

半路上听见叫卖《大公报》，报童吆喝"日本人指派汉奸枪杀爱国校长，翟白丁先生血染校门冤魂不散！"俞明喜掏出零钱买了报纸心里道，老艾说暗杀翟校长的是汉奸瘦狗，这跟《大公报》说法吻合了。翟校长会不会也是中共党员呢？地下组织单线联系，即使自己同志也相逢不相识的。

俞明喜猛地一激灵，当即告诫自己不要过度想象，再犯主观主义的错误。

一路回到公寓，杂役老佟又站在黑影儿练太极拳。想起那天他追到学校给自己送鞋，心里感动了，便主动打招呼。老佟并不应声，好像变成拳谱里的人了。

吴荣成端坐"榻榻米"，换去短打扮，恢复长装束，重新成为货真价实的国文教师。俞明喜随手将《大公报》递上，问候吴兄的腿伤。

翟校长入殓了……吴荣成接过报纸说，《益世报》和《庸报》也都发了消息，说是汉奸枪手杀了翟校长。

既然真相大白，北平军警应当全力抓捕瘦狗，绳之以法！俞明喜气愤得脱口而出。

你说什么……瘦狗？吴荣成不解地看着俞明喜，显然他不知道这是汉奸凶手的外号。

俞明喜意识到自己失言——瘦狗这外号是老艾告诉自己的。他连忙弥补说，对，走狗！汉奸们都是走狗！

这时候嫂子救了场——她在门外叫着"开门"。俞明喜跑去拽开日式拉门，看见徐凤珍双手捧着摆满白面饺子的圆形秫秸盖板，好像送来一堆银元宝。

嫂子走进厨房煮熟了银元宝，一盘先递给小叔子，一盘再捧给吴先生，还预备了宝坻紫皮大蒜和独流老醋。

我们班的祁秋月走失好几天了……吴荣成盯着热气腾腾的饺子，轻轻叹了一口气说，这是个很有前途的女学生啊，太可惜了。

俞明喜顿时没了食欲。他不能坦白祁秋月离家出走的悲剧是自己酿成的。一时憋得不知如何排遣。心里急躁难当,他起身出门把自己这盘饺子送给公寓杂役老佟说,你吃吧我不饿。

徐凤珍被小叔子突发行为惊呆了,求援似的看着吴荣成小声问道,我做错了什么吗?

俞明喜难掩沮丧情绪,回屋把空盘子递给嫂子转而对吴荣成说,吴兄慢用啊,翟校长是我大恩人,今夜我去给他守灵。

说罢,他披起衣裳拉门走出房间。身后传来吴兄和蔼沉稳的叮嘱:俞弟,即便遇到不遂心的事儿,也不要难为自己,今儿出门不要忘了穿鞋啊。

俞明喜低头看到脚上穿着自己的这双布鞋。老燕同志的那双布鞋则摆在门廊台阶上——好像两只等待泊岸的小船儿。

第六出

天气大热。这座城市依然笼罩在兵荒马乱的气氛里。俞明喜身穿灰色薄布大褂,赶往新的接头地点——三条石秦记铁铺。一路上汗流浃背,他似乎还能嗅到血腥气息。这是日寇暴行的后遗症。

俞明喜在秦记铁铺小仓库里见到老燕。这个性格刚毅的汉子悲愤地说,究真中学民先队员李锟给前线将士运送慰问品,中弹牺牲了!省立女子师范学院遭到轰炸,学运骨干景秀兰负了重伤。

什么!俞明喜听罢,渐渐矮身蹲在地上,双手抱头。一连多日积累的委屈终于迸发,抽泣不止。

自从七月七号北平卢沟桥事变,日军随即大肆攻打天津,向市政府、警察局、火车站、飞机场、造币厂轮番炮击,还出动飞机轰炸南开大学,企图彻底消灭爱国师生。就连大经路择仁里也被夷为废墟。

日军进攻,宋哲元的二十九军爱国官兵拼死反击,一度沿着大和街和福岛街攻入日租界,吓得日本侨民组成"义勇队",以求自保。然而宋哲元接到上峰撤退命令,国民军只得弃守天津向南去了。

十几万难民无家可归。海河里浮起一具具中国人尸体,几乎拥塞了河道。

除去英法租界,天津城郊沦为占领军地盘。日本"红帽衙门"的宪兵摩托队跨过金钢桥驶入大经路。繁华商埠沦为人间地狱,中国人彻底成了亡国奴。原北洋政府总理高凌霨充当汉奸组建天津维持会,亲自担任会长。

枪炮声停歇了。地处老城厢的华文书店突然遭到日本特高科搜查。幸亏老燕外出,书店小伙计被当作抗日分子抓走,当天就给打死了。这个使用多年的地下联络点为何暴露了,一贯作风严谨的老燕绞尽脑汁也找不出哪里出了破绽。

俞明喜蹲在地上哭得像个大男孩儿。老燕下意识地抄起一把铁锤说,坚强!组织上有更重要的任务交给你。

他意识到自己失态,起身擦干眼泪说,没有比当亡国奴更悲惨的,你有任务就交给我吧。

平津两城失守,华北大部沦陷,中共北方局下达"隐蔽精干,长期埋伏,积蓄力量,以待时机"的敌占区工作方针,平津两市党员和民先队骨干,主动撤到周边乡村去,拿起武器建立游击区。河北省委已经迁到太原去了!

挥了挥手里铁锤,老燕继续说道,今后,留城的同志全部转入地下秘密工作,我代号鼓楼,老艾代号炮台,你代号铃铛阁!

鼓楼,炮台,铃铛阁。俞明喜牢牢记在心里,使劲儿朝老燕点头。

铃铛阁!老燕叫着俞明喜代号说,平津铁路恢复通车了,这几天北平地下党员和民先队骨干陆续到达天津,经过法国桥进入英租界,在太古码头乘轮船从海路撤向南方。为了完成这次转移革命骨干的任务,我们必须做好充分准备,甚至不惜牺牲个人生命!

俞明喜压低声音问道,这次转移革命骨干起码好几百人吧?

他们分期分批到津,总共一百三十多人。老燕极其慎重地说,不过,你的任务比较简单,负责转移北平知名爱国人士,总共八个人。后天正午十二点029次客车进站,你提前在月台等候。北平交通员右手拿着黑色折扇,扇面写着"静心"两个金字儿,左手拎着两盒点心,一定是北平稻香村的包装纸,红线绳儿捆扎着。

记住接头暗号!你的任务是引导他们走出火车站,通过法国桥直奔太古码头,如果赶不上船班,当场安排住宿,英租界泰来饭店有人接应。老燕掏出两张钞票递给俞明喜说,这贰拾块钱是组织活动经费,日本鬼子来了法币毛了,不够你自己添吧。好在从火车站到轮船码头不太远,你雇几辆胶皮就行!

从火车站到轮船码头是不太远,可是有日本宪兵的森严戒备,万一露馅儿就糟了。俞明喜深知责任重大,心里犯了愁。

我的任务是傍晚五点钟那趟车,北平各界救国会成员,一拨三十多人呢。我提前租了英租界工部局大卡车,到时候车上插着英国米字国旗,躲过日本人的耳目! 老燕激动地拍着俞明喜肩头道,这是铁定的任务,你回去准备吧。

我不能肩膀上插满英国旗吧? 我再扎上靠,那就成了洋鬼子挑滑车,还不把京戏票友们气晕了。俞明喜诙谐地说着,其实是给自己鼓劲儿。他确实没有单独执行过任务。

我总忘了还你那双布鞋,真不好意思。他跟老燕握手告别。老燕乐观地说,等到赶走日本鬼子那天,你送我一双皮鞋吧!

俞明喜走出小仓库,老燕又叫住了他。嗯……自打全市学生大游行以后,很多学生对你冷淡了,是吧?

俞明喜既惊诧又委屈地,是啊! 就连老师们都不爱搭理我了……

老燕站在小仓库暗影里说,你没有参加这次抬棺大游行,我们四处散布你胆小怕事退缩了,故意把你弄成灰色人物,这是组织对你的保护啊!

噢! 敢情这样啊……站在小仓库门外阳光里,俞明喜仿佛看见智谋高深的诸葛亮,挺崇拜的。

走出三条石秦记铁铺。大街上一派萧条。只有桅灯厂还在发货。日本占领军强令全市街巷晚间亮灯,以便于捉拿抗日分子。维持会大小汉奸们挨家挨户催办。桅灯成了俏货。

俞明喜有时性情急躁,但是做事认真。既然接受任务,便有了心思。北平同志们后天就到,我得先去老龙头火车站探路踩道。

老龙头火车站,地处意租界与俄租界间隙里,好像上下齿间露出的吞尖儿。苏俄时代俄租界已然归还中国。意大利跟日本则是盟友,日本人在意租界行动,就跟二弟去大哥家吃顿饭似的。

俞明喜来到老龙头火车站,观察地形。出站口对面是行李房。行李房东侧有一条石子小道。他沿着小道走向深处,来到空旷清静的小场院,这是邮局后院。从后院进入邮局,穿堂而过从正门走出。

站在邮局正门台阶上,他看见老艾走进大街对面理发馆。地下工作者在公开场合相遇,彼此都是陌生人。看来同志们都参加了这次转移行动。

一声尖锐的哨子响,两个黑衣警察追拿一个乡下打扮的小伙子,从邮局门前跑过去。小伙子冲进候车室。俞明喜不由连连摇头。你跑进候车室等于小鸟进了笼子,往西跑是栅栏门,往东跑是下九股,哪里都有铁路警察把守。

这次转移北平同志的行动,难度不小。俞明喜把地形路线记在脑子里,心思更重了。他徒步赶往兰心票房了。

一路上,老燕的叮嘱响在耳畔:你已然打进兰心票房,就要立稳脚跟。丁恩正社会背景复杂,你首先要保证不暴露自己,然后摸清他的脉络。那里肯定有我们需要的情报。

是啊,今后我就单兵作战了。俞明喜在大街上买了两个素馅包子。师道尊严。翟白丁校长生前多次叮嘱青年教师们。于是俞明喜躲到老刀牌烟卷广告牌子后面,三口五口吃下两个包子,掏出手绢擦了嘴,沿着边道朝前走去。

几个淑德女中的学生迎面走来,其中就有丁小夏。她们远远看见俞明喜,立即横过马路走到对面去了,分明是在躲避他这尊瘟神。俞明喜内心释然。我已经是胆小怕事的灰色人物了,爱国学生们瞧不起我,理所应当。

今天礼拜六。俞明喜奔向兰心票房。七·七事变以前兰心票房里八面来风,七·七事变以后兰心票房里来风八面,一切照旧。英法租界的洋行职员,德意租界的报馆记者,比国电灯电车公司的技师,俄国领事馆的厨子……各色人等,你来我往,莫谈国事,进门唱戏,皆为票友。好像从来没发生战争,堪称世外桃源。其实,这里既不世外,也没有桃。

大街上,一个姑娘从济世堂大药房出来,扭摆着腰肢走在前面。她的布衫被汗水渌透了,看着特别辛苦。俞明喜觉得这湿漉漉背影有些眼熟,快步赶上去。

果然是祁春芬。她面容憔悴衣裳破旧,几乎没了初次见面留下的刚强印象,满脸窘迫无助的表情。大街上意外相逢,她立即振作起来,却显得措手不及。打从七·七事变日军攻占天津,俞明喜没顾得去祁家探望,但知道祁秋月依然未归。

家里出了事？俞明喜看见祁春芬手里攥着药方子，关切地问道。

祁春芬低头无语。俞明喜急得大声追问。祁春芬猛然抬头说，这不关你的事儿！说罢转身跑了。

俞明喜快步追赶上去。祁春芬穿过小马路终于被俞明喜堵在街角。过午的阳光照耀着这两个年轻人。

你手里拿着药方子，是不是你病了？俞明喜忘记自己是外人，问道。

祁春芬双肩颤抖着哭泣起来。这时候俞明喜清醒了，东瞅西瞧望着行人们，一时不知所措。

一个拾破烂的老太婆热心为俞明喜出主意说，大太阳底下，有话跟你媳妇回家说去！

祁春芬听了双手捂脸，羞得不哭了。俞明喜不由倒退两步，也涨红了脸。

我妈瘫了……祁春芬急于摆脱窘境，主动说了话。日本人打天津，大炮震塌邻居房子，我妈又惊又吓，半身不遂了。这两个月我辞了工，在家伺候我妈……

那就赶紧看病吃药啊！心急如焚的俞明喜的薄布大褂也湿透了，搓着双手。

祁春芬似乎被俞明喜的真情实意打动了，飞快地看了他一眼，又低下头去。

你是没钱抓药吧？俞明喜一下明白了。毫不犹豫掏出手绢，从组织活动经费里抻出拾圆法币递给她说，你马上抓药去，别误了治病！

祁春芬好像照片里的人，静止着。俞明喜急声催促把钞票硬塞到她手里，转身跑开了。

我挪用组织活动经费拾圆钱，一定尽快补上它。胃里装着两个素馅包子，俞明喜撩起灰色薄布大褂抬腿迈过门槛，走进兰心票房小院。

藤萝架下，光影斑驳。藤椅里坐着福大命大造化大的丁恩正。日本飞机轰炸择仁里，这位梅派青衣正在地下室寻找那瓶法国葡萄酒，侥幸躲过一劫。那幢石头楼被炸去一层，死了几个同事。如今战事过去了，日本人全面统治天津城。传说梅兰芳沪上蓄须明志。丁恩正却照旧票戏，而且越唱越像梅了。

丁恩正手持紫砂壶，嫩白面孔绽开笑容说，俞先生今天你晚了，是鄙人拿钥匙开的大门。

丁恩正是外场人，他拿俞明喜当"里子"使，却称呼他俞先生，不在嘴上失礼。俞明喜近前说，南方人很少喝香片的，您怎么改了章程？

我早是北方人了。江浙口音的丁恩正说着表情忧伤问道，你知道日本飞机轰炸南开大学，最后统计炸死多少学生吗？

俞明喜摇了摇头说不知道，光知道南开校长张伯苓和南开五虎篮球队。

丁恩正改变话题说，曹家老太太八十大寿，可巧赶上礼拜天，人家不请名角儿唱堂会，特意邀请诸位票友献艺，戏码都是福禄寿喜的折子，老太太还点了梆子腔，指名道姓让我反串一段《喜荣归》的崔秀英！

丁恩正提前进入坤角状态，跷起兰花指眉飞色舞道，曹家依照贵宾规矩备了两辆奥斯汀小轿车，专程接送。他们知道咱们票房藏龙卧虎嘛。俞先生你是龙是虎啊？

我不是龙也不是虎，是人。俞明喜随即答道，其实我是属小龙的，民国三年闰二月生的。

好！小龙也是龙哟。丁恩正笑眯眯盯着俞明喜，好像嘴里品味着青果。

俞明喜主动报告说，我在大街上遇见令媛，这兵荒马乱年头，您不要让她到处乱跑啊。

我知道小女患了单相思，喜欢那位国文教师吴先生。女孩子嘛都要经历青春期，随她去听随她去吧，过了这段光景自然就淡了。丁恩正散淡地说。

俞明喜暗暗惊讶。丁小夏思恋吴荣成不是新闻，丁恩正对女儿放任自流则是令人意外了。

过两天我请吴荣成先生吃饭，劳你替我转呈请帖好吗？聚贤酒家二楼雅间。丁恩正悠然喝着香茶，活脱脱卧龙岗散淡的人。

身为人父不应干涉女儿感情生活，鄙人只想结识吴先生，交个朋结个友嘛。丁恩正说罢吩咐道，俞先生，劳你准备明天戏箱，都在东厢房里呢。

俞明喜遵命来到东厢房。兰心票房的戏衣有挂着的，有叠着的，有裹在包袱里的，仿佛当铺的仓库。他按照福禄寿喜的戏码，一件件核对着行头。不知为什么突然想起吴荣成，他苦笑了。寡妇徐凤珍对您依恋，女生丁小夏对您思恋，你们一男二女要唱花为媒啊。

从屋角找出一只大包袱，里面裹着十几件黄铜色斜襟大袄，抻出一件试试，衣长过腰。这是哪出戏里的行头？就跟来了一群喽啰似的。

《拿高登》？不是。《连环套》？也不是。《安天会》？更不是。俞明喜到了也没想出这是哪出戏，只得死了心。

第七出

曹家公馆的堂会下午就开唱了，票友们粉墨登场，有戴髯口须生唱了段《甘露寺》，有画了粉脸的丑儿念了段《连升店》，还有《天女散花》和《钓金龟》，一折折好戏，各显神通，给寿星老儿增添喜庆。

京戏票友丁恩正登场，反串梆子腔《喜荣归》，一张口"突听得老崔平一声请，在上房来了我崔秀英"，把老寿星乐得颠儿颠儿的。这一乐大发了，被丫环搀回内宅安歇。傍晚时分，主家备了酒席酬谢票友们。俞明喜声称家里有事，卸了装洗了脸，径直返回善邻里公寓。

明天正午火车站转移北平知名爱国人士，我要做好充分准备。赶回公寓脱鞋迈进房间，随手掏出请柬递给吴荣成说丁小夏父亲宴请。吴荣成含笑说做了好几年级任教师，头一次遇到请客吃饭的家长。

吴兄，人家可是北宁株式会社财会科长啊。日本人把择仁里炸了，不知丁恩正搬到哪儿奥飞斯去了。

聚贤酒家呗。吴荣成随口说出请柬上地点。他的幽默逗得俞明喜哈哈大笑，忙着去厨房找吃的。吴荣成手捧《大公报》说，这几天日本人强化治安，交通要道设关立卡，连小偷都不敢去火车站了……

火车站……？俞明听到这三个字，故作镇定地问道，小偷们歇工啊？

法国桥北头儿归法国巡捕管辖，大多都是安南兵。可是法国桥南头儿有日本宪兵巡逻，谁愿意自投罗网啊？吴荣成起身跟进厨房说，今天晚饭有了，你嫂子说送小虾米打卤面来。

小虾米打卤面？俞明喜知道自己又沾了吴荣成的光。打从日本人占领天津卫，便大肆使用"军票"抢购各类物资，弄得物价疯长。其实"军票"跟日元没有汇率关系，日军等于拿废纸当钞票用。这时候老百姓吃上小虾米打卤面，可谓口福了。

俞明喜懂得妇女解放的道理，也认为寡嫂有再婚的权利，听到吴荣成说徐凤珍一会儿送饭来，心里还是疙疙瘩瘩的。心思一窄，他不想吃这顿小虾米打卤面。

我怎么给忘啦！俞明喜故意拍着大腿说，丁先生让我归置曹府堂会的行头，那戏箱我要整理大半宿啊。

说着，他从厨房拿了两个玉米饼子，做出急不可待的姿态说，吴兄，这月房租你替我垫上，下月发薪还你。我去兰心票房啦！

迈出房间，站在门廊里穿好布鞋，公寓杂役老佟一旁低声说，放着热面条不吃啃冷饼子，年轻人当心胃口啊。

这老头儿对自己特别关心，不论什么事都看在眼里记在心上。俞明喜说了声谢谢，快步走出善邻里。

嘴里嚼着玉米饼子想起生病的祁母。直奔向锦衣卫桥去了。大经路上，日本宪兵队的摩托车嘟嘟嘟开过来，老百姓们吓得躲到边道上不敢抬头。俞明喜感到形势吃紧，暗暗加了小心。

天黑了。俞明喜身穿灰布大褂走进祁家居住的大杂院。这里地势俗称"三级跳坑"，大街地面比胡同高，胡同地面比院子高，一下雨就往屋里灌水。大多住户为扛河坝的粗人，俞明喜的文化人装束引发小声议论。

祁母半瘫在炕上，行动不便。祁春芬立即点亮油灯。俞明喜看到邻家亮着电灯。油灯比电灯省钱。祁母言语不清，句句经过祁春芬解释。

我妈说你是好人，拿钱给她抓药，特别感激你。祁春芬停顿了一下说，我妈告诉你我被工厂裁了，天天在家缝麻袋赚钱。

俞明喜伏身握住祁母的手说，您安心养病不要发愁，咱们总会有办法的。

祁母嘴里呜噜着，俞明喜听到"秋月"两个字，听出祁母惦念女儿下落。其实他没有停止打听祁秋月的下落，总是揪着一颗心。

我听说好多学生跑到南边去了，您放心吧。俞明喜安慰着祁母说，四川那边还是国民政府的天下呢。

祁春芬送俞明喜走出大杂院，俩人在胡同口站住，不知说什么好。俞明喜问祁春芬吃晚饭没有，不等回答就把一个玉米饼子塞过去说，我还会来看望你母亲的。

祁春芬疑惑问道，俞先生，你为吗这样帮助我们呢？

因为……因为我想帮助你们，因为帮助你们是我的责任。俞明喜如实表达着心情，语气急迫。

我、我还是觉得你平白无故……祁春芬说不下去，扭头跑回胡同里。俞明喜看见她站在大杂院门外黑灯影儿，好像在抹眼泪。

祁春芬哪里知道，我对她妹妹离家不归负有不可推卸的责任啊。俞明喜快步走了。祁春芬又追到胡同口，身影融入黑暗里。

俞明喜摸黑来到兰心票房，掏出钥匙打开小院铁门，一步迈进京戏的世界。

径直进了东厢房，摸着拉绳儿扯亮电灯，一屁股坐在大包袱上，一时失忆，想不起为何跑到这儿来。噢，我不想吃嫂子的小虾米打卤面，就撒谎说去归置戏箱，中途看望了半身不遂的祁母，还跟祁春芬在胡同里说了几句话，最后来到兰心票房。

是啊，难怪都说人生如戏呢，这几天我都在戏里忙活，都快出不来了。明天正午火车站的任务绝对不能儿戏，不怕一万，就怕万一，那是八条人命啊。

假若遇到日本宪兵盘查，我怎样蒙混过关呢？俞明喜顺势躺在一堆幔布里，思索着。

人生如戏？既然这样我接着演呗。他身子腾地弹起，伸手揽过一件黄铜色斜襟大袄，伸胳膊抖袖子穿在身上，起范儿在屋里走了个圆场。

善哉！俞明喜浑身冒着大孩子气，手舞足蹈翻了个"吊毛"，之后从戏箱里抄起一支拂尘，心里闪过一个念头。

嫂子，今天小弟没吃您的小虾米打卤面，但是，明天我要找您借一样东西！俞明喜模仿京戏老生念白，之后啪地打个"旋风脚"，展示沧州老家的童子功。

过了子时，俞明喜打点停当，身困体乏打着哈欠，去西厢房睡觉了。

第二天上午，俞明喜在街边喝了两碗豆腐脑儿吃了四个烧饼，外加两个茶叶蛋。吃饱了，有力气。挎起大包袱，直奔嫂子家。

离开嫂子前往老龙头火车站。远远就感觉气氛不同以往，心里有些紧张。挎着包袱径直走进邮局。

邮局东墙下仍然坐着那位代写书信的白胡子老头儿。他不慌不忙走过去说，我要给老家寄东西，忘了带钱回家去拿，先把包袱存您这儿吧。

白胡子老头儿伸手摁了摁包袱说，只要不是烟土就行，昨天日本宪兵队逮着两个倒腾白面儿的，拉到海河边毙了。

说了声谢谢走出邮局。一辆黑色小汽车不紧不慢驶过去，甲壳虫似的。他看着这辆车停在小广场上，从车里走出三个人，下车就站成"品"字形，观察着什么。他觉得其中身穿驼色西装的人眼熟，便投去目光仔细辨认着。

是丁恩正！俞明喜慌了，下意识转过身去，躲避着这位梅派票友。

丁恩正来火车站干什么？莫非他也是来接人的……暗暗思忖着，俞明喜一时难以判断对方真实目的，便佯装懒散偷眼望着——丁恩正进了候车室。

今儿我要进站接人，躲是躲不过去的。俞明喜稳住心神，随后走进候车室，花一毛钱买了站台票，转身发现丁恩正坐在出站口长椅上。两个身着便服的男子站立两侧，但绝对不是王朝和马汉。

临近正午了。一个铁路职员手持铁皮喇叭大声告知，从北平开来的029次客车晚点十五分钟，请各位稍候。

晚点了。俞明喜感觉时间就像越流越慢的黏稠液体，渐渐凝固不动了。火车晚点，此时也该去站台了。丁恩正好似拦路石，俞明喜不知怎样迈过去。

老艾的身影在候车室门口晃了晃，又消失了。尽管单独行动各为战，老艾的出现鼓舞了俞明喜，毕竟是自己同志啊。

这时候，有人手持站台票去进站口检票，俞明喜猛然醒悟去站台接人是从进站口检票的，便垂手狠狠掐了掐大腿，抱怨自己关键时刻犯了糊涂。

他掏出站台票走到进站口，检了票，深深呼出一口气，踏上天桥去了三站台。

今天果然不同寻常。三站台已然堆满接站的人群。俞明喜知道北平客人坐九号车厢，便站在三站台西侧，朝着东侧望去。

三站台东西两侧，中间隔着一簇簇人群。俞明喜中等身材，被遮挡了视线，只得踮起脚尖延伸目光。哦，丁恩正也来到三站台，身旁跟着两个随从。

不知为什么，他饿了。早点加了量，正午还是饿了，这是心情紧张造成的吧。他极力镇定情绪，觉得这样就省粮食了。

北平开来的029次客车喷着一团团蒸汽进站了。心儿怦怦疾跳不停地叮嘱着:俞明喜啊俞明喜,这是你首次单独执行重大任务,千万不能出现差错啊。

列车停稳,等待打开车门。俞明喜挤向九号车厢,人群闪开一道缝隙,他瞥见站台东的丁恩正。

九号车厢迟迟没有开门。丁恩正面对的二号车厢却开了门。两个白衣壮汉夹着一个紫衣男子跨出二号车厢——远远望去仿佛一只大白馍夹着一片酱牛肉。丁恩正和两个随从迎上去,三人簇拥着"牛肉夹白馍"快步朝东边下九股方向去了。

九号车厢终于开门了,乘客们拥下车来。俞明喜紧张地寻找着北平交通员。右手拿着黑色折扇,扇面写着"静心"金字儿,左手拎着两盒北平稻香村的点心,红线绳儿捆扎着……俞明喜心里念叨着,一眼看见人群里的既定目标,逆着人流迎上前去。

他笑了笑伸手去接那两盒来自北平的稻香村点心,顺势把一个万顺成的麻酱烧饼塞进对方手里。这就完成了接头暗号。北平交通员也朝他笑了笑,小声说走吧。俞明喜看到总共八位北平同志,六男二女都是中年模样。

出了火车站,俞明喜环视四周没有发现异常情况,大步走在前面。一行人穿过小广场,从行李房东侧小道进去,来到邮局后院外头。

他小声对北平同志们说声稍候,径直从后院进入邮局。代写书信的白胡子老头儿依然坐在条案前,身旁放着那只包袱。拎起包袱道了声辛苦,俞明喜疾步穿过邮局后院,回到北平同志们面前,蹲身打开包袱皮儿,飞快地把八件黄铜色斜襟大袄依次递给他们。包袱底儿露出一个镶着照片的镜框,还有一条半尺多宽三尺多长的白布带子。

你们赶紧穿在身上!法国桥这边儿有日本宪兵巡逻……俞明喜说着,伸手将蓝布大褂下摆提到腰间,用那条白布带子扎紧,当即就从长衫变成短打扮。

北平交通员不解地问道,你让我们穿这种大袄,这是要出家啊?

对!在家戴发修行叫居士,你们就是我从北平请来的居士,现在去海河边超度我哥哥亡灵,走吧!俞明喜说着,把镶着亡兄遗像的镜框抱在胸前,这是上午从嫂子家取来的。就这样,俞明喜穿堂过厅走出邮局,带领着八个假冒居士向法国桥走去。

白胡子老头儿起身走到邮局柜台交了两角钱,不慌不忙去拨打挂在墙上的公用电话。邮局里没人听到他低沉的语音:喂,铃铛阁带着八件礼物去看你啦,这会儿还没过法国桥呢。

一行人来到法国桥头,几个日本宪兵跳下摩托车,伸手拦住腰扎白色孝布怀抱亡兄遗像的俞明喜,凶巴巴说了几句日语,显然是在查问。

低头看见哥哥照片,逢场作戏的俞明喜不禁悲从中来,动情落泪了。北平交通员居然会讲几句日本话,磕磕绊绊告诉日本宪兵,说有人死在海河里,居士们去捞尸地点超度亡灵,以求西方接引。

日本宪兵来自佛教国家,似乎懂得"居士"的含义。他们对六个男居士逐一搜身,之后反复打量两个女居士,终于放行了。

走过法国桥,一行人来到法租界桥段,俞明喜将早已备好的五元法币塞给身穿短衣短裤制服的安南巡捕,就沿着河坝奔向太古码头了。

来到太古轮船码头,八位北平同志顿时放下久悬不安的心,纷纷露出笑脸。俞明喜收回八件黄铜色大袄说,候船室有人递给你们船票,两点半开船去上海!

北平交通员轻松地说,谢谢你护送我们!那两盒点心就送给你啦。

目送北平同志们进了候船室,顺利完成任务的俞明喜痛快极了,心底喊出一声嘎调:叫——小——番!之后一股脑儿把东西裹进包袱里,起身开拔。

一群乘客提着行李奔向码头登轮,说是开往烟台的船班。俞明喜无意间发现公寓杂役老佟拎着提包走在人群后面,惊了。咦!你这是去哪儿啊,老佟?

老佟听见喊叫,停住脚步眨着眼睛说,山东老家来信,有事儿叫我回去。

那你还回来吗?俞明喜平时并未留意老佟,此时发现他确实老了,脸色晦暗,花白头发,脊背微驼,步履缓慢,早到了告老还乡年纪。

老佟注视着俞明喜,说兴许回来兴许不回来。俞明喜想起老头儿素常对自己的关心,有些伤感。你不要出来做事了,归家养老吧。

开往烟台的船拉响汽笛,催促老佟登轮。老佟朝着青年教师挥了挥手,说以后出门不要忘了穿鞋啊。俞明喜再度被老头儿感动了,一时无语。

送走老佟,俞明喜左手拎着裹着镜框和白布带子的包袱儿,右手提着点心盒子,赶往嫂子家。上午跟嫂子借用哥哥遗照,撒谎说大悲禅院做道场,给哥哥超生祈福。自从成为地下工作者，他不断地历练，撒谎撒得比较自如了。

嫂子不曾生养，街头缝穷糊口，挺不容易的。走进小院来到嫂子家。徐凤珍正在拆洗一件灰布棉袍。俞明喜觉得这件棉袍眼熟，应当是吴荣成的。嫂子放下手里活计给小叔子斟了碗水。他咕咚咕咚喝了，打开包袱皮儿拿出镶着哥哥遗像的镜框，重新挂在西墙上，然后深深鞠了一躬，之后指着两盒点心说，嫂子你留着吃吧，京八件儿。

徐凤珍轻轻推辞着，说这么好的点心你拿回去跟吴先生吃吧。俞明喜确实饿了，还是劝解嫂子不要省吃省喝委屈自己，光照顾别人了。

看见包袱皮儿里的白布带子，徐凤珍疑惑地问大悲禅院做道场还戴孝啊。俞明喜连忙撒谎说，这是票友们唱《小上坟》用的，你留下缝穷用吧。徐凤珍接过白布抻了抻说，这是上等"十斤白"，结实着呢。

离开嫂子家，俞明喜走出胡同上了大街，感觉身后有人跟踪。他加快脚步，听到背后有人低声叫他"铃铛阁"。

回头看见老艾从大树下闪出，他笑了。老艾当头批评道，完成转移任务你就跑到嫂子家，是亲人感情第一，还是革命工作第一？

俞明喜颇为不解地反问道，哎！你不会连自己同志都监视吧？

我的工作就是给自己同志望风！老艾狠狠说道，走！跟我去秦记铁铺。

过老北开摆渡，一人一分钱。上岸穿了几条小胡同，很快到了三条石普乐大街。进了秦记铁铺，小仓库门口站着老燕。

小俞你跟纱厂女工谈恋爱了吧？老燕表情和蔼。俞明喜连连摆手否认。

你一撒谎就脸红。老燕引着他走进小仓库。老艾又望风去了。

真想不到你让北平同志演了这出戏，今天顺利完成了任务，我祝贺你！

敢情上级这么快就知道啦？俞明喜感到意外，不好意思地笑了。

老燕随即转了脸色，颇为郑重地说，我们查明情况，华文书店突然遭到日本人搜查，线索是你穿了我那双布鞋……

什么？你那双布鞋还摆在我公寓门廊上呢。俞明喜好像在听一个故事，瞪大眼睛等待老燕继续讲述。

老艾带着俩人走进小仓库，拎着手枪指着俞明喜说，没错！就是你暴露了组织联络点，你不承认今天走不脱的！

俞明喜从未见过这种阵势,被吓住了。他觉得自己在一场噩梦里,盼望快快醒来。

老燕踱步说道,我的那双布鞋里垫了鞋垫。书店小伙计生活节俭,这双鞋垫是他用废旧蓝布书套做的,上面印有华文书店广告,有人把这双鞋垫交给日本宪兵队,它就成了敌人顺藤摸瓜的线索。

大街上店铺招牌广告林立,日本人怎么偏偏搜查华文书店呢?俞明喜仿佛面对一道数学难题,颇为不解。

对!就是你把联络点出卖给日本人,所以暴露了,你快招供吧!老艾挥动着手枪,另外两个人同时捋起袖口,做出准备动武的样子。

俞明喜困惑地望着老燕说,我要是叛变了,根本用不着那双鞋垫嘛!我直接报告日本人就是了。

老燕忍不住笑了,抬手指了指老艾说,我不让你上演这出诈戏,你就是不听,现在被人家问住了吧?你回答小俞吧!

老艾确实被问住了,气哼哼翻了翻白眼,蹲在地上不说话了。那两个捋起袖口的同志也蔫了。老燕低声命令道,你们仨出去吧,注意警戒!

俞明喜并不感到委屈,反而觉得好笑。老燕拍着他肩膀说,你回忆一下,前些天谁有机会接触那双布鞋?

谁……?俞明喜思忖着,依次说出三个人:室友吴荣成、公寓杂役老佟、嫂子徐凤珍。

你认为谁的嫌疑最大呢?老燕表情严肃道,这个人肯定有背景,否则不会留意一双鞋垫,即使发现华文书店字样也不会报告日本人的。

俞明喜认为老燕分析得对,还是摇摇头说,我觉得这仨人谁都没有嫌疑……

你太善良太正直,今后要学会识别敌我真伪,做一个优秀的地下工作者!老燕略显激动地说,我跟你说过有个老牌日本浪人,早年自费来到中国,长期潜伏天津华界,义务为日本官方搜集情况……

我记得,这家伙被日本宪兵队菊池大佐称为"大和义士"。俞明喜对答如流。

你记忆力很好。看来我让你混入兰心票房还是对的。老燕索性揭开谜底说，今天接到上级调查结果，这个老牌日本浪人就在你身边！他显然知道你参加了爱国学生运动，那天看到你穿着别人布鞋返回公寓，就密切监视了。他在鞋垫上发现华文书店字样，便判断这是有价值的线索，及时把情报转给日本特高科！

你说这个人……？俞明喜核算着老牌日本浪人年岁，突然冲老燕惊叫道，难道是公寓杂役老佟！

老燕深沉地点点头说，上级除奸队决定明天干掉这个老家伙！

过午我在太古码头瞧见他上船走了，说是回烟台老家去！俞明喜急了。

什么！老燕也急了。这家伙真是老狐狸，我们还没动手，他先跑啦。

我平时觉得老头儿挺好的，敢情他是个豺狼！俞明喜有劲儿使不出来，用力挥着拳头。

老燕冷静地叮嘱道，这件事情高度机密，你不能跟任何人讲，包括嫂子徐凤珍和室友吴荣成。我完成转移北平同志任务之后，也要撤离天津的。你的任务是留津潜守，到时候会有人跟你联系的。

听了老燕同志这番话，俞明喜觉得自己成了没娘的孩儿，心里孤单极了。

伸手握别时老燕关切地说，你也该成个家了，有了媳妇就有人照顾你啦。

第八出

私立淑德女中聘请早年留学东瀛的老学究担任新校长。这位资深亲日派上任伊始实行怀柔，给教师们加了薪水。俞明喜月薪四十二元了。然而，加了薪水教师们也不买账，联名致函学校董事会，要求树立翟白丁先生铜像，永志纪念。至于翟校长究竟被哪派势力暗杀，依然云里雾里，没人说得清楚。

日本全面侵占中国。面对华北汉奸政权推行奴化教育，女学生们成熟了许多。她们明显对俞明喜冷淡了，对吴荣成则倍加热情。俞明喜心里明白，自己没有参加那次抬棺大游行，在人格人品方面深遭诟病。反之，那天吴荣成扶枢走在队伍前列，受到好评。女学生丁小夏更是不畏人言，以向吴荣成请教地理课程为名，送来水果和茶叶，公开表示爱慕之情。

吴先生，你地理课讲到鄂西土家族群，肤色体貌与汉人无异，尤其那首

"一只凤凰两个头"的土家山歌,特别好听。你肯定去过那里! 山山水水都清楚吧?

吴荣成摇头否认,表示只是课本知识而已。丁小夏不依不饶说,你肯定去过鄂西,你就承认你去过鄂西嘛……

俞明喜担心丁小夏发力撒娇有碍观瞻,便起身蹿出教师预备室,把地方让给这位富家小姐。

自从公寓杂役老佟突然消失,俞明喜内心自责不已。整天盼望抗战杀敌,没想到老牌日本浪人潜藏身边多年,却把老家伙当作好人还送饺子吃,我真是有眼无珠。幸亏上级及时查明老佟底细,否则永远蒙在鼓里。

老佟不辞而别,房东只得另聘杂役。吴荣成对老杂役的离去与新杂役的到来,似乎浑然不觉。两耳不闻事,一心只教书。俞明喜几次想问吴荣成知不知道老佟走了,都忍住了。他牢记老燕同志叮嘱,跟外人不提老佟的事情。于是,在他与吴荣成之间,那个老牌日本浪人无形地蒸发了,好像从来不曾存在似的。生活,变得比死更静寂。

今天是丁恩正请客的日子。上次发帖宴请可巧赶上突然戒严,饭局只得取消。事后得知日本宪兵队在小王庄枪毙四十五个铁路工人,全市交通干道禁止通行,连报童们都不敢上街卖报。

一再拖延,拖得天冷了。丁恩正终于再发请帖,请吴俞两位赏光。此间,俞明喜与丁恩正经常在兰心票房相遇,只票京戏,不涉旁事。俞明喜已然悟出,那天丁恩正率领部下突现老龙头火车站,不是迎接北平来的贵宾而是接收北平落网的逃犯。倘若如此,丁恩正不光是北宁株式会社财会科长,必然另有真实身份。

老燕同志撤离天津之前,并没有给俞明喜布置具体任务,只要求避免"左"倾盲动主义,伺机发展爱国学生,等待时局好转,恢复"民先队"活动。从此,这位青年教师开始了漫长而乏味的教书匠生涯。

自从地下党组织撤离天津,便再未跟他取得联系。他记住自己代号"铃铛阁",也体验到孤儿的处境,心灵陷入深深的孤寂里。他知道,只有为理想而投身的人,才能理解这种孤寂的痛苦。每逢苦闷难以解脱,他便自责沦为平庸之徒无聊之辈。

　　这次丁恩正重设饭局,地点还是聚贤酒家二楼雅间。过午时分的教师预备室里,吴荣成约俞明喜傍晚结伴共赴聚贤酒家。他说下午有事,商定分头前往。

　　俞明喜离开淑德女中,去"祥德斋"买了一包小八件儿。物价大涨,买两包点心的钱只能买一包了。这就是大东亚共荣圈。

　　提着点心溜溜达达前往祁家。他很久没有快步走路了。快步有什么用呢?没有。那就漫步吧。

　　走进这座大杂院,几个中年妇女看见俞明喜,大声议论说这小伙子又来了,手里提着点心兴许真是上门姑爷吧。

　　听见这种议论,俞明喜一步僵在祁家门外,窘得成了红脸关公。祁春芬迎将出来,连声邀请红脸关公进屋。

　　屋里站着一个身材粗壮的小伙子,满脸憨厚地冲他点头致意。祁春芬介绍这是恒源纱厂保全工李栓。俞明喜对李栓说了声您好。李栓局促地说了声您坐吧,便匆匆走了。弄得祁春芬很难为情。

　　俞明喜望着瘫痪在床的祁母,打开点心包递过去说,人是铁饭是钢,您多吃东西病就好啦。祁母咧嘴笑了,含混不清地说着什么。

　　还是由祁春芬当场直译,一大堆都是感恩戴德的话。说着说着,不知为什么祁春芬停止了,表情窘迫。

　　祁母不能容忍女儿终止翻译,哇哇怪叫着。祁春芬依然保持沉默。祁母急了,使劲挪动身子伸出脑袋向墙壁撞去。俞明喜探身抓住老人肩膀,回头问祁春芬这是为什么。祁春芬只得道出实情说,我妈逼着我把她的话说给你听,我没说她就急了,非要撞墙不活了。

　　你母亲到底要跟我说什么呢?俞明喜不解地追问。祁春芬猛地扭过脸去,低声急语道,我妈怕你以为李栓是上门儿的,其实李栓不是,我妈说要把我许给你……

　　祁春芬说完,起身跑到院子里去了。祁母听见女儿转述了她的心愿,咿咿呀呀叫着,对这门婚姻表现出极大热忱。

　　俞明喜望着半身不遂的祁母,决定主动坦白自己帮助祁家的真实原因,以求得解脱。话到嘴边又咽了回去。他没有勇气提起那桩考试冤案,没有勇气承认自己造成祁秋月离家出去。俞明喜曾经发誓全力照顾祁家。可是此时祁母要招上门女婿，他蒙了。

快步走出这座令他难堪的大杂院，逃兵似的来到海河边，俞明喜心乱如麻。远望西去的大太阳，他感到自己没有亲人。有嫂子，还随时都要改嫁的。改了嫁就是别人的嫂子了。转念想起祁春芬，她的模样跟祁秋月很像，姊妹同心。假如我跟祁春芬结婚，就等于这辈子跟祁秋月的魂灵相伴，这是难以想象的感受。

天色转暗，俞明喜不再胡思乱想，匆匆赶往聚贤酒家。自从张杨发动兵谏，蒋介石被扣西安，时局变幻莫测。好在西安事变妥善解决，促成国共两党和谈的前景，局势日渐明朗。俞明喜没有忘记老燕同志的话，千变万变，蒋介石攘外必先安内的反共政策不会变。

自从经历老佟事件，俞明喜开了窍。他不再是思想单纯的热血青年，为人添了几分定力，处世增了几分眼光。今晚丁恩正请吴荣成吃饭，他知道自己是陪客。丁恩正精神抖擞，吴荣成敦厚淡定，正好上演双龙会。

聚贤酒家离择仁里废墟不远。一群泥瓦匠在盖房子，天晚了也没收工。一个身穿白色制服的侍者迎出聚贤酒家，引着俞明喜进入二楼雅间。一张圆桌三张椅子，中西合璧的陈设。

没人。俞明喜笑了，我跑龙套当然要先上场。丁恩正与吴荣成究竟谁先上场呢？他拿不准猜不着，便从兜里儿掏出一枚五分硬币，轻轻掷到桌面上。蹦蹦跳跳的硬币终于静止了。嗯，硬币说丁恩正先上场。

然而，继而走进雅间的却是吴荣成。他身穿蓝缎薄棉袍。节气未到，这装束过早了，使人以为他是畏寒怕冷的人。或许正是因为这件蓝布棉袍吧，俞明喜觉得来者不是吴荣成，而是吴荣成的同胞兄弟。

俩人落座。侍者近前恭问喝什么茶。这时俞明喜看清侍者足有五十多了，显然过了勤行年纪。聚贤酒家为何不用小伙儿侍者呢？俞明喜略感惊诧。

这时候，主人上场了。丁恩正走进雅间拱手道歉说，鄙人俗务缠身来迟，一定罚酒。说着依次与二位客人握手。

吴先生，咱们以前见过面吧？丁恩正主位落座，笑容可掬问道。

可能见过，也可能没见过。吴荣成答道，每年校董会恭请家长们莅临指导,丁先生赏过光吗?

丁恩正眨着一双充满血丝的圆眼睛,容易被人联想到古董店遗失了两颗朝珠。睡眠不足的他连声招呼烫酒,南人不乏北人豪爽。吴荣成打量着酒瓶转脸对丁恩正说,我素常滴酒不沾,只能以茶代酒略表谢意。

你素常滴酒不沾,今天不同素常啊。丁恩正打开话匣子,一口蓝青官话道,对酒当歌,人生几何,置身乱世,以酒为乐。素常不饮,今天要喝!

俞明喜听了觉得可乐。丁恩正分明是南方人,说起话来好像北方数来宝。

丁恩正继续说,晚宴我安排好了,饮煎茶,用清酒,喝味僧汁,还在日租界樱花料理店订了寿司,一会儿送到。今晚体验东瀛风味!

丁先生喜欢日餐啊?我认为日本清酒没有中国白酒有力道。吴荣成接过主人话题,发表评论。

哈哈!吴先生露了破绽吧。你滴酒不沾怎晓得白酒比清酒有力道?人撒谎要罚酒哟。丁恩正得意地叫道。

从前,我是个酒鬼,无一日不醉。已然十几年滴酒不沾了。吴荣成从容不迫说,倘若今晚丁先生强人所难,吴某只能告退了。

既然如此,今晚我与俞先生对饮,吴先生作壁上观吧。丁恩正召唤侍者给吴荣成端来日式煎茶。

作壁上观。这句成语出自《项羽本纪》吧?"及楚击秦,诸将皆从壁上观。"吴荣成悠悠念出原文继而解释道,壁是营垒。这句成语是说坐观成败而不肯援手。今晚丁先生以作壁上观形容我,并不恰当啊。

国文教师真是博闻强记,随口说出典出何处。俞明喜暗暗佩服吴荣成,主动凑趣道,吴先生并非作壁上观,我与丁先生对饮也并非鸿门宴上。否则,孰刘孰项啊。

在下得罪吴先生啦!丁恩正承认用典不当,自罚一盅清酒说,当今天下大势,请问孰刘孰项?

我记得丁先生是在北宁株式会社任职吧?请问孰华孰日?吴荣成反问。

时下中日交兵,战火不断,我正要请教吴先生对局势的看法呢。丁恩正说着招呼侍者端上日式烤鳗鱼和生切番茄片。

聚贤酒家多年经营鲁菜,今天全然日式。丁恩正这是翻天覆地啊。俞明喜觉得此公不像这里的食客,倒像这里的老板。

年近花甲的侍者静立旁边,注视着客人用餐。吴荣成抄起细脖调味瓶,在生切番茄片撒了一层细盐,慢慢享用着。俞明喜吃着日式烤鳗鱼,不明白吴兄为何先用番茄开道,而且用盐。

看到俞明喜不解的目光,吴荣成并非卖弄地说,当年哈尔滨的俄国老毛子吃番茄就是用盐调味的。

我听吴先生有东北口音,您赶上日俄战争攻打旅顺口了吧?丁恩正问道。

这时候,从日租界预订的寿司到了。吴荣成放下筷子扭头看着黑色托盘说,这是樱花料理店做的。

丁恩正微笑答道,不是宫岛街那家,是曙街。请吴先生慢慢品赏,我还恭候您的高论呢。

吴荣成打量着多种口味的美食,伸手取了那只顶着鲜亮鱼子的寿司,持在拇指与中指之间,食指微微跷起。老年侍者趋前近身添了日式煎茶。吴荣成下意识闪动肩头,目光投向丁恩正。

既然丁先生关心时局,我就放胆妄言了。吴荣成徐徐将寿司整体送入口中,那手法好像往容器里放置一枚袖珍炸弹。放置完毕缓缓咀嚼,之后闭目静气说,我听到一种言论,称中国为一片桑叶,日本乃一只蚕。蚕食桑叶,自然天道。这是庸人之论。时下中国局势,尚未明朗。九月二十三号蒋介石先生发表"对中国共产党宣言的谈话",似乎标志着国共合作开始。我看中国时局到了这步田地,应当说是张学良兵谏误国,日本救活共产党啊。

啊?俞明喜颇为意外地注视着吴荣成,觉得他不是国文教师了。

丁恩正呷一口清酒微笑问道,张汉卿将军身为海陆空副总司令,跟蒋委员长又是盟兄弟,他怎能误国呢?

没有张杨策动西安事变,便没有国共合作,没有国共合作,蒋介石先生剿灭陕北朱毛红军,指日可待。吴荣成解释了"张学良兵谏误国",转而解释"日本救活共产党"说,没有七·七事变日本大举侵华,蒋介石先生全力剿灭陕北朱毛红军,并非难事。

吴先生见解独到,思想深刻,令人佩服。丁恩正兴趣盎然,示意老年侍者奉上味僧汁。

俞明喜反而觉出鸿门宴气氛了，开口阻止吴荣成说，你一介书生与世无争，莫谈国事啊。

吴荣成充耳不闻说，我只是普通国文教师，中国文人素有文以载道传统，修身齐家治国平天下，理当关心国家民族大事。

丁恩正再度请教说，一旦国共实现合作，共产党军队整编为国民革命军，他们也算归宗了吧？

吴荣成一边取食烤鳗鱼一边评论道，兄弟阋于墙，自古难免。我倒想请教丁先生，你是亲国还是亲共？是亲华还是亲日？

问今是何世，乃不知有汉，无论魏晋。丁恩正讳莫如深说，我是生意人，不亲国不亲共，不亲华不亲日，只亲钞票。

那你是亲法币呢还是亲银联券？吴荣成从容追问。

丁恩正举起酒盅说，世界上任何两种货币间，必然存在汇率，你问我亲法币还是亲银联券，我亲汇率就是了。

沉默了一会儿，有些像两出戏之间的换场。你们都记得那次全市抬棺大游行吧？丁恩正转变话题说，中共地下党居然发动南北两路学生给CC系分子翟白丁送葬！你们说这是共产党不明死者真实身份呢，还是有意表达国共合作意愿呢？

俞明喜暗暗吃惊，故意做出天真无知的样子。你说翟校长是什么分子，CC？

吴荣成温和地笑了。敢情翟校长是CC系分子，怪不得报纸上说日本人派汉奸刺杀了他。

丁恩正突然说，日本人刺杀翟白丁是灭口，为了保护已经暴露的谍报员！

谍报员？俞明喜当即想起乘船逃走的老佟，同时揣测着丁恩正的真实身份。CC系？复兴社？肯定不是青洪帮……

一个人的真实身份，那是很难说清楚的。吴荣成扬手招呼老年侍者，给他斟满一盅清酒。

看到客人突然有了酒兴，丁恩正兴奋了，静静注视着吴荣成。

不论翟白丁先生什么政治背景，只要他是中国人，我们就要祭奠他。吴荣成说着将手里一盅清酒泼洒地上，然后双手合十。

丁恩正跷起大拇指，连连高声叫好，如同坐在戏园子捧角儿。

俞明喜低头喝着味僧汁，心里说老燕同志肯定不知道翟白丁的真实身份，否则他是不会同意全市学生抬棺大游行的。

这顿日式晚餐临近尾声，丁恩正意犹未尽，又唱了那段梆子腔《喜荣归》。他兴致勃勃给吴荣成讲解剧情说，书生赵廷玉考中进士，故意衣衫褴褛回到崔家。岳母嫌贫爱富，不明底里逼他退婚。赵廷玉乔装的乞丐，扮得真像啊。

酷爱京戏的丁恩正，近来经常反串梆子腔，而且总是这出《喜荣归》。俞明喜以为丁恩正转为梆子腔票友了。

主人送客。丁恩正走出聚贤酒家大门拜托道，小女在贵校求学，还望二位多加教诲啊。说着扬手叫了两辆洋车，还让部下付了车钱。

一前一后，两辆人力车停在善邻里胡同。吴荣成下了车回味道，那位丁先生在北平生活很多年吧？天津把人力车叫胶皮，北平才叫洋车呢。

噢！北平把胶皮叫洋车啊。看来人的习惯很难改变的。俞明喜附和说，吴兄对人物细节观察入微哟。

去年我在北平西四牌楼叫一辆胶皮，车夫听了就说您是天津人吧。吴荣成详细解释着，抬手叩了叩公寓院门。新杂役应声开门了。

俞明喜趁机问道，老佟走了，也不知道他什么时候回来？

老佟……你是说那老杂役，他还回来吗？吴荣成走上门廊脱了鞋，进了房间。

洗漱完毕，俩人拉开被褥，闭灯安歇了。黑暗里俞明喜问道，丁先生为什么安排日式晚宴招待咱们呢？

他在北宁株式会社供职，这名字像是日本公司。如今喜爱日本料理的人不少，也是殖民地的时尚吧。

俞明喜接着请教道，吴兄，这顿日式晚餐味道纯正吗？比如那盘寿司。

我又不是日式美食家，囫囵吞枣吃不明白。吴荣成睡意蒙眬地说，想吃北平的炸酱面……

不等说出炸酱面的菜码儿，俞明喜便听到吴兄入睡的鼾声了。

躺在"榻榻米"上难以入眠。俞明喜根据丁恩正透露的点滴消息，梳理思路分析着：如果翟白丁真是CC系分子，当他发现身旁的日本谍报员，必然暗暗监视着。日本特高科得知谍报员暴露的消息,便派出汉奸刺杀翟白丁以灭口……对啊,老燕同志说过那个汉奸外号瘦狗,完成任务逃到北平去了。

北平?……丁恩正从029次客车接收的那个紫衣男子正是从北平押解回来的!他不会是在北平落网的瘦狗吧?如果他是瘦狗,那么丁恩正不是CC系就是复兴社,二者必居其一。虽然这两个特务组织历来不睦,都是国民党鹰犬啊。

再者,丁恩正说日本人杀翟白丁是灭口,那暴露的谍报员是谁呢?是逃走的老佟还是另有其人?

此时,单兵作战的俞明喜面对复杂的敌情,觉得自己好像黑夜汪洋里一叶孤舟,内心非常想念老燕同志。

第九出

《庸报》头版右下角刊出新闻,日前学运分子景姓秀兰者被日本宪兵队逮捕,翌日即遭杀害。看到这条消息,俞明喜躲到校园角落里哭了。他打知道景秀兰被日本飞机炸伤了,看来也是留津潜守,不幸被捕为国捐躯了。

老燕同志什么时候回来?民先队什么时候恢复活动?我跟组织失去联系,只能阅读平津两地报纸了解时局。有些汉奸报纸颠倒黑白混淆视听,令人迷雾难辨。

最难辨认的是女学生丁小夏。她几乎判若两人了。以前她迷恋吴荣成,经常往教师预备室送礼物,好像一只衔着花籽飞来飞去的小鸟儿。这几天小鸟儿改变飞翔方向,栖落在俞明喜桌前谈心了。临近西俗圣诞节,丁小夏专门送来贺卡,上面写满"你是爱国青年的楷模,你是国家未来的栋梁,你是我追随学习的榜样"的热烈语言,还邀他去英租界维多利亚咖啡厅共度平安夜。俞明喜担心这只小鸟儿是猫头鹰孵出来的,只得哼哼哈哈,虚与委蛇。

天气暗冷。俞明喜做着这种假设:倘若丁恩正是国民党方面特工,丁小夏秉承父命潜心观察爱国教师动态。此时,她完成了对吴荣成的考察,自然淡化而出,将重点目标转向我。

当然,这只是假设。俞明喜转念想到,也可能丁小夏只是普通女学生,不过天性活泼喜欢交际而已。

礼拜六下午，吴荣成找老学究校长告假三天，说有事外出。俞明喜问吴兄需不需要代课，吴荣成说校长决定亲自代课。俞明喜叮嘱吴兄天气转冷，外出添加衣裳。

礼拜天。俞明喜在公寓里收拾东西，无意间找出那双布鞋。睹物思人，想起老燕同志，心头暖烘烘的，继而想起从鞋垫里发现线索的老牌日本浪人老佟，不禁咬紧牙关。可惜连老家伙日本名字也不知晓，将来抗战胜利了都没处抓他。

收起老燕的布鞋装进盒子里，存入壁柜。这时候，嫂子拉门进来，小叔子起身相迎，说吴先生出门办事去了。

这我知道。徐凤珍显然是有备而来，她盘腿坐"榻榻米"上说，那天你给我送了两盒点心，我心里挺热乎的。毕竟你是俞家亲兄弟，我有话就明说了。

我没文化，不懂得妇女解放大道理。如今日本人来了，也没听说反对寡妇改嫁，因此，我想走一步……

俞明喜明白，嫂子的心思明摆着，只是没有捅破这层窗户纸而已。今天把话挑明了，他不光认为嫂子有了出路，自己也解脱了。

徐凤珍接茬儿说，兄弟，你也知道我命苦，这后半辈子我就跟吴荣成共同生活啦。

我也不赞成妇女守寡。我只想问一句，你说跟吴荣成共同生活，是明媒正娶呢，还是俩人搭伙过日子？

我又不是黄花大闺女了，人家吴荣成怎样对待我都行。徐凤珍语气坚定。

嫂子真是好女人。俞明喜谨慎地建议说，不过，还是明媒正娶的好。

我想把现在的房子卖了，搬个新地方住。寡妇改嫁嘛，总不能住在老地方。什么时候卖房什么时候搬家，我听吴荣成的。我一个缝穷的娘儿们能寻了教书先生，长了身份呢。

好！嫁给吴兄好，你改了嫁还是我嫂子。俞明喜说着起身送徐凤珍出门。她站在门廊里穿鞋，真诚地注视着小叔子。明喜啊，你也该成家立业啦！

是啊！我也该成家立业啦。俞明喜感叹之余，故作漫不经心问道，你记得那天半夜送你回家的杂役老佟吧，这阵子吴兄没跟你提起他吗？

没有啊。徐凤珍不解其意说，我今儿才看见这里换了新杂役，老佟死啦？

送走了即将改嫁的嫂子，俞明喜回到房间，一眼看见吴荣成的被褥，想到这位仁兄即将从这里搬走，心情有些复杂。

走进厨房，他跟吴兄留下的气息交流着。无意间看到那只小瓮，想起里面的生腌猪皮，便好奇地打开盖子，迎着光线察看着。

咦！以前有七八条生腌猪皮，怎么只剩下三条啦？俞明喜笑了。吴兄啊，你何时贪嘴偷偷煮着吃啦。

傍晚外出去了那家熟悉的小饭铺，叫了焖饼和紫菜汤。掌柜说太素了，添盘肉皮冻吧，你们吴先生经常买我的生猪皮呢，每次都让把油脂刮干净了拿走。

噢，吴兄从这儿买生猪皮拿回去腌制啊。俞明喜细嚼慢咽吃了这顿晚饭，问掌柜吴先生还喜欢吃什么东西。

米饭啊！吴先生最爱吃小站稻蒸的大米饭，他说话东北口音却不爱吃面食，真各色。小饭铺掌柜低声抱怨说，日本人不让中国人吃大米，吴先生胃口受罪了。

不对啊！吴兄经常念叨北平炸酱面，来到小饭铺反而爱吃大米饭了。这样寻思着俞明喜问道，日本人不让中国人吃大米，那大米？……

他们吃啊！你不知道日本人爱吃饭团儿还有寿司，那都是大米做的呢。

我就不爱大米。俞明喜结了账，信步回到善邻里公寓。房间里冷，他找出一条线毯裹着双腿，坐在写字台前批改学生数学作业。

丁小夏的数学作业簿不像女孩子的，字母写得很大，笔道很粗，好像营造公司的绘图员。这个女学生其实挺聪明的，无论三角还是代数，稍稍用功就能考出好成绩。从丁小夏想到祁秋月，俞明喜叹了一口气。

天晚了。青年教师闭灯歇息。嫂子改嫁，吴兄娶妻。这场特殊婚姻我送什么礼品呢？干脆，我送只暖水瓶吧，祝福后半辈子热热乎乎，保持感情温度。

半夜时分，有人拉门冲撞进来。睡梦里俞明喜惊醒跃起，打开电灯发现吴荣成仰面躺在"榻榻米"上，满脸血污。他的右眼窝儿塌陷了，咝咝流淌着血水。

吴兄！你这是怎么啦？俞明喜跑到厨房端来一盆清水。这时吴荣成已经用手绢捂住右眼,翻身坐起,语气镇定。

俞弟你不要害怕,我走夜路撞上树枝子,一下扎破了眼珠儿。

扎破了眼珠! 天啊,我马上送你上医院! 意租界有家眼科诊所,大夫是犹太人……俞明喜边说边穿衣服。

小毛病不用上医院。吴荣成走近写字台,左手拿手绢捂着右眼,腾出右手在纸片上写出一连串拉丁文药名说,你从我壁柜里拿钱,去万国大药店买这三种西药,我的事儿先不要告诉徐凤珍!

这药片能行吗……? 俞明喜觉得扎破眼珠是大毛病,不能这样懈怠。

我学过两年医科,眼珠儿扎破了没有救! 即使去马大夫医院也白搭! 你快去买药吧……吴荣成有气无力地说着,依然不减男人威严。

好吧! 俞明喜这次没有忘记穿鞋,冲出公寓朝着大经路上万国大药房奔跑而去。天晚了,大街上没人。两个巡逻的中国警察拦住他,强行搜身。他手里拿着药方尖声说去买药,警察被他扭曲的面孔吓住了。

万国大药房落了门板灯光昏暗,一个小窗口写着"夜间照常"四个字。俞明喜捅开小窗口送进药方,当班老店员说幸亏我认识拉丁文,你白天来还没人懂呢。

过了一会儿从小窗口递出三个小纸包说三块八。俞明喜问这是什么药。

高效止痛药,强力消炎药,还有击倒型镇静催眠药,这是虎狼之师。一般大夫不敢这样开方子呢。小窗口往外递出两毛钱零头。

吴兄念过两年医科? 以前没听他说过。俞明喜跑回善邻里,催促新杂役开门。

房间里,吴荣成已经洗净血污,而且用绷带包扎好右眼,伤兵似的端坐"榻榻米",极力保持着往昔尊严。心急火燎的俞明喜被这种强硬风度打动了,反而觉得对方更加陌生。

俞明喜斟了一杯水,按照吴荣成吩咐的剂量将八片药放在他手心里。吴荣成一仰而尽说,你为什么不问我究竟怎样扎瞎了眼睛?

你要是愿意说,肯定会告诉我的。你要是不愿意说,我问你也不会讲的。

吴荣成欣慰地笑了。绷带的遮挡使俞明喜只能看到他二分之一的笑容。

疼吗? 俞明喜冲了一碗炒面递过来说,止痛药伤胃,空腹更不好。

吃了炒面。吴荣喜说不要把受伤的事情告诉校长,这样免得人家惦记。俞明喜看出他强忍疼痛,便盼望止痛镇静药力快快发作。

不到十分钟,吴荣成说了声我困了,便缓缓歪倒了。俞明喜帮他垫好枕头盖好被子,吴兄已然沉沉入睡了。怪不得卖药的说镇静催眠药是击倒型的,跟孙二娘的蒙汗药差不多。

睡吧,睡实了就不知道疼了。俞明喜闭灯躺下,静静听着黑暗里的鼾声。

晨曦扑窗,俞明喜醒了。他以为自己是被窗外声音惊醒的,便侧耳听着。突然,房间里响起说话声。哦,原来是室友说梦话呢。看来这种镇静催眠剂药力不小,吴兄沉睡不醒。

吴荣成连续说着梦话,一连串怪里怪气的语言,含混不清却不停顿。俞明喜翻身坐起静静听着,不由惊诧地倒吸着凉气。他分明听到吴兄说的是日语。

沦陷以来,日方实施奴化教育,学校里强制推行日语教学,尤其老学究校长到任,更是不遗余力。什么平假名片假名,俞明喜稀里糊涂懂得不少日语。此时,他从吴荣成的梦呓里听到日语"妈妈,我想念您"、"我想吃人形烧"、"关西樱花开放了"这样的句子,其余就听不懂了。

吴兄是国文教师,他从来不懂日本语啊。那次嫂子问他杀虫剂"绝灭"的日文发音,他也说不知道。记得我跟他谈起对日语不要望文生义,比如日文汉字"手纸"是信件的意思,不是擦屁股用的。日文汉字"娘"是女儿的意思,不可弄错辈分。当时吴兄连连点头,说中日文化同源却不同流,日本把中国茶饮提升为茶道,把大米饭精化为寿司。

吴荣成继续说着梦话,好像叫着一个日本歌伎的名字。俞明喜悄悄穿好衣裳,披起棉袍轻轻溜出房间。他站在院子里,心儿咚咚跳着,好似敲响战鼓。记得念师范学校时听过心理学讲座,那位白俄男讲师操着流利汉语说,一个人永远属于童年,长大成人即使常年克制不讲母语,也会在梦境中有所流露,尤其生命脆弱之时,母语会带来安全感。我太太告诉我,我睡觉说梦话都是俄语。

吴荣成是日本人?吴荣成是含而不露的日本人?俞明喜内心惊悚不已,依然困惑不解。日本人以高贵种族自诩,吴荣成为何偏偏伪装成中国人呢?

一个人突然间变成另一个人,俞明喜不知怎么办了。上午没课,不用去学校。下午有两堂代数。他走出公寓大门，又不知去向何方，只得来到兰心票房。掏出钥匙，发现大门已经开了。

丁恩正站在院子里，身穿老绿色绒衣绒裤，正在踢腿练功。自从择仁里石头楼被炸，这位梅派青衣经常来这里。

以前，俞明喜对外不谈及室友。此时不同于彼时，他当头就把昨夜吴荣成负伤的遭遇说了。丁恩正停止晨练惊讶地说，吴先生为人淡泊与世无争，怎么遭受如此厄运呢！他不会被人剜了眼睛吧？

一语点醒梦中人。俞明喜暗暗思量，如果吴荣成真是伪装多年的日本人，那么必然有着复杂背景和特殊身份，这种人物难免遭遇凶险，肯定不会是夜行撞树枝扎瞎右眼。

这时候，从东厢房里走出个男人，也是身穿老绿色绒衣绒裤。俞明喜定睛辨认，此人正是聚贤酒家那位老年侍者。由于对丁恩正的真实身份有所预估，俞明喜面对此人并不惊异。

丁恩正指着老年侍者说，他在日本多年，还是中国人吧？伪装得再像依然爱吃煎饼馃子大麻花。一个日本人在中国生活多年，他伪装得再像，照旧爱吃寿司生鱼片。一旦确定他是日本人，这事儿就好办了。

你说的话……我听不明白呢？俞明喜牢记自己是中共地下党员，假使国共合作了也绝不暴露身份。

老年侍者好像自说自话道，日本人吃寿司的姿态，中国人学不来的。

说得对！从小养成的习惯，很难不露蛛丝马迹的。丁恩正继续踢脚道，所以说童子功，带终生，今生今世莫放松。

梅派青衣又展示了平津数来宝的语言风采。不过，此时俞明喜从中听出丁恩正的弦外之音，渐渐佐证了自己的判断。

心里有事，俞明喜象征性喊了喊嗓子，就告辞了。既然组织不跟我联系，我主动到秦记铁铺附近走两圈。河里没鱼——市上看。

临近正午，俞明喜绕着三条石走了两圈，没人搭腔。他灰心丧气返回淑德女中，坐在教师预备室吃了两个开花馒头。

下午两堂代数课，俞明喜时而思维混乱时而脑海空白，把X当作Y，把等式当作不等式，讲得颠三倒四，同学们交头接耳，以为老师得了大脑炎。

　　终于熬到下课,女生们一哄而散。只剩下丁小夏身披薄呢大衣面带微笑说,听说西北城角有一座铃铛阁,不知还在不在呢。

　　俞明喜愣住了。铃铛阁是我的代号啊!他边收拾教案边寻思,这兴许又是巧合,我可不能再犯祁秋月的错误了。

　　丁小夏目光亮亮注视着青年教师。俞明喜抱着教案走出课堂,丁小夏跟着。他只得停住脚步答道,早先有民谣说,天津卫,三宗宝,鼓楼、炮台、铃铛阁。如今有民谣说,鼓楼破,炮台老,大火烧了铃铛阁。

　　噢,我要非想看见铃铛阁怎么办呢?丁小夏略展风情说,下午两点我在陆家花园后门等你。

　　俞明喜点了点头,狐疑地望着走路身姿犹如风摆杨柳的丁小夏的背影。

　　独自坐在教师预备室里,俞明喜飞快地思索着。丁小夏的父亲肯定不是商界人士,北宁株式会社也只是幌子而已。历数丁小夏诸种表现,除去讲穿爱吃好交际,几乎难以概括这个女学生。不论云里雾里,真相下午两点揭晓。

　　有人叩门。他认为是丁小夏来了。起身迎将上去,不承想祁春芬走了进来。

　　俞先生,我、我不愿打扰你,可是我母亲她……祁春芬手帕掩口,语塞了。

　　你母亲怎么啦?俞明喜以为出了大事,紧张地退了半步。

　　祁春芬难堪地说,我母亲天天念叨你,非要请你去看看她……

　　好吧,这两天我抽空去看望她。俞明喜担心错过陆家花园的约会时间,连声许诺。

　　谢谢你啦。祁春芬知趣地走了,给俞明喜留下一团雪花膏的淡淡香气。

　　看了看挂钟,俞明喜掐算时间起身赴约。远远看见陆家花园后门,一件米色风衣掩映在蒿草丛间,俞明喜快步走过去,做好各种思想准备。

　　丁小夏转过身来,米色风衣里露出蓝色校服。她注视着荒芜多年的园林,开门见山地说,绰号瘦狗的汉奸枪手在北平落网被押回天津,他承认刺杀了翟校长。

　　俞明喜没想到丁小夏当头说出这番话,一时不知如何应答。丁小夏不需要应答低声继续说,你知道被翟白丁发现的日本谍报员用什么写情报吗?生腌猪皮!

　　啊!心头炸开一道闪电。立即想起公寓里那只小瓮腌制的东西,原来日本谍报员是吴荣成,怪不得他说梦话讲日语呢。俞明喜受到强烈刺激,伸手扶住身边小树。

好多年了,生腌猪皮都是装在罐头盒里通过邮局寄给日本特务机关的,收件人是旭街东亚照相馆小田经理。内线说这种特制的生腌猪皮表面看不出异样,必须上锅清蒸半个钟头,日文才渐渐显现,包括原野踏勘纪录和战略地形图。这是谍报界一大发明呢。

你怎么知道这些情况? 邮局内线……俞明喜以攻为守,依然不暴露身份。

丁小夏笑了笑说,当然是我偷听了父亲电话。父亲曾经让我主动接触吴荣成,当时你还认为我患了单相思呢。

俞明喜适时问道,令尊他……?

我父亲也是为国效忠,当然政治信仰各有不同,他信奉三民主义。

你呢? 中共地下党员俞明喜步步为营,仍然不敢完全相信这个女学生。

我知道你是谁。丁小夏表情凝重说,其实我跟你不应发生横向关系,这是迫不得已的。

一个灵感闪过脑海,俞明喜猛地转换话题问道,你为什么在作文卷子里夹了拾圆法币呢?

当时我以为你也是"韩非子"小组的,就夹了钞票试探,结果你不懂这个暗号,我太冒险了。丁小夏说着伸出小手儿跟他握了握,道了珍重转身走了。

俞明喜没想到对方突然告别,下意识追了几步。丁小夏停步回头说,你知道那家伙从邮局寄过多少次生腌猪皮吗? 十年了他足够写一本书啦!

哥哥俞明祥、温铁生、李锟、景秀兰……当然也有翟白丁,一个个死难者形象冲撞脑海,俞明喜无法抑制住冲动,脏话冲口而出。那家伙从邮局寄了多少次情报,就等于杀了多少中国人! 我×他小日本儿祖宗!

丁小夏挥手快步走开说,不要不要! 你×小日本儿祖宗等于玷污自己身体,千万不要啊!

真是豪爽! 一个女学生居然敢于说出那个脏字,这不亚于巾帼英雄啊。俞明喜久久不能平静,独自留在陆家花园后门,一仰身躺在蒿草堆里,目光直射云天。

哎哟! 那么老佟是老牌日本浪人吗? 可能是,也可能不是,可能俩人同伙,也可能各自单兵作战……

第十出

徐凤珍风风火火跑进公寓,连连催促上医院。吴荣成强忍疼痛正襟危坐,屁股好像焊在榻榻米上。他脸部斜缠右眼的绷带渗出血迹,干涸了。

俞明喜凑前说,紧邻日租界建物街上有家诊所,小岛大夫军医出身专治眼伤。

我的左眼视力不强,全凭右眼呢。吴荣成陈述着,好像面对书记官。

不要紧,我牵着你嘛。俞明喜说着拿出一根老藤手杖。这是当初老佟的遗物,前几天偶然在门房里发现的,他悄悄留做武器。

去吧! 徐凤珍几乎哀求着。看到嫂子如此动情,俞明喜心碎了。寡妇即将改嫁,新夫却是伪装多年的日特分子。嫂子真是苦命人。

我去诊所可以,你不要跟着我。吴荣成军曹似的对小兵下达命令。

你嫌弃我啊……徐凤珍稍显委屈说,好吧我不跟着,就让明喜陪你去吧。

不知何时,嫂子做了一件厚厚实实黑色棉袍,此时给吴荣成穿在身上,下身是夹裤扎角外加棉裤套,暖暖和和去奉天都不冷。

出了公寓大门,俞明喜拎着老藤手杖,前面引路。其实他悄悄做好三种准备:从药房买了砒霜,吃饭前下毒;从马具店买了皮绳,睡着了勒杀;还有这根沉甸甸手杖,出其不意击打后脑。不过,这三种方法都难以掩盖凶杀痕迹。老燕同志曾经叮嘱不许暴露身份。一旦涉嫌谋害室友进了警察局就麻烦了。无论怎么说,杀人这活计对他来说都是生手外行。

徐凤珍追到善邻里胡同口,给吴荣成捂了一顶"三块瓦"棉帽子,大声叫了一辆胶皮,嚷嚷再等一辆。吴荣成固执地坚持步行,径直朝前走了。走了几步被路边砖头绊了个趔趄。徐凤珍惊叫你别逞能让明喜牵着走。

嫂子显然进入吴荣成的贤妻角色。俞明喜不动声色握着杖头前面牵着,吴荣成攥着杖尾后面跟着,一路朝着日租界方向去了。

吴兄不要着急,离日租界越近越安全。俞明喜话里有话说道。他知道自己关键时刻容易心软,便极力调动内心仇恨。想着东北"九一八",还有上海

"八一三"。

吴荣成被厚厚的棉袍裹着被肥大的棉帽捂着,步履迟缓好像从深山押入都市马戏团的黑熊,身形笨拙显得疑虑重重。俞明喜想到这只黑熊藏有豺狼之心,暗暗骂了句脏话。

前往临近日租界的建物街,俞明喜选择从东浮桥过海河。天气冷了,即将进九。河面覆着薄冰,好似覆了一层糯米纸。他引着吴荣成从左侧人行道走上这座名为东浮桥的钢铁大桥。

这时候的俞明喜,不知道十二年之后,解放天津的中共第四野战军将会师东浮桥;也不知道四天之前,复兴社华北分社天津行动组长丁恩正派人扎瞎了吴荣成右眼,以此诱饵吸引前来援救的日特分子;更不知道此时此刻,东浮桥上叫卖红眼银鱼的汉子是国民党蓝衣社特务,时刻监视着吴荣成动态。然而,丁恩正并不晓得吴荣成是志愿者独行侠,永远也不会有同伙的。

苍天有眼。假如从右侧人行道上桥,俞明喜肯定不会遇到那段缺失的桥栏。维修工人拉上一根草绳充当临时桥栏,跑去撒尿了。俞明喜看见草绳,心里打了个冷战。这是哥哥冤魂未散,为我提供杀敌复仇的天赐良机啊。

一步步走向草绳替代的那段桥栏,内心的深仇大恨驱使俞明喜冷静下来。他牵着老藤手杖暗暗掐算距离,就像小时候玩耍"侦探拿贼"游戏那样。

你去死吧,吴兄。俞明喜充满戏谑心理,把吴荣成牵到这段草绳中间位置,猛然回身用力推搡——这位志愿效忠日本天皇的民间特工,一头栽了下去。

吴荣成死死握着老藤手杖,黑色躯体垂直落下,扑通砸破糯米纸似的冰层,没了踪影。

你他妈的就是会游泳,棉袍棉裤棉鞋吸水也让你沉到河底的!俞明喜心里痛骂着,脸色酱紫,目光冰冷,呼吸急促,浑身颤抖,死死盯着冰封的河面,忘了应当立即逃走。

一声女人尖叫,好似一只大脚踩了母鸡脖子。俞明喜扭头看见徐凤珍冲上前来——原来她一直远远跟在后面。

徐凤珍跳脚大骂。你这挨千刀的!你为吗推他下河啊!你淹死他啦……

嫂子一头撞过来。俞明喜仰身跌倒在桥栏前。他从未见过嫂子如此撒泼,头脑倏地清醒了。人群聚拢围观着。一声警哨响起，两个黑衣警察拨开人群挤进来。徐凤珍指着小叔子说，他推人下河！他推人下河！

警察一听这是人命大案，押着俞明喜直接送到水阁大街天津警察局。俞明喜挣扎回头看了嫂子一眼，知道这件事情永远跟她说不清楚的。

被推进小黑屋关起来，俞明喜并不惊慌。今天除掉潜藏多年的日特分子，我付出多大代价都值得。这样想着颇感欣慰，靠坐墙边睡着了。

不知过了多久，俞明喜被拖了出去。瘦脸警官手里拎着皮鞭，问他是压杠子还是喝辣椒水。他闭口不语。瘦脸警官拿过笔录说，你嫂子告你谋害她未婚夫，你快招供吧。

这番话提醒了俞明喜，他想以小叔子不容嫂子改嫁为由，承认自己推吴荣成下河。转念想到自己是中共地下党员，绝不能给组织带来任何麻烦。索性概不认账，反而指责徐凤珍刁妇诬告好人。

瘦脸警官挥起皮鞭说，你不吃顿皮鞭炖肉不会实招啊！说着两个警察把他摁在地上扒去棉袍，牢牢捆在立柱上。

你们打人逼供犯律条，我要告你们私设公堂拷打良民。俞明喜把舌头磨成刀子，大力施展语锋刺向对方。

教书匠就是能说，我们攒钱买你的嘴！两个警察轮番挥鞭抽俞明喜。打一鞭，叫一声，俞明喜疼得想死，就是不改嘴。

遍体鳞伤。两个警察把他扔回小黑屋说，打你打得累坏身子，赶紧叫家属送钱来，让我们哥儿俩滋补滋补。

我没家属！累死你们活该！俞明喜使足气力喊着。这两个警察嘀嘀咕咕说，这小子挺硬，跟前几天那共产党差不多。

听到警察拿自己跟那共产党相比，俞明喜心里说老子就是共产党，说出来吓死你们！

他疼得昏过去了。醒来又被拖出小黑屋，明亮光线刺得睁不开眼睛，却听到熟悉女声说话，抽泣着要求具保放人。他朦胧意识到这是祁春芬的声音。

你们光凭那个有着利益关系的女人口头诉状，就随意抓人打人残害人，我是律师我要控告你们！这是操着广东口音国语的男声，据理力争着。

×！寡妇嫂子状告小叔子，掉河里那主儿兴许是奸夫！这是瘦脸警官声音说,好吧好吧,具保放人! 不许离开天津卫。

光线更强了。他感觉被抬出警察局,晒到阳光下了。一路颠簸浑身生疼,他又昏过去。再次醒来,睁眼望着熏得微黄的屋顶,外面传来小孩儿嬉闹声。祁春芬端着小碗一勺勺喂水说,这是白糖水,喝了败火。

我知道你想问我来龙去脉。病人说话伤气,你听我说吧。一个姓丁的女学生跑来报信儿,叫我去警察局保你。我去了不顶用,请了律师蔺先生,他在工人俱乐部教过我们识字。他交涉了两次就把你保出来了。这间屋子是我新赁的,也在这座大杂院里。南屋里躺着我妈,北屋里躺着你,我一天伺候俩人儿!

谢谢你救了我……俞明喜觉得祁春芬心直口快,忙里忙外挺辛苦的。

你得感谢那个姓丁的女学生,人家要不跑来告诉我,你兴许死在小黑屋里啦。祁春芬说着把小木盆放在床前说,你要尿尿就说话,我出去。

俞明喜红了脸摇了摇头说,那个女学生叫丁小夏,不知她从哪儿得到我进了警察局的消息。

哦,就是这个丁小夏,她特意让我转告你,说她离开天津走啦。

好啊。俞明喜当然明白丁小夏的意思,只是内心存有疑虑。丁恩正肯定是国民党方面的,他女儿会不会是双面人物呢?

伤筋动骨一百天。俞明喜只伤了皮肉,用了金家窑苏先生的药,一个月就试着下地行走。他突然想起徐凤珍。祁春芬伤感地说,你嫂子疯癫了,整天大街上乱跑,嘴里不停叫着什么吴先生。

俞明喜黯然神伤。嫂子不明底细痴迷日特分子,这辈子算是毁了。他忍着伤痛挪到南屋看望祁母,发现老人家病体衰微宛若残灯,看来命不久远。

你、你不娶春芬,我、我死也闭不上眼……祁母顽强地说出这句话,不拖泥不带水,让俞明喜听得清清楚楚。

俞明喜心里犹豫了。我是中共地下党员,生活大事应当向上级报告的。可是组织在哪里呢?

祁春芬吓得小声说,我妈说话这么清楚,兴许是回光返照吧?

老燕同志撤离天津时特意嘱咐我该成家了,还说娶了媳妇就有人照顾我了。俞明喜想到这里心里踏实了,注视着即将撒手人寰的祁母,伏下身子凑到老人耳边说,您放心吧,我娶春芬! 我一定娶春芬!

祁春芬一旁低声抽泣。祁母心满意足地点了点头。俞明喜扑通跪在地上，祁春芬也随着跪下了。

祁母清晰地吐出最后一句话：你俩人，多般配啊……便缓缓闭上眼睛。

办完丧事，过了"七期"。兵荒马乱年头，俞明喜跟祁春芬在大杂院里散了喜糖，接受着邻居们的吉利话儿，就算是婚礼了。当晚小夫妻睡到那间北屋里。祁春芬表示服丧期间不能合房，便分别躺在两床被窝儿里，形同壁垒。关灯睡觉俞明喜听到妻子轻声问道，你真的没把那人推到河里？

他不愿新婚之夜就撒谎，沉默不语。黑暗里祁春芬表态道，不论你推没推那人，我都跟你一条心！

想起那条奔腾东去的海河，便想起下落不明的祁秋月。俞明喜心里说我要把对祁秋月的愧疚化作对祁春芬的感情，好好待她。

纱厂工人俱乐部替我跟厂方交涉，争取让我回去上班！祁春芬激动了，忍不住去抓丈夫的手。

工人俱乐部？看来天津工人运动并没有停止啊。俞明喜暗暗受到鼓舞，心气儿高涨了。

二月二，龙抬头。吃过蒜汁麻酱煎闷子，祁春芬回厂上班了。俞明喜身体复原，重返淑德女中教书，还是小代数和三角。丁小夏果然走了，教室里没了她的身影。

校园里弥散着吴荣成落水身亡的各种传闻，弄得俞明喜成了重大嫌疑人。不过他心里有底，日本宪兵队是不会来抓自己的，因为他们从来不知道吴荣成就是那个潜伏多年寄送生腌猪皮情报的志愿谍报员。

老学究校长召俞明喜谈话，了解各种传闻里的真相。他只得撒谎，告诉校长吴荣成去日租界治疗眼伤中途失足落水，人没了。

翟校长不在了，吴先生也不在了，这二位生前是否属于对立派人物？老学究校长竟然提出这个切入实质的问题。

人生在世，各有志向吧。俞明喜意味深长地答道，起身告辞了。

没到端午节，祁春芬天天想吃粽子，馋得要死。大杂院妇女们告诉俞明喜兴许媳妇有啦。他又惊又喜，恨不得立即向上级组织报告，内心愈发想念老燕同志。

时光流水。祁春芬生了个大胖小子。出了满月，那位蔺先生竟然上门祝贺。他是执业律师，也是恒源纱厂工人识字班兼职教师。趁着祁春芬在屋外烧水，蔺先生低声说鼓楼问候你，炮台约你这月初八晚间六点钟，秦记铁铺见面。

听到这两个的代号，俞明喜上前紧紧握住蔺先生的手，激动得说不出话来。蔺先生极其冷静，操着广东口音国语说，我到警察局保你时，还不知道你真实身份呢，你有个好妻子啊。

不等祁春芬烧开水，蔺先生便告辞了。俞明喜知道从事秘密工作不必客套，也就没有执意挽留。

度日如年。终于熬到约见的日子，晚间六点钟俞明喜准时走进秦记铁铺小仓库。代号炮台的老艾点亮油灯。这灯光再次令俞明喜想起自己入党的情景，泪水充满眼窝儿。

老燕好吗？俞明喜开口就问。老艾明显瘦了，却保持不苟言笑的习惯，跟他握了握手说，老燕在冀中呢。你的情况我都了解，留津潜守表现不错，还除掉一个日本奸细。

请组织给我分派工作，我都要憋屈死啦！俞明喜环视着小仓库，真希望老燕同志突然出现。这时老艾开始传达上级指示，一部分同志返回天津，重新组建民先队，恢复地下活动。同时，从天津调派一部分同志去迁安、滦县、丰润、玉田四县，准备参加冀东抗日大暴动。铃铛阁的任务是去开滦林西煤矿加入节振国的矿工暴动队，起文化鼓动作用。

太好啦，请组织马上给我开介绍信，我缝在鞋里明天就走！俞明喜攥着拳头，活像盼望过年的孩子。

你还没有吸取鞋垫事件教训啊？老艾拿起一把小刀，拉过俞明喜左手冲着小臂一划，一道鲜血立即涌出。

这就是最好的介绍信！老艾从衣兜里掏出一包儿白色药面撒在刀口上，立即止了血。看来老艾早有准备，变戏法似的抻出一条白纱布，包扎了他手臂。

林西方面看见刀疤，你报出代号他们就接纳你了。老艾突然激动起来说，日本宪兵专门搜查缝在鞋里的东西，火车站抓着五个，都毙啦。

告别老艾离开秦记铁铺。明天就去开滦了,他过了摆渡专程去堤头看望嫂子。进门看见徐凤珍坐在炕头,低头缝补着一件对襟短袄。小叔子认出这是吴荣成的遗物,觉得嫂子太可怜了,又没办法搭救她。徐凤珍神志不清,一边缝补一边怪异地笑着,陶醉其中。他给嫂子鞠了一个躬,走了。

回到家里,告诉妻子明天外出办事儿,兴许十天半月回不来。祁春芬露着乳房给孩子喂奶说,你要是跟蔺先生那样为工人们去办事儿,我等你一辈子。

俞明喜听了这话,凑上去亲了亲她的脸蛋儿。他是个不善温存的人,此时猛地将妻儿揽在怀里说,我还没给咱儿子起大号呢。

你是个好人!我妹妹比我有文化,她要是活着肯定也愿意嫁给你的。祁春芬说着,小声哭了。

俞明喜使劲儿抱住妻儿,沉默无语。一家三口相亲相爱紧紧依偎,像黑夜般结实。

善解人意的祁春芬及时扭转气氛说,上马的饺子下马的面,我去找大妗子借一碗白面,明儿包饺子给你送行。

第二天上午,俞明喜吃了一大盘白面饺子。祁春芬说原汤化原食,让他喝了饺子汤。妻子给他带了两件换洗的衣裳,还塞了两块钱,说穷家富路。他走出家门猛然折回,抱住妻子亲了一口。祁春芬害羞地说你不怕邻居看见啊。他又猫腰亲了儿子一口,扭身走了。

老龙头火车站有汉奸警察检查行人,日本宪兵三步一岗五步一哨,一个个就跟萝卜头儿似的。果然搜身也搜鞋袜。俞明喜暗暗庆幸,买了去唐山的火车票。

他知道走京山线唐山大站查得严,决定提前在胥各庄小站下车,宁可步行前往林西煤矿。

火车到了胥各庄,几个从天津来的男人也下了车,都是生意人打扮。俞明喜跟随后面出了站。一个戴礼帽佩墨镜穿大褂的男子迎上前来,把那几人引走了。俞明喜觉得这人眼熟,心头一惊。

他不会是吴荣成吧?俞明喜快步拐过街口,从侧面观察着。他妈的,要么是吴荣成鬼魂现身,要么就是吴荣成没死。

不行!只要这家伙还活着,就会祸害我们。俞明喜看见吴荣成雇来一辆骡马大车,催促那几个人上车。

你在明处,我也不用躲在暗处。今天我跟你唱二进宫啦。俞明喜索性追上大车,纵身跃上车尾。那几个人以为他是同行者,彼此不言语。吴荣成侧身坐在前面车辕上,好像没发现多了一个人。

骡马大车走到天黑,远山朦胧。人们下车,吴荣成摸黑摘下礼帽脱下长衫,换成庄户短打扮。多么熟悉的动作啊!包括浑身散发的气息。俞明喜认定这就是吴荣成。他妈的,天津海河怎么没有淹死这个日本鬼子呢。

吴荣成从包袱里掏出高粱饼子,一人一份。俞明喜伸手去接,吴荣成愣了一下。俞明喜趁机与他对视,黑暗里对方毫无反应。

上路了。月光下,他看到吴荣成前面引路,手里拎着的竟然还是那根老藤手杖。这日本特务太自大了,一丝一毫不肯改变自己,狂妄地行走在中国土地上。

走到半夜,一行人困乏了,有人小声哼哼"大刀向鬼子头上砍去"的歌曲,俞明喜顿时明白了,这些人也是前往冀东根据地的抗日爱国分子。只是跟自己报到地点不同而已。想到这里,他猛然意识到自己违纪了,没有直接去林西煤矿,却跟随吴荣成来到陌生地方。

终于走到天亮,又有骡马大车来接了。俞明喜大步走上前去,挑衅般寻求对视。一副墨镜遮着吴荣成眼睛,他好像对俞明喜的存在浑然不觉,环顾左右招呼人们上车。

他妈的,这家伙不敢跟我对视。俞明喜感到气愤的同时也感到失落,仿佛失去决斗对手。血气方刚的青年教师思索着,如何揭穿这个日本特务的画皮。

黄昏时分,大车停在山脚下。人们下车鱼贯而行,攀上山腰小村庄。进了一座小院,墙壁上残存"玉田县半山屯"字样,俞明喜看出到了冀东地界。

一行人坐在院里喝水。吴荣成领着几个武装人员走进院子。一个黑脸汉子高声说,把那个奸细押起来!

两个战士端着大枪抵住俞明喜脊背。俞明喜起身指着吴荣成说,你们弄错了,他才是奸细呢。

你这是自投罗网,好大胆子啊。吴荣成抬手摘下墨镜颔首笑道。俞明喜看到对方镶了一只假眼,而且依然身材挺拔,不乏儒雅之气。

被关进一间石头小屋,俞明喜觉得好像坐在天津蛐蛐罐里,喘不过气来。他扑向小窗口捶打着,尖声要求面见冀东的领导。

黑脸汉子的面孔填进小窗口,凶狠地盯着他。你喊啥呢?吴老师说你是奸细这不会错的!

哪个吴老师?哪个吴老师说我是奸细?俞明喜追问着,力求获取更多情节。

黑脸汉子粗鲁地说,就是我们的文化教员吴瞎子呗!

这个日本特务太嚣张,他还敢姓吴啊!俞明喜气得发蒙,感觉受到奇耻大辱。

你不要学猪叫了,我们派人去请齐宏同志,明天审你!黑脸汉子走了。

第二天一大早儿,院里安静极了。石头小屋窗口光线闪动,悄然露出吴荣成戴墨镜的脸庞。俞弟,别来无恙乎?

俞明喜一夜未眠有些气急败坏,站起身说去你妈的日本鬼子,少跟我之乎者也,玷污我们汉语。

我昨天听见你骂我还姓吴,本人行不更名坐不改姓嘛。吴荣成和言细语说,现在我知道了,你不是普通学运分子,你是共产党。

我是爱国者。俞明喜看出对方戏弄自己,忍气吞声也不暴露真实身份。

你是爱国者,我也是爱国者。你爱你的国家,我也爱我的国家。可是,他们认为你是日本奸细,你很可怜啊。

你才可怜呢。我爱国光荣,你爱国可耻!你的国家杀人放火侵略我的国家,你还以耻为荣。

吴荣成依然不失教师儒雅。我想问你件事儿,你说到底是国民党还是共产党派人剜了我右眼?

你这个问题太幼稚!你记住是中国人剜了你右眼就是了,以后还会剜你左眼。

吴荣成稍稍变了脸色说,这两年同吃同住我没看透你,你竟敢把我推到河里!幸亏老佟那根手杖。

噢!老牌日本浪人?……一定是你在学校露了马脚,老佟暗暗保护你,他给特高科报信儿,日本人派汉奸刺杀翟白丁灭了口!我说得对吧?俞明喜忘了身陷囹圄,又成为喜欢逻辑推理的数学教师。

你这个问题也太幼稚!好啦,你等着上边来人审你吧。吴荣成的面孔从小窗口消失了。俞明喜随即听到外面响起一个女声,很是清晰。

你好像是吴荣成先生吧?我是特委的齐宏。

俞明喜听到吴荣成略显诧异的声音:啊!是你呀?……

俞明喜扑到小窗前,那声音却渐行渐远,听不到了。这齐宏是什么人?她声音好熟悉啊,就像电台国语播音员。

早饭给了两个高粱面饼子,硬得能砍死人。俞明喜想起岳飞《满江红》里"壮志饥餐胡虏肉"的句子,便使劲儿咀嚼着。又想起祁春芬和儿子——孤苦伶仃的青年教师思念亲人了。

嚼着高粱饼子被带到一间大屋里,一条粗木案子后面坐着一男一女,都穿着黄粗布军装。俞明喜一眼认出这女的就是祁秋月,惊得瞪大眼睛。

你还活着啊!这太好啦!我总算解脱了,你怎么改名齐宏啦!

男的白面书生模样,表情冷漠,中等年纪。他轻轻敲着案子说,今天是我们问你,不是你问我们。

俞明喜固执地说,她以前叫祁秋月是淑德女中学生,我代过她们班的国文课!

齐宏当然不会告诉俞明喜,当初负气离校参加南下抗日宣传团,到了河北固安县,后来到达冀东参加革命工作。

你说说吧,你是怎样跟踪到我们根据地来的。齐宏好似陌生人,单刀直入说。

吴明喜意识到自己的怀旧心理毫无意义,甚至会连累已经改名齐宏的祁秋月,于是从头到尾讲述了一路的经历,然后伸出左臂亮出刀痕说,我的任务也是参加冀东大暴动,来做文化鼓动工作的。

白面书生与齐宏面面相觑,显然不明白这刀痕是什么标志。俞明喜无奈地笑了。这是我去开滦林西煤矿的联络记号,他们当然看不懂的。

既然你的任务是去林西煤矿,为何不去报到反而跑到我们这里来呢?共产党员没有你这种无组织无纪律分子,可以认定你是伪装的日特奸细!

吴荣成才是日特奸细呢!他潜伏天津多年,后来跑到冀东根据地,肯定是来刺探情报的！俞明喜气愤极了，呼地站起来。

一个战士伸过长枪压制他坐下。白面书生指责道，你巧言令色！吴荣成同志的履历我们清楚，他奋不顾身追击暗杀翟白丁的枪手，他勇敢走在全市学生抬棺大游行前列，他还给绥远抗战前线将士捐款……

你不要说啦！十年了，你看看他寄出的情报，就知道他是什么东西了。日本进攻天津就有他画的地图！那一条条生腌猪皮就是铁证……

白面书生与齐宏再次面面相觑，根本不晓得生腌猪皮属于什么菜谱。

齐宏显然是白面书生的副手。她尝试着问道，我们跟天津方面联系了，你可以说出你的上级领导，这样也可以佐证你的身份。

俞明喜坚定地摇了摇头。我遵守地下工作纪律，尽管你们可能也是共产党，我还是不能说出上级领导的名字。

尽管我们可能也是共产党？白面书生笑了笑说，你的意思是说我们都可能是假共产党，只有你是真的？

我肯定是真的！青年教师钻了数学逻辑的牛角尖，怒视白面书生。

齐宏突然诈道，给你下达任务的人，当天晚上就被捕了。说明你很有叛徒奸细嫌疑！

俞明喜愣了，心想老艾真的被捕啦？他被捕我就成了叛徒奸细，这他妈的是什么逻辑！这样想着，他随即咆哮起来。祁秋月！你们都是主观主义者，我不愿意跟你们说话了，你们押我去林西煤矿吧，到那里弄个水落石出！

白面书生冷酷地说，你没有这种机会了，我们决定就地解决你。不过，还可以再给你一个机会，吴荣成同志可能会说服你坦白的。

他不会说服我坦白，我也不会说服他坦白，我们是一对生死冤家！俞明喜继续咆哮着，好像一只发狂的雄猫。

俞明喜被押到一间四壁糊着泥巴的屋子里。卫兵退出，关严两扇门。光线暗了。吴荣成身着土黄色粗布军装，腰间挂着一枚手榴弹，虽然戴着墨镜，也俨然革命战士形象。

吴荣成端坐桌前略显得意地说，根据地领导是信任我的，下月大暴动就发给我枪支，让我投入战斗。

哎！你是来刺杀冀东首长的吧？俞明喜忽发灵感，判断着吴荣成的阴谋目的。

俞明喜与这位冀东根据地文化教员隔桌而坐,注视着今生今世的死敌。

他们说你能让我坦白,你说我坦白什么?我不怕遭受组织冤屈,就见不得你这种日特分子得逞,而且是在我们抗日革命根据地。

你死定了,小俞。今天我也是头一次见到祁秋月,可是她信任我不信任你啊!既然他们要我跟你谈话,你就更死定了。

那位白面书生是什么人?死期将近的俞明喜,依然不减好奇之心。

吴荣成也不认识白面书生,自然不知道他是"冀热边特委"情报科长。此时,无论俞明喜还是吴荣成,俩人都不知道谈话被监听着——东面墙壁抹了一层薄薄的泥巴,掩盖了一只具有传声功效的方孔。情报科设计这间房子就是用于监听的,包括甄别来自沦陷区的青年学生。

他们黄昏就会处决你。你赶快说出上级组织吧,这样可能还有生路。

你以为我傻啊?既然他们信任你,我就更不能说了。俞明喜顽皮地笑了说,我说出上级领导名字,你马上传递给天津日本宪兵队,是吧?

既然你如此冥顽不化,我也救不了你啦。你就去见你们的洋师傅马克思吧。

听了这话,俞明喜叹了一口气说,想不到我成了你的阶下囚。东洋狗!

高傲的大和民族性格迫使吴荣成难以忍受这种污辱,他低声回敬道,你们民族就是我们的阶下囚。支那猪!

俞明喜气疯了,掀翻桌子扑上去,与吴荣成扭作一团。东洋狗!我到了阴曹地府也不会放过你这日本奸细的!

听到"支那猪"三个字,隔壁监听的齐宏猛地一拍大腿。这时传来一声巨响,她被气浪推出三丈多远,倒在墙边。

那面墙壁被炸开了。两间屋子连成一间。灰尘充满世界,呛得人喘不上气来。那位白面书生——"冀热边特委"情报科长从院里冲进来,拉起他的秘书齐宏。

齐宏指着爆炸现场说,糟啦,一定是俞明喜拉响了吴荣成的手榴弹!

尘埃渐渐落尽,齐宏冲上前去,看到吴荣成被炸成两截,上半身在东,下半身在西,被分尸了。军分区情报科长大声说,幸亏是边区造的土手榴弹!否则咱们全完啦。

我跟他同归于尽……俞明喜腹部被炸开,躺在墙角喘着粗气说。齐宏蹲下身去,伸手抚摸着他英俊的脸庞。

对不起! 我们为了找到揪出他的证据,可惜晚了……齐宏哭了。

不晚。我还没给儿子起大号呢,他是你亲外甥,你一定给他取个好名字啊。俞明喜说出最后这句话,水晶似的笑意凝结在脸上。

　　场外补白一:民国二十九年即一九四〇年十一月十四日,一个年轻女子在天津日租界荣街刺杀日本正金银行行长高桥孝一,撤退途中被日本宪兵捕获。严刑拷打拒不招供,执行枪决。她面对枪口淡若清风说,有人说我是国民党军统特工,有人说我是共产党除奸队骨干,我是双面人物吗? 不是。我叫丁小夏,中共党员。

　　场外补白二:民国三十一年即一九四二年初春,中共冀中军区伙房小灶厨师老佟头,下毒暗杀前来视察工作的中共中央高层领导,未果被捕。及时识破毒计的是一个临时帮厨的女子,名叫祁春芬。

　　场外补白三:吴荣成,本名山中正树,日本关西人,自幼学习汉语,九岁跟随日本浪人在山东半岛成山角登陆,遂取名吴荣成。多年踏勘中国东北与华北及华中地区,义务为日本政府提供情报,一九二八年潜居天津。

　　老佟头,老牌日本浪人,本名不详……

后 记

　　少年时代读小说，比如老舍先生写的北京(当然也叫过北平)，赵树理先生写的山西(好像是晋东南地区)，以及吴有恒、黄谷柳先生的广东，还有孙犁先生的河北(主要是冀中地区)，感觉很新奇。在这些前辈作家小说里，我仿佛走进北京，来到山西，到达广东，前往河北，一部部极具地域色彩的小说，使我的心灵抵达肉身尚未造访的地方，开了眼界，长了见识，知道世界很大，有许多许多我难以拜谒的地方。

　　长大成人，我到了北京，到了山西，到了广东，到了河北，那里的方言、风情、接人待物、衣食住行……记忆被唤醒了，竟然觉得这是到了曾经到达的地方。

　　这种记忆，正是文学阅读的记忆。极具地域特色的文学作品的阅读，使我误将他乡为故乡，好像一个吃百家饭长大的孩子，随了人家的文学籍贯。

　　当然，我的这种说法有些夸张。我毕竟不是北京人不是山西人不是广东人不是河北人。我生活在一座名叫天津的城市里。我与那些中途移栽天津的作家不同，我是土生土长的天津人。这里，有我的根系。

一个土生土长的天津人从事写作,未必以天津为写作背景。尤其那些了不起的作家,他们的写作往往是以世界甚至宇宙为着眼点的,时刻肩负着强烈的人类使命。这样的作家的写作应当是面对全球的,你从他的作品里几乎难以读出任何地域特征,没有北京没有山西没有广东没有河北,只有全人类。这样的作家很可能成为世界公民。

早在经济全球化尚未进入中国之前,这种作家的这种写作,可不可以说是文学的全球化呢?我很惭愧。我从上世纪八十年代开始写作,基本没有全球意识,也很少思考全人类问题。我只写了自己能够感受到的东西,仅此而已。

公元一九八七年我发表中篇小说《黑砂》,随后一篇文学评论文章将我列入"天津味儿"写作,我很意外。这是一篇描写工人生活的小说,我在写作过程中并未刻意构筑什么本埠味道,可是"津味儿"就这样出来了。

寻思了寻思,终于明白了几分原委。我是天津人,我的小说里或多或少会流露出身为天津人的"尾巴"。这"尾巴"便是你的文学代码。比如到了北京我说普通话,人家一听就知道我是天津人。这是我无法抹去的"地域标签"。然而天津人说天津话,这是再寻常不过的事情,不可能有人将你误认为唐山人。

进入中年,我渐渐对天津这座城市有了自己的理解。天津濒海却是一座内河城市。数百年间的漕运,使得这座城市融合南北文化,兼具东西性格,尤其百余年来,它成为华洋杂处的开埠城市,有了九国租界,清朝的北洋大臣常驻这里。西方文化、码头文化、商埠文化、来自直鲁豫皖的农业文明……在这座城市里交融碰撞,成为中国版图上独具特色的城市。它不像北京,也不像上海,我认为这天津的城市特质是难以抽象难以概括。它是一座复合型城市。至今,我也没有看到它的主流文化是什么。

一九七〇年海河废航,这条天津人的母亲河成为天津市的"水缸"。活水变成死水,沿岸没了拉纤的船夫,河里没了火轮的鸣笛,没了捕鱼的船帆,没了浮桥没了水上警察没了河漂子……总而言之,因水而兴以水为荣的天津卫没了活水,已然成为中国最为著名的缺水城市。

天津人的性格形成,从某种意义讲与水密切相关。没了水尤其没了活水,即没有天津。一条母亲河的废航,使得我们日常生活里,没了不舍昼夜奔流入海的浩荡,没了来自大沽口逆流而上的轮船,没了潮,没了鱼,没了很多很多东西……

这种种变化似乎并未引起人们注意。航空业的发达,铁路干线的改道,河运的废止,码头成了河流的弃妇。人文地理特征的重大变化,天津人的性格也随之渐变。从海河废航意义讲,尽管依然在水一方,天津人已然不是真正意义的天津人了。天津人的性格,渐渐呈现华北腹地化特征。这正是一座城市的变迁吧。

我在《爱情刀》这部小说集里,怀着复杂的情感,写了从前的天津。三教九流,五行八作,引车卖浆,贩夫走卒。我以为,从前的天津才是天津,从前的天津人才是天津人。为什么这样说呢?因为天津旧貌换新颜,天津与时俱进了。

于是,我好像钻进故纸堆了,写了一些老天津的人,老天津的事。但愿读者朋友们赏光读了我的小说,能够知晓原来还有这样的天津人这样的天津事。

最后我还要说,任何文学作品都有它难以磨灭的地域色彩,就好像大海渔歌与大草原牧歌,这是它们的生命特征。

当然,如果有作家以地域为小,用他世界歌喉来放声宇宙,我也愿聆听。

二〇一三年一月二十三日　津门